KB096994

돗개무리

도깨무리

③ 천추유한 千秋遺恨

| 이번영 강사소설 |

차 례

1

장사 패거리

1452년(단종 즉위년) 10월 12일, 사은정사 수양대군이 황제에게 올리는 임금의 표문을 받들고 사행길을 떠나는 날이었다.

수양대군은 생각할수록 감개무량했다. 발길이 가벼워지고 몸이 하늘로 솟는 기분이었다. 어전에서는 목숨을 걸고 가는 길이라 했지만, 이번의 명나라 길은 어느 때보다 평안할 것임을 수양대군은 이미 다 알고 있었으니 심신이 경쾌해질 수밖에 없었다.

이제 명나라에 가서 명나라 조야朝野에 호감을 살 수 있는 존재로 자신을 뚜렷하게 각인시켜놓기만 하면 되는 것이었다. 수양대군은 명나라를 극진히 섬기는 철저한 사대주의자임을 드러내놓을 작정이었다. 그가 사은사가 되어 명나라에 가는 목적은 오로지 그것뿐이었다.

조선 초, 한때는 정도전을 압송하라는 명나라의 요구로 두 나라의 관계가 어려웠던 때도 있었지만, 이 무렵은 명나라의 위신이 땅에 떨어져 주위의 이민족들이 명나라를 깔보던 시기였다. 명나라는 몇 년 전 몽골군을 친정하겠다고 제6대 황제 정통제正統帝가 직접 나섰는데, 오히려 몽골군의 포로가 되어 돌아오지 못하게 되자 그 위세가 땅에 떨어지게 되었던 것이다.

정통제는 포로가 된 다음 해(1450)에 몽골군이 석방해주어 돌아왔으나, 복위할 명분이 없어 상황上皇으로 물러나 있게 되었다. 그 사이 동생인 경태제景泰帝가 재위하고 있다가, 1457년에야 황위를 돌려주어 정통제가 다시 순천제天順帝라는 이름으로 복위하게 되었다. 그런 시기였던 탓에 명나라와 조선의 관계는 전례 없이 매우 우호적이었고, 조선이 과공過恭할 이유도 필요도 없었다. 그러나 수양대군은 명나라에 대하여 처음부터 과공하게 대하며 그들의 환심을 사기에 여념 없었다.

8월 하순, 고명顧命을 가지고 온 명나라 사신들의 하마연을 수양대군이 태평관太平館(중국 사신이 머무는 객관)에 나아가 베풀었다. 원래 임금(단종)이 베풀어야 했지만 임금이 어리고 대행대왕(문종)의 상중이기 때문에 숙부 수양대군에게 맡기게 되었다.

명나라 사신은 이부吏部 낭중郎中 진둔陳鈍과 행인사行人司 사정司正 이관李寬이었다. 수양대군은 이 사신들에게 잘 보이려고 갖은 노력을 다했다. 수양대군은 두 사신의 자리를 북쪽에 설치하게 하고 자신의 자리는 동쪽에 설치   했다.

본래 북쪽의 자리는 임금이 앉는 자리였다. 수양대군은 일개 낭중,

일개 사정에 불과한 사신에게 군신의 예를 취했던 것이다. 그러나 북쪽에 잘못 앉았다가 귀국 후 말썽이 생길 것을 두려워한 사신들이 오히려 서쪽에 앉아 서로 대좌하는 게 좋겠다고 했다. 그러자 수양은 완강하게 사양했다.

"어찌 감히 상국의 사신과 대좌하겠습니까?"

동서로 대좌하기를 사신들이 거듭 요청하자 수양대군은 마지못해 그렇게 했다.

세종 때 명나라 사신들은 환관이었다. 이 당시의 사신들이 비록 환관은 아니었지만 그다지 높은 직위도 아니었다. 이런 인물들에게 깍듯이 상사上司에 대한 예를 취하고자 했던 수양대군이었다.

다음 날 수양대군은 익일연翌日宴(하마연 다음 날 베푸는 연회)을 사신들에게 다시 베풀었다. 사신들은 사양했다. 어제 과음했다는 이유로, 또한 번거롭게 잔치를 또 열게 할 수는 없다는 이유로 사양했다. 그러나 수양대군은 예연禮宴(예를 갖추어 베푸는 연회)은 폐지할 수 없으니 반드시 잔치에 나와야 한다며 계속 요청해서 사신들이 마지못해 잔치에 참석했다.

사신이 떠날 때도 수양대군은 출발 전날 태평관에 나아가 상마연上馬宴(떠나는 외국 사신들을 위하여 베푸는 연회)을 또한 깍듯이 베풀었다. 다음 날 사신들이 실제로 떠날 때도 수양대군은 돈의문 밖 모화관慕華館에 나아가 전별연을 베풀어 그들을 전송했던 것이다.

10월 12일, 고명사신들을 깍듯이 전별하여 보냈던 그 모화관 앞뜰에서 사은사 수양대군 일행이 진용을 갖추고 떠나는 날이었다. 환송하러 나온 사람들 가운데 강맹경이 가까이 다가왔다.

"조심해서 다녀오시라는 전하의 당부를 받들고 왔사옵니다."

"내 일은 걱정 마오. 그저 도승지만 믿고 다녀오겠소."

이 또한 그들 사이에서만 통하는 대화였다. 이번의 사은사는 세 가지 임무를 맡아 가야 했기 때문에 그 책임이 매우 막중했고 따라서 가지고 가는 공물 또한 여느 때보다 많았다.

이번 사은사로 가는 수양대군은 동지를 기해서 일 년간의 공물을 바치러 가는 동지사와 신년하례를 위해서 가는 정조사를 겸하고 있었다.

동지사는 우리나라의 특산물인 인삼, 호피, 수달피, 화문석, 종이, 모시, 명주, 금 등을 공물로 가지고 가야 했다. 이 공물은 조정에서 마련해주는 것이었다. 정조사는 정월 초하룻날에 신년을 하례하러 가는 사신인데, 날짜가 서로 임박해 있어 대개 동지사가 겸하게 되어 있었다.

아무튼 수양대군은 이 세 가지 사신의 중책을 모두 맡게 되었으므로 그만큼 그의 비중은 큰 것이었다.

또한 명나라 황제를 적어도 세 번은 알현할 수 있게 되었으므로 그러는 사이에 중국 조야와 밀접한 관계를 맺을 수 있는 절호의 기회를 제대로 확보하게 된 셈이었다.

이에 수양대군은 공식으로 바치는 공물, 방물 이외에 명국 조야 요로에게 바쳐 환심을 사둘 만한 사적인 뇌물로 인삼 같은 우리나라 특산물과 은자와 예단도 대량으로 준비해 가지고 갔다.

배웅하는 환송의 무리, 떠나는 행렬의 규모 모두 요란할 판이었다. 한명회와 권람이 될 수 있는 대로 요란하게 보이지 않도록 신신당부를 했기 때문에 눈에 거슬리게 야단스럽지는 않았다.

그리고 또 종사관으로 따라가는 황보석과 김승규가 일편 감시 역할을 할 수도 있어, 수양대군의 일파라 할지라도 공연한 말썽을 일으킬 서투른 짓은 삼가야만 했다.

그래도 많은 인파의 환송을 받으며 사람 150여 명, 말 100여 필의 대규모 사은사 일행이 모화관을 떠나 무악재를 넘어갔다.

한양에서 의주까지의 거리는 1,050리(약 412킬로미터)였다. 빠르면 20여 일, 늦으면 한 달을 넘기기도 했다. 한양에서 의주까지 40여 개소의 역참이 있고, 25개소의 객관이 있어 가는 곳마다 그 지역의 지방관이 사은사 일행의 숙소를 돌보고 공궤(供饋)(음식 대접)에 정성을 들였기 때문에 긴 여행에도 별 어려움은 없었다.

단종은 내관 전균(田畇)을 평양에 보내 수양대군에게 위로연을 베풀게 하고, 또 의주까지도 내관 박윤(朴潤)을 보내 위로연을 베풀게 했다.

사은사 일행이 무사히 떠나갔다는 전갈을 얼운이로부터 전해 들은 윤씨 부인은 안심을 하면서도 또 한 번 뜨거운 눈물을 쏟아냈다. 벌써 여러 날 윤씨 부인은 남몰래 눈물을 흘리고 있었다.

수양대군이 도성을 비우는 사이에 도성 안에서 크나큰 정변이 일어나 세상이 뒤집힐 것이며, 그러면 수양대군은 무사치 못할 것이라는 불길한 예감이 도무지 떨쳐지지가 않았기 때문이었다.

"어머님, 고정하시옵소서. 별일 없을 것이옵니다."

며느리 한씨 부인의 위로였다.

"고정이리니……. 지금이 어느 땐데 도성을 비우시고 떠나신단 말이냐? 지금이 어느 땐데……."

"혹시 몰라 영상과 우상의 자제를 데려가신 것으로 아옵니다만……."

"그 일만으로 마음을 놓을 수야 없지. 아무튼 권교리, 한주부를 자주 불러서 조정 중신들의 동태를 잘 살피라고 일러야겠다."

"예, 어머님. 명심하겠사옵니다."

그러나 윤씨 부인의 우려와는 달리 조정은 아주 평온했다. 그저 태평성대의 계속이었다.

임금이 아직 유충하기 때문에 노련한 의정대신들, 즉 황보인과 김종서 등은 될 수 있으면 현상 유지만 하면서 조용조용 세월 보내는 것을 원칙으로 삼고 있었다. 될 수 있는 대로 조용히, 될 수 있는 대로 평이하게 지내면서 어린 단종이 성년이 되기를 기다리는 것이 이 시대의 사명이었기 때문이다.

황보인, 김종서뿐만 아니라 올바른 심지의 사람들은 그저 7, 8년 아무런 탈 없이 평온하게 세월이 지나기를 소원할 뿐이었다. 그리고 임금이 천재지변 이외에는 뜬금없는 무슨 탈이 생길 것으로 우려하는 사람도, 우려되는 사안도 거의 예상되지 않았다.

문제는 암암리에 평지풍파를 일으키려는 독충 같은 무리의 준동이 있을 뿐이었다.

수양대군이 떠나자 한명회는 그 준동의 중심인물로서 남모르게 매우 바쁜 나날을 보내야 했다.

"마님, 심려 푸욱 내려놓으시옵소서. 나리께서는 큰 뜻을 이루시고 무사히 돌아오실 것이옵니다."

윤씨 부인 앞에 나아가서는 사세의 평온함을 고하고 대군의 무사귀환을 기원하며 돌아오곤 했다.

한명회는 병판 정인지의 사저에도 가끔 들렀다.

"대감, 수양대군께서는 무슨 전언이 있었사옵니까?"

또 권람도 자주 만났다.

"이 사람 정경, 궐내의 일은 자네에게 맡겼으니 잘 알아서 하시길."

또 홍윤성도 자주 만났다.

"호랑이를 잡으려면 호랑이 굴에 들어가야지. 그리고 훈련원에서는 아직 힘깨나 쓰는 자가 눈에 띄지 않던가?"

한명회는 이리저리 한 바퀴 돌고 들어오면 방바닥에 큰대자로 드러누워 천정을 바라보며 생각을 가다듬곤 했다.

'아니, 유수 이놈은 어디를 돌아다니기에 여태껏 소식이 깜깜한고?'

송도의 정녀에게 돈 좀 갖다 주고 대신 안부를 전한 다음, 훈련원을 한 바퀴 돌며 쓸 만한 장사를 찾아오라고 내보낸 유수를 기다리기도 했다.

"나리 계시오?"

만득이가 어디 갔는지 홍윤성의 목소리가 먼저 들렸다.

"들어오게."

홍윤성은 들어오지 않고 바로 나가자고 했다.

"거 적선방精善坊 술청에다 데려다 놓고 왔으니 가서 보시지요."

"누구 말인가?"

"내금위에 이 홍윤성만큼은 못하지만 쓸 만한 작자가 하나 있다 했잖습니까?"

당시에는 훈련원에서 내금위의 훈련도 담당하고 있었다.

"웅, 그랬지. 그럼 가볼까?"

적선방 술청은 한명회가 단골 삼아 가끔 드나들던 곳이었다. 대궐과 육조거리도 가까운 곳이라 떠도는 궐내 소식을 듣기도 좋은 곳이었다. 한명회는 거기서 홍윤성의 자배기 술잔도 가끔 채워주었다.

술청에 들어서자 주모가 쫓아와 아는 체를 했다.

"주모, 나 없을 때 먹은 술값은 먹은 사람한테 받아야 하네."

홍윤성이 벌써 취기가 있었으므로 그가 한명회를 핑계 대고 외상으로 먹은 술이 있음을 짐작하고 한 말이었다.

"예, 나리. 그래야지요."

한명회는 홍윤성을 보고 싱긋 웃으며 따라 들어갔다. 안쪽 나무 탁자에 이르자 홍윤성의 덩치보다 더 큰 장사가 엉거주춤 일어섰다.

"내가 말씀드린 어른이시오."

홍윤성이 한명회를 소개하자 장사가 고개를 숙이고 나서 자기를 소개했다.

"양정楊汀이라 하옵니다."

"아, 반갑소. 한명회라 합니다."

"말씀 많이 들었습니다. 앞으로 잘 보살펴주십시오."

무뚝뚝하게 보이나 순박한 인상이었다.

"이 사람 윤성이, 자네 이 양장사하고 힘겨루기하면 아무래도 못 당할 것 같은데……."

"원, 나리도……. 아직도 저를 몰라보십니까? 나 참. 제가 아무리 양장사만 못하겠소?"

양정은 내금위 무사들 중에서도 무예가 뛰어난 무인이었다. 그런 사실을 홍윤성은 한명회에게 이미 다 알렸었다.

"허. 입은 살아서……. 그럼 당장 한번 해볼까? 양장사 어때요?"

"예, 허나 이런 데서야 할 수 없지요."

"하하, 나리, 거 보십시오. 꽁무니를 빼지 않습니까?"

홍윤성은 양정을 보고 웃으면서 말했다.

"허허……."

양정은 웃고만 있었다. 둘은 이미 상당히 친숙한 사이인 것 같았다.

"나리, 그건 그렇고……. 술청에 왔는데 주모부터 부릅시다. 여기 주모!"

홍윤성이 일부러 입에 손나팔을 대고 주모를 불렀다.

"헤헤, 참……."

"허허……."

주모가 오자 홍윤성이 알아서 술과 안주를 푸짐하게 시켰다.

"양장사, 앞으로도 나리가 계실 때는 항상 이렇게……, 알았지요?"

"허허……."

양정은 사람 좋게 웃기만 했다.

술잔이 두어 순배 돌았을 때 한명회가 양정 가까이 다가앉으며 말했다.

"양장사 반갑소. 앞으로 나라를 위해서 큰일을 해봅시다."

"예, 고맙습니다. 많이 가르쳐주십시오."

홍윤성이 끼어들었다.

"나리. 양장사의 동지들이 있답니다."

"거, 참 좋은 일이오. 양장사의 동지들이라면 양징사를 닮았을 게 아니오?"

"글쎄요. 그럴지도 모르겠습니다만……."

"헤헤, 언제 한번 다들 만나봅시다."

"예예, 고맙습니다."

그들은 밤이 이슥해서야 헤어졌다. 한명회는 취해서 좀 비틀거렸으나 기운은 더 솟는 것 같았다. 양정을 얻은 기쁨인 것도 같았다.

며칠 뒤였다. 한명회가 오늘은 어디부터 들릴까 생각하며 아직 문밖 나서기를 주춤거리고 있을 때였다.

"형님, 유수입니다."

눈 빠지게 기다리던 목소리였다. 한명회는 벌떡 일어나 방문을 열며 소리쳤다.

"대체 뭘 하고 돌아다니다 이제야 와?"

"시키신 일이 한두 가지입니까?"

유수가 들어와 앉으며 말했다.

"헤헤, 하긴 그래. 아무튼 쓸 만한 놈들을 좀 구했나?"

"예, 쓸 만한 놈 한 놈 구해서 친구가 됐소."

"겨우 한 놈이야?"

"예, 형님. 그런데 그 한 놈이 보통이 아닙니다."

"그래, 자네보다도 힘이 더 세던가?"

"힘이 문제가 아니라 아주 보물을 만났습니다. 웬만한 장사 스무 명 몫은 할 것입니다."

"그래? 그놈 지금 어디 있는가?"

"왜요? 가보시게요?"

"그럼, 당장 가봐야지. 앞장서게."

"그러잖아도 오늘 형님 모시고 간다고 해놓았습니다."

"허, 그래?"

"제가 송도에 들려서 제 아우 놈이랑 윤이랑 다 데리고 와 거기다 맡겨놓았다고요."

유수 대신 늘 궁지기를 해주던 유수의 아우 유하柳河, 그리고 함께 궁지기를 했던 최윤崔閏을 말하는 것이었다.

"그래? 참, 정녀 댁은 잘 있던가?"

"형님의 근황을 들으시더니 아주 반가워하시며 언제쯤 데려가신다고 하더냐고 물으셨지요."

"그래서?"

"넉넉잡고 이삼 년이면 될 거라고 했습지요."

"이삼 년이라……, 아무튼 잘했네. 그럼 나가세. 아 참, 만득아!"

한명회는 갑자기 가복 만득이를 불렀다. 그리고 앉아서 먹을 갈아 몇 자 편지를 적었다.

"예. 부르셨습니까?"

만득이가 방 앞에서 여쭈었다.

"너 이 쪽지를 홍주부에게 전하고 오너라."

홍주부란 홍윤성이었다.

"예. 훈련원으로 가야합지요?"

"그렇지. 얼른 다녀오너라."

쪽지에는 가급적 빨리 적선방 술청으로 나오고, 가능하면 양정을 데리고 나오라고 적었다. 만득이를 보낸 뒤 두 사람은 술청으로 향했다.

"이름이 홍달손洪達孫이라 하는데 혹 들어보셨습니까?"

유수가 걸으면서 말했다.

"글쎄. 이름이야 백 번 들은들 소용없는 일이고……."

"그 사람이 의주도수군첨절제사義州道水軍僉節制使를 지냈다 하던데요."

첨절제사는 첨사僉使라고도 했는데, 당시 군사체제인 진관체제鎭管體制에서 주변 군현郡縣의 제진諸鎭을 통솔하는 중심진中心鎭인 거진巨鎭의 장將으로, 종3품 무관직이었다.

"아니 뭐라고? 그게 정말이야?"

한명회는 깜짝 놀랐다. 이건 힘깨나 쓰는 건달 무뢰배가 아니었다. 장사 패거리로 큰소리 좀 칠 수 있는 유수, 양정 따위도 아니었다. 엄연한 장군이었다.

"예에……. 거 의주성 성문 공사인가 뭔가를 잘못했다고 파직당했다 합니다."

한명회는 발걸음을 멈췄다. 이런 대단한 사람이 유수에게 걸렸다니 납득이 되지 않았다.

"자네, 어김없는 사실이렷다?"

"그야, 형님께서 만나보시면 알 일 아닙니까?"

"하긴 그렇지."

"송도 경덕궁에서 인물들이 다 나오는 것 같습니다, 형님."

"이놈아, 경덕궁에서 무슨 인물이 나와?"

"허 참. 우선 형님부터 안 그렇습니까? 소인 놈도 그렇고요."

"헤헤헤, 듣고 보니 그런 것 같기도 하다만……. 네깐 녀석이 무슨 인물인고?"

"그건 그렇다 치고……. 이번 홍달손이라는 사람은 경덕궁지기 최윤 덕에 알게 된 거 아닙니까? 그래서 지금 거기에 최윤도 있고 제 아우 놈도 있게 된 거지요."

"허, 듣고 보니……. 그렇다면 경덕궁 터가 역시 명당자린가 보다."

그들이 술청에 든 지 얼마 있지 않아 홍윤성이 헐레벌떡 뛰어들었다.

"양정은?"

한명회가 물었다.

"오늘 상번上番이라서 못 나옵니다."

"음, 그럼 가세."

"아니, 어딜 갑니까? 땀나게 달려왔는데 그냥 갑니까? 목이라도 좀 축이고 가야지요."

홍윤성의 불평이었다.

"좀 멀리 다녀올 데가 있으니까 다녀와서 하지. 자, 나가세."

세 사람은 모화관을 지나 홍제원 가는 길로 들어섰다. 거기서 왼쪽으로 꺾어 무악의 골짜기로 들어섰다. 발목이 묻힐 만큼 낙엽이 쌓인 숲길을 한참 걸었다. 바스락바스락 발밑에서 들리는 가을 부서지는 소리가 꽤나 유쾌했다. 유수가 앞서고 한명회와 홍윤성이 뒤따랐다.

"첨절제사를 했던 사람을 만나러 가는 길이야."

한명회가 홍주부에게 행선을 알려주는 셈이었다.

"거 무슨 헛소리를 하십니까? 첨사를 지낸 사람이 뭐가 답답해서 이런 산골에서 산답니까?"

"모가지가 잘렸다네."

"그래도 그렇지요. 나리께서 헛소문에 움직이시진 않을 거고……. 거참. 거참."

앞서가는 유수의 발걸음이 빨라 홍주부와 한주부는 헐떡이며 쫓아가느라 한가히 말을 주고받을 처지가 아니었다. 가파른 길에 올라서니 앞이 확 트이고 험준한 산등성이가 보였다.

"저기……."

유수가 손가락으로 가리키는 쪽을 보며 모두 멈춰 섰다. 산세로 보아 말이 달릴 만한 곳이 아닌데도 말발굽 소리에 섞여서 말을 질타하는 사나이의 고성이 들렸다.

"야, 저기……."

홍윤성이 탄성을 지르며 가리키는 곳을 보니 참으로 믿기 어려운 광경이 벌어지고 있었다. 호랑이가 올라온다 할지라도 숨이 찰 법한 가파른 등성이 길을 한 사나이가 말을 타고 오르고 있었다. 그것도 마치 평지를 달리는 듯 거침없는 자세였다.

"와, 대단해!"

웬만해서는 콧방귀 정도로 응수하는 홍윤성도 꽤 놀라는 모양이었다. 숲에 가렸다 나타났다 하는 기마의 장면을 넋을 놓고 바라보고 있었다.

"형님, 저 사람이 바로 홍달손입니다."

유수가 한명회를 보며 말했다.

"어서 가보세."

한명회는 홍달손의 무예가 범상치 않음을 직감하고 어서 만나고 싶었다. 유수가 앞장섰다.

오르막으로만 이어지던 산세가 갑자기 끊어지면서 눈앞에 홀연 평지가 나타났다. 산 밖에서는 이런 곳이 있으리라고 전혀 예상치 못할 만큼 은밀하기도 한 곳이었다.

"흠......."

한명회는 자신도 모르게 탄성을 질렀다. 활터를 만들 만큼 너른 평지 건너에 노송이 몇 그루 서 있고, 노송 뒤쪽으로 제법 규모가 큰 오두막 같은 집이 있었다. 그 앞 노송에 말이 매여 있고 그 옆으로는 체력 단련에 쓰는 듯 몇 개의 바윗돌이 놓여 있었다.

금방 오두막에서 사람들이 나와 이쪽을 건너다보고 있었다.

"나요, 유수입니다."

외치고 걸어가는 유수를 따라가며 한명회는 맨 앞에 서서 손을 들어 환영하는 사나이를 훑어보았다. 키가 크고 탄탄해 보이면서도 날렵해 보이는 체구였다.

"어서 오시오."

유수 일행이 사람들 가까이 다가가자 유수 아우와 최윤이 웃으면서 손을 들어 맞이했다. 다들 가까이 마주하게 되자 유수가 한명회를 홍달손에게 소개했다.

"내가 말씀드렸던 한공이십니다."

"홍달손이라 합니다. 반갑습니다."

"한명회라 합니다. 만나 뵙고 싶었습니다, 홍공."

유수는 홍윤성도 소개했다.

"훈련원 주부로 계신 홍주부이십니다."

"홍달손이라 합니다. 말씀 많이 들었습니다. 이 누추한 곳을 찾아주셔서 고맙습니다."

홍달손은 홍윤성이 술을 동이로 먹을 만큼 장사에다가 무예가 뛰어나지만 과거시험은 문관으로 급제하여 출사했다는 이야기를 유수에게

서 들었었다. 유수는 홍윤성에게 유수의 아우 유하와 최윤을 소개했다.

"이 두 사람은 경덕궁에서 형님(한명회)을 모시고 있던, 말하자면 동지요."

"반갑소이다."

"반갑습니다."

한명회가 홍달손의 말 달리는 솜씨를 칭찬하고 나섰다.

"오면서 말 달리는 모습을 보았소이다. 가히 입신의 경지라 하겠습니다."

"별 볼 일 없는 잔재주일 뿐이지요."

"아니, 그런 솜씨를 어찌 잔재주라 하십니까?"

"쓰일 곳이 없는 무예는 잔재주일 뿐이지요."

"……!"

한명회는 속으로 쾌재를 불렀다. 범상한 무인이 아님을 알 수 있었다.

"안평대군 같은 분은 무인을 후히 대접한다 하던데, 그런 분을 찾으시면 그 무예가 쓰이지 않겠소이까?"

"허허, 모르시는 말씀……."

"무슨 말씀이신지요?"

"안평대군은 문인이지 무인이 아니올시다. 그런 사람은 무인의 재주를 이용할 뿐 사람을 쓰지는 않습니다."

"오!"

"무를 아는 사람이라야 진정으로 무인을 사람으로 대접하지요."

"좋은 말씀 들었습니다. 홍공 덕택에 한 가지 더 배웠습니다."

이때 바윗돌들을 쳐다보고 있던 홍윤성이 물었다.

"이 돌들은 무얼 하는 것이오?"

"근력 단련에 쓰이는 것입니다만 때로 손님 대접할 때도 쓰이지요."

"아니 손님 대접에도 쓰인다고요?"

"예. 저 돌을 다 들어 올리는 능력대로 차이를 두고 손님을 대접하지요."

"허허, 예를 들어 저걸 다 들면?"

"일단은 나와 동급의 무인으로 대접하고 그렇지 못하면 우선은 수하로 대접하지요."

"헛, 그렇다면 이 사람도 아니 들어볼 수가 없습니다그려."

"이 사람을 포함하여 여기 유공 형제분과 저기 최공은 저 다섯 개의 바윗돌을 다 들어 저만큼 던졌지요."

홍윤성은 도포 소매를 걷어붙이고 바윗돌에 다가가 그 하나를 번쩍 들어 머리 위로 쭉 올렸다. 그리고는 대여섯 발짝 앞으로 내던졌다. 쿵 하는 소리와 함께 땅이 울렸다. 그 돌은 쌀섬보다 좀 더 컸다.

그리고는 두 번째, 세 번째, 네 번째, 다섯 번째, 이렇게 거기 있는 바윗돌 다섯 개를 다 들어 올려 앞으로 내던졌다. 바윗돌들은 나란히 떨어져 원래의 장소에서 위치만 바꾼 셈이 되었다.

"험……."

홍윤성은 손바닥을 맞닥뜨려 털며 득의의 미소를 지었다.

"훌륭하십니다, 홍주부. 동지로 모실 만합니다."

홍달손이 칭찬을 했다.

"알아주시니 고맙소이다."

그때 한명회가 홍달손 가까이 다가와 낮은 소리로 말했다.

"홍공, 보아하니 여기는 명당이오. 여기다 객사를 짓고 활터도 만들고 하여 홍공과 뜻을 같이하는 혈기 남아들을 모아 무예를 단련하게 하면 좋겠습니 다만……."

"……?"

"지도자로는 홍공을 위시해서 여기 이 장사들이 맡아 하면 넉넉할 것이오."

"그렇게 해서 닦은 무예를 무엇에 쓰시려고요?"

"그야 종사를 위해서 써야겠지요."

"……!"

"우리 조선은 세종 성군의 뒤를 이어가야 한다고 생각합니다. 문무가 다 강성했던 태평성대를 계속 이루어 나가야 할 것입니다"

"……, 좀 전에 그래서 안평대군 말씀을 하셨습니까?"

"홍공의 말씀대로 안평대군으로는 부족합니다. 그분이 비록 인망이 높다 하지만 그분의 인품으로는 위태로운 이 종사의 불안을 결코 수습하지 못할 것입니다."

"……!"

홍달손은 등줄기가 서늘해짐을 느꼈다. 먼 하늘을 응시하며 차분히 낮은 소리로 말하는 한명회의 진지한 모습에 홍달손은 압도되고 있었다.

"아무리 찾아보아도 수양대군뿐이오. 오직 그분만이 이 난세를 수습할 수 있을 것이오."

홍달손이 머리를 약간 돌리며 물었다.

"한공, 그런 이야기를 아무 데서나 해도 되는 것이오?"

"이 사람도 목숨 아까운 것은 알고 있소이다."

한명회는 눈을 돌려 홍달손의 눈을 지그시 응시했다. 홍달손 또한 그렇게 한명회를 응시했다.

"……."

"홍공을 믿기에 한 말이었소."

홍달손은 유수로부터 수양대군의 능력과 한명회의 경륜과 두 사람의 내밀한 관계를 이미 들어 알고 있었다. 불우한 자신의 입장에서는 마음이 가는 존재들이었다.

"한공, 믿어주어 고맙소이다."

"고맙소. 홍공도 오늘은 잠시 하산을 하시지요. 이 사람이 오늘은 홍공의 앞날에 모든 축복이 깃들기를 기원하는 잔치를 베풀까 하오."

"한공, 고맙소이다."

홍달손은 두 손으로 한명회의 손을 덥석 잡았다.

"자, 오늘은 나를 따라 모두들 잠시 하산을 하십시다."

얼마 후 일행은 모두 적선방 예의 그 술청에 이르렀다. 앞장서 들어가며 한명회가 큰 소리로 외쳤다.

"주모, 어디 있는가? 내가 왔네."

"아이고, 어서 오시와요."

"오늘은 술청을 다 비워야 할 것 같네. 좀 서둘러 주게."

"저놈이……, 혼찌검 맛을 좀 봐야 하나!"

이미 마시고 있던 자들이 주먹을 쥐며 몹시 아니꼬운 눈살로 한명회를 주시하며 웅성거렸다. 그러다 뒤따라 들어오는 엄청난 덩치들을 보고는 쥐 죽은 듯 조용해졌다.

"헤헤, 주모, 술이 한 섬은 있어야 하네. 자배기 잔도 준비해야 하고……."

술꾼들은 슬금슬금 일어나 나가기 시작했다.

꽤 너른 술청이지만 남산만한 덩치들이 몇 앉자 술청이 꽉 차는 듯했다.

"오늘은 마음껏 마시며 회포를 풀어봅시다. 자 자, 오늘의 모임을 위하여 축배!"

한명회가 잔을 들자 모두들 잔을 들고 소리쳤다.

"축배요."

"축배."

마시기 시작하자 몇 달 굶은 걸신들처럼 입에 쏟아 넣기 바빴다. 연방 잔을 비우고 고기 안주를 질겅거리며 떠들어댔다. 다들 잘 마셨지만 역시 홍윤성을 당할 자는 없었다. 그의 잔은 계속 자배기였다.

"홍공……."

"예, 한공."

"무악골 그 자리에 우리 수련원을 하나 지읍시다. 어려운 일이 있을 때는 수(유수)를 통해서 알려주시오."

"예, 그리 해봅시다. 내일부터 당장 시작하겠소."

"고맙소. 그리 합시다. 꺽, 헤헤. 나는 천명을 따르는 사람이오."

"그러실 테지요."

"수양대군 나리께서 돌아오시면 홍공도 종사를 위해 하실 일이 생길 것이오."

"소원하오이다, 한공."

"홍공, 우리의 만남 또한 천명이오이다."

"한공……."

"홍공……."

두 사람은 손을 꽉 잡았다. 둘은 장년 갑장甲長 38세였다. 의욕으로 태우는 가슴이 사뭇 조급해지고 있었다.

2

사행길

사은사 일행이 도성 외곽을 지나고 임진강을 건너 파주 지경을 가게 되자 좀 한가한 기분이 들었다. 수양대군은 신숙주를 한편으로 만들라는 한명회의 말이 떠올랐다. 그는 초장부터 신숙주의 마음을 떠보기로 했다. 그는 서장관 신숙주를 불러 말머리를 나란히 하고 천천히 말을 몰았다.

"이보시오, 신서장."

수양대군이 서장관 신숙주를 공손한 투로 불렀다.

"예, 나리."

"날씨가 쌀쌀한 것 같지요?"

"예, 이제 곧 초겨울 아니겠습니까?"

"요동 벌판에 이르면 꽤 춥겠소그려."

"거기는 이미 한겨울일 것입니다. 추위가 몇 달 빠르지요."

"아 참. 범옹은 요동을 잘 알고 있지요?"

그는 세종 때 집현전 학사로 근무하면서 요동에 유배되어 온 명나라 한림학사 황찬黃瓚을 만나러 성삼문과 함께 요동에 다녀온 적이 있었다.

"예, 좀 알지요."

"그런데 범옹, 저 뒤에 따라오는 두 젊은이를 어찌 생각하시오?"

"두 젊은이라면……?"

"영상 아들 황보석과 우상 아들 김승규 말이오."

"그야 장래가 촉망되는 젊은이들이지요. 이 기회에 견문을 넓히고 오면 나라에도 도움이 되겠지요."

"허허, 범옹은 동문서답하는 것이오? 내가 물은 뜻은 그게 아니오."

"아, 그러면 무얼 물으신 겝니까?"

"저 두 젊은이는 나를 감시하고 있을 것이오."

"예에, 감시요?"

"허, 범옹은 모르는 척하지 마시오. 내가 명나라에 들어가 무슨 일을 꾸미지 않을까 싶어 황보인과 김종서가 나를 감시하라 일렀단 말이오."

"그럴 리가 있겠습니까? 모처럼 대국에 가니 넓은 천지 구경이나 잘하고 오너라 그랬겠지요."

"아니, 범옹은 말귀를 못 알아듣는 거요? 아니면 일부러 딴청을 부리는 거요? 기왕지사 이제 몇 달은 그대와 침식을 같이하고 만 리 길을 함께 가게 되었으니, 내 속에 든 말을 털어놓겠소. 범옹 그대는 김종서의 큰 신임을 받는 사람으로서 김종서 편인 줄도 다 알고 있소. 안 그렇소?"

"하하, 나리께서는 자꾸 옥생각을 하시고 계신 모양입니다. 누가 누구 편이고 누가 누구를 감시한다는 말씀입니까?"

"나는 사실 광명정대함을 보이고 싶어 그 두 젊은이를 내가 천거하여 데리고 가는 거요. 평소에도 황보인, 김종서가 여러모로 나를 감시하고 있는데 나를 따라가면서 그냥 가만있으라 했겠소? 왜냐하면 저들은 지금 주상이 어린 틈을 타 국정을 저들 마음대로 전횡하고 있고, 어린 상감을 돌보려는 종친을 핍박하고 있소. 그런 사실을 내가 명 조정에 가서 말하면 명나라에서 저들을 문책하게 될까 봐 그것을 매우 두려워하는 것이오."

"그럴 리가 있겠습니까? 그것은 나리만의 생각일 수도 있습니다."

"또는 내가 명 조정에 무고를 해서 내가 섭정으로 집권을 할 모사를 꾸밀까 두려워하고 있는 것이오."

"하하, 나리께서도 그러실 분이 아니시려니와, 저들 대감들도 그러실 분들이 아니신 줄로 압니다."

"그렇다면 나를 감시코자 하는 저 젊은이들과 감시받고 있다고 여기는 나 수양, 양쪽 중 한쪽은 틀림없이 잘못된 것이오. 그렇지 않소?"

"글쎄올시다. 양쪽 다 잘못일 수도 있고……."

"음, 좀 더 두고 보자는 말인 것도 같소만……."

신숙주는 희미하게 웃으며 고개를 끄덕였다.

일행은 송도에서 하룻밤 묵었다. 다음 날 예성강을 건너 행보가 한가로워지자 수양대군은 다시 신숙주를 불러 말머리를 나란히 했다.

"이보시오, 범옹. 지금도 집현전 학사들이 글을 많이 읽고 있소?"

"예, 다들 열심히 읽고 있습니다."

"집현전은 아버님 세종대왕께서 세우셨지만 어딘가 마땅찮은 데가 많단 말이오. 너무 고집불통들이고 너무 벽창호들이란 말이오."

"하오나 거기서 많은 일들을 해냈고 책들도 많이 만들어냈소이다."

"그건 사실이오만, 말년에 아버님 세종대왕께서도 그들의 그 고집불통 때문에 속을 많이 끓이셨지요."

"불교 때문이었던가요?"

"집현전 쪽에서 너무 지나쳤단 말이오."

"그거야 소신을 지키고자 한 때문이었지요."

"집현전 학사들은 폭이 좁아요. 학식이 많은 사람들이 대개 소견이 좁으니 알다가도 모를 일이오. 최만리 같은 사람은 그 대표적인 본보기일 것이오. 나 같으면 그런 무엄 발칙한 놈은 찢어 죽였을 것인데, 우리 아버님께서는 참으로 공자님이시요 부처님이셨습니다."

"예, 세종대왕께서는 몇 천 세에 한 분 나오실까 말까 하신 어지신 임금이시지요."

"그런데 말이오, 범옹."

"예, 나리."

"지금 이 나라 조정을 누구의 조정이라 생각하시오?"

"……."

조정이든 나라든 임금의 것이라는 것을 수양대군이 몰라서 묻는 것은 아닐 것이었다.

"이 나라 조정이 누구의 뜻으로 움직이는 것이오?"

"집현전에 앉아 있는 사람이 그런 것을 알 수 있습니까? 의정부에서 대신들이 하는 일이니 잘 모릅니다."

"아니, 모른다니요? 누구의 조정인지를 모른단 말이오?"

"예, 모릅니다."

"그러면 누가 명령을 내리지요?"

"그야 성상께서 내리시지 않습니까?"

"허, 범옹도 그래 모든 명령을 성상께서 내리시는 줄로 아시오? 황표정사黃標政事란 말 들어보지도 못했단 말이오?"

"그거야 떠도는 이야기인 것으로 압니다만……. 비록 보령이 유충하시다 하나 성상께서 영특하시니 나라가 평안하지 않습니까?"

신숙주는 일부러 알쏭달쏭한 대답을 했다.

"아니, 나라가 평안하다고? 지금 범옹이 제정신으로 하는 소리요? 다른 사람은 그만두고라도 안평이 결사대를 모집해서 세상을 뒤집어 놓는다고들 하는데 어찌 나라가 평안하다고 하는 게요?"

자기가 암암리에 장사들을 모집하고 있는 사실을 안평에게 뒤집어 씌웠다.

"그 또한 유언비어일 것입니다."

"유언비어라고?"

"그렇지요. 안평대군은 원래 시문을 좋아하시어 문사들의 왕래가 잦은 탓에 그런 소문이 났을 것입니다. 그러나 거기 모이는 사람들은 모두 선비들뿐입니다."

"음, 그대도 정녕 그렇게 알고 있단 말이오?"

"그렇소이다."

"그렇다면 후일 범옹은 안평의 편을 들겠소그려."

"편을 들다니요? 그게 무슨 말씀입니까?"

"범옹은 딴전을 피우지 말고 우리 터놓고 얘기해봅시다. 정말로 범옹은 어느 편을 들 셈이오?"

"나리께서 무슨 말씀을 하고 계시는지는 모르겠으나, 저는 아무 편도 들지 않을 것입니다. 다만 유충하신 성상만을 위하여 문종대왕의 탁고託孤하신 유명遺命을 따를 것입니다. 신하로서 그밖에 무엇에 뜻을 두겠습니까?"

신숙주는 아주 딱 잘라 말했다. 수양대군은 신숙주의 마음을 잡기에는 아직 멀었다고 여겼다.

평양을 지나 의주로 향하는 길에서 수양대군은 또다시 신숙주를 불러 말머리를 나란히 했다.

"여보 범옹, 나는 참 걱정이 많소. 이씨가 만든 조정을 강신强臣들이 마음대로 쥐락펴락하니 나라가 어떻게 될지 불안하기 짝이 없단 말이오."

신숙주는 또 모른 척했다.

"나리. 시생은 정말 그런 일은 잘 모르겠습니다."

"허 참, 모르다니……. 범옹 같은 준재俊才가 그런 일을 모르면 누가 알겠소? 그러지 말고 후일에 나를 도와주시오. 나는 우리 이씨의 종사를 위하여 한 가지 일을 해볼까 하오."

"유충하신 금상을 보필하여 충성을 다하는 것이 바로 이씨의 종사를 위하는 것이지요. 그 밖에 딴 일은 시생이 알 바가 아닌가 합니다."

신숙주는 거절을 분명히 했다.

"음……."

수양대군은 여전히 실망하지 않았다. 그러나 신숙주와의 대화는 좀 시간을 둔 뒤 다시 하는 게 좋겠다고 생각했다. 잘못하다가는 오히려 신숙주의 반감을 살 우려가 있기 때문이었다.

일행이 의주에 도착해서는 며칠을 묵었다. 압록강을 건너 대륙에 들어가면 사신단의 여행길은 완전히 달라지기 때문에 그에 대한 준비를 마쳐야 했다. 준비물이 많았다.

노숙을 한 경우에 대비한 천막, 장막, 울타리 재료, 바닥 깔개, 침구 등 많은 사람들의 숙박 시설물을 준비해야 했다.

사은정사인 수양대군이 사용할 노숙 숙소는 융단 천막이었고, 부사나 서장관의 것은 개가죽 장막이었으며, 여타 사람들의 것은 직물 포장이었다.

다음으로 주방기기와 취사도구, 식사도구 등을 준비해야 했고 사람들이 먹을 양식과 부식재료, 말이 먹을 건초도 준비해야 했다. 그다음으로는 시탄柴炭(땔감)과 등촉재료 등도 준비해야 했다.

이런 각종 물품 재료를 운반할 복쇄마卜刷馬(짐 싣는 말)가 100여필, 또 이런 물품재료와 말을 관리하고 다루어야 할 하인배, 즉 노자奴子(하인), 주자廚子(조리사), 마두馬頭(말 관리인), 마부馬夫가 도합 100여 명이었다. 이들 말과 하인은 주로 평안도의 말과 관노, 역졸 들을 차출하여 충당했다. 중국에 들어갈 사은사 일행은 이제 사람 250여 명, 말 200여 필의 대 집단이 되었다.

사은사 일행은 마지막 준비를 마치고 최종적으로 서장관이 확인한 후, 조정에 도강장계渡江狀啓를 올리고 의주를 출발했다.

의주에서 북경까지 거리는 2,100리(약 825킬로미터)였다.

의주에서 도강 이후 중국의 검문소인 책문柵門까지의 거리는 120리(약 47킬로미터)인데, 거기까지 가는 길에는 민가는 물론 어떤 시설도 없다. 그저 허허벌판이었다. 양국 사이의 완충지대인 셈이었다.

여기를 지나는 이틀 동안은 혹독한 추위 속에서 온전히 노숙생활을 하며 사행길을 가야만 했다.

압록강을 건너 요동遼東에 들어선 뒤부터는 수양대군도 신숙주와 한가히 이야기를 주고받을 처지가 못 되었다.

겨울이 찾아온 요동 벌판의 혹독한 추위와 때때로 몰아치는 설한풍 속에서는 입을 열어 말을 할 수도, 애써 꺼낸 말을 그대로 들을 수도 없었다. 그저 앞만 보고 부지런히 말을 몰아가는 것만이 해야 할 일이었다.

일행은 금석산金石山 근처에서 노숙을 했다. 천막을 쳐 잠자리를 마련하고 취사를 해서 끼니를 해결하고 말의 짐을 내리고 말에 먹이를 주고 쉬게 했다.

노숙에 들어가기 전 상통사上通事(우두머리 역관)와 반당伴倘(호위무관)을 책문에 미리 보냈다.

사행단은 책문에 들어가기 하루 전에 책문 관원에게 사행단의 입경入境을 미리 알리고, 사행보단使行報單(사신 일행의 직위와 성명, 짐의 품목과 수량 등을 명시한 문서)을 전해야 했다.

그러면 책문 관리는 사행보단을 봉황성장鳳凰城將에게 미리 보내서 하정下程(사행단에게 필요한 주식 부식 재료, 마초, 시탄 등의 물품을 지급하는 일)에 대비토록 했다.

사행단의 우두머리, 즉 정사가 종친일 경우에는 하정의 내용물도 훨씬 더 풍요해지고 접대 또한 더 곡진했다.

사행길에서 하정은 세 차례 이루어졌다.

초절初節(첫 구간)의 하정은 봉황성에서 심양瀋陽까지에 필요한 것을 일괄 지급했다. 중절中節의 하정은 심양에서 산해관山海關까지의 것을, 종절終節의 하정은 산해관에서 북경까지의 것을 일괄 지급했다.

금석산 노숙은 흡사 커다란 한 마을이 이동하며 쉬어가는 것 같았다. 다음 날 석양 무렵 사행단 일행은 책문에 도착했다.

책문에서는 사행보단에 명시된 대로 이상 유무를 확인하는 검열을 실시한 다음 통과시키는 것이 전례였다. 사행단이 책문에 도착하면 책문 관리에게 뇌물을 바치는 것 또한 상례였다.

태조, 태종 때에는 사행보단과 다른 물품이나 수량이 발견될 때에는 압물관押物官(물품호송관) 소속 노자奴子의 목을 현장에서 베기도 했다. 그러나 이때는 명 조정이 물렁했기 때문에 지방관아도 물렁했다. 그러므로 책문에서도 뇌물의 다과와 상관없이 검열도 형식적으로 끝내고 통과시켰다.

여기서부터는 명나라의 역참을 이용하면서 사행길을 갔다. 지방관이 물렁한 탓에 사행길이 편하기도 했지만 동시에 치안이 허술해서 제멋대로 도적떼도 나타났다.

요녕遼寧 벌판을 지날 때였다. 구릉지역 험지에서 십수 기의 마적 떼가 나타나 노자들을 칼로 치고 봉물을 강탈해 달아났다. 순식간의 일이었다.

그때 수행무관 민발閔發이 번개같이 말을 몰아 도적 떼를 따라잡고 큰 철봉을 휘둘러 몇 놈을 쓰러뜨렸다. 그러자 나머지 도적들이 달아나버려 봉물을 빼앗기지 않고 되찾아올 수 있었다. 수양대군이 민발을 크게 칭찬하고 등을 다독여주었다.

수양대군은 가는 곳마다 과공過恭으로 칭송을 받았다. 심양에서는 요동 도지휘사 왕상王祥이 수양대군에게 따로 잔치를 베풀어주며 자기 동료들에게 자랑스럽게 소개까지 해주었다. 그는 함께 참석한 다른 여진족 지휘관들을 향해 이렇게 말했다.

"너희가 늘 예도를 익혔다 하나 어찌 왕자에게 미칠 수 있겠는가. 왕자의 동정과 예도가 다른 사람과 다른 것은 우연이 아니다."

수양대군은 일개 여진족 지방관의 찬사에도 감개무량했다.

"소방인小邦人을 그리 알아주시니 은혜가 하해와 같사옵니다."

수양대군은 명나라에 국서를 보내 요동이 조선의 영토임을 선언한 아버지 세종의 존엄에 분칠糞漆을 하고 다녔다.

사행길이 몹시 어려운 엄동설한이었지만 명나라 지방관들의 호의가 전에 없이 두터워 큰 어려움 없이 사신단은 동지를 여유롭게 앞두고 무난히 북경에 도착했다.

사은사 일행은 표문表文을 예부禮部에 바치고 회동관會同館에 짐을 풀었다.

사은사 수양대군은 공식 알현으로 황제를 만날 때 세 번만 절을 해도 될 것을 다섯 번이나 하고 머리를 조아리는 과공을 보였다. 뜰에 동석해 있던 조관들이 놀라 감탄해 마지않았다.

"조선의 왕자는 본시 귀골의 자손이라 어질고, 덕망이 보통사람과는 다르군요. 지금 북방 나라의 왕제도 와 있으나 그들은 보통사람과 다를 바 없습니다."

이런 과공 때문에 회동관의 수양대군은 야인들의 관심의 대상이 되기도 했다. 야인들은 통사 장인기張仁己에게 말하곤 했다.

"우리는 조선에 가서 반드시 태자(수양대군)를 뵐 것이오."

어떤 늙은이는 수양대군 때문에 자신의 나이 많음을 한스러워하기도 했다.

"내가 늙은 것이 가슴 아프오. 조선에 나가 태자를 한 번이라도 뵙고자 하나 뜻을 이루지 못할까 두렵소. 태자의 거동이 비범하니 이는 진실로 부처님과 같소."

수양대군은 예부직방禮部直房(조회 전에 앉아서 기다리는 대기실)에 나아가 황제(경태제)가 내리는 물품을 전달받으면서도 과공을 잊지 않았다.

"황상께서 내리시는 것이온데 어찌 앉아서 받을 수 있사오리까."

그러면서 수양대군은 벌떡 일어나 정중하게 예를 취하고 받았다. 예부의 일개 낭중인 웅장熊壯에게 과공의 예를 취한 것이다. 웅장은 깜짝 놀라며 불식간에 감격하고 말았다.

"조선은 원래 예의의 나라라지만, 왕제의 예의를 아는 것이 참으로 이와 같소."

예부시랑 추간鄒幹도 감탄하여 반송사伴送使(사신을 안내하고 호송하는 임시직) 장윤張倫에게 이렇게 털어놓았다.

"조선의 왕자가 황제의 하사품을 앉아서 받지 않았다 합니다. 상서 尙書도 그 지성에 감동을 받았다 합니다."

명 조정은 수양대군을 참으로 고맙고 대견한 사신으로 존경해 마지 않았다. 왜냐하면 조선의 사신 수양대군이 명나라에 이렇게 과공의 예를 취한 것은, 당시 명나라를 우습게 보던 다른 여러 이민족 번국藩國들을 순화시키는 좋은 본보기가 되기 때문이었다.

수양대군은 조선 출신 명나라 환관 윤봉尹鳳에게도 아부했다. 윤봉은 세종 때 조선에 살던 그저 농민일 뿐인 자기 동생의 직급을 올려달라고 해서 말썽을 일으킨 적이 있었다.

윤봉은 수양대군이 사신으로 오자 조선에 사는 자기 조카 윤길생尹吉生을 성절사聖節使(황제나 황후의 생일을 축하하기 위해 보내는 사신)로 보내달라고 청탁했다. 후에 수양대군이 귀국한 뒤의 일이지만, 조선 조정에서는 그가 전년에도 명나라에 다녀왔기 때문에 다시 가는 것은 옳지 않다는 의정부의 의견으로 임금의 윤허를 받으려 했으나, 수양대군이 적극 간여하여 결국은 윤길생을 다시 성절사로 보내게 되었다. 결국 윤봉의 청탁도 수양대군은 충실히 처리해주었던 것이다.

3

정인지

당시 병조에는 방패防牌와 섭육십攝六十이라 부르는 금군禁軍(왕의 친위대)이 있었다. 왕을 호위하고 대궐과 각 관청을 숙위하는 것이 그들의 임무였다.

왕이 비록 유충하기는 하지만 오랫동안 태평성대를 이어온 여덕으로 대궐 안팎은 평온했다. 이렇게 대궐 안팎이 평온하다 보니 금군들의 할 일이 느슨해지고 인력 동원에도 여유가 생기게 되었다.

이와는 반대로 대궐이나 관아의 시설을 건립하거나 보수를 해야 하는 영선도청營繕都廳은 평온한 때일수록 일이 더 많아 인력이 모자라기 일쑤였다. 당시 영선도청의 제조提調(종1품)는 민신閔伸과 정분鄭苯이었고 실무자인 직장直長(종7품)은 이명민李命敏이었다. 이명민은 대궐과 청사를 보수하는 틈틈이 민신과 정분의 집을 수리해주고, 더 나아가 황보인과 김종서의 별채도 지어주었다. 영선도청에서 대신들의 집을 수리해주는 일은 흔히 있어온 관례이긴 했으나, 이번에는 일감이 좀 많은 편이었다.

이같이 일을 하다 보니 영선도청의 공장工匠들만으로는 손이 모자랐다. 그래서 놀고 있는 금군을 영선 노역에 동원하기 시작했다. 말하자면 병조의 금군들을 병조의 허락도 없이 영선도청에서 제 마음대로 데려다 쓴 것이다. 이 또한 흔히 있어온 관례였다. 그런데 병조판서 정인지는 이런 사실을 알게 되자 화를 벌컥 냈다. 정인지는 이명민을 불러다 놓고 호통을 쳤다.

"네가 감히 병조의 허락도 없이 금군을 노역에 동원하여 부리다니 그럴 수가 있느냐? 중벌을 면치 못하리라, 이놈."

그러나 이명민은 천연덕스럽게 대답했다.

"병판대감, 그와 같은 일을 소인이 어찌 임의로 처리하겠사옵니까? 마땅히 영선도청의 제조 분들과 의논하심이 옳은 줄로 아옵니다."

"……?"

이명민은 자신의 소행을 민신과 정분에게 떠넘긴 셈이었다. 영상과 우상의 집을 돌봐준 일이야 과거에도 늘 있어온 일인데, 할 테면 해봐라 하는 이명민이었다.

정인지는 노역에 동원되었던 금군들을 불러 그들의 행적을 조사해보았다. 영선도청의 제조인 민신, 정분의 집은 물론이요, 정승인 황보인, 김종서의 집도 보수하거나 새로 지어준 사실이 확인되었다. 자신을 허수아비로 여겼구나 생각하니 머리털이 쭈뼛 일어섰다.

정인지는 부르르 떨며 의정부로 달려갔다. 마침 황보인이 있어 정인지를 맞았다.

"대감, 주상전하께 고할까 하다가 대감을 찾았사옵니다. 그 수습을 논하고자 하옵니다."

"수습이라니요? 무슨 일이지요?"

"숙위를 맡고 있는 금군들을 사사로운 사역으로 부리다니 말이 되옵니까? 금군의 기강은 곧 병조의 기강인데 병조의 기강이 무너지고 있으니 종사의 안위를 보전할 수 없음 또한 빤한 일이 아니옵니까?"

"……."

"이에 대하여 대감의 뜻을 말씀해주셨으면 하옵니다."

황보인은 자신도 관련되어 있기에 사실 할 말이 없었다. 그렇다고 가만히 있을 수도 없었다.

"병판, 이 일에는 나도 관련되어 있소. 이명민을 중벌로 다스리기 전에 내가 먼저 사임을 하는 게 좋을 것 같소."

"……."

황보인이 사임을 하겠다고 하자 정인지는 당황하지 않을 수 없었다. 황보인의 사임 운운은 전혀 예상치 못한 때문이었다. 정인지의 기가 꺾이고 있다는 것을 알아차린 황보인은 한발 더 나아갔다.

"병판의 말대로 금군의 기강이 무너지면 안 되지요. 허나 내가 관여되고 우상이 관여된 일이며 또한 민신과 정분 같이 판서의 서열에 있는 자들이 관여된 일이니 먼저 관여된 사람들이 물러나야 할 것입니다. 그런 다음에 이명민을 처벌해야 할 것입니다."

"……."

정인지는 갑자기 꿀 먹은 벙어리가 되고 말았다.

"우상과 상의하겠소."

황보인은 자리를 박차고 일어나 나갔다. 정인지도 어쩔 수 없이 밖으로 나왔다. 어찌할까 망설이다 집현전으로 발길을 옮겼다. 집현전에 있는 몇 사람에게 정인지는 이 사태를 들려주었다.

"공연한 말씀을 하신 것 같사옵니다."

최항의 걱정이었다.

"그럼 자네는 저들의 일이 옳다는 말인가?"

"옳다고 볼 수는 없는 일이지요. 하지만……."

"하지만 뭔가? 수양대군이 계셨다면 이 같은 일을 그냥 두고만 보셨으리라 생각하는가?"

화가 나서 언성을 높이다 정인지는 금방 주춤했다. 자신도 모르게 튀어나온 수양대군이란 말 때문이었다.

"대감께서 수양대군의 사람이란 소문이 돌고 있사옵니다."

"……!"

"대감을 병판으로 천거한 사람이 수양대군이란 사실은 세상이 다 알고 있지 않사옵니까?"

"말조심하게."

정인지는 역정을 냈다. 자신은 결코 수양대군의 사람이 아니기 때문이었다. 최항이 말을 계속했다.

"세상 사람들이 그렇게 알고 있다면 영상이나 우상께서도 그렇게 알고 계실 것이 아니옵니까? 이번 금군에 관한 일은 선대왕 시절에도 가끔 있었던 일이옵니다. 대감께서는 수양대군의 사람이든 아니든 간에 수양대군께서 돌아오신 다음에 따졌어야 옳았을 것이옵니다."

"……!"

최항의 말을 듣고 보니 큰 실수를 한 것 같았다. 집현전을 나온 정인지는 날리는 눈발을 아랑곳하지 않고 하염없이 걸었다.

'내가 수양대군의 사람이라니…….'

어처구니없는 일이 아닐 수 없었다. 참으로 기막힌 일이었다.

정인지 스스로는 태어나서 지금까지 어떤 파당의 편을 들어본 적도 없었고 그런 언동을 취한 적도 없었다. 그런데 지금 자신도 모르는 사이에 수양대군의 사람이 되어 있는 게 아닌가. 참으로 이상야릇한 노릇이었다.

'아니지. 그럴 수는 없지.'

그는 눈 속을 걸으며 자꾸 고개를 좌우로 털었다.

눈이 계속 내리는 밤, 진녀의 집 사랑에 황보인과 김종서가 마주 앉아 있었다.

"아무래도 결단을 내려야겠소."

황보인이 결심을 보였다.

"병판의 일 말씀입니까?"

"그렇습니다."

"잘못하다가는 큰 화근이 될 수도 있습니다. 영선營繕하는 일은 나라의 큰일이요 항용 있어온 일인데, 병권만 주장하고 훼방을 놓으려 하니 병판 그 사람의 의중도 의심스러워요."

"금군의 일은 병판의 말이 틀리지는 않지요."

"하지만 영선도청의 일이 어디 사사로운 일입니까?"

"이 일로 해서 의정부와 병판이 대립하고 있음을 조정이 다 알고 있을 터인데, 지금 병판을 바꾼다면……, 세상의 이목이 있지 않습니까?"

"우상, 이목을 꺼려할 때가 아니에요. 정인지는 수양대군의 사주를 받고 있을 것입니다."

"……?"

김종서는 그럴 리가 없다는 듯 고개를 가로저었다.

"수양대군이 정인지를 병판으로 천거한 것은 반드시 민신이 미워서가 아닙니다. 정인지만이 나나 우상의 일을 가로막고 나설 수 있기 때문에 그런 것입니다. 게다가 수양대군이 떠나기 전날 정인지를 사저로 불렀지요. 거기서 무슨 얘기를 했겠습니까?"

"……?"

"삼척동자도 짐작할 수 있는 일이 아닙니까? 그러니까 수양대군이 돌아오기 전에 병판은 갈아치워야 합니다."

"……!"

김종서는 정인지의 학문과 인품을 신뢰하고 있었다. 그가 함부로 지조를 바꿀 사람으로 여겨지지는 않았다.

"영상대감, 정인지에 대한 보복이라는 인상이 있어서는 아니 될 것으로 생각됩니다만……."

"우상, 그건 나도 알아요. 축록자불견산逐鹿者不見山(사슴을 쫓는 자는 산을 보지 못한다)이라고, 정인지는 학자로서는 훌륭하지만 지도자로서는 맞지가 않아요. 보복이 아니라 옮겨놓자는 것이니까, 정인지를 승진시키면 될 것입니다."

"……."

"그리고 우선 급한 것은 좌상의 자리를 비워둘 수가 없다는 것이에요. 절재가 좌상으로 올라가고 우상의 자리는 좌찬성이 오르고……."

그러면 의정부의 삼정승이 강화되는 것이었다.

"수양대군의 사돈인 한확을 좌찬성으로 올리고 허후를 우찬성으로 올리고 정인지에게는 판중추원사를 제수합시다. 이렇게 하면 아무도 탓할 사람이 없을 것이오."

"하오나 정인지를 한직에 둔다는 것은……."

"나도 정인지를 한직에 두고 싶지는 않지만, 우선은 그런 데가 어울려요. 화근을 없애는 일이니 미련을 두지 맙시다."

김종서는 고개를 천천히 끄덕여 보였다.

"그럼 병판은 누구에게 맡기시려 하십니까?"

"조극관趙克寬에게 맡기려 합니다. 아직은 그만한 인물이 없습니다."

"좋을 것 같습니다."

"최항을 동부승지로 옮기려 합니다."

"예……."

김종서는 황보인이 뜻밖에 치밀한 사람임을 새삼 깨닫게 되었다. 수양대군의 부사를 거절했던 허후와 수양대군의 사돈을 나란히 좌우 찬성에 올려놓았다. 금군의 일에 연루된 김종서와 정분을 좌우상에 올려놓았다. 이는 정인지의 항변 따위는 받아들이지 않겠다는 뜻이기도 했다. 그러면서도 정인지는 비록 한직이지만 승진을 시켜놓았다. 김종서는 황보인을 다시 볼 수밖에 없었다.

"어떻소, 절재대감? 다른 뜻이 있으면 말씀하시지요."

김종서는 뒷맛이 개운치는 않았으나 딴 도리도 없었다.

"잘된 것 같소이다."

"허허……. 이제야 시름을 덜게 되었소이다. 수양대군이 내일 당장 돌아온다 해도 힘을 쓸 수가 없을 것이오. 하하……."

방 안에서 웃음소리가 들리자 진녀가 주안상을 들고 들어왔다. 진녀가 청자 술병을 들어 황보인의 잔에 술을 따르려 했다.

"오늘은 너희 대감께 먼저 따라 올려야겠다. 좌의정에 오르셨느니라. 허허……."

"온 세상에……. 좌상대감, 하례 드리옵니다."

김종서는 말없이 술잔을 들었다. 진녀가 천천히 술잔을 채웠다. 국화 향기가 은은히 풍겼다. 진녀는 황보인의 잔에도 술을 채웠다.

"좌상……, 밖에는 서설瑞雪이 여전하군요. 다가오는 새해에는 오늘보다 더 큰 경사가 있을 것 같소이다."

두 사람은 잠시 서로에게 잔을 들어 보이고 천천히 목을 축였다.

황보인, 김종서가 상의해 결정한 인사이동은 다음 날 아침 왕명으로 공표되었다. 청명한 아침 백설에 반사되는 찬란한 햇살을 받으며 모처럼 상쾌한 가슴으로 등청했던 권람은 소스라치게 놀라 뒤돌아 달리기 시작했다. 권람은 숨을 헐떡이며 한명회의 집으로 달렸다. 무릎이 빠지는 눈길에 걸음이 더디어 등청 때와는 정반대로 가슴이 터질 듯 답답했다. 한명회의 집 마당으로 들어서자 처마 끝으로는 비 오듯 낙숫물이 떨어지고 있었다.

"이런 고얀 놈들이 있나?"

권람이 방에 들어와 앉으면서 대뜸 하는 소리였다.

"아침부터 웬일인가?"

한명회는 의아한 표정이었다.

"세상에……, 이거야 원……. 김종서가 좌의정, 정분이 우의정이 되고……."

권람은 몇 번이고 말을 끊었다 이어가며 그날 아침에 발표된 이동 상황을 한명회에게 들려주었다.

"뭣이 어째? 학역재대감이 판중추원사라고?"

"그렇다니까."

"으응……."

한명회는 대답 없이 신음 같은 소리를 내더니 벌떡 일어섰다.

"어딜 가려고?"

"어딘 어디야? 학역재대감에게 가야지."

"지금 갈 건 뭔가?"

"아니야. 쇠는 달궜을 때 두들겨야지……."

"……?"

한명회는 그렇게 한마디 하고는 용수철처럼 튕겨져 나갔다. 한명회는 눈밭을 누비며 걸음을 재촉했다. 무릎이 빠지는 눈길에 아랫도리가 어느새 축축이 젖어들었다. 정인지의 집 앞에서는 하인들이 나와 눈을 치우고 있었다.

"대감마님 계시느냐?"

한명회는 한마디 하고는 뛰듯이 걸어가 사랑방 앞 댓돌 위에 올라섰다.

"대감, 대감! 한주부이외다."

"허엄."

정인지는 기침 소리를 내어 안에 있음을 알렸다.

한명회는 마루에 앉아 대님을 끄르고 버선을 벗어 한편에 놓고 방 안으로 들어갔다. 그리고 말없이 자신을 쏘아보고 있는 정인지 앞으로 가 궤좌跪坐(무릎 꿇음)하여 앉았다.

"저들이 왜 평지풍파를 일으킨답니까? 대감께서는 어찌 생각하십 니까?"

정인지는 몹시 못마땅한 듯 입맛을 쩝쩝 다시며 시선을 돌렸다.

"적군도 등을 돌리면 화살을 쏘지 않는 법이옵니다."

'한명회와 같은 저런 자와 대좌하게 되니 나에게 수양대군의 사람 이란 낙인이 찍히는 게 아닌가. 그것참.'

한명회는 정인지의 기분 따위는 모르는 듯 열변을 토해내고 있었다.

"대감께서는 당연히 하실 말씀을 하신 것이옵니다. 잘못은 저들이 저질렀지 않습니까? 주상전하의 보령이 유충하신데 제1왕숙이 천거 하신 병관을 갈아 치우다니요? 그것도 천거하신 분이 아니 계신 틈을 타서 말입니다. 저 늙은이들이 아직 망령이 들 때는 아닌데 대체 무슨 짓을 하는 것이옵니까?"

"크……."

"달포만 지나면 대군나리께서 돌아오십니다. 김종서 그 사람이 좌 의정이 되고 싶어 정신이 나간 게 아니옵니까?"

"허허, 말을 삼가시게."

"대감, 판중추원사가 무슨 자리입니까? 대감께서 승진하신다면 마땅히 우찬성으로 오르셔야 합니다. 그래서 영상이니 좌상과도 마주 앉아야 합니다. 저들은 대감과 마주 앉지 않겠다는 뜻이 아니오니까? 금군의 기강은 사실 한시도 무너지면 아니 되는 것인데, 그에 대한 대감의 주청에는 한마디 대답도 없이 저들 마음대로 자리를 다 바꿔버리지 않았습니까? 시생과 같은 야인이 알 만한 일을 정승들이 모른다면 이는 난세입니다. 임금은 있으나 마나 한 게 아니오니까?"

"허, 이런 미친 것이 있나? 썩 그만두지 못하겠는가?"

정인지는 마침내 큰소리치고 말았다. 그래도 한명회는 뻣뻣하게 나왔다.

"대감, 저들의 소행은 두려운 게 없다는 뜻이옵니다. 금군을 동원하여 자신들의 집을 짓고, 바른 말을 하는 병판을 몰아내고, 그리고 저들끼리 국사를 논한다니……. 대감, 대군나리께서 돌아오시면 가만히 계시겠소이까? 그리고 이게 어디 그냥 앉아서 구경이나 하고 있을 일이옵니까? 주상전하를 허수아비로 만들어놓고 저들 마음대로 하다니, 종사를 어디로 끌고 가겠소이까?"

"하면 이제 와서 어쩌자는 것이야?"

"당연히 밀어내야 하지 않겠소이까? 옳은 일을 그르다고 하는 패거리들에게 종사를 어찌 맡길 수 있겠소이까? 저들이 대감을 밀어내는 것이나 대감이 저들을 밀어내는 것이나 다를 바가 없사옵니다. 수양대군 나리께서 종사의 안위를 걱정하시는 것은 바로 이런 일 때문임을 대감께서는 아셔야 하옵니다."

"허흠……."

"수양나리께서 황보석, 김승규를 인질처럼 데려가신 것은 바로 오늘 같은 사태를 걱정하셨기 때문이옵니다. 만일 황보석, 김승규를 데려가지 않으셨다면 어찌 되었겠습니까? 나리께서 무사히 돌아오실 수 있으리라 여기시옵니까?”

“……?”

한명회는 계속 퍼부었다. 왜냐면 지금 정인지는 몹시 달아올라 있기 때문이었다.

“대감, 정신을 차리시옵소서. 다음 차례는 무엇이겠습니까? 파직이 아니겠습니까? 그리고 그다음은 위리안치! 대감, 호랑이에게 물려가도 정신만 차리면 된다는 속담이 있소이다. 대감이 지금 음미해보셔야 할 말이 아니옵니까?”

“이만 되었네. 물러가시게.”

정인지는 기분이 몹시 상했다. 나이로 봐서도 근 20년 아래인 포의布衣로부터 질책을 받고도 대꾸 한마디 제대로 못하는 신세가 되고 만 것이었다. 한명회는 더욱 훈계조였다.

“가겠습니다, 가다마다요. 허나 끝으로 한 가지 더 말씀드리고자 합니다. 대감께서는 세종대왕의 총애를 받으셨사옵니다. 대감께서는 대왕의 은혜에 보답하셔야 할 것이옵니다. 그것은 이 나라의 종사를 굳건히 하는 일이라면 목숨이라도 바치는 것이옵니다. 그럼 이만 물러가옵니다. 대군나리께서 돌아오시면 다시 뵙겠사옵니다.”

정인지는 시름이 깊어졌다. 지금까지 자기는 불편부당한 길을 걸어왔다고 자부할 수 있었다. 그러나 이제는 그럴 수 없을 것 같았다. 수양대군이 도성을 떠나기 전 그와 전별의 술잔을 나눌 때 수양대군이 자기에게 은근히 한 말이 있었다.

"내가 도성을 비운 사이에 부득이 나와 상의할 일이 생기면 한공을 불러 상의해주셨으면 합니다."

그때만 해도 정인지는 무슨 그런 일이 있으랴 하고 그저 웃기만 하지 않았던가. 그러나 오늘날 그를 만날 일이 생겼고 그는 큰 소리로 떠들어대는데 자신은 말 한마디 변변히 하지 못하고 말았던 것이다. 정인지는 한명회의 말을 되씹어보았다.

따지고 보니 무심히 그냥 들어 넘길 말들이 아니었다. 그의 말들은 바로 수양대군의 뜻이 아니겠는가? 앞으로는 어느 한 편에 서지 않을 수 없을 것 같았다. 그런데 황보인, 김종서의 편에는 설 수 없을 것이다. 그들은 자신을 아예 무시해버리지 않았던가.

정인지의 집을 나온 한명회는 곧바로 수양대군저의 객사로 달려갔다. 얼운이 객사로 들어와 수양대군의 바지와 버선, 대님을 내주면서 말했다.

"갈아입으시고 내당으로 들어오시랍니다."

"아니, 바깥어른이 안 계신데 내당이라니?"

"새아씨 마님께서 분명히 그리 말씀하셨는데요."

"헤헤……. 알았네."

한명회는 정인지에게 대놓고 하던 자기의 당돌한 말이 생각나 빙긋빙긋 웃으며 얼운을 따라 내당으로 들었다. 한씨 부인이 마루에 나와 맞았다. 한명회가 내당으로 들어서면서 보니 윤씨 부인은 얼굴이 꽤나 창백해져 있었다.

"어머님께서 걱정이 매우 크십니다. 근자에 있었던 일을 소상히 말씀드렸으면 합니다."

한씨 부인이 조심스럽게 입을 열었다.

"그리 심려하실 일은 아니오옵니다, 마님."

"아니라니요? 우리 대감의 뜻이 짓밟힌 꼴이 되었는데 아니라니요?"

"헤헤, 제 놈들이 스스로 묻힐 구덩이를 판 셈이옵니다."

"그게 무슨 소리지요?"

윤씨 부인은 의아했다.

"헤헤, 그렇지 않사옵니까? 나리께서 돌아오시면 진노하실 일을 저질러놓았단 말씀이옵니다. 제 놈들이 먼저 시작했으니 이번에는 이쪽에서 시작할 일이 아니오옵니까? 아무 심려 마시옵소서, 마님."

"그저 심려 말라니요. 벌어진 일은 어찌하고요?"

"조그만 소란 덕택에 사람을 얻었사옵니다."

"그게 무슨 소리요?"

"명나라에서는 신숙주를 얻으실 것이고 여기서는 정인지를 얻으실 것이옵니다."

"아니 그게 무슨……?"

"정인지와 신숙주는 앞으로 나리께서 수족같이 쓰셔야 할 인재들이옵니다. 시생은 이번의 풍파가 하늘의 보우하심이라 생각하옵니다."

"……!"

윤씨 부인은 곁에 앉은 며느리 한씨 부인과 시선을 마주하고 나서야 안도하듯 얼굴이 환해졌다.

"새 병판은 누구지요?"

"조극관이옵니다."

"저쪽 사람인가요?"

"꼭 그렇다고는 볼 수 없사옵니다. 그 사람 또한 때가 되면 나리 편에 서야 할 사람이옵니다."

"그렇게 될 수 있을까요?"

"우리가 하기 나름입니다. 심려치 마시옵소서."

"믿어도 되는 것이오?"

"헤헤, 시생을 믿으시면 되는 일이옵니다. 심려치 마시옵소서. 헤헤"

"호호, 그저 심려치 말라니…… 천하태평이시군요."

윤씨 부인이 마침내 웃었다. 한씨 부인도 가볍게 웃으며 말했다.

"무악에 짓기로 한 객사는 얼마만큼 되었는지요?"

"눈 때문에 다소 지체되고 있사오나 나리께서 돌아오실 때까지는 다 될 것이옵니다. 심려치 마시옵소서."

"호호호, 그저 다 심려치 말라니 원……."

윤씨 부인은 이제 완전히 기분 전환이 된 것 같았다. 한씨 부인은 그래도 다짐을 두려는 것 같았다.

"한주부가 하시는 일이라 틀림이 없으리라 믿습니다만 사람이 하는 일인지라 혹 실수라도……."

"헤헤, 심려치 마시옵소서."

"호, 알겠습니다."

"아가, 주안상 내야지……."

"아참, 예……."

한씨 마님이 조용히 일어서서 방을 나갔다.

"대감께서 정월 안으로는 돌아오실까요?"

윤씨 부인이 물었다.

"나리께서도 일찍 돌아오시려 하실 것이옵니다. 정월 안으로는 오실 것 같사옵니다."

"일각이 여삼추라더니, 참……."

"그렇사옵니다. 허나 이제 오실 날이 더 가까워졌사옵니다. 심려치 마시옵소서."

"호호, 그저 심려치 말라니……, 호호."

4

귀로

며칠 지나 새해가 밝았다. 1453년, 단종 1년이었다.

아침 일찍 수양대군저를 찾은 한명회는 윤씨 부인에게 세배를 올렸다.

"마님, 용꿈을 꾸셨사옵니까?"

"호호, 고맙소. 용꿈이야 한주부가 꾸어야지요."

"시생의 꿈은 좋은 편이옵니다."

"다행이오. 그러면 한주부 꿈을 믿어봐야지요, 호호."

"헤헤, 그러시지요."

"대감께서 이제 이달 안으로는 돌아오시는 거지요?"

"이르다 뿐이옵니까? 나리께서 돌아오시면 세상사가 많이 달라질 것이옵니다."

"그렇고말고요. 당연히 그래야지요."

윤씨 부인은 한명회가 얼마나 무서운 꿈을 꾸고 있는지 모르고 있었다. 그냥 유리한 자리에 오를 수 있도록 달라져야 한다고 여겼다.

한씨 부인이 조촐한 주안상을 내오자 윤씨 부인이 손수 한명회의 잔을 채웠다.

"나리께서 계셨으면 이보다는 주안상이 나왔을 텐데……."

"별말씀을……. 시생에게는 늘 나리께서 옆에 계시옵니다. 서로 하고 싶은 말도 충분히 나누고 있사옵니다."

"예에?"

윤씨 부인은 한씨 부인과 눈을 마주치며 미소를 지었다. 한명회는 술잔을 비우고 나서 작별의 말을 했다.

"시생도 세배를 받을 데가 있어서 일어서야 하겠사옵니다."

"아니, 이렇게 금방이오?"

"예. 기다리고들 있어서이옵니다."

한명회는 수양저를 나서서 발길을 모화관 쪽으로 돌렸다.

'아, 이 길로 돌아오실 텐데…….'

한명회는 수양대군의 귀국을 학수고대하고 있었다.

자신의 계획은 예상대로 착착 진행되고 있었다. 이제 머지않은 앞날에 그 계획대로 실행에 옮기기만 하면 일은 이루어지는 것이었다.

모화관을 지나 홍제원으로 가다가 한명회는 무악재로 들어가는 오솔길로 접어들었다. 울창한 소나무 숲에 들어서자 하얀 잔설을 이고 우람하게 서 있는 굵은 소나무들이 마치 수양대군의 호령을 기다리고 있는 늠름한 출정군처럼 보였다.

'명령일하命令一下, 잘난 놈들 벌벌 떨다 사라질 것이다.'

한명회는 혼자 실실 웃으며 걸음을 재촉했다.

"거 뭐가 그리 좋아서 혼자 웃고 그러시오?"

갑자기 천둥 같은 소리가 숲속에 쩌렁 울렸다.

"수! 자네 목소리에 간 떨어질 뻔했네."

유수가 마중을 나온 것 같았다.

"허허, 형님이 갑자기 웬 능청이시우?"

"헤헤, 무엇 하러 예까지 내려왔는가?"

"오시는 길에 혹 누구 따라오는 놈이 있나 나가보라고 해서⋯⋯."

유수는 뒷머리를 긁었다.

"누구? 홍공이 시키던가?"

"예."

한명회는 머리를 끄덕였다. 과연 홍달손이었다.

"헛고생했네그려. 그쯤이야 내가 어련히 알아서 할까⋯⋯."

"앞만 보고 오시던데요 뭐⋯⋯."

"난 뒤통수에도 눈이 있다 했잖은가?"

"아 참, 그렇지요. 하하하."

"헤헤헤, 어서 가세."

두 사람은 오르막을 넘어서고 있었다.

"참, 윤성이 왔는가?"

"예, 벌써 왔습니다."

"지금 식솔은 몇인고?"

"스무 남짓은 되지요."

"그 계집은 잘 지내는가?"

"예. 일솜씨는 제법입지요. 헌데 색기가 좀 있어서……."

"윤성이 놈이 마음을 못 놓겠는데……. 누가 건드릴까봐 말이야."

"아니요. 외려 누가 건드려주길 바라는 눈치더라고요."

"누가 건드려주길 바란다고?"

"그만 신물이 난 모양 아닙니까?"

"헤헤……. 윤성이 그놈답구만……."

무악재 아래 분지에 활터를 만들고 그 가장자리에 제법 큰 객사를 짓고 무악림毋岳林 객사라 불렀다. 객사라고는 했지만 실은 그들의 산채였다. 홍달손의 수하들과 유수 형제의 수하들도 들어왔고, 양정과 그 무리들도 들어왔다.

안경손安慶孫, 송석손宋碩孫, 권언權躽, 한서구韓瑞龜, 봉석주奉石柱 등 주로 내금위 무사들이 합류했다. 홍윤성, 양정 등 대궐에서 근무하는 자들은 그들이 올라오기 전에 남몰래 미리 산채를 내려갔다.

산채에는 식솔들이 점점 더 늘어났다. 식사와 빨래를 맡아줄 일손이 필요해서 젊은 과부 하나도 데려다 놓았다. 그랬더니 홍윤성이 먼저 차지해버린 모양이었다.

두 사람이 활터가 내려다보이는 고개에 올라가서 보니 산채의 굴뚝에서는 연회색 연기가 피어오르고 활터의 눈은 깨끗이 치워져 있었다.

"사람 사는 훈기가 감돌고 있네그려……."

"훈기도 있고……, 또 기세가 아주 등등합니다."

"암, 당연히 그래야지."

두 사람이 산채에 이르자 유수가 안에 대고 소리쳤다.

"나리 오셨소!"

유수가 안에 대고 소리치자 문이 벌컥 열리며 홍달손이 나왔다.

"나리, 어서 드십시오."

홍달손이 나오자 한명회는 정중하게 인사했다.

"홍공, 수고가 많았소이다."

"당치 않은 말씀이옵니다."

"자, 자, 드십시다."

한명회는 호기롭게 대방大房으로 들어섰다. 대방에 모여 있던 장한壯漢들이 일제히 한명회 쪽으로 시선을 돌렸다.

"내가 얘기한 한공이시네."

홍달손이 말하자 장한들이 주춤거리며 일어섰다.

"한공, 세배를 받으셔야지요."

"헤헤, 세배라니? 다 같은 처지인데……."

"아닙니다. 사람이 모여 있으면 상하의 질서가 있어야 합니다. 어서 좌정하시지요."

홍달손이 한명회의 손을 잡고 이끌어 기어이 상석에 앉혔다. 이어 장한들의 앞자리에 서더니 뒤를 한 번 둘러보며 말했다. 장한들이 어느새 도열하듯 서 있었다.

"함께 한공께 세배를 올리겠네."

홍달손이 엎드려 절을 하자 뒤에 서 있던 장한들도 따라서 절을 했다.

"새해에는 대망을 이루십시오."

"고맙소."

답례로 맞절을 하고 나서 한명회는 엄숙한 표정으로 장한들의 면면을 살폈다. 방 안은 침묵 속에서도 금방 정연한 질서가 잡혀가고 있었다.

"이제 상을 드리게."

최윤이 부엌에 대고 소리치자 부엌문이 열리고 술과 안주가 들어오기 시작했다. 장한들이 부엌살이 여인을 도와 민첩하게 움직였다. 이미 단련된 솜씨들이었다.

"자, 드십시다."

한명회가 선언하자 홍달손이 제안했다.

"한공, 명색이 새해 첫날이고 또 한공을 처음 대하는 사람들도 있고 하니, 한 말씀 하셔야 될 것 같소이다."

"......!"

"어서 한 말씀 하시지요, 나리."

최윤이 거들었다.

한명회를 처음 보는 장한들에게 그는 의문의 인물이었다. 홍달손이나 최윤이 깍듯이 존대하는 것으로 보아서는 꽤나 대단한 사람임에 틀림없고, 또 이 산채에서 쓰는 비용이 그에게서 나온다 하니 지닌 것 또한 꽤나 많은 사람임에는 틀림없는데, 그의 생김새나 행색으로 보아서는 도저히 믿기지 않았기 때문이다.

그런 존재로부터 한 말씀 듣게 되었으니 장한들은 긴장되기도 했다. 한명회가 마침내 입을 열었다.

"세상에는 구실이라는 말, 혹은 노릇이라는 말이 있소. 아비 구실을 제대로 못한다거나 사또 노릇을 제대로 하지 못한다는 따위의 말들을 들어보았을 것이오. 예를 들어, 어떤 집에서 쥐를 잡으려고 고양이를 길렀는데 고양이가 제구실을 못하여 쥐를 잡지 못한다면 그 고양이를 무엇에 쓰겠소? 도둑을 지키라고 개를 길렀는데 개가 제 노릇을 못하여 도둑이 들었다면 그런 개를 기른 집은 어찌 되겠소? 그런 고양이나 개를 기른 집은 재산이 축나고 살림이 거덜 나서 종당엔 망하게 될 게 아니오? 사람이 사는 세상도 마찬가지요. 사람마다 제구실이니 노릇이니 하는 게 있기 마련인데, 사람들이 제구실을 다하지 못한다면 집안이든 나라든 어수선해지고 혼탁해져서 종당엔 망하기 마련인 것이오."

한명회는 잠시 말을 멈추고 좌중을 둘러보았다. 말을 알아듣는지 못 알아듣는지 알 수는 없지만 진지하게 경청하고 있는 모습인 것만은 틀림없어 보였다.

"여러분은 모두들 당당한 무인이자 장한壯漢이오. 그러므로 어떠한 처지에서도 무인 구실을 제대로 해야 하고 장한 노릇을 제대로 해야 할 것이오. 그러자면 평소에도 제구실을 다하기 위해서 스스로 땀 흘려 갈고 닦고 다져야 할 것이오."

"……!"

좌중은 여전히 진지했다.

"그리고 또 세상의 세월은 그냥 지나가는 것이 아니오. 세월의 흐름에는 시운이라는 게 있소. 사람은 또 시운을 잘 타야 하는데 이 신년 새해에 내가 여러분에게 시운을 잡아서 타게 해주겠소. 여러분이 그때 자기 구실을 제대로 한다면 팔자가 환하게 피어날 것이오."

"……!"

좌중이 잠시 웅성거리더니 얼굴이 까무잡잡한 장한이 불쑥 한마디 던졌다.

"한 가지 묻겠소이다."

"말해보시게."

"나리께서 시운을 잡아서 타게 해주신다 하셨는데 시운을 사람이 잡을 수가 있사옵니까?"

"시운이란 세월 속에 흐르는 것일세. 나는 그 시운의 흐름을 볼 줄 안다네. 그러니까 그 시운이 흘러서 우리 앞에 올 때, 아니 벌써 어느 만큼은 와 있네. 이때 내가 여러분을 거기 태워준다는 것일세."

"……?"

그러나 장한은 실감이 나지 않는지 고개를 갸웃했다.

"혜혜……, 그 시운 위에다 내가 여러분을 다 태워줄 테니 그때 여러분은 제구실을 똑바로 하기만 하면 되는 것이오."

이어서 홍달손이 환한 얼굴로 마무리를 지었다.

"한공, 고맙소이다. 이제야 시생들이 해야 할 일이 무엇인지 알게 되었소이다. 소중한 말씀 깊이 새기겠소이다. 자, 이제 잔을 드시지요."

한명회가 잔을 들었다.

"자, 즐겁게 드십시다."

"예, 고맙소이다."

한명회는 가슴속으로 예리한 쾌감의 전율이 관통함을 느꼈다.

좌중은 금방 흥청거렸다. 술동이가 수없이 들락거리면서 방 안에는 취흥이 도도했다.

이들은 그럴듯한 장한들이라 하나 시정잡배나 진배없는 자들이었다. 그들은 한명회의 진의가 무엇인지 확실히 알지는 못했으나 한명회와 홍달손의 대화와 표정으로 무언가 그럴듯한 일이 벌어지고 있다는 것은 짐작했고, 자기들도 같은 편이라고 여기면서 대단한 자부심도 생거나 분위기는 더욱 고조되었다.

'흠, 불만 당겨놓으면 금시라도 쾅쾅 터질 화약들이로구나. 볼만하겠어.'

한명회는 마음이 흐뭇했다.

'결심만 남았어, 결심…….'

한명회는 속으로 중얼거렸다.

수양대군은 공식 일정을 다 마친 다음 귀국하기에 앞서 북경의 요처를 구경할 작정이었다.

그는 사신단 일행 중 통사들도 다 내치고 신숙주 하나만 대동하고선 구경에 나섰다. 내심 생각한 바가 있던 수양대군은 북경 교외로 행선지를 잡고 이곳저곳을 구경하다가 남구南口에 있는 명나라 영락제永樂帝의 능인 장릉長陵을 찾았다.

영락제의 능을 구경하고 나오면서 수양대군은 신숙주의 안색을 살피며 말을 걸었다.

"이보시게, 범옹. 영락제의 능이 어떻소?"

"대국의 제왕으로서 그 규모가 과연 굉장하옵니다."

"범옹은 영락제가 어떤 인물이라고 생각하오?"

신숙주는 수양대군의 의도를 짐작은 했으나 당장 무어라 대답할 수가 없었다.

"글쎄요……."

영락제는 명의 제3대 황제로, 태조 홍무제洪武帝 주원장朱元璋의 넷째 아들 주체朱棣를 이른다. 그는 제2대 황제인 조카가 행방불명이 되자 스스로 황제가 된 인물이었다. 그는 처음부터 황제가 되려는 야심을 가졌던 사람은 아니었다. 자기가 폐서인이 되어 죽게 될 처지에 놓이자 불가불 살기 위해 항거하고 싸워서 제위에까지 오르게 된 사람이었다.

태조 주원장의 황태자는 큰아들 주표朱標였으나 태조 생전에 그 황태자가 죽자, 태조는 황태자의 아들인 맏손자 주윤문朱允炆을 황태손으로 봉했다. 1398년(조선 태조 7) 명 태조가 죽자 이 황태손이 22세로 즉위하여 제2대 황제 건문제建文帝가 되었다.

명 태조 주원장은 죽기 전 방효유方孝孺, 제태齊泰, 황자징黃子澄에게 고명을 내려 어린 황제를 보필하도록 했다. 방효유는 한림원시강翰林院侍講으로, 제태는 병부상서兵部尚書로, 황자징은 태상시경太常寺卿으로 새 황제를 보필했는데, 결국 정권은 이 세 사람의 손에 쥐어지게 된 셈이다.

정권을 잡은 이들은 각 지역에 막강한 세력을 갖고 있는 번왕藩王들인 황제의 숙부들이 마음에 걸렸다. 그래서 제위를 넘본다는 죄를 뒤집어 씌워서 유력한 번왕들을 차례차례 폐서인 시켜 실권을 빼앗고 죽이거나 내쫓았다.

넷째아들 주체는 연왕燕王이 되어 북평北平(연경) 지역을 관장하고 있었다. 황제 정권에서는 연왕도 제거하려는 의도를 보이기 시작했다. 연왕을 죽이려고 자객을 보내기도 했다.

연왕은 분연히 일어나 황제 정권에 대항하여 싸우기 시작했다. 오랫동안 상호 승패를 거듭하다가 1402년에 연왕은 마침내 황제의 대군을 크게 격파하고 황도皇都인 남경南京에 입성했다. 난리 통에 제2대 황제는 행방불명이 되어 종적을 찾을 수가 없었다. 그리하여 연왕은 스스로 황위에 올라 제3대 황제 영락제가 되었던 것이다.

그는 국정을 전횡했던 방효유 등 강신強臣들을 숙청하고 조정을 일신했다. 영락제는 그로부터 재위 22년 동안 남정북벌南征北伐하여 제국의 영토를 크게 확장하고 국위를 높이 선양했으며, 문화융성과 부국강병을 기하여 명나라의 최성기를 이룩한 영주英主가 되었다. 영락제는 1421년 수도를 남경에서 북경으로 옮겼다.

수양대군은 재차 물었다.

"범옹이 영락제를 모를 리가 있소?"

신숙주는 하는 수 없이 하나마나 한 대답을 했다.

"실력 있는 제왕이었지요."

그러나 수양대군은 그 대답에도 만족한다는 듯 매우 기뻐했다.

"암, 그렇지, 잘 보았소. 과연 범옹이오."

"……."

"나라를 경영하려면 언제나 실력을 양성해야 하는 것이오. 영락제도 그저 한낱 번왕으로 있었으면 죽기 전에 무슨 일을 했겠소? 아무리 조카 황제에게 충성을 한다 했더라도 필경은 자기 조카 황제를 둘러싼 사람들의 눈에 가시와 같아 그 모함에 걸려 온전치 못했을 것이오. 결국은 숙청된 자기의 형제들처럼 폐서인이 되어 속절없이 죽어갔을 것이오. 그러나 영락제는 기어코 실력을 발휘하여 칠전팔기로 일어서 천하를 장악하고 잘 다스리지 않았소? 이야말로 대장부가 할 일이라고 생각하는데, 내 생각이 어떻소?"

"대군께서는 영락제와 같이 이제 실력 있는 정치를 해보실 작정이신 것 같습니다. 그러신가요?"

신숙주의 이 말에 수양대군은 자신감이 생긴 듯 아주 직설적으로 나왔다.

"옳소. 바로 그렇소. 지금 우리 조정은 황보인이나 김종서의 조정이지 어디 우리 이씨의 조정이오?"

"……!"

신숙주는 대답 없이 걷기만 했다.

"세상이 안될 때는 뒤집어엎어야 잘되는 법이오. 그대들 같은 골샌님 학자들은 실상은 아무런 소용이 없다는 것이오. 현재 잘못되고 있는 것은 말하지 않고, 옛날 어떤 임금과 어떤 신하가 정치를 잘했느니, 윤리도덕이 어떻고 예의염치가 어떻느니 하며 날마다 따지고 있지만, 그런 것들이 도대체 무슨 소용이 된단 말이오, 안 그렇소?"

"예, 그 말씀은 잘 알겠습니다만, 명나라 영락제도 대학자 방효유를 죽였습니다. 그것은 잘못입니다."

"그야 방효유가 철이 없어서 그렇게 된 것이오. 하라는 대로 했으면 됐을 것을 쓸데없는 소리를 해서 죽임을 당한 것이오. 영락제인들 자기에게 복종했으면 그를 죽였겠소? 그래, 범옹도 방효유를 닮아보려오? 허허허."

수양대군이 웃자 신숙주도 따라서 웃었다.

"허허허, 그랬던가요?"

"이보시오, 범옹."

"예, 대군나리."

"나의 뜻을 이제 조금이라도 짐작하겠소?"

"예, 대군의 뜻은 잘 알 것 같습니다."

"그럼, 범옹은 어느 편이 될 것이오?"

"······."

신숙주는 대답을 망설였다. 그러자 수양대군이 그 속내를 안다는 듯 말을 이었다.

"그대 마음은 내가 짐작할 수 있소. 아마 이느 편도 들고 싶지 않을 것이오. 그럼 그대들 학자들은 학문에만 전념하고, 내가 무엇을 하든 상관하지 말고 또한 그 쓸데없는 잔소리도 하지 말고 그냥 가만히 있기만 하면 되오. 그저 되어가는 대로 보고 있다가 필요한 때에 글을 지으라 하면 글이나 잘 지으면 되는 것이오."

신숙주는 수양대군의 시커먼 뱃속을 드디어 완연히 알 수 있었다. 그는 헛웃음으로 속내를 감추며 말했다.

"허허허, 그러면 학자들은 해치지 않으시겠다 이 말씀이군요."

"암, 그렇고말고요. 범옹 같은 대학자를 죽여서야 되겠소? 하하하."

"하하하. 잘 알겠소이다, 대군나리."

신숙주는 속이 뒤틀렸으나 이미 판국은 어쩔 수 없이 되어가고 있음도 감지하고 있었다.

'조선의 이 판국에서 제1왕숙 수양대군의 이 강고한 야심을 누가 제어할 수 있을 것인가? 아차 하면 모두가 다 개죽음으로 끝나고 말 게 아닌가?'

날씨는 맑았다. 그러나 살랑거리는 바람도 화북華北 벌판의 황량한 냉기를 불어왔다. 신숙주는 심란한 머릿속을 털어내듯 고개를 몇 번 흔들고 나서 길게 한숨을 내쉬었다.

'어쩌랴. 도도한 시운의 격랑을 굳이 거스르다 익사해야만 할 것인가?'

신숙주는 그 격랑을 버티며 거스를 자신이 없었다.

수양대군은 신숙주의 안색에서 이미 그의 마음을 읽었다. 그는 신숙주의 한 손을 두 손으로 꼭 쥐고 따뜻한 호의를 표시했다.

"범옹, 고맙소. 나를 도와주시오. 범옹은 이 나라 최고의 사표가 될 것이오."

"나리, 고맙소이다. 미천한 소인을 그리 보아주시니 그저 감읍할 따름이옵니다."

신숙주도 수양대군의 손을 마저 꼭 쥐고 힘을 주었다.

수양대군이 사신으로 명나라에 들어가게 되자 안평대군은 실의에 빠져 한동안 두문불출하고 있었다. 선수를 쳤으나 결국은 수양대군에게 좋은 기회를 뺏겨버린 허탈감 때문이었고, 자신을 돕겠다고 하던 황보인이나 김종서가 흐리멍덩하게 일을 처리해 자기를 돕지 못한 실망감 때문이기도 했다.

"나리, 조금도 울적해하실 일이 아니옵니다. 인간만사 새옹지마이옵니다."

안평의 심복이나 마찬가지인 이현로와 정자양鄭自洋이 찾아와서 하는 말이었다.

"새옹지마라고?"

"예, 나리."

"아니, 주색에나 능한 파락호 같은 수양 형님이 명나라에 갔으니 그 꼴이 뭐가 되겠소? 그리고 그런 형님에게 선수를 빼앗긴 나는 또 이게 무슨 꼴이오?"

"아닙니다. 이번에 수양대군께서 안 계신 게 천만다행입니다."

"뭐가 그렇다는 게요?"

"지금 수양대군의 세력이 암암리에 무서워지고 있습니다. 수양대군은 지금 30여 명의 범 같은 무뢰배들을 데리고 있다 합니다. 그들에게 각기 무기를 주고는 먹이고 기르고 있다 합니다. 피에 굶주린 이들 흉악한 짐승들로 하여금 때가 되면 닥치는 대로 사람들을 물고 뜯어먹게 할 것입니다."

"으음……. 그래서요?"

"수양대군이 자리를 비워준 게 다행이 아닙니까? 그 사이 대군께서도 저 짐승들을 막아낼 준비를 하셔야지요."

"그렇습니다. 대군께서도 널리 무사들을 구하시어 저들에 대비하셔야 합 니다."

"대군께는 마침 무계정사武溪精舍가 있으니 모은 무사들은 거기에 수용하고 훈련을 시킬 수 있습니다."

안평대군이 꿈에 무릉도원에서 놀고 난 뒤, 그곳과 같은 자리라 생각되는 창의문彰義門 밖 세검정洗劍亭 골짜기인 이곳에 정자를 짓고 무릉도원의 무자를 따서 무계정사라 이름 지었다. 만여 권의 장서를 갖추고 선비들을 불러 시문과 풍류를 즐기는 곳이었다. 이곳도 수양대군을 위해 한명회가 마련한 무악림毋岳林 객사만큼이나 깊고 으슥한 곳이었다.

"오, 과연……."

안평대군의 눈이 잠깐 빛났다.

"하지만 쓸 만한 무사들을 수양대군 쪽에서 이미 다 데려간 셈인데 남은 자들이 있을까요? 그러면 어쩌지요?"

안평대군의 눈이 찌푸려졌다.

"아주 좋은 수가 있지요."

"아, 그래요?"

"그까짓 수양대군의 30명쯤이야 한칼에 베어버릴 무서운 장수가 있으면 될 게 아닙니까?"

"아니, 그런 장수가 어디 있단 말이오?"

"있다마다요. 대군께서는 함길도 도절제사 이징옥李澄玉 장군을 잘 아시지 않습니까?"

"아, 잘 알지요."

"그럼 이제 이 장군을 우리 편으로 끌어들이면 됩니다."

"오, 그렇군."

"대군께서 서신을 써주어 사람을 보내면 될 것입니다."

"그래요. 어찌 지금까지 그 생각을 못했을까? 이징옥은 내 말이라면 바로 들을 것이오. 그럼 이징옥을 불러들인단 말이오?"

"아니지요. 당장 불러들일 필요는 없지만 무슨 일이 있을 때는 함길도의 최강 군사를 즉시 이끌고 올라와 난을 평정할 수 있지요. 그러니까 이징옥 장군이 대군 편을 들기만 한다면 이 나라에서 두려울 게 무에 있겠습니까?"

"좋소. 그러면 당장 이징옥에게 글을 써 사람을 보내겠소."

"그런데, 대군나리……."

"예?"

"우선 해야 할 일이 있습니다. 이 장군에게 부탁하여 함길도 경성

鏡城에 있는 무기 일부를 서울로 옮겨오게 하셔야 합니다. 무계정사에 옮겨놓고 무사를 좀 모아다 훈련을 시키는 것입니다."

"그러니 이번 기회가 얼마나 좋습니까?"

"과연 새옹지마란 말을 할 만도 하오, 하하하."

안평대군은 다음 날 바로 서신을 써서 정자양에게 내주고 곧바로 함길도 이징옥을 찾아가 전하도록 했다. 그리고 무계정사를 크게 확장하는 일을 시작했다.

함길도 야전군 사령관 이징옥은 경성鏡城에 자리 잡고 있었다. 이징옥은 김종서가 믿어 의심치 않을 만큼 사람이 충직하고 의협심이 강하거니와 지략과 용맹이 뛰어난 장수였다. 그는 김종서가 친아들처럼 사랑한 심복이기도 했다. 김종서와 이징옥, 두 사람은 대를 이어 명실상부한 백두산 호랑이였다.

그러므로 이징옥이 안평대군의 편에 선다면 수양대군 밑에 있는 장사들 중 좀 낫다는 홍달손, 양정, 유수 따위는 실로 하루 해장거리도 안 되는 것들이었다.

안평대군의 서신을 받은 이징옥은 즉시 사태를 파악하고 준비에 들어갔다. 더구나 아버지같이 믿고 따르는 김종서와 함께 수양대군의 세력에 대항하고자 한다는 데에는 의분義憤마저 뻗쳤다. 이징옥은 수양대군이 역적질을 시도하고 있다는 사실을 이미 들어 알고 있었기 때문이다. 이징옥은 안평대군의 요청대로 무기와 장비를 여러 수레에 실어 서울로 보냈다. 이징옥이 보낸 사복의 군관과 함께 정자양이 안평대군 앞에 나타났다.

"무엇이라? 이 장군이 무기를 보내왔다고?"

"예, 대감. 칼이 200자루, 창이 150자루, 활이 80개, 화살이 2천 개에 기타 도끼, 철편, 갑주 등등 해서 수레로 열 수레이옵니다."

"오, 되었소. 과연 이장군이오."

"어찌하라 이르면 되겠습니까? 지금 양구 고을쯤 오고 있을 것이옵니다."

"가만, 바로 장안으로 들어오면 안 되지……."

"그러시다면……."

"적당한 곳에서 밤 되기를 기다렸다가 모두 북문 밖 무계정사로 옮기도록 하시오. 도성 안으로는 들여오지 말고 말이오."

"예, 알겠습니다."

정자양과 군관이 돌아서 나갔다.

안평대군은 이제 천하에 두려울 것이 없었다. 무계정사에는 그사이 이미 수십 명의 장사패들이 모여들었다. 그리고 이제 병장기 열 수레가 들어오니 수양대군의 패거리들은 족히 두려울 것이 없게 되었다.

사신의 일과 북경 구경의 일을 다 마친 수양대군은 정월 중순 귀국길에 올랐다.

사신 일행이 귀국길에 올랐다는 소식은 조선 조야에도 전해졌다. 소년 왕 단종은 의정부와 상의하여 맞을 준비를 했다. 소년 왕은 우선 내관 엄자치를 의주로 보내 만리 노정의 고초를 겪은 수양대군을 위로하게 했다.

수양대군 일행이 압록강에 도착해보니 세찬 바람이 눈보라를 일으키며 강바닥을 휩쓸고 있었다. 그러나 얼음이 아직 단단히 얼어붙어 있어 일행은 얼음 위를 걸어 의주에 당도할 수 있었다.

의주 객관에 들어서자 일행은 마음부터 누그러졌다. 객관에는 단종 임금이 하사한 선온宣醞의 술자리가 마련되어 있었다. 사신단의 삼사(정사, 부사, 서장관)가 좌정하자 엄자치가 단종 임금의 치하를 전했다.

엄자치는 세종 때부터의 오래된 내관으로 수양대군이 어려서 대궐에서 자랄 때부터 수양대군과는 매우 친숙한 사이였다. 지금도 그는 수양대군의 심복이나 다름없는 사람이었다.

"대군께서 이 추운 겨울 원로에 노고가 크시다며 특별히 마중을 나가 위로해드리라는 어명을 모시고 나왔나이다."

"오, 어리신 성상께서 이 숙부를 이토록 배려해주시니 성은이 망극하구려. 이 엄동설한에 엄내관의 고초가 크구먼, 고맙네."

"당치 않으시옵니다. 전하께서 선온 술 열 병, 그리고 의복을 하사하셨사옵니다."

"이런 황공할 데가……."

엄자치가 술을 따랐다. 삼사는 성은에 감읍하며 목을 축였다.

"안평은 잘 있는가?"

수양대군은 가장 궁금한 것을 먼저 물었다. 자기 없는 사이에 무슨 일을 벌였을지 알 수 없는 일이었다.

"평양에 오시어 계시는 줄로 아옵니다."

"평양에……? 예까지는 왜 못 오나?"

"그곳이 원체 색향인지라……."

"하지만 그래도……, 허허."

다른 큰일만 없다면야 그쯤은 문제가 될 게 없다고 수양대군은 생각하고 있었다.

"그간 조정에는 별일 없었는가?"

"별일이라기보다는……. 자리 이동이 좀……."

"자리 이동? 소상히 말해보게."

"절재대감께서 좌의정에 오르셨습니다."

"……!"

수양대군은 잠깐 얼굴이 굳었다.

"우의정은?"

"정분대감이 되셨습니다."

"그리고 또……?"

"병판이시던 학역재대감께서 판중추원사로 옮기셨습니다."

"……?"

수양대군이 잠시 입술을 물고 눈썹을 찡그렸다. 겨우 석 달 사이 자신의 뜻을 온전히 깔아뭉갠 것이 아닌가?

"그러면 새 병판은 누군가?"

"조극관대감이시옵니다."

"으음……."

수양대군이 신음 같은 소리를 냈다. 화가 치밀어 뒤틀리는 속을 감추느라 나오는 소리였다.

"그래, 새 의정부에서는 무슨 일을 벌였는고?"

"무슨 일은 없고 그저 조용합니다."

"음……."

"길을 서둘러야 하지 않겠습니까?"

부사 이사철이 수양대군에게 말했다.

"아니오. 공연히 서두를 필요는 없소."

수양대군은 공연히 서두르는 모습으로 인사이동에 대한 반감을 나타내 저들을 긴장시킬 필요는 없다고 생각했다. 어차피 벌어진 일 다소곳이 지내며 앞으로 어찌할까 심사숙고하기로 했다.

의주에서는 할 일이 많았다. 그동안의 일을 정리하고 챙겨서 의주에서 돌려보내야 할 인마들을 돌려보내고, 도성까지 가야 할 짐과 인마를 다시 추슬렀다.

부사와 서장관 그리고 수행원들은 바빴으나 수양대군은 아무 일도 하지 않았다. 호색한 수양대군이 한 일이라곤 의주목사 성승成勝이 수양대군의 처소에 골라 넣어준 관기를 끼고 참았던 회포를 푸는 일뿐이었다.

일행이 의주를 떠날 때 수양대군은 의주 목사 성승에게 가장 값비싸고 좋은 중국 비단을 두 필이나 선사하면서 환대를 치하해주었다. 의주 목사가 사신을 환대하는 것은 당연히 해야 하는 의례적인 일일 뿐이었다. 특별히 개인적으로 고마워해야 할 이유가 없었다. 그러나 수양대군은 신숙주만큼이나 욕심이 나는 성삼문을 염두에 두고 있었기에 과분한 치하를 성승에게 베풀었던 것이다. 성승은 성삼문의 아버지였다.

평양에 도착하고 보니 마중 나올 사람들은 다 나왔는데 마중 차 와 있다는 안평대군이 보이지 않았다. 말에서 떨어져 객사에 누워 있다는 전언만 왔다.

"그냥 갑시다."

"안평대군을 보시고 가시지요."

신숙주의 제언이었다.

"괜씸하오."

"그럴수록 만나보셔야지요."

"흠……."

"우애를 보이셔야 하옵니다."

"알겠소."

수양대군은 하는 수 없이 객사를 찾았다.

"형님, 죄송합니다. 마땅히 의주까지 가 뵈어야 하는데……."

"이제 얼굴을 보았으니 되었네. 그대로 쉬게. 아 참, 이거……."

수양대군은 들고 왔던 꾸러미를 내밀었다.

"……?"

"자네를 위해 일부러 구해온 것일세."

"무엇입니까?"

"법첩法帖일세."

법첩이란 명인들의 글씨를 돌이나 나무에 새겨 탁본을 뜨고 인쇄한 것으로, 체법體法(글씨 쓰는 법)의 기본이 되는 서첩書帖이었다.

"……!"

꾸러미를 받아 풀어본 안평대군은 금방 미소만면이 되었다.

"오. 진품입니다, 형님."

"마음에 드는가?"

"들다마다요. 고맙습니다, 형님."

"자네가 마음에 든다니 수집한 보람이 있네."

안평대군은 법첩을 보는 데만 정신을 팔았다. 한 장 한 장 넘겨보면서 연방 탄성을 질렀다.

"참으로 고맙습니다, 형님."

"그럼 쉬게나."

어린애처럼 좋아하는 모습을 보며 수양대군은 돌아서 나왔다.

수양대군은 평양에서도 사흘이나 쉬었다. 그냥 쉬는 게 아니라 호색한의 풍류를 보란 듯이 즐겼던 것이다.

사람들은 수양대군이 원래 그런 사람인데 하물며 만리타국 객고풍상에 그 여독을 어찌 아니 풀겠는가 하고 그것에만 신경을 썼지만, 수양대군의 깊은 저의의 간악함을 간파한 자들도 물론 몇 사람 있었다. 안평대군은 물론이요 또 젊은 종사관 황보석, 김승규도 간파한 자들이었다.

사신의 길에 굳이 과공으로 명나라의 환심을 사둔 것이며 영락제의 능을 신숙주만 데리고 가 참관하며 토로한 내심 등등, 그들 몇 사람은 심복 종자들을 두어 다 파악하고 있었다.

3월이 며칠 남지 않은 2월 26일, 마침내 수양대군이 돌아왔다. 이제 한 살을 더하여 열세 살이 된 임금 단종은 근정전 용상에 정좌하여 사신단의 보고를 받았다. 수양대군은 부사와 서장관을 거느리고 어전에 부복했다.

"전하, 신 수양, 고명사은사의 임무를 무사히 마치고 돌아왔사옵니다."

"고생이 많았어요, 숙부. 고맙습니다."

"성은이 망극하옵니다."

"엄동설한에 만리 먼 길을 다녀오시느라 얼마나 고초가 크셨습니까?"

"오로지 성상의 하해와 같은 은혜 덕택에 무사히 다녀왔사옵니다."

"부사와 서장관도 수고가 많으셨어요."

"성은이 망극하옵니다."

앞에 죽 늘어선 조정 중신들 중 맨 앞에 선 영의정 황보인도 한마디 치하의 말을 했다.

"대군! 원로에 참으로 고생이 많으셨소이다."

"의당 해야 할 일을 했을 뿐인데 고생이랄 게 뭐 있겠습니까? 오히려 이 한 몸의 영광이었고 덕택에 구경도 잘했습니다."

"예, 그러시다니 참 다행입니다."

"자, 그럼 일어나십시다. 외정에 성상께서 내리신 사연賜宴(나라에서 연회를 베풀어줌)이 준비되어 있습니다."

"성은이 망극하옵니다, 전하."

수양대군 이하 세 사람은 임금께 국궁하고 일어섰다.

이어서 경회루에서 임금이 하사하는 사은사 위로연이 베풀어졌다.

경회루에서 수양대군은 임금을 옥좌에 모시고 앞좌석 양녕대군의 곁에 가 앉았다.

"이 자리는 수양 숙부를 위해서 마련한 자리입니다. 만리 여정의 힘든 임무를 무사히 마치고 돌아오신 수양 숙부께서는 많이 드셔주시기 바랍니다. 부사와 서장관은 명나라에서 있었던 일들을 소상히 전해주시기 바랍니다."

"예, 성은이 망극하옵니다."

부사와 서장관이 조아리면서 주연이 시작되고, 잠시 후 분위기는 무르익어 갔다. 수양대군은 양녕대군에게 잔을 올렸다.

"큰아버님, 그간 별고 없으셨습니까?"

"저기 학역재를 좀 보시게"

정인지는 시름에 찬 얼굴이었다.

"좀 우울해 보이옵니다."

"이야기는 들었겠지?"

"대강 들었사옵니다."

"내가 우려했던 바를 이제는 알겠는가?"

"예……."

"다음에 말하세."

좌중에 취기가 돌자 부사 이사철은 명나라에서 있었던 수양대군의 일화를 무슨 무용담처럼 떠벌리기 시작했다.

"요동도사에 나가니 칭찬들이 대단했습니다. 일거수일투족이 예법에 맞으면서도 우아하고 당당하다고 감탄들을 했습니다."

"오……."

"대군께서 궐문에 들어설 때 궁에서 기르던 여덟 마리의 코끼리가 대군의 위엄에 놀라 뒤로 물러났습니다."

"허, 저런……."

"황제의 명을 받은 태감太監(환관의 우두머리) 송문의宋文義가 대군을 위해 그의 집에서 연회를 베풀었습니다. 그때 풍악이 울리자 대군께서 말씀하셨습니다. '우리나라는 지금 상중에 있소. 연회도 사양해야 할 처지인데 풍악을 들으니 죄스러운 마음을 금할 길이 없소이다.' 그러자 태감이 매우 민망해하며 풍악을 거두게 했습니다."

"오……."

"전하, 신 이사철은 그간 사은정사인 대군을 모시는 동안 이 나라 제1왕숙의 위풍당당함을 보면서 부사로서 참으로 가슴 벅찬 보람을 느꼈사옵니다."

"수양 숙부께서 가시기를 백번 잘했어요."

단종이 고개를 끄덕이며 말하자 이사철은 더욱 신이 났다.

"전하, 그러하옵니다. 대군의 그 기상과 예절이 저들을 감복시켰으니 이 나라의 위상과 체통을 한껏 높였음이옵니다."

"그렇군요. 수양 숙부, 고맙습니다."

수양대군이 사은사로 가게 되어 심사가 미편했던 단종도 아무튼 잘되었다고 생각하며 마음을 놓았다.

"성은이 망극하옵니다, 전하. 신이 비록 미력하오나 전하를 위하여 앞으로는 대궐 안의 일도 충심을 다해 도와드리고자 하옵니다."

"고맙소. 하지만 숙부께서는 당분간 푹 쉬세요. 대궐 안 일은 잘 돌아가고 있어요."

연회에서 이 광경을 바라보는 시선은 두 갈래였다.

"역시 수양이야. 종사를 지탱할 사람은 수양 자네뿐이야."

양영대군이 수양에게 은근히 속삭였다.

"저, 수양이 드디어 그 야심을 드러내고 있습니다."

건너편에 앉은 황보인은 옆에 앉은 김종서에게 속삭였다.

"……!"

"그리고 이제 보니 사람이 아주 달라 보입니다."

"예? 누구 말씀입니까?"

"부사 이사철 말입니다."

"그 사람이야……."

"별로 믿어지지도 않는 일을 가지고 입에 침이 마르도록 떠들어대지 않습니까? 아주 종자從者가 되어버렸어요."

"오래전에 된 줄로 압니다만……."

"눈꼴이 시어서 보지 못하겠소이다. 주상전하께서는 다 사실로 아실 게 아닙니까?"

"사실일지도 모르지요. 수양대군이라면 일부러 그리 할 수도 있는 사람이지요."

"일부러?"

"집으로 돌아가면 알 수 있으리라 봅니다. 영상대감의 자제와 제 자식놈이 같이 갔다 오지 않았습니까? 자식들이야 거짓을 고하지는 않겠지요."

"……!"

분위기 무르익고 술들이 거나해지자 영상 황보인과 좌상 김종서도 수양대군에게 술잔을 권하며 담소를 나누었다.

"대군, 이번에 북경 구경을 잘하셨지요? 그런데 영락제의 장릉에까지 다녀오셨다지요?"

김종서가 이렇게 묻자 수양대군은 내심 깜짝 놀랐다.

'신숙주만 데리고 다녀왔는데, 그걸 도대체 어찌 안단 말인가?'

"떠날 날짜가 좀 남아서 두루 구경 좀 하다 보니 거기도 가보게 되었지요."

옆에 있던 신숙주는 이 문답에 고개를 돌리고 다른 곳을 보는 척하고 있었다.

"헌데 대군께서는 점을 치신 일도 있다고 들었습니다만……."

수양대군은 술이 확 깨는 듯했다.

'어찌 그런 사소한 일까지 만리 밖 조선에서 다 알고 있단 말인가?'

점을 본 일 또한 신숙주와 둘이서만 다니며 한 일이었다.

"장난삼아 점을 쳐본 일이 있지요."

"그런데 뭐 비룡재천飛龍在天? 그래요, 비룡재천이란 괘가 나왔다면 서요?"

주위에서 이 말을 들은 사람들이 자못 웅성거렸다.

수양대군은 말문이 막혔다. 사실 그런 괘가 나와 신숙주와 의미 있는 시선을 주고받으며 기뻐한 적이 있었다. 그러니 대답을 아니 할 수도 없었다.

"길가에서 친 점이라는 게 뭐 별것이겠습니까? 그저 재미로 보고 웃고 마는 것이지요."

그런데 영상 황보인은 한술 더 떴다.

"들리는 말로는 서울에서도 대군의 사저 용마루 위에 자미성紫微星이 떴다 하여 잠을 못 이루었다 하더군요."

수양대군은 더욱 긴장할 수밖에 없었다. 비록 취중환담이라 해도 여러 사람이 듣고 있는 자리였다.

"제가 떠나기 전 그런 실없는 소리가 좀 들렸지요. 그러나 그건 이 사람에게 공연한 악감정을 가진 자들이 만들어낸 이야기일 뿐이라, 이미 무시해버린 일이오."

"허, 그렇다면 다행입니다만, 하도 여러 말들이 들리는지라……."

"다 이 수양이 부족한 탓이겠지요. 너그러이 보살펴주십시오."

수양대군은 피가 거꾸로 솟고 머리털이 곤두서는 격분을 끝내 참아내고 있었다.

"허허허, 우리가 어찌 감히 대군을 보살피겠습니까? 대군께서 우리를 너그러이 보살펴주셔야지요."

"허허허. 황송한 말씀이십니다, 영상대감."

연회가 파하자 수양대군은 단종 임금을 침전으로 모시고 나서 귀가를 서둘렀다. 그러니까 넉 달 만에야 돌아오는 집이었다. 부인 윤씨가 맨 앞에 뛰어나오며 맞았다.

"대감, 어서 오시옵소서. 원로에 얼마나 고생하셨습니까?"

"허어, 하하, 고생은 무슨 고생이오. 가는 곳마다 환대를 해주고 또 미인들이 반겨주어 잘 지내다 왔지요."

거나하게 취한 수양대군은 농담의 첫마디로 부인을 반겼다.

"예 예, 잘하셨사옵니다. 어서 드시옵소서. 손님들이 많이 기다리고 계십니다."

"그래, 그동안 집안에는 별일 없었소?"

"별일이야 없었지만 세상살이 하는 게 꼭 바늘방석에 앉아 있는 것 같아 애를 많이 태웠습니다."

"엥? 웬 바늘방석이오?"

"차차 말씀드릴 테니 어서 드시기나 하십시오."

"허어, 그럽시다."

대군의 사저인 명례궁은 발 들여놓을 틈이 없을 만큼 사람들로 붐

벴다. 입궐을 하지 못한 종친들이 하례 차 사저로 몰려온 것이었다. 수양대군이 들어서고 한참 동안 사저는 환영연으로 수런거렸다.

그 사이 객사에서는 권람, 한명회, 홍윤성 이렇게 세 사람이 환영연이 끝나기를 기다리고 있었다.

"헤헤, 윤성이 자네 할 일이 하나 더 생겼네."

한명회가 말하자 홍윤성이 눈을 크게 떴다.

"무슨 일이오?"

"소문을 내게."

"아니, 무슨 소문을 냅니까?"

"나리께서 돌아오셨지 않은가? 명나라 조야에서 나리의 명성이 얼마나 크게 떨쳤는지, 나리의 인품과 배포가 어떠했는지, 나리에 관한 이런저런 이야기가 백성들 간에 화제가 되어 그들 가슴에 파고들게 해야지. 그게 바로 민심이 되는 게야."

"알겠습니다. 허나 벌써 떠들썩하게 퍼져나가고 있는데 뭘 더 걱정하십니까?"

"소문이 흐르는 대로 그냥 놓아두면 금방 시들해질 수가 있어. 그러니까 자네가 부채질을 해야 한다 그 말이야."

"알겠소이다. 그만한 일쯤이야……."

"아이들을 이용하는 게 제일 좋은 방법이지……."

"그리 해보지요."

"참, 자네, 요즘도 이현로를 만나는가?"

"그야 가끔 만나지요. 생판 모르는 사이는 아니니까요."

"만나는 거야 뭐 어떻겠는가? 허나 조심할 일이 있지."

"조심할 일이라니요?"

"자네 뱃속을 보일까봐 그러네. 그 사람 믿을 만한 사람은 아니야."

"흠……."

한명회가 홍윤성을 빤히 쳐다보고 있다가 혼자 웃었다.

"헤헤헤……."

"아니, 왜 웃으십니까?"

"헤헤, 자네 욕심이 너무 많아……. 그러다 뜨거운 맛을 볼 게야."

"허, 참……."

"권력 욕심, 재물 욕심, 계집 욕심……. 그래 다 이룰 수도 있겠지. 허나 의리가 없으면 사람이 아니지."

"아니, 갑자기 왜 사람을 의심하십니까?"

화를 내는 듯한 홍윤성의 목소리였다.

"헤헤, 자네 지난번 사복시 직장이 되어 전라도로 말을 점검하러 갔었지?"

"그야……."

홍윤성은 얼굴을 붉히며 뒷머리를 긁었다.

"헤헤, 사복시 직장이 무슨 대단한 벼슬이라고 못된 짓부터 하고 다니다니…… 될성부른 나무는 떡잎부터 알아본다고 했어, 쯧쯧."

홍윤성이 그때 나주에서 관기와 간통했다는 소문이 돌았다.

"아뢰옵니다. 큰 사랑으로 듭시지요."

얼운의 전언이 들렸다. 세 사람은 객사를 나와 사랑으로 향했다. 내객들은 다 돌아갔는지 넓은 집 안이 조용했다.

대군의 거처인 큰사랑에는 이미 술상이 차려져 있었다. 세 사람이 들어서자 수양대군은 미소를 함빡 머금고 맞이했다. 세 사람은 정중하게 예를 올리고 좌정했다.

"원로에 노고가 크셨을 것이옵니다, 나리."

권람의 인사말이었다.

"내 의당 그대들부터 만나야 하는 건데 오붓한 자리를 기다리다가 이렇게 되었소."

"지당하옵지요. 이심전심이 아니옵니까, 나리?"

한명회의 말에 수양대군이 맞장구를 쳤다.

"이심전심, 과연 그렇소. 허허. 자, 잔을 듭시다."

수양대군이 먼저 세 사람의 잔에 친히 술을 채웠다. 순배가 자연스럽게 한참 돌았다.

"하하, 한공."

"예, 나리."

"내 조선 땅에 들어서면서 들었소만 병판의 자리에서 정인지가 밀려 나고 말았소그려. 허허."

전혀 불쾌한 표정이 아니었다.

"헤헤, 하오나 잃은 것보다 얻은 것이 더 큰가 하옵니다."

한명회 역시 유쾌한 표정이었다.

"어찌 그렇소?"

"자리야 잠시 떠나 있을 수도 있는 일이니 실은 잃은 것도 아니옵고, 그 덕택에 귀인을 하나 얻었고 결단을 하나 얻었사옵니다."

"귀인이라……."

"그렇사옵니다. 정인지는 조정에서 보배 같은 존재이니 귀인이지요."

"그럼 결단은?"

"이 땅에 들어서시자마자 저들의 농간을 들으셨을 때 이미 결단을 내리셨을 것이옵니다. 아니 그렇사옵니까?"

"음……."

수양대군의 표정에서 웃음기가 싹 가셨다. 권람도 홍윤성도 표정이 굳어졌다.

"나리, 그때 결단을 아니 얻으셨사옵니까?"

한명회는 여전히 미소 짓고 있었다. 수양대군은 몹시 굳은 표정이었다. 잠시 눈을 감았다가 뜨고서 그는 단호하게 말했다.

"결심했소!"

순간 방 안에는 무서운 침묵이 내렸다. 한명회는 침을 꼴깍 삼켰다.

'드디어 시작이구나.'

한명회는 그동안 수양대군의 결단만을 학수고대하며 불안하게 살아온 사람이었다.

그럴 리가 없다고 철석같이 믿고 있었지만 혹시라도 수양대군의 속내가 변하지 않을까 해서 때로 불안하기도 했다. 하지만 이제 그런 불안은 말끔히 가시게 되었다.

"그건 그렇고, 사람들은 좀 모았소?"

수양대군이 평온을 되찾으며 한명회에게 물었다.

"예……."

한명회는 무악림 산채 이야기며 거기 모인 장한들의 기상과 용맹을 소상히 들려주었다.

"오, 수고 많았소."

수양대군은 매우 흡족한 모양이었으나 사람 수가 적지 않을까 염려했다.

"그런데 그들만으로 충분하겠소?"

"몇 놈이라도 쓸 만한 놈이 있느냐가 중요합니다. 잔챙이들은 그저 따라붙기 마련입니다."

"음, 그렇겠소."

"궐 안에 꼭 넣어야 할 사람이 하나 있사옵니다."

"그게 누구요?"

"의주도 첨절제사를 하다가 퇴출된 사람인데 무예로 보나 학식으로 보나 조정의 직책을 무엇이나 감당할 만한 인물이옵니다. 나리의 뜻을 충실히 받들어 모실 사람입니다."

"한공이 고른 사람이라면 어련하겠소."

"앞으로 무과에 급제할 것이오니 그 후의 일은 나리께서 보살펴주셔야 하옵니다."

"하하, 급제만 한다면야 여부가 있겠소?"

분위기는 다시 밝아졌다.

"자자. 이제 이야기는 나중에 하고 술이나 더 듭시다. 내 먼 연경 땅에서도 그대들이 늘 그리웠소."

"헤헤. 고맙소이다, 나리."

"그저 나리뿐이오이다."

그들은 시정잡배나 다름없이 농을 주고받으며 어울려 마시고 또 마시며 그들의 만남을 실컷 즐겼다.

"나리. 정인지를 조용히 한번 만나 보시지요."

한명회가 넌지시 건의했다.

"옳은 말이오. 내 전부터 생각해오던 일이오. 그리고 한공은 신숙주를 한번 만나보시오. 많이 달라져 있을 것이오."

"헤헤, 곧 만나보겠사옵니다. 그럼 저희는 이만 물러가옵니다."

"그대들과 이 밤을 새고 싶소만……."

"우리가 너무 지체했사옵니다. 용서하시옵소서."

세 사람이 물러가자 수양대군은 바로 내당에 들었다.

"대감, 많이 고단하시겠어요. 어서 자리에 드시지요."

"나야 아직 괜찮소만, 그동안 그래 바늘방석에서 살았다고요?"

"호호, 아직 찔리지는 않았으니 내일 이야기해도 되지 않을는지요?"

"허어, 누구의 일인데 내가 잠이 오겠소? 어서 말해보시오."

"안평 시숙께서 큰일을 꾸민다는 말 대감께서는 못 들으셨습니까?"

"안평이 큰일을? 허허, 그런 소인배가 큰일은 무슨 큰일? 그래 그 때문에 바늘방석이었소?"

"웃으실 일이 아니에요. 안평 시숙이 함길도의 이징옥과 서로 연통하고 있다 하고, 또 무계정사에는 장사패들이 모여든다 합니다. 김상궁이 살짝 몇 번 다녀갔사옵니다."

"내 다 짐작하는 바이니, 너무 걱정마시오. 이징옥과 손을 잡았다 하나 저 북방에 있는 일개 변장邊將이 무얼 하겠소."

"그렇게 안심하실 일이 아닙니다, 대감."

"이제 보니 안평 그놈도 제법 음흉스럽단 말이야. 그래 놓고서는 뻔뻔스럽게 평양까지 나를 마중 나왔으니……."

"자기 한 일을 미리 감추려는 수단이었겠지요."

"그래 봤자 어린애들 숨바꼭질 같은 짓일 뿐이오."

"그리고 또 대감께서 안 계신 동안에 그 황표정사黃標政事인가 뭔가를 많이 해서 안평 시숙이 조정 안팎에 사람을 더 많이 심었다는 소문도 들리고요……."

"거 뭐 빤한 일 아니오? 황표정사든 아니든 이제 내가 왔으니 아무런 걱정 마시고……. 내 다 요량하는 바가 있소."

귀국 후 며칠 동안 수양대군은 두문불출하고 집에서 푹 쉬었다. 쉬는 동안 수양대군은 가노 중에서 영리하고 약삭빠른 조득림趙得琳을 불러 몇 가지 은밀한 부탁을 했다.

"안방마님에게 다 얘기해놓았으니까 안평 댁 아래 식구들을 만날 때는 후하게 대접해주고 그들의 어려운 사정도 잘 들어주도록 해라."

"예. 수길守吉이와는 아주 친하게 지내옵니다."

수길이는 안평대군의 수종노隨從奴 중 하나였다.

"우리 식구들에게는 네가 잘 일러주고, 누구든 안평대군의 거취와 만나는 사람들을 알아내거든 네가 내게 와서 말하도록 해라."

"예, 명심 거행이옵니다."

수양대군은 자기 집 종들이 안평대군 집 종들과 심지어는 안평대군의 첩집 종들과도 잘 어울려 지내면서 안평대군의 일거수일투족을 알아내 보고하도록 종용했던 것이다.

며칠 쉬고 나서 수양대군은 먼저 정인지를 방문했다.

"내 학역재의 술 한잔 얻어 마시고자 들렸소이다."

정인지가 뛰어나와 맞았다.

"어서 오르시지요."

정인지의 뒤를 따라 방에 들어간 수양대군은 잠시 눈을 크게 뜨고 서서 방 안을 둘러보았다. 과연 일국의 영재英材가 쓰고 있는 사랑채답게 방은 책들로 가득 차 있었다.

"좌정하시지요, 나리."

자리에 앉으며 수양대군은 탄성을 질렀다.

"오, 과연 학역재의 방이오. 절재의 방은 투구에 장검과 강궁이더니……."

"……."

앉아서 사방을 둘러보던 수양대군이 벽에 걸린 서화 한 폭을 손으로 가리켰다. 옆으로 평퍼짐하게 자란 다복솔 그림이었다.

"저 그림은……."

"예, 심심파적으로 그려본 솜씨이옵니다."

"학역재께서 손수 그리셨다고요?"

"그러하옵니다."

"오……."

감회에 젖어 고개를 끄덕이던 수양대군이 또 물었다.

"아무래도 무슨 뜻이 있는 듯하오만, 말씀을 좀 해주시겠소이까?"

"그리다 보니 저렇게 된 것이지요. 무슨 뜻이 있겠습니까?"

정인지가 빙긋이 미소를 지으며 대답했다. 분명 의미를 담고 있는 미소였다.

"아니오. 으레 볼 수 있는 그런 소나무가 아니지 않소? 선비의 방에 있는 소나무는 대개 우람하게 높이 솟은 장송들이 아니오? 틀림없이 남다른 뜻이 담겨 있는 것 같소. 말씀해주시지요. 이 수양 귀 담아 듣겠소이다."

"정 그러시다면……."

정인지는 다소 쑥스러운 듯 엷은 미소를 짓더니 말머리를 꺼냈다.

"사람들은 쭉쭉 곧게 뻗은 대나무나 하늘을 찌를 듯 솟아오른 소나무 같은 것들을 많이 걸어놓고 즐기더군요. 그것이 선비의 기상이라는 것이겠지요."

"……."

"허나 소생은 그것이 위선일 것이라고 여겼습니다."

"……."

"관직을 멀리하고 초야에 묻혀 글만 읽는 선비라면 그럴 수도 있겠지요. 그러나 국록을 받고 정사에 참여하는 선비라면 가당치 않은 것으로 아옵니다."

"……?"

"곧고 빳빳하다는 것은 아집이라고 할 수 있습니다. 편협하다는 의미도 되지요. 정사를 볼 때에는 그래서는 안 되지요. 자신의 고집만을 세우기 위한 학문은 나라와 백성에게 아무런 도움이 되지 않을 것입니다. 세상을 잘 이끌어가기 위한 학문은 첨예하게 높기보다는 돈독하게 너그러워야 할 것이옵니다. 저 다복솔처럼 말이옵니다. 그래야 그늘도 넓고 시원할 것이옵니다. 소생은 하찮은 학문이나마 이 세상을 위해 써볼 마음으로 관직에 나선 것이옵니다. 융통성 없이 꼬장꼬장한 선비가 되지 않기 위해서 저 그림을 그려놓고 보며 마음을 다스리고 있사옵니다."

수양대군은 감격해 마지않았다.

"학역재!"

"예, 나리."

"학역재의 뜻이 바로 내 뜻이오."

"……."

"학역재의 마음을 내가 알듯이 내 마음을 학역재가 알 것이오."

"……."

정인지는 빙긋이 웃고만 있었다.

"주상전하의 둘레에는 그늘이 없소이다. 대궐 안에는 곧게 뻗은 대나무들만 무성해서 공연히 댓잎 부딪치는 소리만 소란스러우니 나라가 어수선할 수밖에 없소."

"……!"

"학역재, 우리 혼인을 합시다."

수양대군은 정인지의 손을 덥석 붙잡았다. 정인지는 손을 잡힌 채 미소만 짓고 있었다. 수양대군의 이 말과 이 동작은 앞으로 생사를 함께하자는 뜻이었다. 그리고 정인지는 은연중 수양대군에게 말려들고 있었다. 이로부터 머지않은 1455년, 실제로 정인지의 아들 정현조鄭顯祖는 수양대군의 사위가 되었다.

"……."

"고맙소이다, 학역재. 그리고 범옹을 만나주시오. 사행길에 넉 달을 함께 지냈습니다. 범옹만은 내 진심을 알고 있을 것입니다."

수양대군은 신숙주를 이용했다. 신숙주는 정인지가 믿고 있는 후학이었다.

"범옹은 목숨이 붙어 있는 한 어떤 일이 있어도 날 도와주겠다고 약조를 했소. 그날 밤 나는 감루感淚로 내 소매를 적셨소."

"약조를 해주시오, 학역재."

"소생은 아직 나설 때가 아닌 줄로 아옵니다."

"학역재가 지금 나서주신다 해도 나는 말릴 것이오. 그만큼 이 사람에게 학역재는 소중한 분입니다."

"……!"

미소 짓는 정인지의 얼굴에 홍조가 퍼졌다. 내심을 보인 무안함이었다.

"우리는 이제 혼인으로 맺은 사이가 되었소. 삼족이 멸하게 될 때에는 사돈도 포함되는 것이 이 나라의 법도임을 아실 것이오."

"……!"

"사돈께서는 나서지 마십시오. 나설 필요도 없소이다. 사돈을 불편하게 할 수야 없는 일이지요. 이 수양의 진심이오이다."

수양대군은 있는 마음 없는 마음 다하여 정인지의 마음을 돌리고 있었다. 정인지는 병조판서의 자리에서 밀려나던 날의 쓰라림을 못내 잊지 못하고 있었다. 지금 조정의 판도에서 보면 앞으로도 자기는 뒷전의 신세를 면치 못할 처지였다.

정인지는 그러므로 수양대군과의 유대를 싫어할 까닭이 없었다. 의정부 대신들이 자신의 정당한 의견을 아예 무시하고 자신의 벼슬자리를 놓고 장난질을 친 그 굴욕을 어찌 잊을 수 있으랴. 수양대군과 유대를 이룬다면 그 의정 대신들에게 깨끗이 설분할 수도 있지 않겠는가.

"고맙소이다, 나리."

두 사람은 다시 손을 굳게 맞잡았다. 열이 오른 뜨거운 손이었다. 정인지가 수양대군의 온전한 주구가 되는 순간이었다.

5

황표정사

정인지를 자기편으로 만들어 내심 배짱이 한껏 두둑해진 수양대군이 입궐하여 임금과의 독대를 청했다. 그러나 승지들이 독대를 허락하지 않았다. 그렇다고 그냥 갈 수는 없었다. 삼정승이 좌우에 시립한 가운데 편전에서 임금을 뵈었다.

"어서 오세요, 수양 숙부. 그동안 노독은 좀 풀리셨습니까?"

임금은 수양 숙부가 별로 보고 싶지 않았으나 그렇다고 박대할 수도 없었다.

"황공하옵니다, 전하. 귀환 길에 쉬엄쉬엄 온 까닭에 노독 같은 것은 없사옵니다."

"그렇다면 참 다행입니다."

"하온데 전하……."

"예. 숙부님."

"신이 오늘 전하를 뵈옵는 것은 지난번 귀환 때 한 가지 상주치 못한 것이 있어서이옵니다."

"아, 그래요? 무슨 일인지 어서 말씀해보세요."

"말씀 올리기 매우 난감하옵니다만, 그 황표정사黃標政事에 관한 일이옵니다."

이 말이 나오자 양옆에 서 있는 황보인과 김종서의 안색이 확 달라지며 그들 입에서 놀라는 소리가 터졌다.

"저, 저런……."

"아니, 뭐라고……."

그러나 어린 임금은 어리둥절했다.

"황표정사요? 숙부님, 지난번에도 그 말씀을 하시던데……, 그게 무슨 뜻인가요?"

"황표정사란 다름이 아니옵고 전하께 결재를 올릴 때 그 문서에 미리 노란색 동그라미를 표시해둔다는 뜻에서 생겨난 말이옵니다."

"노란색 동그라미 표시요?"

"황공하옵니다, 전하. 신도 이 말이 공연히 떠도는 말로 알고 한 귀로 듣고 한 귀로 흘려왔사옵니다. 그런데 명나라에 갔을 때 그곳 조정에서 이를 언급하며 문책하는 바람에 한참 진땀을 흘리지 않을 수가 없었사옵니다."

"진땀을요? 난처하신 게로군요."

"그렇사옵니다. 하오나 신은 그런 일이 없다고 극구 변명했으며, 귀국하는 대로 알아보아서 혹시라도 그런 일이 있다면 그렇게 아니 하시도록 할 것이며, 그런 일이 없다 하더라도 알아본 바를 명나라 조정에 통보해주기로 하고 겨우 그 곤경에서 벗어났사옵니다."

황보인과 김종서는 어이없다는 표정으로 서로 쳐다보며 혀를 찼다. 어찌 보면 눈 가리고 아웅 하는 짓이지만, 수양대군의 이런 상주는 단수 높은 계략임이 분명했다. 김종서가 기막히다는 듯 실소를 머금고 한마디 했다.

"대군의 지략이 제갈량에 못지않소이다."

"아니, 좌상대감."

"예."

"지략이라니요? 그래, 이 수양이 지금 성상의 어전에서 지략을 펴고 있다, 그 말이오?"

"아니, 그럼 황표정사를 명 조정에서 알고 있어 대군이 갔을 때 문책을 받았단 말이오?"

"아니면 이 사람이 없는 일을 거짓으로 상주하고 있다는 겝니까?"

"우리는 선왕의 고명을 받들고 있는 사람입니다. 그런데 공연한 트집으로 사람을 잡으려 하셔서야 되겠습니까?"

"허, 이거야 원. 사람을 어찌 보고 이러십니까? 그냥 가만두고 모른 척하고 있다가 명나라로부터 문책이라도 와야 속이 후련하시겠습니까? 정말로 문책이 와서 창피한 꼴을 당해봐야만 아시겠습니까?"

"……?"

"나는 그래도 입이 다 닳도록 무마를 시키고 왔어요. 이 나라의 체면을 세우고 대신들의 허물을 덮어드리기 위해서 말입니다. 정히 믿기 어려우시면 부사 이사철과 서장관 신숙주를 당장 불러다 확인해보시오"

우참찬 이사철과 동부승지 신숙주가 즉시 불려왔다. 김종서가 그들에게 물어보니 이사철, 신숙주 두 사람 다 분명히 있었다고 대답했다. 이렇게 되자 황보인과 김종서는 입을 다물 수밖에 없었다.

"이 일을 가지고 내가 여러 대신들을 난처하게 하자는 것이 절대 아닙니다. 또한 이를 기회로 종친인 내가 정사에 참견하려는 것도 결코 아닙니다."

"……"

"그러나 우리 성상께서는 여러분도 잘 아시다시피 보령이 비록 유충하시오나 매우 영특하시옵니다. 이제 더욱 한 살을 더하셨고 보필을 받아 만기총람 하신 지도 어언 1년이 다 되어 갑니다. 그러니 이제는 그 황표정사를 그만두어야 할 것입니다. 그 부끄럽고 낯간지러운 일이 명국에까지 알려져 조소 거리가 되고 시빗거리가 되고 있는 황표정사를 이래도 더 계속해야 할 이유가 있겠습니까? 두 분 대감, 이제도 제가 잘못 말씀드렸다고 여기십니까?"

황보인이 대답했다.

"말이 황표정사라 하지만 이는 지나친 낭설에 불과합니다. 어떤 때는 임명해야 할 자리는 많고 자리마다 거기에는 세 사람씩 써넣어야 하니 성상께서 어찌 일일이 다 기억하시어 가려내실 수가 있겠습니까? 그래서 편의상 미리 유념해두셨던 사람에게 표시를 해드렸던 일은 있었습니다. 그런데 그로 인해 말썽이 있다면 마땅히 폐지해야 하겠지요. 앞으로는 그런 일이 없도록 할 것이니 대군께서는 그리 아십시오."

수양대군의 완전한 승리였다. 소년 단종도 한마디 했다.

"이제 황보정승의 말씀대로 할 터이니 숙부께서는 걱정 마세요. 그리고 두 분 정승도 걱정 마세요. 이제부터는 한 사람 한 사람 그가 어떤 사람인지 물어서 결재하여 드리겠습니다."

"황공하옵니다, 전하. 어명대로 시행하겠나이다."

황보인과 김종서가 머리를 조아렸다.

"하오면 이른바 그 황표정사는 전하의 어명으로 폐지된 것으로 명국에 통보하겠습니다. 신 수양대군 하직 사배이옵니다."

대궐을 나선 수양대군은 일격필살로 승리를 거둔 기쁨에 온몸이 날아갈 듯 상쾌했다. 이것은 수양대군의 온전한 술수요 계략이었다.

수양대군은 명에 갔을 때 명 조정 중신들에게 이른바 황표정사라는 것을 불평처럼 털어놓았다.

"조선 조정의 권신들이 황표정사라는 것으로 어린 임금을 제쳐놓고 국정을 전횡하고 있으니 참으로 걱정이 큽니다."

그래서 그들의 입에 이른바 조선의 황표정사라는 것이 오르내렸던 것이다.

사실 황표정사란 것이 수양대군의 말처럼 어린 임금을 제쳐두고 대신들이 국정을 전횡한 것은 결코 아니었다. 여러 벼슬자리에 많은 인사들을 적절하게 배정하여 임명하게 되는 경우, 황보인이나 김종서가 그들 마음에 드는 사람들을 골라 임명하는 것도 아니었다. 황보인이나 김종서가 그 많은 인사들의 인품이나 실력을 다 알 수도 없고 자신들의 사람을 특별히 고를 필요도 없었다. 그 자리에 가장 알맞은 인재를 골라 그 이름 위에 노란 동그라미로 표시해 결재를 올리는 사람은 일선의 실무자들이었다.

이른바 황표정사란, 말하자면 임금이 다 판별해서 처리해야 할 일을 실무자들이 대신해서 처리한 정무였던 것이다. 이 황표정사를 통해서 자기 사람을 요소에 심어 세력을 확보하려는 사람은 주로 안평대군이었다. 황보인과 김종서는 이를 물론 용인했고 때로는 안평대군과 상의하여 결정하기도 했다.

황보인과 김종서 등 정승들이 안평대군과 이렇게 한 이유는 분명했다. 안평대군은 수양대군과는 달리 적어도 왕위를 찬탈하려는 의도는 없다고 여겼기 때문이었다. 또한 안평대군을 막후 실력자로 정사에 참여시킨 것은 첫째로는 수양대군의 야심을 견제하려는 것이었고, 둘째로는 종친들을 정사에서 철저히 배격한다는 종친들의 비난을 무마시키는 면도 있기 때문이었다.

수양대군은 바로 이런 안평대군을 축출하고 무력화시키기 위해서 이런 술수를 썼던 것이다. 아무튼 이로부터 황표정사는 폐지되었다. 황표정사가 폐지되자 타격을 입고 죽지가 처진 것은 바로 안평대군이었다. 이와 반대로 수양대군은 의기가 솟아오르면서 다음 술수에 들어갔다.

세종은 1450년(세종 32) 수양대군을 총재관으로 삼아 역대의 전쟁과 그것에 대한 선유들의 논평을 집성 편찬하도록 명하고, 그 책의 이름을 《역대병요歷代兵要》라고 친히 지어주었다. 《역대병요》는 중국의 상고시대로부터 조선의 태조 이성계가 적을 무찌른 일에 이르기까지, 역사에 나오는 전쟁과 그 논평을 집대성한, 이른바 동국전쟁사서東國戰爭

史書였다.

13권으로 된 이 책이 이때 완성되었다. 상당히 큰 책이기는 했다. 그렇다 해도 그 책의 완성이 크게 떠벌릴 만큼 그렇게 대단한 업적은 아니었다. 그러나 수양대군은 자기가 총재관으로 주관을 한 일인지라 이를 과장하기 위하여 입궐했다.

"전하, 《역대병요》가 드디어 완성되었습니다. 이 책은 성상의 치세에 길이 남을 위대한 업적이 될 것입니다."

"수고하셨습니다. 이는 오로지 총재관으로 애쓰신 숙부님의 공적입니다."

"일찍이 세종대왕께서 어명을 내리시어 편찬을 시작한 일이 여러 해 만에 이제야 완성을 보았으니 감개무량합니다. 하오나 이는 모두가 성상의 덕이옵고 아래로는 이를 직접 찬술하는데 중심이 된 성삼문, 유성원, 하위지 등 학자들의 공이옵니다. 신은 중간에서 아무 한 일도 없이 이름만 올리게 되어 송구스러울 따름이옵니다."

"아닙니다. 수양 숙부의 훌륭한 지휘가 있었기에 오늘날 이렇게 완성을 보게 되었어요. 어찌 보답을 해드리면 될지 말씀해보세요."

"성은이 망극하옵니다. 하오나 신에게 한 가지 주청드릴 일이 있사옵니다."

"말씀하세요."

"이 책을 찬술하는 데에 공이 있는 학자들에게 신이 상을 줄 수 있도록 윤허해주시옵소서."

"그야 쉬운 일입니다만 숙부께서 사재를 쓰면서까지 상을 내려서야 되겠습니까?"

"아니옵니다. 신이 아무 공로도 없이 그런 불후의 명작에 이름을 올리게 되니 염치가 없어서 그러하옵니다. 다행히 신에게는 명나라에서 황제와 조정의 대신들로부터 선사 받은 물건들이 아직 좀 남아 있사옵니다. 이것을 나누어주면 되옵니다."

"예, 그 값지고 소중한 물건들을 상으로 내놓으면 받는 사람들이 크게 기뻐하겠습니다. 그럼 이 일은 숙부께서 자량自量 처리하시지요."

"성은이 망극하옵니다."

이리하여 수양대군은 《역대병요》 편찬에 공로가 있는 학자들에게 자신이 상을 주게 되었다. 명나라 사행길에서 얻어온 귀중품들을 상으로 나누어주었다.

수양대군은 세종의 뜻에 따라 집현전에 자주 드나들었다. 그러나 수양대군은 집현전 학사들과 사이가 좋지 않았다. 그래서 수양대군은 집현전 학사들을 별로 좋아하지 않았으나 자신의 야망을 위해서는 이들이 절실히 필요하다는 것을 깨닫게 되었던 것이다. 그래서 그는 신숙주를 자기 사람으로 만들었다. 어린 임금을 부탁하는 문종의 고명까지 받은 신숙주였지만, 십벌지목十伐之木이라 했던가, 결국 수양대군의 수작에 넘어가고 말았다.

자신감을 갖게 된 수양대군은 신숙주에 비견되는 성삼문 그리고 하위지, 유성원 등을 매수하고자 또 술수를 썼던 것이다. 수양대군은 이들에게 상을 빙자하여 중국에서 얻어온 값진 물건들을 푸짐하게 내렸다. 유성원은 별 생각 없이 그 상품을 받고 황감惶感을 금치 못했다. 그러나 하위지는 그 상품을 받기 전에 성삼문을 찾았다.

"여보게, 근보!"

"응, 무슨 일인가?"

"수양대군이 신숙주를 매수하더니 그 재미에 맛이 들렸나 보네."

"그게 무슨 소린가?"

"아니, 근보가 몰라서 묻나?"

"수양이 우리에게 상을 준다 핑계 대어 값진 물건으로 우리를 매수하려 드는 게 아닌가 말이네."

"그거야 어명으로 임금을 대신해서 내리는 것이니 받아야 하지 않겠나?"

"허어, 근보 이 사람 정신 나갔군. 신숙주를 뒤따를 셈인가?"

"그럼 중장(仲章(하위지))은 받지 않을 작정인가?"

"이르다 뿐인가? 지금 상감께서 유충하신데 종실이 나서서 생색을 내며 여러 신하들을 농락하려는 수작인데 우리가 그에 맞춰 춤을 추어야 하는가?"

"오호라, 과연 그렇구먼. 중장이 아니었으면 하마터면 세상의 조소거리가 될 뻔했네그려. 그러면 안 되지. 거절하세."

"이건 거절만 하고 말 일이 아니네. 성상께 그 부당함을 상주하여 그런 상을 주지 못하게 해야지."

"맞아. 그럼 바로 입궐하세."

그들은 임금 앞에 나아가 상주했다.

"아뢰옵기 황공하오나 한 가지 성상께서 중지시키실 일이 있사옵니다."

"그게 무엇이오?"

"종친 수양대군이 성상을 대신하여 《역대병요》를 편찬한 신하들에게 상을 내리는 일은 있을 수 없는 일이옵니다. 아닌 말씀으로 수양대군이 섭정이라도 된다는 말씀이옵니까?"

"비록 섭정이라 해도 신하에게 상을 내리는 일은 대리할 수가 없사옵니다. 성상께서는 이를 중지시키시옵소서."

"한 번 허락한 일을 어떻게 중지시킨단 말이오? 숙부께서 상을 주는 것이나 과인이 상을 주는 것이나 다 같은 것이 아니오? 그리 알고 받도록 하시오."

"아니옵니다, 전하."

"어찌 성상께서 내리는 상과 종친이 주는 상이 같을 수가 있사옵니까?"

"그것은 하늘과 땅 만큼이나 차이가 있사옵니다. 신 등은 받을 수가 없사옵니다."

"아, 이거 큰일 났군요. 한 번 허락한 일을 못하게 하면 숙부께서 화를 낼 게 아니오? 하여튼 이것은 과인이 허락한 일이니, 모르겠소. 받든 아니 받든 두 분이 알아서 하십시오."

두 사람은 하는 수 없이 물러 나왔으나 수양대군이 주는 상은 거절하고 결국 받지 않았다. 이 소식을 들은 수양대군은 내심 괘씸하게 생각했다.

'성삼문, 하위지, 어디 두고 보자. 보잘것없는 유생 따위가 감히 이 수양의 상을 거절해? 내 기어이 네놈들의 콧대를 꺾어놓을 테니……'

수양대군은 성삼문 등의 마음을 매수할 수 있다고 자신하고 있었다. 며칠 후 신하들이 다 모인 조회 자리에서 임금이 두 사람에게 물었다.

"두 분은 수양 숙부가 주는 상을 기어이 거절하고 끝내 받지 않았다고 하던데 그 이유가 무엇이오? 과인이 그 뒤로 곰곰이 생각해보았는데 그 이유를 알 수가 없소."

성삼문이 대답했다.

"대군이 조정의 신하들에게 시상하는 것은 옳지 못한 행위이옵니다. 시상은 임금이나 또는 세자만 하는 것이옵니다. 수양대군이 교묘히 성상의 윤허를 받아서 시상하는 것은 틀림없이 다른 뜻이 있어서일 것입니다."

"다른 뜻이오?"

"황공한 말씀이오나 자신이 마치 임금인 것처럼 대접받고 싶어서 그럴 것입니다."

"그래요?"

임금이 여전히 미심쩍어 하자 하위지가 설명했다.

"세종대왕께서도 이러한 포상을 내리셨고 문종대왕께서도 내리셨습니다. 그때는 임금께서 신 등에게 직접 주셨기 때문에 받았습니다. 그러나 지금 주는 상은 임금께서 주시는 것이 아니라 그 아랫사람, 말하자면 상을 줄 자격이 없는 사람이 주는 상이라 받을 수가 없는 것이옵니다."

"......?"

이때 김종서가 나서서 임금께 아뢰었다.

"전하. 저 두 사람의 말이 옳사옵니다. 이런 일은 수양대군이 딴마음을 품고 있기에 하는 짓이옵니다. 다른 사람들의 마음을 사서 장차 무슨 일을 꾸미고자 하는 술책인 것이옵니다. 하오니 전하께서는 항상 저희들을 믿으시고 각별히 조심하셔야 하옵니다."

"아, 그래요? 알겠습니다. 그러면 경들의 말씀만 믿겠습니다. 하지만 수양대군께서 서운하게 생각하실 테니 너무 박절하게 대하지는 마십시오.”

“그럴 리가 있겠습니까? 전하, 심려치 마시옵소서.”

이 일로 해서 수양대군의 솟아오르던 기세는 한풀 꺾였다. 그러나 그것은 어디까지나 표면적인 양상일 뿐이었다.

3월이 되면서 신숙주는 승정원 동부승지가 되었다. 한명회는 좋은 기회가 왔다고 기뻐하며 축하 인사차 신숙주를 찾아갔다.

“허허, 동부승지가 되신 일, 하례 드립니다.”

“고맙소이다. 다 성상의 은혜지요.”

“수양대군께서 범옹 말씀을 많이 하셨습니다.”

“허, 한공. 그보다는 이 사람에게 한공 말씀을 더 많이 말씀하셨을 것입니다. 사행길 내내 어느 하루도 한공의 말씀을 아니 하신 날이 거의 없을 정도였으니까요.”

“그야 대군나리의 아량이실 테지요.”

“아니오. 분명 한공의 인품 때문일 것이오.”

“헤헤, 잘 사귀어보라고 말씀하신 게로군요.”

“예, 그것도 아주 깊게…….”

“헤헤헤, 그거 빈말입니다.”

한명회가 들던 잔을 놓고 손을 내저었다.

“……”

“헤헤, 나리께서 도성을 떠나실 때 이 사람에게 말씀하시기를…….”

“……”

“내 이번 사행길에서 범옹과 동맹을 맺고 올 테니 그사이 한공은 학역재와 동맹을 맺어두도록 하시오, 하셨습니다."

"그러면 학역재대감과 동맹을 맺어두셨습니까?"

"헤헤, 아니오. 동맹은 못 맺어두었습니다."

"못 맺어요? 아니 왜요?"

신숙주가 좀 심각한 표정을 지었다.

"헤헤헤, 혈맹을 맺어두었으니까요."

"하하하……. 놀랐소이다. 자자. 하례로 한 잔 더 따르겠습니다."

"헤헤헤, 고맙소이다."

"그래, 그 일을 대군나리께 말씀드렸습니까?"

"드렸지요. 그 말씀을 드렸더니 나리께서 엄청 기뻐하셨습니다."

"……!"

뒤처졌다는 느낌이 신숙주를 떠밀고 있었다.

"나리께서 결심은 이미 확정하셨으니 이제 결행만 남았소이다. 그 결행을 시작할 차비를 하라 하셨습니다."

"……."

신숙주는 그 느낌에 계속 떠밀리며 속을 태우고 있었다.

'도대체 무엇을 결행한단 말인가?'

알 것도 같으나 알 수가 없었다.

"한공."

신숙주는 나직이 불렀다.

"예."

"그 결행이라는 거, 한공은 아시지요?"

"알다 뿐이오? 알고는 있소이다만 말을 할 수는 없소이다."

"종사에 관한……?"

"물론이오."

"……?"

"대행대왕께서 승하하실 때부터 뒤틀리기 시작했어요. 나이 어린 주상이 보위에 오르시는 경우 수렴청정을 해야 하는 것이 종사의 도리인데, 종사에는 수렴청정을 해주실 중전도 대비도 아니 계셨습니다. 이런 때에는 섭정을 세워 어린 왕을 보필하도록 조처하셔야 하는데 대행대왕께서는 섭정에 대한 아무런 고명을 내리시지 않으시고 승하하셨습니다. 그러므로 어린 임금만이 있는 그런 위태로운 때에…… 만약에……."

한명회는 일부러 말을 끊었다.

"……!"

신숙주는 순간 정신을 차렸다.

"만약 이런 때에 역심을 품은 무리가 있다면…… 범옹께서 짐작해 보십시오."

"……!"

"바로 그런 일을 염려하신 대군나리께서 학역재대감을 병조판서의 자리에 옮겨놓으시고 사행길을 떠나셨던 것입니다. 그분의 인품을 믿었기 때문이지요. 그분이 비록 장상은 아닐지라도 병서에도 통달했기 때문이지요. 그런데 그 사이 정승의 자리가 바뀌고 병판의 자리가 바뀌었어요. 주상전하께서 그리하셨습니까? 황보인, 김종서가 한 일이 아닙니까? 그 사이 정승을 바꾸고 병판을 바꿀 만큼 어떤 긴급사태가 있었습니까? 무사 평안했습니다. 무사 평안한 때에 정승을 바꾸고 병판을 바꾸는 자들이 장차 무슨 짓을 못 하겠습니까? 주상께서는 이런 때에 어디서 자문이라도 구하실 수가 있겠습니까? 자문을 드릴 만한 종친이 도성을 비운 사이에 이런 엄청난 일이 벌어지고 말았습니다. 앞으로 적어도 7, 8년은 지나야 주상께서 성년이 되십니다. 그 사이에 무슨 돌발사태가 일어날지 진실로 알 수 없는 일이 아닙니까?"

'돌발사태를 일으킬 만한 사람이 이 나라에는 아무도 없는데……'

"……?"

신숙주는 정신을 똑바로 차리고 한명회가 이어가는 말의 진의를 캐보고자 애를 썼다.

"수양나리께서 섭정에 오르시어 종사를 길이 보전하는 일은 바로 천명이오. 이를 깨닫지 못하는 자들이 있다면 어느 누구를 막론하고 쳐내야 할 것이오. 그래야 이 나라의 종사가 반석 위에 놓일 것이오. 동부승지께서는 이 조정을 그대로 두어도 괜찮다고 보십니까?"

'수양나리가 섭정에 오르지 않아도 종사는 잘 보존되어 갈 텐데……. 그러니까 이 조정은 그대로 놓아두어야 할 텐데……'

"글쎄요……."

"수양대군의 뜻을 모르신다는 말씀이오?"

"그것은 아닙니다만……."

"아니라면?"

"뜻이 과격하여 피를 부를까 걱정이 됩니다."

"헤헤헤……."

"……?"

"대군나리께서 주상전하를 보필하시는데 누가 감히 반기를 들겠소? 또한 한번쯤 피를 흘려도 할 수 없는 일이 아니겠소? 종묘사직을 보전하는 일인데 결코 두려워할 일이 아닙니다."

'대군나리께서 자의로 섭정이 되고자……'

"음……"

'결국은 수양대군이 칼을 들고 일어난다는 뜻이로구나.'

신숙주는 앞일이 짐작되었다.

"내가 나설 것입니다. 동부승지께서는 나설 일이 아닙니다. 학역재 대감도 나설 필요가 없습니다."

"흠……"

'한명회가 앞잡이임도 드러난 셈이고……'

"수양나리께서 뜻을 이루신다면 학역재대감이나 동부승지께서는 조정을 이끄셔야 할 게 아닙니까?"

"음……"

"머지않아 닥칠 일이 아니겠습니까? 사필귀정이지요. 동부승지께서 는 어찌 생각하십니까?"

'대답이야 빤한 것이지……'

"대군나리의 뜻은 진즉부터 잘 알고 있습니다."

"나리께 그렇게 전해 올리겠습니다."

한명회가 돌아가자 신숙주는 혼자 중얼거렸다.

'과연 무서운 충견이로고. 나리께서 기운이 나실 수밖에……'

6

참살 음모

한명회의 말이 아니었다 해도 홍윤성은 김종서를 한번 만나보고 싶어 했다. 그것은 어느 편으로 붙어야 출세가 빠를까 하는 것을 저울질해보기 위해서였다.

얼마 전 이현로를 만났을 때였다. 김종서를 한번 만나보지 않겠느냐는 제안을 받았는데 마침 기회가 잘되었기에 허락을 했었다.

얼마 후 홍윤성은 이현로로부터 편지 한 통을 받았다. 김종서가 홍윤성의 방문을 허락했다는 내용이었다. 홍윤성은 즉시 찾아가 김종서를 만났다.

"그래, 자네가 대호 김종서를 만나보고 싶어 했다는데 오늘 그 사람 앞에 앉아 보니 느낌이 어떠한가?"

"늘 우러러뵈옵던 대감마님을 바로 앞에 뫼시고 보니 하늘에 오른 듯 기쁘옵니다."

"허허, 그렇게 기쁘단 말인가?"

"예, 그러하옵니다."

"허허, 이 대호 김종서도 이제 한물간 모양이네."

"대감, 무슨 말씀이신지요?"

"자네 말이 싫지 않으니 말이네."

"예에……?"

홍윤성은 이때에서야 김종서를 바로 쳐다볼 수가 있었다. 여전히 대호다운 당당한 풍모가 살아 있는 모습이었다.

"내 자네 얘기를 가끔 들었지. 힘이 항우 저리 가라에다 주량이 바다를 기울일 만하다고……."

"부끄럽사옵니다."

"급제는 문과로 한 줄 아는데……."

"그러하옵니다."

"허어, 문무겸전이라. 장차는 출장입상出將入相을 할 사람이네그려."

"과찬이시옵니다."

"허나 욕심이 지나치면 일이……."

많은 사람을 겪어본 사람은 사람을 알아본다 했다. 김종서는 처음 보는 홍윤성의 성품을 알아보고 있었다. 그러나 홍윤성은 넉살 또한 좋았다.

"예, 제가 욕심이 좀 있는 편이옵니다. 무릇 욕심이 없이도 크게 된 바는 드문 줄로 아옵니다. 조정 대사로부터 소소한 개인사에 이르기까지 모든 일의 성취는 그 바탕이 욕심인가 하옵니다.”

홍윤성은 아무래도 치기 아니면 만용을 부리고 있는 것이었다. 그러나 김종서는 젊은이의 패기쯤으로 보아주고 있는 것 같았다.

“밖에 누구 없느냐?”

“예, 대령해 있사옵니다.”

사랑 밖에서 들리는 목소리가 은쟁반에 옥구슬 구르는 소리처럼 낭랑하게 들렸다.

“술상 들여야겠다.”

미리 준비하고 있었던 듯 진녀가 술상을 들고 들어왔다.

“어……!”

홍윤성이 진녀의 얼굴을 보자 자못 놀라는 눈치였다. 진녀도 홍윤성을 보며 술상을 든 채 잠깐 서 있었다.

“허허, 처음 보는 게 아닌가?”

홍윤성은 얼른 자세를 고쳐 앉으며 진녀에게 사과했다.

“지난번에는 몰라뵈었습니다. 송구하옵니다.”

“……!”

진녀는 홍윤성에게 생긋 웃어주며 술상을 놓았다.

술상에 놓인 술잔을 보니 김종서의 잔은 청옥青玉의 작은 잔이고 홍윤성의 잔은 큼직한 사기대접이었다.

“대감, 송구하오나 소인의 잔이 너무 작사옵니다.”

“허허허, 얼마나 크면 되겠는가?”

“대야만한 자배기가 좋겠사옵니다.”

“허허허, 과연 듣던 대로구먼……. 진녀는 가서 자배기에 술을 담아

오도록 해라."

김종서는 홍윤성의 주량을 실제로 시험해보고 싶었다. 진녀가 나갔다가 자배기에 술을 담아 들고 들어왔다.

이때 아들 승규가 따라 들어왔다. 아무래도 아버지를 지키는 게 좋겠다는 생각 때문이었다.

"되었는가? 자, 들게나."

"예. 감사하옵니다, 대감."

홍윤성은 단숨에 자배기를 비워버렸다. 김종서는 감탄했다. 승규와 진녀는 놀라서 눈이 뚱그레졌다.

"허허, 과연 대단해. 이제 되었는가?"

김종서가 물었다.

"대감께서 허락하신다면 두 개만 더 마셨으면 좋겠습니다."

출장입상의 김종서였다. 육진을 개척하는 동안 수많은 기인들을 만나보았다. 그러나 한 자리에서 자배기 세 개의 술을 마시는 사람은 만나본 적이 없었다.

"손님의 소망인데 들어주는 게 도리가 아니겠느냐? 진녀는 두어 번 더 수고를 해라."

하는 수 없었다. 진녀는 두 자배기의 술을 더 들여왔다.

홍윤성은 들여온 술을 대수롭지 않게 벌컥거리며 마시고 나서야 흡족한 듯 미소를 지으며 맷돌 같은 손으로 입가를 훔쳤다.

"더 들겠는가?"

"아니옵니다. 이렇게 석 잔이면 딱 좋습니다."

"허어, 이 술은 북쪽 혹한의 변방에서도 한 되만 마시면 취한다는 술이네. 어디 한번 일어서보겠는가?"

"예, 그러겠습니다."

홍윤성은 벌떡 일어섰다. 그리고 문 쪽으로 몇 걸음 걸어갔다 돌아와 섰다. 조금의 비틀거림도 없었다.

"허어, 과연 듣던 대로 장사로세. 이제 앉게나."

천하의 대호 김종서가 감탄해 마지않았다. 진녀와 승규는 말을 잃고 굳은 채였다.

"고맙습니다."

"자네, 술을 그렇게 마시고도 힘을 쓸 수 있는가?"

"술을 마시면 몸이 부드러워지옵니다. 그러면 부드러워지는 만큼 힘을 더 잘 쓸 수가 있사옵니다."

김종서의 호기심이 발동했다.

"허면 내가 자네 힘을 시험해봐도 되겠는가?"

"그러시지요. 대감마님의 명이라면 무엇이든지 하겠습니다."

"승규는 가서 그 강궁強弓을 내오도록 해라."

"세 개 다 가져와야 하옵니까?"

"물론 그래야지."

홍윤성이 잠시 궁금해 하는 사이 승규가 강궁이라는 것을 들고 들어 왔다.

"그것을 손님 앞에 놓아라."

승규가 활들을 홍윤성 앞에 놓고 뒤편으로 저만큼 가 앉았다.

"그 활을 하나 들게나."

홍윤성이 활 한 자루를 들었다. 드는 순간 보이는 것과는 달리 엄청

나게 무겁다는 것을 알게 되었다.

"그 활은 내가 아끼는 각궁角弓(물소 뿔 등의 재료를 섞어 만든 우리나라 전통 활)일세. 보기 드문 명궁이야. 보통의 힘으로는 시위를 당기는 것조차 어렵지. 한번 당겨보겠는가?"

홍윤성은 각궁이라는 것을 찬찬히 살펴보았다. 팔뚝만한 활채는 두어 가지 나무와 무소뿔로 만든 것 같았다. 명주실을 꼬아 만든 시위는 팽팽하게 당겨져 있었다. 보기 드문 활임이 분명했다.

"당겨보고 싶으면 당겨보게."

김종서가 재차 당기기를 재촉했다.

"당겨보는 것이야 어렵지 않겠습니다만……."

"뭐 걸리는 게 있는가?"

"대감께서 아끼시는 명궁이라 하시는데 혹 부러지기라도 하면……."

"허허허, 자네가 그 각궁을 몰라서 걱정하는 모양인데, 만약 자네 힘으로 그 각궁을 부러뜨린다면 내 큰 상을 주겠네."

"하오면……."

"당기기조차 어려운 각궁을 부러뜨릴까 걱정을 하다니, 가위 역발산이 아니고서야……."

김종서의 이 말은 '너 따위가 감히 이 각궁을 부러뜨릴 힘이 있겠느냐'라고 조롱하는 것처럼 들렸다. 얼굴이 달아오른 홍윤성이 활을 잡고 자세를 취했다.

"한 가지……, 활이 튀어 얼굴이 상할 수도 있으니 조심하시지요."

진녀가 또한 풋내기 취급을 하고 있었다.

"하오면……."

홍윤성이 심호흡을 한 번 하고 나서 왼손으로 활채를 잡고 오른손으로 활시위를 잡아당기기 시작했다. 시위가 뒤로 점점 당겨지면서 활채가 오므라들더니 어느새 활은 만월의 모양새가 되었다.

"아니······."

"저, 저······."

진녀가 놀라고 승규도 놀랐다.

"으음······."

김종서도 낮게 탄성을 질렀다. 홍윤성은 계속 당겼다. 관자놀이에 파란 핏줄이 돋고 이마에 땀방울이 맺히고 있었다. 팔뚝 굵기에 당당하던 활채가 뿌드득 소리가 나는가 싶더니 마침내 부러지고 말았다.

"뚝!"

신호 같은 소리와 동시에 활채는 두 동강으로 깨끗이 부러져 나갔다.

"악!"

진녀가 놀라 소리쳤다.

"시위를 당겨보라 했는데, 애초부터 부러뜨릴 작정이었소?"

김승규가 나무랐다. 홍윤성은 숨을 몰아쉬며 이마의 땀방울을 닦고 있었다.

"아, 괜찮아. 부러뜨리면 상을 준다 했느니······. 과연 대단한 장부야."

김종서의 착잡한 칭찬이었다.

"대감마님, 송구하옵니다. 용서해주시옵소서."

홍윤성은 가쁜 숨이 채 가시지 않은 목소리로 사과했다.

"다시 한 번 당겨볼 수 있겠는가?"

김종서는 호기심이 드세졌다.

"아버님, 그만두시지요."

승규가 만류했다.

"허허허, 내 일찍이 북방의 장사들 중에서도 저런 힘을 본 적이 없어. 하나를 부러뜨리는 데 힘을 다 쏟았을 텐데. 자네, 그래 다시 당길 힘이 있겠는가?"

김종서는 기어이 홍윤성의 한계를 보고 싶었다.

"예…… 하오나 혹시 또……."

"괜찮네, 만약 하나 더 부러뜨린다면 나머지 하나를 선물로 주겠네."

"……!"

"장부일언일세."

홍윤성은 망설였다. 경우에 따라서는 김종서의 편이 될 수도 있는데 공연히 무례한 놈으로 보일까 걱정도 되었다.

"……."

"왜 힘이 부치는가?"

"……?"

홍윤성은 자신의 존재감이 또한 마음에 걸렸다. 김종서가 '그러면 그렇지 더 이상 별놈이 아니구나'라고 여길 수도 있다고 생각했다.

"아버님, 이제 치우오리까?"

승규가 말을 하자 홍윤성은 반사적으로 또 하나 활을 들었다. 세 사람은 일제히 눈을 키웠다.

'내 존재의 무게를 보이지 않을 수 있으랴.'

홍윤성은 활을 잡고 깊이 숨을 들이쉬었다. 그리고 천천히 시위를 잡아당겼다. 점점 힘을 모아 시위를 더 당겨나갔다. 온몸에 땀이 솟고 눈알이 금시라도 튀어나갈 것 같았다. 활은 어느새 만월이 다 되었다.

'헤헤, 말똥이나 치우는 주제에 유세를 떨고 다니느냐.'

한명회의 비웃는 소리가 들리는가 싶더니 자기도 모르는 사이 마지막 용을 쓴 모양이었다.

"딱!"

야무진 소리와 함께 팔의 긴장이 확 풀렸다. 분명 또 하나의 각궁이 부러진 것이었다. 홍윤성의 온 얼굴이 땀으로 빛났다. 방 안은 잠시 참담한 침묵으로 가라앉고 있었다.

"시생의 무례를 나무라주시옵소서."

홍윤성이 죄송스러워했다.

"아버님, 나머지 하나도 부러뜨리라 하시옵소서."

승규의 화난 목소리였다. 그러나 김종서는 침착함을 잃지 않았다.

"자네의 용력을 따를 자가 이 나라에는 없을 것 같네."

"과찬이시옵니다."

"자네는 참으로 예전 한나라의 번쾌樊噲와 비길 만하네."

"송구하옵니다."

"그런데 자네가 수양대군저에 출입한다면서?"

"……."

홍윤성은 가슴이 뜨끔했다.

"수양대군을 자네가 얼마나 알고 있는지는 모르나 내 보기에 대군은 결코 한고조는 아니야."

"……."

한고조는 번쾌가 모신 임금이었다. 홍윤성을 번쾌라 하고는 수양대군은 한고조가 아니라 했다. 그렇다면 수양대군은 홍윤성이 모실 임금은 아니라는 것을 강조한 셈이었다.

홍윤성은 아무 말도 꺼낼 수가 없었다. 그저 고개를 숙일 뿐이었다.

"내 약조한 대로 나머지 강궁을 우리가 만난 정표로 자네에게 줄 테니 잘 간직하게."

"대감마님, 아니옵니다."

홍윤성이 사양했다.

"장부일언 중천금이야. 받아야지. 그리고 사람이 이름값을 하려면 섬길 사람도 올바로 찾아야 하네. 내 말을 알아듣겠는가?"

"명심하겠사옵니다."

"그리고 용력은 함부로 쓰는 게 아니라는 것도 명심하게."

"예, 명심하겠사옵니다."

"혹 나와 상의할 일이 있거든 언제든지 찾아오게. 내 기꺼이 만나주겠네."

"예, 고맙사옵니다."

김종서는 홍윤성을 두고 어떤 소망을 가져보려 했다.

'대호 김종서가 외로워졌단 말인가?'

홍윤성은 고개를 모로 꼬아보며 김종서의 집을 나섰다. 그는 북쪽을 향하여 무악을 바라보았다.

'이 활로 한번 쏘아볼까?'

그러나 그는 발길을 돌려 한명회의 집으로 향했다. 홍윤성이 한명회의 집 대문에 들어서자 만득이가 앞을 가로막았다.

"송구하오나……, 아무도 들이지 말라 하셨습니다."

"아무도 들이지 말라고?"

"예, 권교리께서도 헛걸음하셨사옵니다."

"아니, 권교리가?"

"수양대군께서 인편을 보내셨는데도 나가시지 않으셨습니다요."

"그래?"

'거참 요상한 일이로고……'

홍윤성은 고개를 기울이고 눈알을 굴리며 생각을 해보았으나 무슨 일인지 짐작이 가지 않았다.

"혹 어디가 편찮으신 것은 아니야?"

"멀쩡하신 것 같은뎁쇼."

"식솔들과는 만나실 테지."

"마님도 아니 만나시는뎁쇼."

"그럼 끼니는?"

"진짓상을 마루에다만 갖다 놓지요."

"허허, 그래 며칠이나 그리하셨는고?"

"오늘로 닷새째인걸요."

"허참, 별일이 다 있구먼."

홍윤성은 별수 없이 돌아설 수밖에 없었다.

한명회는 꿈쩍 않고 들어앉아 골똘하게 궁리하고 정리하고 있었다. 한명회 자신이 가담하지도 않고 밖으로 드러나지도 않고 암암리에 진행된 제1단계의 결행은 대성공을 거두었다. 이제부터의 2단계, 3단계, 4단계의 결행은, 모두 다 한명회 자신도 몸소 가담해야 하고 그 결과가 밖으로 드러나는 일이기 때문에, 실패하는 경우 한명회 자신은 물론이요 수양대군 이하 그 무리들의 목숨도 다 내놓아야 하는 절체절명의 것이었다.

네 단계 중에서 가장 어렵고 가장 핵심이 되는 2단계의 결행을 위한 계획 때문에, 한명회는 닷새 동안 피와 골수를 말려가며 스스로 독방에 수감되어 있었던 것이다.

마지막 날, 한명회는 먹을 갈아두고 이미 만들어놓은 하얀 명부를 집어다 자기 앞에 놓았다. 눈을 감고 명상하듯 고개를 숙였다. 잠시 후 고개를 들고 눈을 떴다. 한명회는 붓을 들어 표지에 끔찍하고 소름이 끼치는 세 글자를 썼다.

'살생부'

죽여야 할 사람들의 이름을 기록한 명부란 뜻이었다. 표지를 넘기고 표지가 저절로 서지 않도록 묶은 부위 위아래를 지그시 눌렀다. 그리고 그동안 심사숙고를 거듭한 끝에 골라낸 대로 참살해 죽여 없앨 자들의 이름들을 적어나갔다.

왕위 찬탈을 노리고 있는 안평대군을 수괴로 정하고, 그에 적극 후원 동조하고 있는 영상 황보인, 좌상 김종서 등 조정의 기둥들을 다 참살하기로 정하고, 급히 우선적으로 죽여야 할 대신들의 이름을 순서대로 적어갔다. 그 맨 앞장에 최우선적으로 참살할 대상의 이름을 적었다.

'김종서'

그리고 한 장에 한 사람씩 순서대로 이어 썼다. 물론 안평대군의 이름도 썼다.

쓰기를 다 마친 한명회는 양팔을 뒤로 젖히며 가슴을 펴고 서너 번 길게 심호흡을 했다. 그리고 살생부를 보자기에 싸서 품속에 깊이 간직하고 나서 집 밖으로 나갔다. 바로 수양저로 가야 할 일이었으나 우선은 바깥바람부터 쏘이고 싶었다.

한명회는 북쪽 길로 나섰다. 4월이 금방인 봄볕은 화사하고 따사로웠다. 한명회는 무악으로 발길을 옮겼다. 무악의 중턱을 넘어 무악림의 산채로 내려갔다.

너른 활터 한쪽에서는 웃통을 벗어부친 장한들이 힘쓰기 단련을 하고 있었고 또 한쪽에서는 활쏘기 연습을 하고 있었다.

"헤헤, 자네도 나와 있었나?"

활쏘기 쪽으로 다가가 거기 서 있는 홍윤성의 어깨를 툭 쳤다.

"오랜만이외다."

홍윤성은 건성으로 대답하고는 들고 있는 활의 시위에 화살을 걸었다. 그리고 시위를 힘껏 당기다 탁 놓았다. 화살은 과녁을 향해 빠르게 날아가다 과녁의 중심에 탁 박혔다. 시원한 적중이었다.

"얼씨구, 지화자. 제법이야. 헤헤."

한명회가 찬사를 보냈으나 대꾸도 없이 홍윤성은 다시 화살을 걸고 시위를 당기기 시작했다. 그때서야 한명회는 눈을 크게 뜨고 홍윤성이 들고 있는 활채를 찬찬히 들여다보았다.

"아니, 자네……."

한명회의 놀람을 의식한 홍윤성이 자세 그대로 입을 열었다.

"뭐, 이 활 때문에 놀라셨습니까?"

"이거, 보통의 활이 아니네그려."

"허허, 웬 활인지 궁금하십니까?"

"궁금하긴……. 그야 뻔한 걸."

"아니, 이 활을 아신단 말씀이시오?"

"절재대감이 준 게 아닌가?"

"엇……!"

홍윤성은 쏘려던 자세를 허물고 한명회 앞으로 돌아섰다.

"절재대감이 자네를 잘 본 셈이구먼, 헤헤헤."

"……!"

"내 말 잊었나? 절재를 찾아가기는 하되 마음은 주지 말라 했을 걸……."

"그래서 제가 어쨌다는 겝니까?"

"헤헤헤, 피아간 진퇴는 일찌감치 정하는 게 좋아."

한명회는 싱긋 웃으며 한마디 던지고는 돌아서 걸었다. 홍윤성은 돌아서 걸어가는 한명회의 등을 잠시 응시하고 있다가 들고 있던 각궁을 무릎에 대고 세차게 잡아채 꺾어버렸다. 딱 소리가 야무지게 들렸다.

걸어가던 한명회가 주춤하고 멈춰 섰다. 홍윤성은 빠른 걸음으로 쫓아갔다.

"이제 됐소이까?"

홍윤성은 두 동강 나 시위에 매달려 있는 활채를 들어 올려 보였다.

"……."

"언젠가 의리를 지키라고 말씀하셨지요?"

"그랬지."

"의리는 지키고 있소이다."

홍윤성은 한마디 내뱉고는 한명회를 앞질러 씽 걸어서 산채로 들어갔다. 한명회는 그 뒷모습을 보고 빙그레 웃으며 고개를 끄덕였다. 느낌이 좋았다. 살생부를 적어놓고 나와서 대하게 된 첫 번째 징후였다.

'홍윤성이 어떤 사람인가. 우직한 듯하나 잇속에 밝고 타산에 민감한 사람이 아닌가. 김종서에게 환대를 받았으면서도 그를 따르지 않는다는 것은 그쪽에 승산이 없다고 본 것이 아닌가.'

"길조야, 길조. 헤헤."

한명회는 중얼거리며 홍윤성의 뒤를 따라 산채로 향했다. 산채에 들어서자 홍달손이 맞았다.

"홍공, 무르익고 있소이다."

"예상하고 있소이다."

"다들 잘하고 있지요?"

"다들 제 몫은 단단히 할 것이오이다."

"이제는 의지가, 결연한 의지가 중요하오."

"너무 심려치 마시옵소서."

"고맙소이다."

산채 안에 모인 사람들은 주안상에 둘러 앉아 환담했다. 홍윤성은 술은 마시면서도 말은 없었다. 산채에 땅거미가 찾아들자 한명회는 일어섰다.

7

살생부

한명회는 무악림을 내려와 곧장 수양저로 향했다.

"대감마님, 한주부 드셨사옵니다."

얼운이는 짜장 신바람 들린 듯 고조된 목소리였다.

"어서 뫼셔라."

방에 들어서자 수양대군이 일어서려 했다. 한명회는 얼른 엎드려 인사를 올렸다. 수양대군이 반사적으로 주저앉으며 투정조로 말했다.

"대체 뭘 하고 있었던 게요? 그만치 사람을 보냈으면 궁금해서라도 한 번쯤 들려야 할 게 아니오?"

"송구하옵니다."

"허허, 내게 일이 있을 때 장자방을 만나지 못한대서야 말이 되겠소?"

말씨는 짜증 같았으나 느낌은 분명 보챔이었다.

"무슨 일이 있었사옵니까?"

"그래요. 중전을 간택할 의논을 하고 있어요."

금시초문이요 느닷없는 일이었다.

"……."

"아니, 한공도 반대요?"

"……!"

중전을 간택하고자 하는 일이 틀어지고 있음을 직감할 수 있었다.

"한공의 뜻도 반대쪽이오?"

'허, 기가 막힌 술수로다.'

찬반이 문제가 아니었다. 참으로 놀랍고도 무서운 음모임을 또한 직감할 수 있었다.

"애초에 누가 발의하셨사옵니까? 좀 더 소상히 말씀해주시지요."

"비록 국상 중이라 하나 중전을 간택하는 일이 시급하다는 것이 내생각이오. 주상에게 지금 누가 있소? 중전도 대비도 세자도 없는 왕실이 세상 어디에 있단 말이오? 그러니 김종서니 혜빈이니 하는 것들이 주상을 마음대로 농락하는 것이 아니겠소."

"그건 그렇습니다만……."

"내가 이런 생각을 한 지가 오래요. 안평에게도 의견을 물었고, 명에서 돌아와서는 양녕 백부님께도 말씀드렸는데, 모두들 반대요. 법도가 아니라는 게요. 법도가 왕통보다도 더 중하다는 말이오?"

"……!"

'대군의 진의는 법도도 왕통도 아님을 내 어찌 모르겠소? 사람으로

서 가장 비열하고 잔인한 호도인 것을 내 어찌 모르겠소.'

"한공도 반대인지 말씀해보시오."

'이 기막힌 소리장도笑裏藏刀의 술수를 내 어찌 반대하리오.'

"아니옵니다. 소인은 찬성이옵니다."

"아하, 그러면 중전을 간택해도 괜찮다는 말이오?"

"그러하옵니다. 왕통을 잇고 종사를 보전하는 일이온데 법도가 아
니라면 권도로 시행하면 되는 일이옵니다."

"과연 장자방이오. 과연 한공이오. 내 그래서 한공을 몹시 기다린 것
이오. 내 생각도 바로 그런 것이오. 헌데, 조정의 중신들이 어디 말을
들어야지. 법도 따지고 이치 따지고 변설만 늘어놓는 꼬락서니를 보면
그냥……."

수양대군은 머리통을 좌우로 흔들며 소리쳤다.

"나리, 나리답지 않으십니다."

"아니, 한공? 무슨 말이오?"

"나리답지 않으시다고 했사옵니다. 중신들의 반대 따위로 고심하시
옵니까? 하셔야 할 일은 그냥 하시면 되옵니다."

"그냥 하면 된다?"

"그러하옵니다. 그러나 그 시기만은 소상이 지난 다음으로 하시는
게 좋을 듯하옵니다."

"음……."

"만약 그때 가서도 반대하는 사람들이 있다면 그들은 두 종류의 패
거리일 것이옵니다."

"두 종류의 패거리?"

"예, 하나는 종사야 어찌 되든 그저 주둥이로만 충성을 하는 패거리들이요, 또 하나는 왕실이 허약한 채로 있어야 자기들 잇속 차리기에 좋다고 여기는 패거리들이옵니다."

"음 알겠소. 그럼 밀어붙여 봅시다."

"예. 그리고 그와 동시에 결행도 잊지 마셔야 하옵니다."

"음, 결행이라고?"

"잘못하면 딴 사람이 불궤하는 꼴을 보시게 될 것이옵니다."

"딴 사람?"

"그야 뻔하지 않사옵니까?"

"음……."

"어느 쪽이든 결행의 날은 머지않은 듯하옵니다만……."

"머지않다……?"

"두루 옛날의 일을 살펴보면 어느 나라든 임금이 어리면 반드시 옳지 못한 사람이 정권을 잡았고, 그러면 여러 사특한 무리가 그림자처럼 붙어서, 예상치 못한 화가 항상 일어났습니다. 그때 충의를 갖춘 신하가 있어서 반정을 한 뒤에야 그 화가 제거되고 만사가 형통해졌습니다. 이는 천도의 순행이옵니다."

한명회는 반정을 언급하며 자신들의 역적질을 합리화시키고 있었다.

"음……."

"안평대군이 대신들과 결탁하여 머지않아 불궤를 저지르려 한다는 것은 세상이 다 아는 일이옵니다. 다만 그 불궤의 정상을 밝혀낼 수가 없으니 당장은 어떤 결행을 할 수가 없고 아직은 드러날 때를 기다려야 하오나……."

"기다린다……."

"하오나, 머지않을 것이옵니다."

"음……."

한명회는 수양대군의 낯빛을 살폈다. 심란해하는 표정이었다.

'분기奮起시켜야 한다.'

한명회는 품속으로 손을 넣어 보자기에 싼 그 명부를 꺼내서 수양대군의 연상에 얹어놓았다.

"이게 무엇이오?"

"살펴보시옵소서."

수양대군은 조심스럽게 보자기를 풀었다.

'살생부'

겉장을 보자 수양대군은 손을 멈추고 깜짝 놀란 눈망울로 한명회를 뚫어지게 쳐다보았다.

"더 살펴보시옵소서. 불가피한 길이옵니다."

수양대군은 겉장을 넘겼다. 손이 떨리는 듯했다.

'김종서'

수양대군은 자신도 모르게 고개를 한 번 끄덕였다. 또 한 장을 넘겼다.

'황보인'

또 고개를 끄덕였다. 다시 한 장을 넘겼다.

'안평대군'

수양대군은 손을 멈추고 한명회를 바라보았다.

"시생이 잘못 썼사옵니까?"

"음……."

"나리, 말씀해주시옵소서."

"음……."

수양대군은 살생부를 덮고 한명회를 물끄러미 쳐다보았다.

"원흉이온데 어찌 딴 도리가 있겠사옵니까?"

친아우요 천하의 안평대군을 지칭하면서, 간악한 잔재주로 잇속을 노리는 속물 포의布衣가, 원흉이라 하는데도 수양대군은 싫지가 않았다.

"음……."

자신의 열등의식으로 인한 적개의 대상(그 하나인 형왕은 무사히 처리했고)과, 또 하나에 대한 속 시원한 분풀이의 실현이 다가왔음을 새삼 음미하고 있는 수양대군을, 한명회는 직감하고 있었다.

"안평대군을 버리는 일은 나리를 위해서가 아니옵니다."

"그러면……."

"보령 유충하신 주상전하와 풍전등화 같은 이 나라의 종묘사직을 위해서입니다. 동시에 나리께서 어렵고 힘든 주공 노릇을 하실 수밖에 없다는 것이옵니다."

"한공……."

"예, 말씀하시옵소서."

"한공의 말이 적이 옳소. 한공의 뜻이 바로 내 뜻이오만……."

"……."

"이것을 여기다 두고 가시오. 내 좀 더 고민해보겠소."

"알겠사옵니다. 언제고 결단이 서시는 날 그 명부를 시생에게 넘겨주시옵소서. 혹 불가하다고 여기신다면 태워버리시옵소서."

"알겠소."

수양대군은 살생부를 보자기에 싸서 문갑에 넣고 다시 앉으며 화제를 돌렸다.

"간택 말이오. 꼭 소상 다음에 주청해야 하오?"

"그러하옵니다. 무리하시면 역풍이 세어집니다. 그리고 대궐에 사람을 하나 심어야겠사옵니다."

"누구요?"

"정인지나 신숙주 등이 나리의 뜻을 따르는 것은 확실하오나 그들이 앞장설 수는 없사옵니다."

"그야 그렇지요."

"권람도 그렇고요."

"그렇겠지요."

"언젠가 한번 말씀드린 바가 있사옵니다만, 의주도 첨절제사로 있다가 파직당한 홍달손이옵니다."

"오, 기억이 나오."

"무예뿐만 아니라 병서에도 능통한데 무엇보다도 인품이 훌륭합니다. 지금 무악림毋岳林에서 장한들을 돌보고 있사옵니다."

"음, 그렇구먼……."

"이번 무과에 급제는 틀림없사옵니다. 그러니까 등과 후 그를 요직에 넣어주셨으면 하는 것이옵니다."

"알겠소. 그리합시다."

"그러면 소인은 이만……."

"참, 그리고 말이오."

"……?"

"언제 나도 한번 그 무악림을 구경할 수 없겠소?"

"아, 아니 되옵니다. 나리께서 친히 납실 곳이 못되옵니다."

"허허, 섭섭한 걸."

"헤헤. 정 그러시다면 나리께서 살생부를 돌려주시는 날 시생이 뫼시도록 하겠사옵니다."

"허허, 역시 한공답소그려."

"정히 궁금하시면 대표적인 몇 사람만 골라서 한 사람씩 나리를 뵈옵도록 하겠사옵니다."

"응, 그것도 좋겠소."

무지막지한 참살 음모가 이렇게 무르익고 있었다.

그로부터 며칠 후, 한명회는 양정을 데리고 왔다. 수양대군은 정성을 다하여 후하게 환대하며 은근히 뜻을 전했다.

"안평대군이 부도하여 권간權奸들과 결탁한 지 오래요. 종묘사직이 불안하고 생령들이 죽어가니 의리상 이 난리를 평정하지 않을 수 없소. 그대들도 이 일에 힘을 다할 수 있겠소?"

양정이 감격스럽게 대답했다.

"무부武夫가 비록 비천하오나 대군의 말씀을 들으니 의분이 솟음을 억제할 수가 없사옵니다. 진퇴에 오로지 명을 따르고 두 마음이 없을 것을 맹세하옵니다."

한명회는 양정으로부터 시작하여 하루에 한 사람씩 몇 사람을 수양대군저로 데려왔다. 수양대군은 그들 하나하나를 아주 따뜻하게 영접하고 극진하게 대우해서 돌려보냈다.

그런데 무악뢰의 대장격인 홍달손은 데려오지 않았다.

"홍달손은 왜 데려오지 않소?"

수양대군이 의아해서 물었다.

"무과에 급제한 다음에 찾아뵙겠다고 하옵니다."

"허어, 의기남아로다."

얼마 후, 4월 13일 치른 무과武科에서 홍달손이 급제했다. 그리고 며칠 후 그는 첨지중추원사僉知中樞院事(정3품 당상관) 겸 집현전 직제학에 제수되었다. 수양대군이 고집하여 주선한 직책이었다.

수양대군이 이 직책을 고집한 데에는 아주 특별한 이유가 있었다.

당시에는 순장巡將 제도가 있었다. 야간에 금군을 지휘하여 대궐과 서울 장안의 경비와 순찰을 지휘 감독하는 임시 무관직이었다. 이 순장은 무략에 밝은 조정 중신들이 돌아가면서 맡게 되는 직책이었다.

홍달손은 바로 그 순장을 맡을 수 있는 중신이 되었던 것이다. 차례를 기다리다 보면 홍달손이 순장이 되는 날이 올 것이었다.

드디어 한명회가 홍달손을 안내하여 수양대군을 만났다. 홍달손은 수양대군 앞에 나아가 무릎을 꿇었다. 수양대군의 은혜를 절감하고 있다는 궤좌跪坐였다.

"홍달손이옵니다."

"홍공의 명성은 들은 지 이미 오래되었소만 이제야 만나게 됩니다그려."

"늦게 찾아뵈어 송구하옵니다."

돌같이 단단해 보이는 체구였으나 얼굴에서는 학문으로 닦은 선비의 기품이 보였다.

"문무겸전의 준재를 만나게 되어 감개무량하오."

"아니옵니다. 그저 나리께서 보살펴주신 덕택일 뿐이옵니다."

"홍공과 같은 준재를 내 곁에 둘 수 있음은 하늘이 나를 보살펴주기 때문일 것이오."

수양대군이 흡족해하는 것을 보자 한명회 또한 흡족했다.

"참, 홍공, 말씀드리시지요."

한명회가 홍달손에게 말하자 수양대군은 어리둥절했다.

"나중에 하지요."

"아니오. 그런 말은 뒤로 미뤄서는 안 되는 말이오."

"하오나 이 자리에서……."

"괜찮으니 말씀하시오. 무슨 말이든 괘념치 마시오."

수양대군이 채근했다.

"그러시다면 저……, 함길도 쪽의 사정은 아시고 계시옵니까?"

"……?"

"이징옥에 관한 무슨 소문을 들으시지 않으셨사옵니까?"

"이징옥? 소상히 말씀해보시오. 홍공."

수양대군은 귀가 쫑긋해졌다. 도성 밖의 일, 더구나 먼 북변의 일은 잘 알지 못하고 있기 때문이었다.

"시생이 첨절제사로 있을 때 들었사온데, 이징옥이 경성의 병기를 도성 어딘가로 옮기고 있다는 소문이었습니다."

수양대군은 등골이 서늘함을 느꼈다. 명나라에서 돌아왔을 때 부인 윤씨가 그 소문을 언급했을 때는 막연히 떠도는 소문인 것으로 여겼었다.

이징옥은 바로 김종서의 총애를 받았고 김종서의 뒤를 이어 함길도 도절제사가 된 맹장猛將이었다.

"그게 틀림없는 사실이오?"

"제 눈으로 본 바는 아니오나 알 만한 사람들은 다 알고 있는 사실이옵니다."

"허어……."

"그리고 또 한 가지……."

"또 한 가지?"

"요즘 항간에 떠도는 소문이옵니다만……. 나리께서 명나라에서 돌아오실 때 안평대군께서 평양으로 나리의 영접을 가셨사온데, 함께 귀경하시지 않고 뒤처진 것은 낙마 때문이 아니오라, 평양 주변의 병력을 점검하기 위해서였다 하는 풍문이옵니다."

"음……."

'참으로 그 지경에 이르렀단 말인가?'

수양대군은 어금니를 문 채 한명회를 쳐다보며 물었다.

"한공 생각은 어떻소?"

한명회에게 이것은 또 하나 수양대군의 분발을 촉구할 절호의 기회였다.

"풍문이란 곧 민심이옵니다. 그리고 민심이야말로 대세를 이루는 근간이옵니다. 가까이 고려 말기를 상기해보면 알 수 있는 일이옵니다. 목자득국木子得國이란 풍문이 돌았는데 그대로 사실이 되었사옵니다. 항간에서는 또 무이정사를 지은 곳이 바로 왕업을 일으킬 자리라고도 한다 하옵니다. 또한 안평대군이 그냥 대군만으로 지낼 사람은 아니라는 말도 돈다 하옵니다. 풍문이 이렇다면 그냥 들어 넘기고 말 일은 아니질 않사옵니까?"

"……."

"안평대군의 마포 담담정淡淡亭에는 대소 신료들이 제집 드나든 듯한다 하옵고, 병장기의 이동이 있다 하오면……, 깊이 생각해볼 일이 아니옵니까? 나리."

"음, 저들이 나를 경계하여 방비를 하자는 것이겠지요. 내가 안평을 알고 있고 종서를 알고 있는데 저들이 당장은 나를 어찌하지 못할 것이오."

"때를 놓치면 천추의 한이 되옵니다."

"그렇사옵니다."

수양대군은 한참 눈을 감고 있다가 떴다.

"나도 다 생각하는 바가 있소."

수양대군은 모든 것을 좀 더 침착하게 내다보고 있었다.

"……?"

"아직은 때가 아닌 것 같소. 내 우선 중전 간택을 주청 드리고자 하니 우선 그 결과를 두고 봅시다."

한명회와 홍달손은 수양대군의 뜻을 따를 수밖에 없었다.

'양녕대군께서 동조만 하신다면 종친의 힘으로라도 밀어붙일 수 있을 게야.'

이런 생각이 들자 수양대군은 얼운을 양녕대군 댁에 보냈다.

싱그러운 바람 끝에 여름의 훈기가 묻어났다. 수양은 잠시 뜰을 거닐다 안으로 들었다.

"양녕대군께서 납시어 계시옵니다."

며느리 한씨의 전언이었다.

"오냐."

수양대군은 서둘러 사랑으로 나갔다.

"큰아버님, 이제 소상은 지났사옵니다. 중전 간택을 서두르는 게 옳은 줄 아옵니다."

자리에 앉으면서 수양대군이 말을 꺼냈다.

"꼭 그럴 필요가 있겠는가?"

사은사로 다녀온 직후 수양은 양녕대군에게 이미 건의한 바가 있었다. 그때는 한마디로 거절했던 양녕이었다.

"큰아버님, 다 왕실을 위한 일이 아니옵니까? 어찌 반대만 하십니까?"

"국상중이 아닌가? 소상은 지났으나 아직 탈상은 아니지 않은가?"

수양의 내심을 모르는 양녕대군은 수양의 고집이 불편했다.

"큰아버님."

"……."

"딴 사람들은 다 반대할지라도 큰아버님만은 찬성하실 줄 알았사옵니다. 법도를 따진다 해도 그렇습니다. 법도보다는 왕실이 중요하지 않사옵니까? 큰아버님께서는 알아주실 줄 믿었사옵니다."

"……."

"주상전하께서 외톨이처럼 계시니까 못된 것들이 날뛰는 것이옵니다. 대비가 안 계신 왕실이 오니 중전이라도 계셔야 하옵니다. 그래야 후사를 도모할 수도 있사옵니다."

그러나 양녕은 머리를 가로저었다.

"답답한 사람 같으니라고……."

"백부님."

"이 사람 수양. 정말 답답하네그려. 정신을 차려야겠어. 정신을 차리라고……."

"……?"

"주상 주위에 사람이 없는 것은 알면서 왜 중전밖에 생각을 못하는가?"

"예에……?"

"어린 주상이기에 힘이 없는데 어린 중전이 있다고 뭐가 달라지겠나? 생각을 해봐야지."

"……?"

"이 사람 수양. 주상께 정작 필요한 사람은 바로 수양 자네야. 자네란 말이야."

"……!"

"왜 가만히 보고만 있는가? 안평의 방자함을, 황보인, 김종서 등의 전횡을 앉아서 보고만 있을 텐가? 명색이 제1왕숙인데 그 기개와 능력으로 저들을 쓸어버릴 생각은 왜 않는 게야?"

"……!"

"자네가 명나라에 가서 명성을 얻었다지만 그게 무슨 소용이 있는가? 그 사이 저들은 실권을 장악했어. 그 정도는 자네도 알 게 아닌가? 그러니 간택을 한다 해도 중전인들 자네 뜻에 맞게 간택이 될 것 같은가? 어림없네, 어림없어, 이 사람아."

"……."

"자네. 망설일 게 뭐 있어? 사람들이 손가락질할까봐 망설이는 게야? 수양이 그렇게 우유부단했던 사람인가?"

"……."

"할아버님 태종대왕을 본받게나."

"……!"

"나는 그분께 벌을 받은 사람이지만 그 어른이 아니 계셨던들 세종 시대의 태평성대는 없었을 게야. 바로 그 어른께서 자청하여 악명을 뒤집어 쓰셨기에 자네 아버님이 성군이 되신 게야. '천하의 모든 악명은 내가 짊어지고 갈 테니 주상은 성군의 이름을 만세에 남기도록 하라.' 그렇게 말씀하시고 그분이 어찌하셨는가? 처남들을 자진自盡하게 했어. 가까운 친구들도 버렸고 사돈도 버렸어. 그리고 나 같은 자식도 버리셨다고……. 그 어른이 이런 일을 하고 싶어서 하셨겠는가? 그 결과 어찌 되었는가? 우리 왕조에 비로소 태평성대가 이루어졌단 말이네."

"……!"

"지금 그 태평성대가 사라져가고 있어. 누구 한 사람 악명을 뒤집어쓰고 이 난국을 바로 잡아야 하네. 죄인만 아니라면 내가 나서겠네만……."

'백부님, 제가 나설 작정입니다만 아직은 아니옵니다. 제가 하는 일을 믿고 도와주시옵소서.'

'⋯⋯.'

"악명이 무서워서 그러는가?"

"백부님, 악명이 무서워서가 아니옵니다. 모든 일을 순리대로 풀어가 보려는 것이옵니다."

"순리로 풀어갈 계제가 아니란 말이야. 종사의 일이 이미 엉뚱한 사람들 손에 들어가 있지 않은가?"

'옳지, 백부님을 설득할 구실이 떠올랐어.'

"백부님. 저도 그걸 알고 있사옵니다. 하오나 제가 마지막으로 저들의 속내를 한번 짚어보고 싶어서 그러는 것이옵니다."

"저들의 속내를⋯⋯?"

"예. 백부님. 모든 종친들이 중전의 간택을 주청 드렸을 때, 저들의 반응을 보고자 함이옵니다."

"반응을⋯⋯?"

"예. 저들이 찬성을 한다면 진정으로 왕실을 생각하는 것이고⋯⋯."

"음⋯⋯."

"만일 법도를 들먹이며 반대를 한다면, 저들은 왕실이 허약한 채 무기력한 채 그대로 유지되기를 바라고 있는 것이 되옵니다."

양녕대군의 눈빛에서 호기심이 반짝였다.

"⋯⋯!"

"그때 가서 악명을 뒤집어써도 늦지는 않사옵니다."

"음, 어찌할 셈인가?"

"저들을 다 쓸어버리고자 하옵니다."

"……!"

"아주 싸악 쓸어내고자 하옵니다."

"오, 장하네. 그래, 수양 자네답네."

"모든 걸 백부님께서 도와주셔야 이룰 수 있사옵니다."

"물론이지. 함께 입궐을 하세. 우선 종친의 힘으로 간택을 밀고 나가 보세."

"큰아버님. 고맙사옵니다."

성공이었다. 수양대군에게 있어 중전의 간택은 이미 목적이 아님을 양녕대군은 아직 모르고 있었다.

며칠 후 수양대군은 양녕대군을 필두로 한 여러 종친들과 함께 입궐했다. 그리고 중전 간택을 주청했다. 법도가 아닐 때 권도로 할 수 있음도 간곡히 주청했다. 그러나 어린 임금은 한마디로 거절했다.

"윤허할 수 없는 일이오."

며칠 후 수양대군은 또다시 양녕대군 이하 더 많은 종친들과 함께 어전에 부복했다.

"왕실이 허약하면 종사를 보전할 수 없사옵니다. 그러므로 속히 중전을 모셔야 하옵고 그래야만 후사도 속히 이을 수 있어 왕통을 공고히 알 수 있사옵니다. 통촉하시옵소서."

그러나 임금도 단호했다. 이번에는 서면으로 윤허할 수 없다는 전지 傳旨를 내렸다.

혼인은 정시지도正始之道(인륜의 시초인 부부관계의 바른 도리)인즉 그에 따른 예禮가 매

우 중하다. 과인은 나이가 어리니 아직 시기가 맞지 않는다. 또한 상중에 있는데

어찌 대례大禮를 치를 수 있겠는가?

전지는 임금이 내렸으나 작성자는 물론 원로중신이었다. 그러므로 이 전지를 보면 중신들의 의향은 알 수 있는 것이었다.

"이제 저들의 속내를 알 만하지 않은가?"

양녕대군은 이제 그만두자는 의견이었다.

"다시 주청을 드려야 하옵니다."

"끝난 일이 아닌가?"

"종친의 뜻을 세상도 알아야 하옵니다. 하오니 좀 더 주청을 드려야 하옵니다."

종친들의 뜻을 세상에 알리고자 함이 바로 수양대군의 복심腹心이었다.

'후사까지 염려하고 있는 수양대군이구나.'

소문이 나면 세상 사람들은 수양대군이 진실로는 왕위를 찬탈할 사람이 결코 아니라고 여길 것이기 때문이었다.

"그러면 이번에는 봉장封章(임금에게 글을 올림)으로 하세."

며칠 후인 5월 27일 봉장을 올렸다. 양녕대군, 효령대군, 수양대군, 안평대군을 위시하여 종친 70여 명의 이름으로 올렸다. 거의 모든 종친이 망라된 것이었다. 그러나 임금은 역시 윤허하지 않았다.

조정은 이미 왕실의 것이 아니었다. 그게 당연한 사실이었다. 그리고 그게 정상적인 조정이었다. 그러나 양녕대군과 수양대군에게는 용납되지 않는 일이었다.

"저놈들의 손에 나이 어린 임금을 맡겨놓은 셈이군……. 수양, 자네

정신 똑바로 차려야겠어."

양녕대군은 한마디 뱉어놓고 수양저를 떠났다.

"애당초 법도에 어긋난 일이니 불윤하시는 것이 당연하지요."

김종서가 황보인에게 한 말이었다.

"그래요. 참 다행한 일입니다. 비록 유충하시나 주상께서 이 조선에 법도가 살아 있음을 친히 보여주신 것입니다."

"성군이 되실 분이옵니다. 우리가 보필해드린 보람이 있습니다. 허허……."

황보인, 김종서 두 사람은 김종서의 사랑에 앉아 담소하고 있었다.

"수양대군의 간택 주청은 겉으로는 명분일 뿐이고 속으로는 다른 뜻이 있을 것입니다."

"다른 뜻이라니요? 무슨 뜻이랍니까?"

"첫째는 우리들의 힘을 꺾으려는 것이요, 둘째는 자신의 야욕을 호도하려는 것입니다. 그 일이 실패했으니 앞으로는 어찌 나올지 알 수 없습니다. 수양은 자신의 그 음흉한 역심을 포기할 사람이 아닙니다."

"그야 짐작하고 있는 일이 아니오. 허나 무슨 걱정입니까? 힘으로 겨룬다 해도 우리가 한 수 위일 것이 아닙니까?"

황보인은 평안한 마음으로 술잔을 비우고 있었으나 김종서는 꽤나 긴장된 표정으로 말을 이어갔다.

"수양과 우리가 겉으로 드러내놓고 싸움을 하는 것이 아니기에, 수의 많고 적음이 문제가 되지 않습니다. 우선은 빨리 움직이는 편이 이길 것입니다. 또 하나, 수양이 우리를 먼저 칠 수는 있으나 우리가 먼저 수양을 칠 수는 없습니다. 그리고 맞서서 막는 일은 노리다 덤비는 일보다 열 배는 더 어려운 법입니다."

"허어, 그렇군요. 내 좌상만 믿소이다."

"우리에게는 크게 불리한 점이 또 하나 있습니다."

"아니. 그게 무엇이오?"

"우리의 세력은 다 노출되어 있습니다만, 저들의 세력은 잠복해 있습니다. 궁 안에도 궁 밖에도 저들의 세력은 분명히 있는데 알 수가 없어요. 그러니 무서운 것입니다. 저 김종서는 눈에 보이는 적은 무서워해본 적이 없습니다. 허나 보이지 않는 적은 무섭습니다."

황보인은 갑자기 무서운 느낌이 실감되었다.

"……!"

"이 한 목숨 내놓는 것으로 해결된다면 늙은 목숨 전혀 아까울 것이 없소이다만, 만약 내가 죽는다면 그걸로 끝이 아니라……, 아무래도 그게 바로 시작일 것이기에 정말 두려운 것입니다."

"허어, 좌상대감. 무슨 그런 말씀을 하십니까?"

"아닙니다. 영상대감. 영상께서도 결심을 하셔야 하옵니다. 저편에서 죽일 마음을 품고 있다면, 이편에서는 죽을 각오를 다지고 있어야 하는 법입니다."

"……!"

황보인은 기울이는 술잔이 독배처럼 느껴지기도 했다. 후덥지근한 여름밤에 한기를 느끼고도 있었다.

'백전노장 대호가 있는 데야, 수양인들 어쩔 것이냐…….'

황보인은 그래도 김종서라는 철벽의 성채를 믿으며 마음을 가라앉힐 수가 있었다.

집으로 돌아간 수양대군은 문갑의 서랍을 열고 살생부를 꺼내 보았다. '김종서, 황보인, 안평대군……'

그는 이를 꽉 물고 마음을 다졌다.

'어차피 공생할 수 없는 존재들이다. 깨끗이 정리하는 수밖에 없는 자들……'

수양대군은 그 문서를 다시 문갑 속에 집어넣었다.

다음 날 저녁, 수양대군은 권람을 시켜 지난해 사행길에 반당으로 참여했던 무인들을 사저로 초청했다.

"내 그대들의 큰 노고에 늘 감사하고 있소. 조그만 답례로 겨우 인사치레를 했을 뿐이라 늘 미안했소만, 오늘 이렇게 모여 대면하니 마음이 좀 풀리오. 차린 것은 변변치 않으나 마음껏 드시며 우리 다 같이 단합해봅시다."

강곤康袞, 홍순로洪純老, 민발閔發, 곽연성郭連城 등과 이들과 가까워 수양대군의 허락을 받고 초청된 안경손安慶孫, 봉석주奉石柱, 송석손宋碩孫, 한서구韓瑞龜, 권언權躽 등 무관들이 모였다.

조선에 돌아온 이후 수양대군은 수행한 반당 무관들에게는 비싼 중국 비단을 사은품으로 내렸다.

"황송하옵니다. 늘 이렇게 챙겨주시니 감개무량하오이다. 무슨 일이든 저희들이 소용되실 때에는 부르시기만 하시옵소서. 견마지로犬馬之勞를 다할 것이옵니다."

강곤이 대표하여 무릎을 꿇고 사례의 말을 했다.

한명회는 좀 더 바빠졌다.

한명회는 얼마 전 수양대군으로부터 집 한 채를 하사받았다. 한명회의 작은 댁이 송도에 있다는 소문을 들은 수양대군의 호의였다. 한명회의 본집에서 멀리 떨어지지 않은 곳에 있는 제법 규모를 갖춘 집이었다. 그래서 한명회는 유수와 최윤을 시켜 송도의 정씨녀를 그 집으로 이사 시켰다. 그로부터 정씨녀의 집은 한명회 일당의 비밀 회합처가 되었다.

"그래, 분명히 무사패들이 수련을 하며 들랑거리더란 말이지?"

"예. 나리. 나리 짐작이 딱 들어맞았습니다요."

자하문 밖 무이정사를 감시하기 위하여 무이정사가 한눈에 잘 보이는 건너편 언덕 숲속에 땅굴을 파고 최윤이 감시를 하고 있었다.

"외도의 군사들이 일부 들어와 있다는 소문도 틀림없는 것 같사옵니다. 안평대군의 갑사들과는 다른 복장의 무사들이 들락거렸으니까요."

한명회는 회심의 미소를 지었다. 안평대군 쪽 사람들의 일거수일투족이 다 노출되고 있기 때문이었다. 한명회는 안평대군쯤은 이미 상대할 인사가 못 된다고 여겼다.

'하기야 언제 안평대군을 상대하자고 했던가? 그래, 문제는 김종서일 뿐이지. 그의 지휘가 없다면 누가 무엇을 어찌할 수가 있겠는가?'

한명회는 빙긋 미소를 지어보았다.

최윤의 보고를 받은 다음 날 한명회는 수양대군저를 찾았다.

"시기가 닥치고 있사옵니다."

"그래, 어찌하면 좋겠소."

"나리, 이 해가 가기 전 홍달손이 감순監巡을 맡는 날이 반드시 올 것이옵니다. 그날을 거사일로 잡으면 되옵니다."

"그날을 기다려야 한다?"

"예, 그날이 오면 맨 먼저 김종서를 처치해야 합니다. 이 일은 나리께서 맡으셔야 하옵니다. 단출한 방문객으로 불시에 찾아가시면 분명 성공하실 겁니다."

"어느 정도 단출하게……?"

"종자 하나만, 즉 얼운이 하나만 데리고 가셔야 합니다. 그래야 저쪽에서 경계를 허물 수 있습니다. 양정, 유수 정도 솜씨 좋은 두어 사람은 안 보이게 좀 떨어져 따르게 하시고……. 참 얼운이의 철퇴 솜씨는 어떻습니까?"

"그야 내 고갯짓 한번이면 단번에 그의 머리를 박살낼 수 있소. 그간 김종서 키만 한 허수아비를 만들어 옷을 입혀놓고 훈련을 해왔소. 어느 때고 내 고갯짓 한 번에 품속의 철퇴를 꺼내 그 머리통을 치는 실습을 하는데……, 캬아! 백발백중이오."

"되었습니다. 김종서가 주살되면 그다음은 팔대문의 장악입니다. 이 일은 홍달손의 몫입니다."

"음, 그렇군……."

"그다음은 주상을 모십니다. 누구도 주상과 통할 수 없도록 주위를 통제하고, 나리께서 모시고 계시면 되옵니다. 그때부터는 주상의 명을 받아 바로 왕명으로 나리께서 무슨 일이든 처리할 수가 있사옵니다."

"과연, 그렇소. 왕명으로……."

"왕명으로 즉시 중신들을 소환하고 입궐하는 그들을 살생부대로 처리하면 되옵니다."

"음, 살생부대로……."

"이 일은 시생과 홍윤성이 맡으면 되옵니다."

"밤이 가고 나면 나리께서 군국의 실권을 장악하시고 왕명으로 만사를 처리하시면 되옵니다."

"음……. 하룻밤 사이로군……."

"그러하옵니다. 그때까지는 철저히 소리장도笑裏藏刀이옵니다."

"음, 알겠소. 내 노복 조득림한테서 저들의 동태를 들었는데……."

"요즘 저들도 심상치 않을 것이옵니다."

"그렇소. 황보인은 미복으로 안평의 첩의 집을 자주 찾고, 또 안평은 김종서, 정분, 허후, 민신, 이양, 조극관, 정효전, 정효강 등과 밤에도 자주 만나 술을 마셨다고 합디다."

"짐작대로입니다. 그들 나름대로 대비를 하는 것이옵니다. 사태는 급박해지고 있사옵니다."

"음, 알겠소."

"그럴수록 저들의 눈과 귀를 가려야 하옵니다."

"암, 나도 요량하는 바가 있소."

서늘바람이 완연하다 싶더니 어느새 성급한 기러기 소리도 들렸다.

김종서가 오랜만에 홀로 술상을 앞에 놓고 야화野花(진녀)와 마주 앉았다.

"이렇게 둘이 마주 앉은 게 얼마만이야?"

김종서는 잔을 비우고 진녀를 넌지시 바라보았다.

"대감……."

야화는 김종서의 잔을 다시 채우며 미소를 지었다.

"야화야."

나직이 가라앉은 목소리였다.

"예. 대감."

야화의 목소리가 가늘게 떨었다. 김종서의 심상찮은 목소리의 느낌 때문이었다.

"당분간 도성을 떠나 있는 게 좋겠다."

요즘 세태가 수상쩍기는 했다. 불길한 느낌도 들었다. 그러나 떠나 있으라니 이 무슨 날벼락이란 말인가?

"대감, 도성을 떠나 있으라니요? 그 어인 말씀이옵니까?"

조손과 같은 나이 차이가 있으나 야화에게 김종서는 태산과 같이 높고 무거운 어른인 동시에 모닥불처럼 타오르면서도 자상한 남자였다. 너무 깊은 정이 들어서일까, 떠나 있으라는 말 자체가 야화에게는 바로 나락이었다.

"잠깐만 떠나 있으면 될 게야. 아무래도 도성이 좀 소란해질 것 같아서이니라."

"아니 되옵니다. 단 하루도 야화는 대감의 곁을 떠나 살 수가 없사옵니다. 대감께서도 소녀 없이 단 하루인들 어찌 지내실 수가 있겠사옵니까?"

"어허. 야화야."

김종서는 짐짓 노기를 섞어 불렀다.

"대감……."

야화는 그만 울먹이고 말았다.

"야화야. 내 말 잘 들어라. 내 말은 한 번으로 그친다는 것을 너도 잘 알지. 그러니 잘 새겨들어라."

"예……."

이럴 경우 투정이 통하지 않는다는 것을 잘 알기에 야화는 더욱 서러웠으나 참을 수밖에 없었다.

"늘 내 곁에 있었으니 짐작은 하고 있을 것이다만, 머지않아 일은 터지고 말 것이다."

"……."

"나는 말이야, 누구와 싸운다 해도 두렵지 않다. 하지만 싸움의 승패는 누구도 장담할 수가 없느니라."

"……."

"싸움은 순간순간이 절체절명일 수밖에 없다. 그런데 네가 옆에 있으면 내 운신이 자유롭지 못하니라. 알겠느냐?"

"대감……."

"아주 떠나는 게 아니야. 평온해질 때까지 잠시 비켜 있으라 이 말이니라. 이징옥에게 가 있어도 좋고 네 고향에 잠시 다녀와도 좋을 게야."

"대감……."

목이 메는 부름이었다. 야화도 분위기를 짐작하고 있었다. 김종서와 수양대군의 결판을 내는 싸움은 이제 불가피한 것 같았다.

'만약 대감이 수양대군에게 당한다면…….'

상상할 수 없는 일이지만 불길한 예감이 가슴을 짓눌러왔다.

"대감……. 가기 싫사옵니다."

야화는 뚝뚝 눈물을 흘렸다. 김종서의 가슴을 에는 눈물이었다.

"내일 아침 떠나야 한다. 그리 알고 행하라."

야화는 엎드려 통곡하고 말았다.

"내 이징옥에게 자세한 당부를 해두었다. 너는 거기 가기만 하면 된다."

김종서는 이징옥에게 사람을 이미 보냈다. 예상되는 사태와 야화의 부탁을 적은 편지와 함께 적지 않은 재물을 안동眼同해서 보냈다.

"대감…… 흑흑……."

김종서의 간장을 녹이는 야화의 통곡이었다. 김종서라는 오래된 고매古梅에게 소생의 생명수를 부어주어 화사하게 개화토록 해준 야화였으니…….

수양대군은 중전 간택의 일이 좌절되자 또 하나 그럴듯한 일거리를 들고 나섰다. 9월에 들면서 '종친 상시문안 방안'이란 것을 들고 나왔다.

"여러 종친들이 천안天顔(임금의 얼굴)을 모실 길이 없으니 매월 한 차례씩 만나주시는 것이 어떻겠사옵니까?"

수양대군이 주청하자 단종은 이를 승정원에서 논의케 했다. 승정원에서는 의정부로 떠넘겼다.

"이 같은 일은 의정부에서 논의해야 하옵니다."

결국 의정부에서 결론을 내렸다.

"상께서 아직 춘추가 어리시고, 또한 상제喪制 중이시며, 또한 접견할 장소도 없으니, 전례대로 영해군寧海君(세종의 서자) 이상과 영자寧字 돌림의 군君(태종의 서자) 이상만 인견引見하시고, 그 나머지 종친은 후에 사현賜見(뵙도록 허락함) 하심이 적당하옵니다."

이것 또한 자신의 복심을 감추기 위한 가면 행위였다. 동시에 종친들의 지지를 얻기 위한 정치 행위도 되었다.

수양대군은 이 일에서 단종을 '천안'이라고 더욱 떠받들었다. 물론 반역을 도모할 리가 없다는 생각을 심어주어 상대방의 방심을 유도하려는 술수였다.

8

천추의 한

수양대군 쪽 사람들의 끈질긴 탄핵으로 벼슬에서 쫓겨난 이현로는 오히려 잘되었다고 생각했다. 자유롭게 수양대군 일파의 뒤를 쫓으며 그들의 동태를 살필 수 있기 때문이었다. 수양대군 일파에게 무계정사의 무사패들이 극비리에 간파되어 안평대군 쪽의 전세가 불리하게 돌아가고 있는 때라 더욱 잘되었던 것이다.

"대감, 저편에서 무악 숲속에 소굴을 둔 게 틀림없사옵니다. 한명회의 뒤를 파보다 알아낸 것이옵니다."

"그 무악 숲속을 들어가보았소?"

"아닙니다만 한명회와 함께 들고 나는 자들이 그때마다 다른 것을 보면 그 안에 패거리들이 모여 있는 것은 분명합니다."

"음······."

"수성궁까지는 모르겠습니다만 담담정에는 반드시 한 번쯤 들릴 것이옵니다."

"누가 말이오?"

"수양대군 말입니다."

"왜?"

"대군나리를 직접 확인하려는 것이지요. 대군나리가 수양대군에게 살의를 가지고 있는지, 대군나리 주위가 삼엄한지, 그것을 확인하려는 것이지요."

"음······."

"저들은 거사를 서두르고 있음에 틀림없사옵니다."

"그런 징조라도 있소?"

"수양대군이 왕실을 위한답시고 종친들을 대거 동원하여 주청 드리는 일이 그 증거이옵니다."

"중전을 간택하고 후사를 잇도록 하는 게······."

"그렇사옵니다. 때가 되면 수양대군의 주청이 없다 해도 자연스럽게 다 잘되어갈 일이 아니옵니까? 주상전하의 보령이 유충하신 것도 그렇지만 특히 국상 중인데도 강행하려는 것이 대군나리께서는 수상쩍지 아니하시옵니까?"

"음, 듣고 보니 수상쩍은 일인 걸······."

"또한 유충하신 전하께서 무슨 즐거운 일이라고 번거롭게 종친들을 매달 만나야 하옵니까?"

"음, 듣고 보니 임금을 위하는 일이 아니라 수양대군이 생색을 내는 일이 구먼……."

"하찮은 궁녀가 낳은 자식이라고 주상을 세손 시절부터 늘 천시해왔던 분이옵니다. 그런데 지금에 와서 과도하게 떠받드는 것은 수양대군의 개과천선이 결코 아니옵니다."

"맞소. 맞아. 개과천선할 사람도 결코 아니고……."

"모든 게 저들의 반역이 목전에 다가와 있음을 암시하는 것이옵니다."

"과연……!"

"저들이 반역하는 명분은 빤하지 않습니까?"

"명분……!"

"황보인, 김종서 등이 유약한 주상을 내쫓고 대군나리를 임금으로 추대하려고 반역을 도모해서, 할 수 없이 이를 타도한다는 것이 저들의 명분이지요."

"음, 과연……."

"저들이 반역을 하면서 이편에서 반역한다고 뒤집어씌우는 것이지요. 대군나리께서는 담담정에 나오실 때도 윤처공尹處恭 등을 반드시 따르라 하시되 남의 눈에 띄지 않게 수행토록 하셔야 하옵니다. 대군께서는 언제 어디서 저들의 희생물이 될지 알 수 없는 일이옵니다."

안평대군은 머리털이 쭈뼛해지고 등골이 서늘해졌다.

9월이면 더위는 온전히 가시고 추위는 아직 오지 않아 나들이하기도 좋고 바깥일 보기도 좋으며 모여 놀기도 좋은 때였다.

안평대군은 선선한 밤길을 나서 김종서의 집을 찾았다.

"밤이 늦은데 대군께서 어인 일이십니까?"

"쥐도 새도 없는 곳에서 상의 말씀을 드리고자 해서 왔습니다."

"드시지요."

두 사람은 방에 들어가 마주 앉았다.

"좌상대감."

"예, 나리."

"수양대군인지 불한당인지 하는 사람이 불궤를 저지르려는 기색이 완연합니다. 거기다 한명회 무리가 자꾸 충동질을 하고 장사 패들이 날마다 칼을 갈고 있으니 이 가을 안에 한바탕 피바람이 불어닥칠 것 같소이다."

"이 사람도 짐작 가는 일이 있으나 수양대군은 왕숙이니 함부로 할 수가 없어서 손을 쓰지 못하고 있소이다."

"그렇다고 손 놓고 앉아 있다가 당할 수는 없지 않습니까? 수양대군은 내 친형이지만 가만두었다가는 큰일 날 위인입니다. 틀림없이 유충하신 주상을 해치고 용상을 가로챌 것입니다. 그때는 온 조정이 쑥대밭이 되고 우리 형제들도 온전치 못할 것입니다."

"그러니 어찌하면 좋지요? 아직 확실한 증거도 없는데 잡아다 귀양을 보낼 수도 없고요."

"아주 좋은 수가 있습니다."

"예? 좋은 수요?"

"수양대군의 수족을 다 잘라내 버리면 될 것입니다."

"수족을……?"

"예. 종친들이 사병을 기르는 것은 국법으로 금기사항이 아닙니까? 그러니 우선 이를 혁파하도록 합시다."

"사병 혁파라……."

"대군의 사저들을 불시에 검색하여 병장기들을 몰수하고 사병 패거리들을 모조리 잡아들여 처벌하고 변방의 수자리로 보내버리면 됩니다."

"필요하다면 그렇게라도 해야 하겠지만……, 그러자면 대군의 사저도 검색하여 병장기를 몰수해야 하지 않습니까?"

"그야 당연하지요. 내 집도 똑같이 당해야 합니다. 그런데 한 곳은 모른 척 제외해야 합니다."

"한 곳이라면……?"

"무계정사입니다. 좌상께서도 아시다시피 그곳은 주상을 지켜드리고 불궤한 자들을 처단하기 위하여 무사들을 기르는 곳입니다. 이징옥 장군이 암암리에 후원해준 게 아닙니까?"

"알겠소이다. 그렇게 하지요."

"이 일의 기미가 새나가기 전에 벼락같이 해치워야 할 것입니다."

"그리하겠습니다."

바로 다음 날 어명이 떨어졌다. 금군들이 삽시간에 나뉘어져 세종의 왕자들 사저로 나가 검색을 실시했다. 마침 방 안에 앉아 있던 수양대군은 이 어이없는 일에 펄쩍 뛰며 팔을 걷어붙였다.

"뭐라? 감히 내 집을 검색한다고?"

부인 윤씨가 수양대군의 소매 자락을 잡으며 말린다.

"나리. 다른 대군들 집도 다 수색한답니다. 제발 거역하지 마세요. 눈 딱 감고 잠시만 참으시면 됩니다."

"어림없는 소리. 김종서 이놈의 짓이렷다. 이놈에게 내가 당할 수는 없지."

"여보 대감, 일단 참으세요. 어명이라 하지 않습니까? 그까짓 병장기야 실어가면 다시 장만하면 되지 않습니까? 제발 참으세요. 이러다 혹여 대감이 다치시면 아니 되십니다."

그러나 화가 꼭지까지 뻗친 수양대군은 방문을 박차고 뛰쳐나갔다.

"네 이 무엄방자한 놈들. 감히 내 집을 뒤지겠다고 들어온 놈들이 누구냐?"

"예. 대군나리. 그러잖아도 나리께 미리 말씀드리고 허락을 받으려던 참이었습니다. 저희는 어명을 받잡고 나와 어명대로 대군의 사저를 수색하는 것이오니 불쾌하시더라도 잠시 참아주십시오."

"뭐라? 이놈들. 어명을 내세우지만 의정부의 송장 몰골들이 우리 왕실의 죽지를 자르려고 음흉 떠는 짓인 걸 누가 모를 줄 아느냐?"

그러나 수양대군의 호통도 이 자리에서는 통하지 않았다. 어명을 내린 임금 앞이라면 모를까 그 임금의 명을 시행하는 금군 앞에서는 다 소용없는 일이었다.

"이유야 알 수 없사오나, 저희는 어명을 받들었으니 어명대로 시행할 뿐이옵니다."

"저, 저런! 천치 같은 것들이 있나?"

"어명을 모셨는데 저희가 어찌 마음대로 수색을 그만두겠습니까?"

"아니, 저런 찢어 죽일 놈이 있나?"

"자, 자……. 어서 샅샅이 뒤져서 병장기란 것들은 모조리 끌어내 실어라. 무얼 그렇게 꾸물거리느냐?"

어명은 무서운 것이었다. 수양대군은 가슴에서 불이 나고 눈에서 별이 튀도록 화가 났으나 당장은 어찌할 도리가 없었다. 천비賤婢와 다름

없는 궁녀 출신 어미에, 비린내 나게 어린 조카라고 내심 늘 하찮게 여기는 임금이 내린 어명이지만 어명은 어명이었다.

수양대군이 펄펄 뛰건 말건 금군들은 수양저를 샅샅이 뒤져 창, 칼, 활, 화살 등 무기와 갑옷 따위를 있는 대로 찾아내 수레에 싣고 가버렸다.

이날의 검색에서 예상된 수양, 안평의 집 외에 임영대군, 금성대군의 사저에서도 여러 수레의 병장기가 나왔다. 그러나 장사패들이나 사병갑사들은 어디로 흩어져 사라졌는지 한 놈도 잡을 수가 없었다.

수양은 일이 점점 더 급박해지고 있다고 여겼고 하루빨리 거사를 치르지 않으면 안 되겠다고 여겼다. 무기야 다른 곳에도 감춰두었기에 별걱정이 아니었지만 이번 일로 공연히 겁을 먹은 장사패들이 흩어질까 그것이 더 염려되었다.

수양대군은 곧 자기 집 후원에 앞장세울 만한 장사패들을 초청하고 부인 윤씨와 함께 주연을 베풀어주며 자신의 건재를 과시하고 그들의 사기를 높여주었다. 이날 권람이 합석해 있었다.

"나리, 이번 사건은 안평대군 쪽에서 일으킨 술수임에 틀림없습니다."

"어째서요?"

"김종서와 자주 만나서 상의한 기미가 있습니다. 또한 황표정사를 부활시키려는 음모도 꾸미고 있습니다."

"음, 안평 이 괘씸한 놈이 이제는 제대로 교활해졌구면."

"안평대군을 가벼이 보시면 안 됩니다. 그 밑에는 요즘 갑사들이 매우 많아졌습니다."

"알겠소. 한공으로부터도 들었소. 내 불원 그놈의 속내를 한번 직접 훑어볼 심산이오."

수양대군은 목소리를 낮춰 속삭였다.

며칠 후 안평대군이 이현로와 함께 담담정에 나갔다.

이현로의 충고에 따라 그날은 가노家奴 이외에 갑사들이 암암리에 담담정 주위를 경계했고, 군기판사 윤처공, 군기녹사 조번, 진무 원구, 그리고 김종서의 아들인 지부 김승규 등 무인들이 보이지 않게 안평대군을 호위하고 있었다.

"성수찬이 퇴궐 후 이리 온다 했소?"

안평대군이 이현로에게 물었다.

"예, 오늘 할 일이 많아 아무래도 해질녘은 돼야 올 것 같다 했소이다."

성수찬이란 집현전의 수찬으로 근무하는 성간成侃이란 젊은 학자(27세)를 말하는 것이었다. 조선 전기 문신이던 성임成任의 아우요, 성현成侃의 형이었다.

성간은 일찍부터 그의 출중한 문재文才로 이름이 나 있었다. 금년 증광문과增廣文科에 급제하고 바로 집현전 수찬에 임명되었는데 글씨 또한 명필이었다. 안평대군이 성간의 소문을 듣고 근 10년 연하인 그를 사귀고 싶어 이현로를 시켜 초청했던 것이다.

안평대군은 성간이 오면 삽상한 9월의 밤을 기하여 한강에 배를 띄우고 주연과 시문을 즐기는 뱃놀이를 할 작정이었다. 안평대군과 이현로는 성간을 기다리며 바둑을 두었다. 그런데 그때 예고도 없이 수양대군이 말고삐 잡힌 수행노복 얼운이 한 사람만 데리고 담담정에 나타났다.

"아니, 형님께서 예고도 없이 어인 일이십니까? 어서 오르십시오."

안평대군이 자못 놀라며 인사했다.

"내 못 올 데를 왔는가? 그냥 울적해서……, 강바람이나 쏘여볼까 하고……."

"이리 좌정하시지요."

이현로가 일어나 수양대군에게 예를 표하고 비켜준 자리에 안평대군이 앉고 안평대군이 앉던 자리에 수양대군이 앉았다."

"이 석양의 강변에서 바둑이란 말인가?"

"예. 형님, 저도 그냥 무료해서……. 여기 주안상을 들이라 하라."

안평은 누각 아래 하인들에게 일렀다.

"이 사람 솔직히 말해보게. 대군들의 사저를 수색하라는 어명이 내린 것은 자네가 주청했기 때문이 아닌가?"

안평은 내심 뜨끔했다. 그러나 수긍할 수는 없는 일이었다.

"그 무슨 말씀이십니까? 저의 집도 샅샅이 수색을 당했는데요."

"유충하신 주상의 뜻은 결코 아니야. 자네가 아니라면 황각의 해골들이 우리 왕실의 기를 꺾으려고 한 수작이 분명한데……, 이를 어찌 처리해야 할지 내 사실은 안평 자네와 상의하러 온 게야."

그런 상의를 하러 온 게 아니라 안평대군의 내심을 탐색하기 위해서 온 수양대군임을 안평대군은 잘 알고 있었다.

"글쎄올시다. 주상이 어리시니까 고명을 받은 분들이 대군들 특히 형님의 힘을 두려워하는 것은 당연지사가 아니겠습니까?"

"내가 이선에 김종서에게 분명히 말해두었지만, 나는 신하의 도리와 종친의 도리 어느 것도 소홀히 할 수가 없네. 그런데도 이 늙은 해골들이 나를 못 잡아먹어 안달이란 말이네. 내가 중전 간택을 서두는 것도, 종친들과 가까이하도록 종용하는 것도 다 주상과 종사를 위하는 것인데도……. 이 늙은 맹추들이, 어이구 그냥……."

"자, 형님, 우선 한 잔 드시지요."

들여온 주안상에서 안평이 수양의 잔을 채웠다.

"음……."

"형님, 어찌 되었든 어명으로 하는 일인데 어찌하겠습니까?"

"그럼 이대로 참으란 말인가?"

"그래야 하지 않겠습니까?"

"그리고 주상이 유충하니까 더욱 잘 보살펴 성군이 되도록 해야 할 텐데 이 늙은 것들은 저희들 잇속만 차리고 있단 말일세."

"나라를 위해 평생을 바쳐온 원로들인데 영선도감을 좀 이용하는 것 정도는 눈감아주는 것도……. 사실 전에도 그런 관행은 늘 있어 왔지 않습니까?"

"다 참자 이 말인가? 그래, 자네 뜻이 정히 그렇다면……."

안평대군의 뜻에 따라 하는 수 없이 참는 척 해주는 수양대군이었다.

"조정에 분란이 생기면 어리신 주상의 심기가 또 어찌 되겠습니까?"

"주상은 어리시다고 그냥 어리신 채로 받들어 모셔도 되는 건 아니지. 어리실수록 주상이기에 성군이 되도록 보좌를 해야 할 게 아닌가? 내 금명간에 주상께서 성군이 되시도록 충언의 봉장封章(상소)을 올리려 하네."

간택의 일이나 종친 인견의 일과 마찬가지로 이 봉장 또한 수양대군이 자신의 역심을 알아차리지 못하도록 호도하기 위한 간교한 술책이라는 것을 안평대군은 물론 알고 있었다.

"예에. 좋은 생각이십니다. 그리하시면 황각의 노인들도 형님의 충심을 이해하실 것도 같습니다."

"그건 그렇고 내 여기 온 김에 자네 덕에 뱃놀이 한번 하고 싶구면. 여기 야반선유夜半船遊라면 화용월태花容月態가 없다 해도 두주불사斗酒不辭할 것 같네."

"아이고, 형님은 역시 호탕하십니다. 야밤의 한강, 흔들리는 배 위에서 통음을 하시겠다니 과연 형님이십니다."

누각 밑에서 두 사람의 대화를 듣고 있던 이현로는 순간 어금니를 악물고 주먹을 꽉 쥐고는 무릎을 쳤다.

'오냐, 천재일우의 기회가 오는구나. 원수 갚을 날이 이렇게 빨리 올 줄이야……. 강심에 뜬 배 위에서 만취가 되면……. 그럼 그만 아닌가. 무기 따위를 전혀 쓸 필요 없이 배 밖으로 슬쩍 밀어뜨리기만 해도 일은 성사되는 것이지.'

이현로는 가슴이 두근거렸다.

"그럼 지금 바로 선유를 해보세"

수양대군이 서둘렀다. 그러나 막상 준비를 하고 나서 배에 올라 선유를 하자고 한 뒤 수양대군은 배에 오르지 않을 작정이었다. 뱃놀이를 부탁한 것은 어디까지나 안평대군의 마음을 떠보기 위한 수작이었다.

"하오나 어쩌지요?"

"왜?"

"형님 뜻에 맞게 밤 뱃놀이를 베풀어드리고 싶습니다만 아무래도 오늘은 어려울 듯싶습니다. 형님을 모시려면 배가 중맹선中猛船 정도는 돼야 하는데, 지금 당장은 구할 수가 없는지라……. 모처럼 청하신 일인데 어쩌지요?"

이 순간 이현로는 실신해 꼬꾸라질 뻔했다. 실망감이 너무 큰 때문이었다. 안평대군도 이현로와 같은 생각을 했다. 그러나 불한당 같은 형일망정 형이 먼저 공격하지 않는 한 자신이 먼저 형을 죽일 수는 없었다.

죽일 생각이 없다 해도 수양대군을 배에 태우고 뱃놀이를 하기도 싫었다. 함께 있는 것조차 고역인 사람과 무슨 맛으로 뱃놀이를 한단 말인가? 생각만 해도 끔찍한 일이었다.

"허, 그렇다면 어쩌겠는가? 오늘은 자네 마음만 받고 다음으로 미뤄야지."

"예. 다음에 꼭 모시겠습니다."

"그럼 나는 이만 일어서겠네. 성상께 올릴 봉장에 뭐 보태고 싶은 말은 없는가?"

"그야 형님의 뜻대로 하시면 되지요."

"알겠네. 그럼……."

서편 하늘의 노을을 등지고 천천히 걷는 말 잔등에서 수양대군은 회심의 미소를 짓고 있었다.

'제 잘난 맛으로 얼마나 더 사는가 보자. 이 괘씸한 놈.'

수양대군이 떠나자 이현로가 누각 위로 뛰어 올라왔다.

"대군나리, 배가 다 준비되어 있는데 도대체 왜 수양대군을 태우지 않았습니까?"

이현로의 말은 사뭇 항의였다.

"막상 타자고 하면 탈 사람이 아니오. 내 속내를 알아보려는 술수인 것이오."

"……!"

"그리고 비록 배에 탄다 해도 내가 먼저 형을 죽일 수는 없소."

"허, 참……."

윤처공 등이 몰려왔다.

"대군. 지금도 늦지 않습니다. 지금 우리가 쫓아가면 틀림없이 처단할 수 있습니다."

"아니오. 그만두시오."

"나리, 이것은 대군나리께 내린 하늘의 뜻이오. 또한 오늘 갑자기 수양대군을 이리로 보낸 것은 역적을 물리치고 임금과 종사를 구하도록 하라는 세종대왕과 문종대왕의 명이십니다. 대군나리, 이 기회를 놓치면 아니 되옵니다. 대군나리. 지금 쫓아가 베고 오겠습니다."

"안 되오. 참으시오."

"개국 초 왕자의 난과는 다르옵니다. 수양대군은 분명 대군나리를 역적으로 몰아 죽일 것이옵니다."

"그러하옵니다. 대군나리. 오늘 이 기회를 놓치면 천추의 한을 남기게 되옵니다. 대군나리. 명을 내리십시오. 이것은 하늘이 내리신 절호의 기회입니다. 이 기회를 놓치면 대군나리께서는 천추의 한을 남기게 되옵니다. 나리. 제발."

이현로가 안평대군 앞에 무릎을 꿇고 간청했다.

"천추의 한이라……."

"그렇사옵니다. 이것은 형을 죽이는 것이 아니라 종사와 만백성을 위하여 역적을 제거하는 것이옵니다. 대군나리. 제발 결단을 내리시옵소서."

"아니오. 일이 터져도 우리가 저들을 물리칠 수가 있소. 우리 세력이 훨씬 크단 말이오. 조금 더 참읍시다. 자자, 일어나서 오늘 뱃놀이 준비를 합시다. 성간이 올 때가 다 되었소."

하는 수 없었다.

'기어이 천추의 한을 남기는구나.'

이현로는 한동안 넋 나간 사람처럼 바닥에 주저앉아 있었다. 윤처공, 조변, 김승규, 원구 등 칼자루를 어루만지던 무인들도 맥이 풀어진 채 한동안 말없이 눈만 껌벅거리고 있었다.

그때 성간이 찾아왔다.

"오, 성수찬. 늘 한번 만나보고 싶었는데 이제야 비로소 만나게 되는구려."

안평대군이 일어서며 반갑게 맞이했다.

"하찮은 시생을 이렇게 청해주시니 몸 둘 바를 모르겠습니다."

"하하하, 마음을 편히 가지시오. 그대의 명성이 하도 떠들썩하기에 함께 사귀어보고 싶은 생각이 간절하여 이렇게 모신 것이오."

그 사이 이현로는 주안상을 새로이 들이라 궁노들에게 이르고 성수찬 등에게 다른 자리로 옮기도록 일러주었다.

"별말씀을 다 하십니다. 시생의 하찮은 이름을 어찌 거명하십니까? 대군의 높으신 명성이야말로 천둥 같은데요."

"하하, 과찬이시오."

"하하, 세상이 다 아는 일이옵니다."

좌정을 하며 안평대군이 물었다.

"그럼 성수찬은 선인들의 시도 많이 섭렵을 했겠지요?"

"예, 더러 읽어는 보았습니다만 시생의 머리에서는 시상이 떠오르지 않으니 다 부질없는 것 같습니다."

"원, 그 무슨 말씀이오? 때가 되고 분위기가 조성되면 좋은 시상이 떠오를 것입니다."

주안상이 들어오자 성간은 눈이 휘둥그레졌다. 주안상도 주안상이려니와 이 세상에서 밥 먹고 측간 다니는 사람이라고는 생각되지 않는 선녀 같은 여인들이 죽 따라 나오는 게 아닌가?

안평대군, 성간, 이현로 세 사람이 주안상에 둘러앉자 선녀 여인들이 술잔을 채웠다.

"자, 한잔 합시다."

안평대군이 술잔을 들며 권했다.

땅거미가 찾아오면서 등촉이 휘황하게 밝혀졌다. 또 다른 선녀 여인이 거문고를 가지고 나와 뜯었다. 금으로 만든 술잔은 비우기가 무섭게 채워졌다. 청아한 거문고 곡조가 울리자 술맛은 더욱 감미로워졌다.

성간은 저절로 잔에 손이 갔다. 잔을 들 때마다 향내가 코를 찌르며 몸속으로 퍼져나갔다.

"대군, 경치가 참 좋소이다. 앞에 한강이 흐르니 밤의 경치가 더욱 좋소이다."

성간의 감개였다.

"허, 경치가 정녕 그렇게 좋소?"

"예, 선경仙境인 듯하옵니다."

"성수찬, 그럼 우리 주안을 저 한강에 띄우고 뱃놀이를 합시다."

이미 준비한 배를 대라 하고 자리를 배 위에 마련했다. 드디어 주연이 강물 위에 떴다.

밤의 강바람이 깔끔하게 시원했다. 좌우에 앉아 시중드는 선녀들의 살 냄새가 숨을 따라 몸속으로 들랑거렸다. 거문고 따라 부르는 선녀들의 청아한 목소리는 밤 한강의 물결 위에 퍼져 그윽이 흘러갔다. 거나해진 안정眼睛에 비치는 이 밤의 정경이 성간에게는 그저 다 황홀할 뿐이었다.

'안평대군 이 사람, 이 모든 것, 다 부모 덕택이 아니겠는가. 부모가 누군가. 성군 세종대왕이 아닌가. 부모가 태평성대를 만들어놓았으니 그 덕을 보아도 당연하지. 좋아, 좋은 일이야.'

또 다른 밤의 놀잇배가 가까이 다가오자 안평대군이 소리쳤다.

"자네들은 이 배 뒤를 따라오게. 오늘 이 배에는 국중國中 제일의 젊은 학자님을 모셨네."

"예, 알겠습니다. 조용히 뒤따르며 노래를 듣겠습니다."

놀잇배들은 거의 꼬리를 물고 따라왔다. 차츰 수효가 늘더니 어느덧 10여 척이 되었다.

거문고에 맞추어 부르는 선녀들의 가창은 흥취 따라 더욱 높아갔다. 성간은 생전 처음 하룻밤을 강상 선유의 황홀경 속에서 지새우고 다음 날 아침이 되어서야 집으로 돌아갔다.

밤새 기다리던 그의 어머니는 아직도 취기로 비틀거리는 아들을 보고 물었다.

"애야. 밤새 어디 있다 왔느냐?"

"어젯밤 담담정에서 지내다 왔습니다."

꼬부라진 혀가 아직도 덜 펴져 있었다.

"애야. 담담정이라면 저 안평대군의 정자가 아니냐?"

"예, 그러하옵니다."

"오라, 네가 글을 잘한다는 소문을 듣고 너를 부른 게로구나."

"예, 그러한 듯하옵니다."

"안 되느니라. 지금 성상께서 어리시어 왕실이 연약한 때이니라. 이 럴 때일수록 왕자의 도리는 근신해야 하는 것인데……, 이름 있는 사 람들을 불러 모아서 장차 무슨 일을 할 셈인가? 안 된다. 지금 왕실이 연약한데 근신치 않는 종친과 함께 놀면 큰일 난다. 이후에는 안평대 군이고 수양대군이고 또 누구고 간에 근신치 않는 종친에게는 절대 가지 말라. 알겠느냐?"

"예. 명심하겠습니다. 어머님."

"나는 안평대군을 본적은 없다만 듣자니 재주가 많다고 하더라. 재 주가 많은 사람은 경박하기 쉬우며 경박한 사람은 오래가지 못하느니 라. 조심해야 한다."

"예, 어머니. 다시는 그런 곳에 가지 않겠나이다."

이 일이 있은 후 성간의 어머니는 다른 아들, 즉 성임과 성현에게도 일렀다.

"근신치 않는 종친에게는 가까이 가지 말라."

9

봉장을 올리다

안평대군의 담담정에 다녀온 수양대군은 바로 권람과 한명회를 불러들였다. 그들은 안채 내실의 뒤에 붙은 골방으로 들어갔다.

"내가 예고 없이 담담정에 나타나자 안평이 퍽이나 당황하는 것 같았소."

"대군들 사저 수색에 대해서 물어보셨습니까?"

권람이 물었다.

"그 일을 따져 묻자 말로는 모르는 일이고 자신도 당했다고 하는데 얼굴에 어색해하는 빛이 역력했소."

"또 달리 느끼신 점은 없었사옵니까?"

"이현로와 함께 바둑을 두고 있었는데, 두 사람만 누대 위에 있었고 누대 아래와 가복들이 머무는 아래채에는 갑사들도 대기하고 있는 것 같았소. 얼운이가 잠시 거기 머무는 동안 눈치를 챘다 하오. 안평이 전과 달리 신변보호를 위해 신경을 쓰는 것 같았소.”

담담정은 이름만 정자이지 사실은 부속건물이 다 갖추어진 누각이었다. 정자는 단순히 풍류를 즐기기 위한 공간이었지만 누각은 풍류와 접대와 학문 연마를 다 할 수 있는 복합공간이었다.

“그야 당연한 일일 것입니다. 저들도 듣고 보고 알아본 바가 있을 테니까요.”

“참, 한공. 홍달손은 만나 보았소?”

“예. 다음 달(시월)에 들어서면 자기 차례가 올 것 같다 했사옵니다. 이달 말이 되면 확실한 날짜가 정해질 것이라 했사옵니다.”

“월말이 다 되었는데……. 오, 이제 만반의 채비를 다 해야 하겠소.”

“그러하옵니다. 그리고 우리의 거사가 불가피했고 당연했음을 알리기 위해서는 확실한 명분도 있어야 할 듯하옵니다.”

권람의 말이었다.

“그까짓 명분은 무슨 명분……. 그리고 명분이야 빤하지 않소? 황각의 늙은 것들이 임금을 허수아비로 여기고 국정을 저들 맘대로 주무르고 있다는 게 명분이 아니오?”

“그것도 명분이긴 합니다만 안평대군이 포함되어 있으니 좀 더 구체적이고 타당성이 있는 구실을 만들어야 할 것이옵니다. 누가 보아도 납득이 되도록 해야 거사가 순조롭게 이어질 것이옵니다.”

“예, 정경의 말이 옳사옵니다. 정사를 감당치 못하는 몽매한 유군幼君을 대신해 종사를 정립하려면 확실하고 구체적인 증거에 입각한 명분을 세워 놓아야 하옵니다."

한명회가 거들었다. 그들의 거사는 애초부터 어린 임금을 몰아내고 새 임금을 세우는 것까지로 정하고 있었다.

수양대군은 가슴이 달아오르고 있었다. 몽매한 유군을 대신해 종사를 바로 정립한다는 것은, 단종을 몰아내고 수양대군 자기를 옹립한다는 것을 구체적으로 표현하는 말이 아니던가.

"듣고 보니 그렇구먼. 허, 음……, 정경은 구체적인 복안이 있는 것 같소만……."

수양대군은 부푼 가슴을 겨우 억누르며 동의했다.

"저의 집 가노 계수桂壽가 황보인 집의 가노와 갓바치(가죽신을 만드는 사람)로 동업을 하고 있는데, 황보인의 가노로부터 여러 가지 정보를 듣는다 하옵니다. 그래서 제가 계수를 다독여 그쪽 정보를 빠짐없이 전해달라고 했사옵니다."

"아, 그래. 좋은 정보가 있소?"

"쓸 만한 정보를 더러 전해주었습니다. 김종서가 가끔 밤에 찾아왔는데 두 사람이 만나 하는 이야기를 몰래 엿들은 적이 있었던 모양입니다."

"무슨 이야기를 들었다 합디까?"

"안평대군 이름을 여러 번 들었다 했고, 창덕궁 수리에 사람이 모자라 금군뿐만 아니라 외방의 수군도 데려다 쓸 것이라고도 했답니다."

"정경은 조정에서 그런 사실을 들었소?"

"금군은 여전히 데려다 쓰지만 일손이 모자라는지 창덕궁 수리가 지연되는 것은 사실입니다. 외방의 수군 이야기는 듣지 못했습니다."

"내가 아는 바로도 외방의 수군을 데려다 쓰지는 않는 것 같소."

수양대군이 아는 바로도 그런 일은 없었다.

"정경, 창덕궁 수리를 평계로 외방의 수군을 데려다 거사에 이용할 것이라고 우리가 생각하면 되는 것이야."

한명회가 불쑥 나섰다.

"……?"

한명회는 의아한 표정을 짓는 수양대군을 향해 말을 이어갔다.

"수군 이야기가 잘 나왔습니다. 명분이야 그럴듯하게 우리가 만들면 되는 것이옵니다. 저들이 거사 일을 정해놓고 그날을 기해 궐 안에서는 이명민이 금군과 외방에서 동원된 수군을 이끌고 거사에 임하고, 궐 밖에서는 안평대군이 윤처공, 조번 등 무인들을 이끌고, 안평대군과 이미 약속이 된 경기, 황해 감사가 이끄는 지방군이 올라와 합세해서 대궐로 쳐들어가는 것으로 하면 되옵니다."

"그렇게 쳐들어가서는?"

"그야 어린 임금을 폐하고 안평대군이 새 임금으로 추대되는 것이지요."

"음, 저들의 거사 날짜는……?"

"우리 거사 일에 맞추어야 하옵니다. 우리 거사 일보다 며칠 늦게 잡으면 되옵니다."

"우리 거사 일보다 며칠 늦게……?"

"예, 그래야 저들의 거사 일을 우리가 알아차리고 일이 다급해서 선참후계先斬後啓한다고 보고하면 되는 것이옵니다."

"보고를 한다고?"

"물론 어린 임금께 상주하고 우리가 임금을 안전하게 철통 경비를 해야 하옵니다."

"오라, 안평처럼 바로 폐하는 것이 아니고 임금을 안전하게 보호한다 그 말이지?"

"그러하옵니다."

"하하, 역시 한공은 창업의 원훈元勳 장자방이오."

"역적들을 제외한 조정 신료들과 백성들의 신망을 얻어야 마침내 성사가 되옵니다."

"마침내 성사라고?"

"예, 떳떳하게 선위를 받으셔야 성군이 되시옵니다."

"옳은 말이오. 허나 선위를 아니 하면?"

"그야 분위기를 조성하면 되옵니다. 유군幼君께서는 보호막이 전혀 없사옵니다."

"오호라."

"이제 명분도 세워졌으니 거사 일만 잡히면 되옵니다. 그때까지는 만천과해瞞天過海이옵니다."

"만천과해라……. 그래서 내 벌써 봉장을 올리기로 했소."

"열혈단심의 충성을 보이시옵소서."

"알겠소."

다음 날 수양대군은 이미 준비한 봉장을 들고 승정원에 들렀다. 봉장을 올리며 도승지 박중손朴仲孫에게 공손히 말했다.

"옛사람들은 아는 바를 아뢰지 않음이 없었는데, 신은 나아가 뵈올지라도 차분히 뜻을 개진하지 못하니, 이제 품은 바를 간략하게 서술하여 천총天聰(임금)께 상달되기를 바라나 그 시행 여부는 신이 감히 알 바가 못 됩니다."

수양대군이 올린 봉장은 구구절절 근왕勤王(임금과 왕실을 위하여 충성을 다함)의 충정으로 가득했다.

(…) 신은 세종대왕과 문종대왕 황고皇考(돌아가신 선왕)의 양육하신 은혜를 깊이 입었사온데 그에 보답할 일을 생각하오면 호천망극昊天罔極(너무 넓고 커서 끝이 없음)하옵니다.

신은 다만 적심赤心으로 충성을 다할 것을 생각하여 감히 몇 가지 사항을 진술하오니 엎드려 바라건대 성자聖慈께서는 굽어 살피옵소서.

첫째, 바른 사람을 가까이 할 것
둘째, 백성의 힘을 아낄 것
셋째, 군사를 사랑할 것
넷째, 도적을 그치게 할 것

신은 학술이 거칠고 허술하여 말이 글을 이루지 못했사오나 구구한 정성을 스스로 억제치 못하여 삼가 어리석음을 무릅쓰고 아뢰오니 엎드려 바라옵건대 성상께서는 필야必也(꼭) 채택하시옵소서.

선고의 양육하신 은혜가 호천망극하여 그 큰 은혜에 보답하고자 오랫동안 깊이 노심초사하여 왔으며, 이제 또 적성赤誠을 다하여 네 가지 성군이 되시는 길을 알리고자 이 봉장을 올리니 꼭 채택하여 시행하라는 내용이었다.

임금은 이 봉장을 영상과 좌상을 불러 보여주었다.

"근래 수양 숙부가 과인을 생각하는 마음이 아주 간절하지 않습니까? 그동안 내가 수양 숙부를 공연히 무서워했던 같습니다."

영상 황보인이 봉장을 들고 읽었다. 좌상 김종서도 옆에서 봉장을 함께 읽었다. 영상은 봉장을 읽으면서 머리를 끄덕거렸다.

"예, 전하. 참으로 그런가 하옵니다."

"좌상이 보기에는 어떻소?"

"예, 성상을 받드는 충의가 제일인 듯하옵니다."

"오, 참 고마운 일이오."

단종은 도승지를 불러 수양 사저에 가 임금의 고마움을 전하라 했다.

봉장이 아주 알맞고 적실하여 과인이 심히 아름답게 여기노라.

단종은 또한 충언에 대한 고마움으로 수양대군에게 안장마鞍裝馬 한 필을 하사했다. 그리고 승정원에 명하여 봉장 한 통을 더 써 올리라 했다.

"내 마땅히 옆에 두고 보리라."

봉장의 내용이 아니라 봉장에 담긴 수양대군의 예전과 다른 온정을 느껴보기 위함이었다.

황각에 돌아가 앉은 영상과 좌상은 심기가 불편했다.

"조금이라도 생각이 있는 사람이 읽으면 이 봉장은 하나마나한 소리라는 것을 다 알 것이오."

"그렇지요. 비록 유충하실지라도 다 짐작하고 있는 것들입니다. 제1 왕숙으로서는 사실 사려 없기 짝이 없는 짓이오. 전혀 충성이 아닌 걸치레라는 것을 금방 알 수 있지 않습니까?"

"예, 그렇습니다. 생색내기에 불과하지요. 왜 갑자기 이런 상소를 올렸을까요?"

"저들이 모종의 준비를 하고 있는 게 틀림없습니다. 우리를 속이는 짓일 것입니다. 우리가 정신을 바짝 차려야 할 것으로 아옵니다."

"그렇군요. 좌상만 믿어요."

"……!"

10

대호, 쓰러지다

9월이 다 끝나가던 29일 한명회를 만난 홍달손이 눈을 빛내며 입을 열었다.

"한공, 드디어 감순날이 정해졌소이다."

한명회 또한 눈을 반짝이며 급하게 물었다.

"언젭니까?"

"시월 초열흘이오."

"허. 초열흘······. 열흘 뒤라······."

꼭 십 일 남았다.

"그렇소이다."

"이따가 어두워진 뒤 대군저에서 만납시다."

대군저란 수양대군의 집을 의미했다.

홍달손과 헤어진 한명회는 바삐 돌아다녔다. 그날 날이 저물자 수양대군의 집에 한명회, 권람, 홍달손, 양정, 유수 등이 모여 시월 초열흘의 거사 계획을 논의했다.

"우선 김종서를 처리해야 할 것인데……. 어떻소? 좋은 계책을 말해보시오."

수양대군의 말이었다.

"날랜 무사들을 뽑아 급습하는 게 어떻겠습니까?"

권람의 의견이었다.

한명회가 나섰다.

"그리되면 탄로 나기 쉽고 또한 상대방의 방어가 완강해질 것입니다."

"음……."

"출기불의出其不意입니다. 전에 말씀드린 대로 나리께서 종자 한둘만데리고 가시어 처리하는 게 좋습니다."

"음……."

"얼운이는 고삐 잡이로 삼고 한 사람 더 사복으로 몸종처럼 따르게하면 되옵니다."

"……."

"그리고 집 안으로 들어가서는 안 됩니다. 김종서를 문밖으로 끌어내야 처리하기가 쉽습니다."

"알겠소."

"극비사항을 적은 것처럼 서찰을 한 장 내주고 김종서가 읽도록 하시면 일은 수월하게 끝날 것입니다."

"무슨 뜻인지 알겠소. 그리 해봅시다."

"김종서만 죽으면 그다음은 어려울 게 없습니다. 대궐로 들어가 임금을 에워싸고 대신들을 부르는 전지를 내리게 하고, 대신들이 들어오면 전에 드린 살생부대로 처리하면 됩니다."

"음……."

"안평대군을 추대하려는 김종서 일당의 역모가 있었다는 교서를 작성해서 아침에 임금이 발표하고 나면, 그때부터는 대군나리의 천하가 되옵니다."

"음……."

"모두들 더욱 은인자중隱忍自重해야 합니다."

거사일이 정해진 다음부터 수양대군은 잠이 오지 않았다. 밥도 먹히질 않았다.

"나리, 이러시다 기력을 잃으시면 무슨 일을 하시겠사옵니까?"

"생각이 없소. 상을 물리시오."

끼니때마다 밥상머리에서 부인 윤씨와 입씨름이 벌어졌다. 수양대군은 며칠 새 얼굴이 몰라보게 수척해졌다. 그러나 내심은 더욱 단단해졌다.

'어차피 운명이지……. 헤쳐 나가야지.'

수양대군은 다시 몸을 추스르고 먹고 마시며 정상을 되찾아 움직이기 시작했다.

수양의 거사 계획을 김종서는 확신하고 있었다. 10월 10일이라는 날짜는 몰랐으나 그들의 불궤不軌가 임박했음은 감지하고 있었다.

그러나 상대는 국왕의 제1왕숙이었다. 섣불리 추궁할 수도 없었다. 만일 그럴 경우 반발이 격렬할 것이었다. 그렇다고 확실한 물증도 없이 먼저 공격할 수도 없었다.

김종서 쪽은 수양대군 쪽의 거사 날짜를 분명 모르고 있었다. 김종서는 10월 3일 정조사正朝使(음력 1월 1일에 가는 사신)가 가는 길에 해동청海東靑(사냥 매) 2련連을 보내는 것이 좋은지 나쁜지를 두고 다른 대신들과 상의하고 있었다. 안평대군은 10월 7일, 다른 종친들과 함께 사냥길을 한가로이 돌고 있었다.

단종 1년, 10월 10일이 마침내 다가왔다.

동트기 전 껌껌한 새벽에 한명회, 권람, 홍달손은 수양대군과 함께 미리 약속한 대로 남몰래 수양대군의 침전으로 기어들었다. 수양대군이 먼저 의지를 밝혔다.

"그동안 오래 기다렸소. 계획했던 대로 오늘 내가 한두 역사를 데리고 김종서의 집에 가서 그를 처치할 것이오. 김종서만 처치하고 나면 나머지는 평정할 것도 없이 대사는 이루어질 것이오. 그대들 생각은 어떻소?"

"좋습니다."

세 사람이 거의 동시에 입을 열었다.

"그동안 보살펴온 무사들을 오늘 후원에 불러 활을 쏘게 하고 술자리를 베풀겠소. 그 자리에서 내가 종사의 위급한 사태를 말하고 호응하도록 할 것이니 그대들은 돌아가 연락할 데 연락하고 볼일을 본 다음 다시 오도록 하시오."

"알겠습니다."

"큰일을 도모하는데 기밀이 새면 낭패가 됩니다. 간당들이 눈치를 채면 일은 성사되기 어렵소. 하니 가복들을 포함한 식솔들 누구도 굳게 함구토록 해야 할 것이오."

"명심하겠습니다."

권람, 홍달손이 먼저 빠져나갔다. 한명회가 가만히 수양대군에게 말했다.

"오늘 모이는 자들이 나리의 거사 계획을 듣고 혹 동의하지 않고 이탈하려는 자가 있을지도 모르옵니다. 나리의 뜻을 밝힐 때가 되면 무사들을 죄다 후원 송정 앞에 모아놓고 말씀하셔야 합니다. 비록 이탈하고 싶어도 나중에 발각되면 후원 모임에 참여했다는 것만으로도 목이 잘린다는 것을 알 것이기 때문에 나리를 따를 수밖에 없을 것이옵니다."

"오, 알겠소."

"그럼 나갔다 오겠습니다."

한명회도 빠져나갔다.

무사들은 아침나절부터 모여들기 시작했다. 후원 송정松亭 근처에서 활쏘기가 시작되었다. 이윽고 주안이 차려지자 먹고 마시면서 후원은 흥겨운 잔치마당이 되어갔다.

홍윤성, 강곤, 임자번, 최윤, 안경손, 홍순로, 홍귀동, 민발, 곽연성, 송석손, 유형 등이 모여 있었다. 무악동에도 연락이 갔으니 오늘 중으로 다 합류할 것이었다.

곽연성이 사랑에 있는 수양을 찾아와 일찍 돌아가겠다고 했다. 이유인즉 어미의 상중이라 했다. 곽연성도 수양대군이 사은사로 명나라에 다녀올 때 수행군관으로 동행했었다. 수양은 그에게 그날의 거사 계획을 조용히 일러주었다.

"간신 김종서 등이 안평과 공모하여 불궤를 도모하고 있네. 내가 오늘 이 자들을 베어 종사를 편안히 하고자 하는데 그대 또한 대의에 따라야 하지 않겠는가?"

곽연성은 깜짝 놀랐으나 내색은 못하고 다시 사정했다.

"마땅히 대군나리를 따라야 할 줄 아옵니다. 하오나 어미의 상중인지라 소인은 어찌할지 모르겠사옵니다. 송구하옵니다."

곽연성이 머리를 숙이고 수양대군 앞을 떠났다. 그때 권람이 들어왔다. 수양대군은 권람에게 말했다.

"내가 아직 저들에게 오늘의 일을 발설하지 못하고 있소. 곽연성이 친숙하기에 먼저 말했더니 반응이 신통치 않소. 정경이 한 번 더 말해 보시오."

권람은 곽연성을 한쪽으로 데려다 설득했다.

"대군께서 지금 종사의 큰일로 간신들을 베고자 특히 그대를 부른 것인데 그대는 장차 어찌할 것이오?"

"내 이미 들었소. 장부로서 어찌 동조하고 싶지 않겠소? 허나 최복衰服 중이니 따르기가 어렵소."

"선비는 자기를 알아주는 사람을 위하여 죽는다 했소. 지금 대군께서 만 번의 죽음을 무릅쓰고 계책을 내어 종사를 지키려 하는데 그대가 구구하게 어찌 작은 절의를 지키려 하시오."

곽연성은 잠시 뭘 생각하는 듯 서 있다가 물었다.

"대군의 명령이니 마땅히 따르는 게 도리지만 이것은 작은 일이 아니니 그대는 자세한 방법을 말해보시오."

권람이 거사 계획을 하나하나 설명하는데 곽연성이 말을 잘랐다.

"나머지는 의논할 필요 없소. 한 가지, 수양대군께서 김종서의 집에 갔다 오는 시각을 모르겠는데 만약 성문이 닫히면 어찌할 것이오?"

"아, 그것은 미처 생각지 못했소. 마땅히 대비토록 하겠소."

다 준비되어 있었지만 일부러 이렇게 대답했다.

"알겠소. 따르겠소."

곽연성이 미소를 지으며 고개를 끄덕였다. 수양이 그때 권람을 불러들여 김종서의 집에 다녀오라 했다. 김종서가 이쪽의 거사 계획을 알고 있는지 살펴보라는 것이었다.

고마동 김종서의 집에 도착해보니 집 앞에 무사들 같은 젊은이들이 몇 사람 모여 있었다. 김종서의 아들 김승규도 있었다. 아무래도 뭔가 대비하고 있는 듯 긴장된 모습들이었다.

김종서의 집은 듣던 대로 역시 대저택이었다. 하늘을 찌르듯 서 있는 솟을대문에서부터 내객들이 주눅 들 것 같았다. 규모가 큰 마구간에는 말들이 여러 마리 들어 있는 듯 보였다.

권람은 안면이 있는 김승규에게 다가갔다. 권람이 혼자 찾아온 것임을 알자 김승규가 누그러진 것 같았다. 찾아온 뜻을 말하고 명함을 쓴 쪽지를 전해드리라고 했다.

김승규가 안으로 들어갔다 나오더니 집 안으로 안내했다. 들어가면서 보니 명례궁 못지않은 큰 저택이었다. 건너편의 경기감영보다도 더 큰 것 같았다.

김종서는 집현전 교리 권람이 수양대군의 주구走狗가 된 것을 이미 다 알고 있었다. 매우 불쾌하게 여기는 사람이었지만 그를 별실로 불러들였다.

'집현전 학사들을 각별히 사랑한 세종과 문종의 은혜를 깨닫고 권람이 마음을 돌렸는지도 모르는 일이 아닌가.'

김종서는 이렇게도 생각해보았다.

"자주 찾아뵙고 가르침을 받아야 하는데 사정이 여의치 못했기로 송구하옵니다. 오늘 짬이 나서 잠시나마 찾아뵙고 문안 인사라도 드리고자 무례를 무릅쓰게 되었사옵니다."

"바쁘다 보면 그럴 수도 있는 일이지."

"저……, 창덕궁 일이 어서 끝나야 성상께서 안정하실 것이옵니다. 언제쯤이나 마무리될 것 같사옵니까?"

엉뚱한 질문이었다. 갑자기 방문하다 보니 무슨 말을 해야 할지 알수도 없었다. 그냥 떠오르는 대로 말을 할 수밖에 없었다. 그러나 잘못된 질문은 아니었다.

임금의 거소가 정착되지 못하니 조정도 어수선한 것 같았다. 경복궁 근정문에서 즉위한 어린 단종은 경복궁을 벗어나고 싶었다. 침소에 들어서도 잠이 잘 오지 않아 뒤척이는 때가 많았다. 그럴 때면 뒷산 백악에서 울어대는 부엉이 소리에 소름이 끼치기도 했다. 지밀상궁이 밤을 새워 지켜주었지만 아무 소용이 없었다. 그저 외롭고 무서웠다.

그럴 때면 새록새록 생각나는 사람은, 자선당에서 자기를 낳고 다음 날 돌아가셨다는 어머니, 서른아홉의 이른 나이에 돌아가시어 자기에게 너무 일찍 무거운 짐을 지워준 아버지, 지아비 따라 시가媤家에 나가 사는 누님뿐이었다.

이런 임금의 마음을 알아차린 황보인과 김종서가 다른 궁으로 이어移御할 것을 주청했다. 반갑고 고마운 일이었다.

임금은 당장 창덕궁으로 옮길 것을 명령했다. 그러나 창덕궁은 오랫동안 비워놓았기로 수리를 해야 옮길 수 있다는 보고가 올라왔다. 바로 수리를 시작하라 명했다.

하루라도 빨리 경복궁을 떠나고 싶었던 단종은 우선 수강궁壽康宮(창경궁의 전신)으로 들어갔다. 태종이 세종에게 양위하고 물러나 상왕으로 거처하던 별궁이었다.

수강궁도 외롭기는 마찬가지였다. 사람들이 그리웠다. 그저 편하고 다정한 사람들이 그리웠다. 당분간이라도 밖으로 나가 살고 싶었다. 그래서 할아버지뻘인 효령대군의 집으로 옮겼다. 거기도 사람이 살고 있었지만 단종에게는 사람이 없는 집이나 마찬가지였다.

다시 수강궁으로 갈까도 생각해보았다. 누나가 옆에 있어주면 좋을 것 같았다. 그러나 출가한 공주가 궁에 들어와 사는 것은 법도에 어긋나는 일이었다.

별수 없었다. 임금이 피접避接을 핑계로 나가는 수밖에 없었다. 그래서 단종은 누님이 사는 영양위 정종의 집에 나가 머물고 있었던 것이다. 문종이 딸을 위해 특별히 지어준 대저택이었다.

김종서가 권람에게 말했다.

"영선의 일이 수월하지는 않지만 머지않아 수리가 마무리될 것이네."

"예……. 하온데 수양대군의 봉장을 대감께서는 어찌 여기시옵니까? 공연히 유충하신 성상께 고충만 더 드린 것은 아닌지 모르겠사옵니다."

"그야 종친이기에 남다른 충정에서 우러나온 것이 아니겠는가? 성
상께서 옆에 두고 자주 보신다 하니 나쁠 건 없지."

"성상의 피접이 길어지니 창덕궁 중수가 어서 완공되었으면 하옵니다."

"염려해주시니 고맙네, 곧 이어하시게 될 것일세."

"말씀 고맙사옵니다. 앞으로도 결례가 되지 않는다면 자주 찾아뵙
고 싶사옵니다."

"그건 나도 바라는 바이네. 언제든 찾아오게."

"그럼 이만……."

권람은 작별인사를 하고 밖으로 나왔다.

김종서는 오늘의 거사를 전혀 모르고 있음이 분명했다. 권람은 돌아
와 수양에게 김종서가 전혀 눈치채지 못하고 있음을 일러주었다.

날이 저물고 있었다. 수양은 무사들을 후원 송정 가까이 오라 하여
마침내 입을 열었다.

"지금 간신 김종서 등이 정사를 그르치고 권세를 희롱하면서 군사
와 백성을 돌보지 않아 원성이 하늘에 닿아 있다. 이들은 군상을 무시
하고 안평대군과 짜고 바야흐로 불궤한 짓을 저지르려 한다. 이때야
말로 충신열사가 대의를 세우고 분발하여 죽기를 다할 날이다. 내가
오늘 이것들을 처단하여 종사를 바로 잡고자 하는데 어떠한가?"

후원 뜰은 갑자기 서리가 내린 듯 싸늘해졌다.

"참으로 지당하신 말씀이옵니다."

홍윤성 등이 머리를 끄덕거렸다. 그런데 민발, 송석손, 유형 등이 제
지하고 나섰다.

"먼저 대전에 아뢰고 처분을 기다려야 합니다."

서리 밭에 찬물을 끼얹는 발언이었다. 그러나 가장 합당한 발언이었다. 무거운 침묵이 깨지면서 작은 소리의 의논이 분분해졌다. 누구나 생과 사, 공신과 역적의 갈림길에 서 있기 때문이었다.

수양대군은 놀라지 않을 수 없었다. 정당한 거사라면 불궤를 저지르려는 자들을 잡아들여 그 진위를 밝히도록 의금부에 넘겨야 할 일이었다. 그러나 수양대군의 거사는 그 거사가 바로 불궤요 반역이기에 발설이나 아뢰는 일 따위는 애초에 당치 않은 것이었다. 이 거사는 기밀의 보안이 있을 뿐이었다.

수양대군은 당황했다. 의논이 분분해지자 북문으로 슬슬 꽁무니를 빼려는 자들이 생겨났다. 그때 한명회의 말이 퍼뜩 떠올랐다.

'무사들을 죄다 후원 송정 앞에 불러다 놓고 말씀하셔야 합니다.'

수양대군이 소리 높여 호통을 쳤다.

"거 무엇들을 하느냐? 북문을 닫아걸고 남문을 잠가라."

가복들이 재빠르게 달려갔다. 그때 후원으로 한명회가 들어왔다. 양정 등 몇 사람이 한명회를 따르고 있었다.

수양이 수심에 찬 낯빛으로 한명회에게 하소연했다.

"반대하는 사람이 많으니 결과가 어찌 될지 모르겠소."

"걱정하실 일이 아니옵니다. 작사도방作舍道傍에 삼년불성三年不成이란 말이 있습니다. 길가에 집을 지으면 참견하는 사람이 많아서 삼 년이 되어도 완공을 못 할 수도 있다는 말입니다. 작은 일도 이러한데 큰일이야 더 말할 게 있겠습니까? 이미 집을 짓기로 했으니 의논이 비록 다른 자가 있다 해도 계획대로 지어야 합니다. 나리께서 먼저 일어서시면 따르지 않을 자가 없을 것입니다."

"그러하옵니다. 병귀신속兵貴神速이라 했습니다. 용병에서 망설임이 가장 해롭습니다. 지금 시간이 급박하니 바로 일어서야 합니다."

홍윤성이 거들었다.

이윽고 수양이 일어서 부르짖었다.

"나는 너희들을 강요치 않겠다. 내 한 몸에 종사의 사활이 달렸다. 나는 천명을 따를 것이다. 장부가 죽으면 사직을 위해 죽을 뿐인 것이다. 나를 따를 자는 따르고 갈 자는 가라. 병귀신속兵貴神速이라 하니 만일 방해하는 자는 베고 나가겠다."

"아니 되옵니다."

송석손이 엎드려 옷자락을 부여잡고 만류했다. 수양이 발길로 걷어차자 송석손이 나가 떨어졌다.

수양대군은 대문 쪽으로 걸음을 옮기며 말했다.

"이 자들을 사옥私獄에 모두 가두라."

"어전에 먼저 아뢰지 않고 어찌 대신을 벨 수 있습니까? 장차 우리들의 목을 어디에 두시려고 이러십니까?"

민발, 유형 등이 통곡하며 매달렸다.

"소인배는 물러나고 대장부는 나를 따르라."

수양이 앞장서 걸었다. 곧장 중문으로 들어서자 부인 윤씨가 수양의 갑주甲冑를 들고 와 서 있었다.

수양은 멈춰 섰다. 그리고 도포를 벗었다. 부인 윤씨가 떨리는 손으로 남편에게 갑주를 입혔다. 수양대군은 그 위에 도포를 입었다. 윤씨의 눈가에는 이슬이 맺혔다.

이윽고 수양은 말 위에 올랐다. 얼운이 말고삐를 잡고 앞장섰다. 얼운은 이미 지시받은 대로 품속 한쪽에는 철퇴를, 또 한쪽에는 사신私信한 통을 감추고 있었다.

한명회가 무사 권언, 권경, 그리고 자신의 아우 한명진, 6촌 한서구를 시켜 돈의문敎義門(서대문) 안 내성 위에 가서 잠복해 있도록 했다. 그리고 양정, 홍순손, 유서를 시켜 미복微服으로 수양의 뒤를 따르게 했다. 양정은 칼을 품에 감추고 따르고, 홍순손과 유서는 활과 화살을 들고 좀 멀리 떨어져서 따라가게 했다.

수양은 사저의 북문을 빠져나왔다.

취현방聚賢坊 명례궁에서 돈의문 밖 김종서의 사저로 가는 지름길은 소덕문昭德門(서소문)을 지나 만초천을 따라가는 길이지만 도중에 잡범들의 처형장이 있어 내키지 않았다. 새문안 길이 좋으나 광통교로 돌아가야 하니 그럴 시간이 없었다.

돈의문을 향하고 금강송들이 서 있는 언덕 쪽으로 길을 잡았다. 가다 보니 구덩이가 파헤쳐진 사초지沙草地(평지에서 불뚝 올라간 구릉으로 조선 왕릉에만 있음)가 있었다. 아직 취현방이었다.

"꽤나 음산한데……. 왜 이런고?"

혼잣말처럼 수양이 한마디 했다.

"파묘 터라 그럴 것이옵니다. 나리."

한명회가 대답했다.

"아니, 누구의 묘인데 도성 안에 있었단 말인고?"

"예. 태조대왕의 계비 강씨의 묘가 있었사온데 파묘가 된 후 사초지만 남은 것이옵니다."

"음……."

태조 이성계는 계비 신덕왕후가 죽자 왕릉은 '도성에서 10리 밖 100리 안'에 조성하는 게 좋다는 건의와 상관없이 여기 취현방에 왕후릉을 조성했다. 가까운 곳에 두고 자주 찾아보고자 한 태조의 배려였다.

계비 강씨와 열한 살에 세자가 된 계비의 자식 방석을 미워했던 이방원은 태종이 된 후 여기 있던 신덕왕후의 정릉을 파헤쳐 혜화문惠化門(동소문) 밖 사한리沙閑里(성북구 정릉)로 옮기게 하고, 능에서 나온 장대석과 병풍석 등의 석물은 광통교를 세우는 재료로 쓰도록 했다.

태종은 왕자의 난을 일으켜 세자 형제를 죽이고 종국에는 자신이 왕이 된 것을 합리화시키기 위해 오랫동안 고민하고 있었다. 그때 마음에 쏙 드는 상언上言이 올라왔다.

종친과 각 품品의 서얼자손은 현관직사顯官職事(높은 관직)에는 임명을 금하여 적첩嫡妾을 분별하시옵소서.

신의왕후 한씨는 정실부인으로 하고, 신덕왕후 강씨는 첩으로 해서, 그 자식들을 적자와 서자로 차별을 두면 정당한 합리화가 된다는 뜻이었다.

정도전이 총애하던 노복에게 치욕을 당해 절치부심하던 우부대언右副代言 서선徐選의 상언이었다.

태종은 매우 기뻤다. 즉시 채택하여 법제화시켰다. 조선조 악법 중의 악법인 다음의 조항은 그래서《경국대전經國大典》의 한 조문으로 등재된 것이었다.

서얼자손은 자자손손 문과文科, 생원生員, 진사進士 시試에 응시하지 못한다.

태종은 자신의 비인간적인 악행을 합리화시키기 위해 이렇게 인간 차별의 최대 악습을 법제화하여 만들어냈던 것이다.

수양대군 역시 후궁의 자식인 단종이 세자요 왕이라 함은 결코 있어서는 안 되는 일이라고 애초부터 내심 단정하고 있었다.

"정도전 그놈 때문이었어. 서얼 세자를 감싸고돌며 태조대왕의 총기를 흐리게 한 고약한 놈이었지. 태종대왕 할아버지 손에 주살을 당하기 잘했지. 내가 할아버지라도 그랬을 것이야."

수양대군이 자못 흥분해서 중얼거렸다.

돈의문에 이르자 한명회가 권언 등의 내성 위 잠복을 재빨리 확인했다.

"대군께서 인정人定(통행금지) 후에 들어오실 수도 있으니 그때 문을 열도록……."

대군 일행이 고마동雇馬洞에 이르자 고래 등같이 웅장하게 솟아 있는 대저택이 눈에 들어왔다. 길 건너에 있는 경기감영보다도 분명히 더 큰 저택이었다. 김종서는 함길도 관찰사 때부터 북방 왕래가 잦았으므로 도성 안보다는 돈의문 밖이 거처하기에 더 편하다고 여겨 이곳에 거처를 정했었다.

수양은 집 가까이 다가갔다. 본채 바깥에 맏아들 김승규의 집이 자리 잡고 있었다. 무장을 갖춘 몇 사람이 집 앞을 지키고 있는 것 같았다. 마구간에는 말도 여러 마리 보였다.

멀찍이 높은 담장 위에 활을 든 사람이 움직이는 것이 언뜻 보였다.

궁사들을 배치한 모양이었다.

"누구냐? 멈춰 서라."

지키는 자들이 막아섰다.

"수양대군 마마시다."

얼운이 대꾸했다. 수양대군이라는 소리를 듣고 친구 윤광은, 신사면과 얘기하고 있던 김승규가 뛰어 왔다.

"어서 오십시오. 대군마마. 어인 일이시옵니까?"

둘은 사은정사와 종사관으로 함께 북경에 다녀온 사이였다.

수양대군은 말에서 내려 김승규 앞으로 다가섰다.

"좌상대감을 뵈러 왔네. 고해주시게."

김승규가 솟을대문 안으로 들어갔다. 얼운이는 마구간 옆 가름대에 말을 매고 나서 수양대군과 좀 떨어져 서 있는 양정 옆에 가 섰다.

안으로 들어간 김승규가 고했다.

"수양대군이 아버님을 뵙자 합니다."

"그래, 수행한 사람들은?"

담장 위에서 몰래 내객 일행을 살피던 가복이 승규를 따라와 대답했다.

"종자 둘 뿐이옵니다."

"오냐. 알았다. 곧 나갈 테니 잘 모셔라."

김승규가 밖으로 나갔다.

김종서는 옆에 놓아두었던 칼을 벽에 걸고 의관을 정제한 다음 곧장 나와 수양을 만났다.

"안으로 드시지요."

"해가 저물었으니 안으로 들어가지는 못하겠습니다만 한 가지 청이 있어 찾아왔습니다."

"아니. 잠시라도 드셔서 말씀하시지요. 대군을 어찌 밖에 계시라 하겠습니까?"

"아니요. 날이 저물었으니 곧 돌아가야지요. 그런데 참 오다가 사모 紗帽뿔이 하나 떨어졌소이다. 하나 빌릴 수 있겠소?"

수양이 멋쩍게 웃자 김종서가 자신의 사모뿔을 빼어 수양에게 내주었다.

"허, 이게 맞지 않는 모양입니다. 다른 것을 하나 빌렸으면 합니다만……."

수양이 사모뿔을 자기 사모에 꽂아보다가 맞지 않는지 다시 말하며 김종서를 바라보았다.

"너 들어가서 사모뿔 몇 개를 가져와 보아라."

김종서가 아들 승규에게 말하자 승규가 멈칫거렸다.

"여러 개 중에는 맞는 게 있을 것이다. 어서 가서 내오너라."

승규가 하는 수 없이 안으로 들어갔다.

"종부시宗簿寺에서 영응대군 부인의 일을 탄핵하려 하는데……. 조정의 훈로勳老이신 김정승에게 부탁해야 할 것 같아서 찾아왔습니다만……."

세종의 8남 영응대군은 원래 판중추부사 송복원의 딸 송씨(대방부인)와 혼인을 했는데 송씨는 병이 있다 하여 세종의 명으로 쫓겨났다. 세종은 참판 정충경의 딸 정씨(춘성부부인)에게 다시 장가들게 했다.

후에 세종은 춘성부부인 정씨의 동생인 정종을 단종의 누나인 경혜공주와 혼인시켰다. 영응대군이 단종의 후원 세력이 된 셈이었다.

그런데 수양대군이 본부인 송씨를 늘 잊지 못하는 영응대군을 송씨의 오빠인 송현수의 집에 데리고 다녔다. 그래서 영응대군은 송씨를 만나게 되었고 궐 밖에 있는 송씨와의 사이에서 두 딸까지 두게 되었다.

세종이 죽고 난 뒤 단종 1년 단종은 영응대군의 청에 의하여 정씨를 폐출시키고 송씨를 다시 부인으로 맞아들이도록 허락했다.

얼마 전 그 송씨가 왜인들도 출입이 잦은 동래 온정温井에 가서 장기간 체류하며 목욕을 했었다. 그런데 그것이 종친의 품위를 손상시킨 일이라 하여 탄핵되었던 것이다.

승규가 안으로 들어가자 승규 친구 두 사람이 김종서 옆으로 더 가까이 다가섰다.

"내밀한 이야기가 있으니 너희들은 물러가라."

수양이 그들에게 말했다. 물론 그들을 떼어놓으려는 수작이었다. 두 사람은 김종서의 눈치를 살피며 뒤로 물러났다.

"청하는 바를 서찰로 써왔으니 읽어보시지요."

수양이 김종서에게 말하고 얼운이를 불렀다.

"여봐라, 그 서찰을 가져오너라."

얼운이가 다가와 접은 종이를 품에서 꺼내 수양대군에게 건넸다. 수양대군이 그 서찰 봉투를 김종서에게 건넸다.

김종서가 편지를 빼들고 으스름한 달빛에 비춰보았다. 영응대군부인 탄핵이라고 쓴 글자는 보이는데 그 아래에 쓴 작은 글씨들은 잘 보이지 않았다. 잘 읽어내려고 편지를 눈 가까이 더 당겨서 보았다.

그 순간이었다. 수양이 옆에 있는 얼운에게 고개를 돌리며 눈짓을 했다.

"뻑!"

번개같이 철퇴를 휘둘러 얼운이 김종서의 머리를 쳤다. 김종서가 순식간에 꼬꾸라졌다.

명례궁의 후원에서 허수아비 김종서를 만들어 세워놓고 얼운은 수양의 눈짓 신호가 떨어지기 무섭게 그 허수아비의 머리를 박살냈다. 그런 연습을 수천 번 해왔었다.

사모뿔을 들고 다가오던 승규가 깜짝 놀라 김종서를 끌어안으며 엎어졌다. 순간 양정이 칼을 빼어 승규의 등허리를 갈랐다. 분수처럼 뿜어 오른 선혈이 수양의 옷자락을 적셨다. 신사면, 윤광은 두 사람은 얼운과 양정의 서슬에 놀라 뒷걸음쳐 달아났다.

"가자."

수양이 말하자 얼운이 잽싸게 말을 풀어 데려왔다. 수양이 올라타자 얼운이 고삐를 잡고 말을 몰았다. 양정이 뒤를 살피며 따라왔다. 뒤쪽에서 활을 들고 숨어 있던 홍순손, 유서가 합류했다.

돈의문 문루에서 고마동 방향을 주시하고 있던 한명회가 화닥닥 달려 나와 수양대군을 맞았다.

"됐소. 종서와 승규는 죽었소."

"휴……."

수양이 돈의문에 나타나자 지키던 자들이 손을 들고 함성을 질렀다.

"쉿, 조용히……. 간적 하나를 베었을 뿐 이제 시작이다."

수양이 문을 통과하자 육중한 문이 닫히고 빗장이 질러졌다. 문루를 지키는 자들은 남고 수양 일행은 순청을 향해 나아갔다.

"나리. 아직 저사邸舍에 남아 있는 자들도 따르게 하면 어떻겠습니까?"

"괘씸한 자들, 한공의 생각은 어떻소?"

"지금은 한 사람이라도 아쉬운 때입니다."

"데려오도록 하시오."

한명회는 얼운을 데리고 수양저로 향하고 말고삐는 양정이 잡고 걸었다.

순청 가까이 가자 권람이 나와 있었다. 수양은 환하게 웃으며 일러주었다.

"김종서는 끝났소. 여기는 어떻소?"

"사대문 사소문 다 잠가 지키고 순청도 이상 없이 대기하고 있습니다."

순청에 도착하자 홍달손이 뛰어나왔다. 권람이 홍달손에게 귓속말을 전했다.

"장하십니다. 대군나리."

홍달손이 수양대군에게 허리를 크게 굽히며 찬사를 올렸다.

"수고했소. 여기는 홍공 수하에 맡기고 나를 따르시오."

홍달손은 순졸들을 거느리고 수양의 뒤를 따랐다. 일행은 시좌소時坐所(임금이 궁궐을 떠나 임시로 머무는 집)로 향했다. 시좌소에 가까이 이르자 한명회가 이끄는 무사들이 합류했다.

수양은 권람을 시켜 입직 승지를 데려오라 했다. 밖으로 나온 입직 승지는 최항이었다. 밖으로 나온 최항은 깜짝 놀라 낯빛이 창백해졌다. 많은 무사들, 그들을 호위하고 있는 많은 순졸들, 난데없이 도대체 이게 어떻게 된 일이란 말인가?

어쩔 줄 몰라 멍청히 서 있는 최항에게 수양이 다가와 두 손으로 최항의 손을 덥석 잡았다. 그리고 재빨리 말했다.

"최승지, 잘 들으시오. 황보인을 위시해서 김종서, 조극관, 이양, 윤처공, 민신, 이명민, 원구, 조번 등이 안평과 공모하여 불궤를 저지르고자 날을 잡았소. 그게 열 이튿날이오. 그래 형세가 매우 다급하여 우선 김종서 부자는 베었는데 나머지 간당은 지금부터 주벌하고자 하오. 먼저 고하려 했으나 그러지 못한 것은 주상 곁에 그들과 내통하는 김연과 한숭이 붙어 있어서였소. 지금 아뢰어주시오."

최항을 따라 나온 내관 전균이 옆에 서 있었다. 수양은 그에게 이어서 말했다.

"황보인 등이 안평을 추대하려고 모사를 꾸몄는데, 함길도 도절제사 이징옥, 경성부사 이경유, 평안도 관찰사 조수량, 충청도 관찰사 안완경 등과 합세하여 종사를 뒤엎고자 했다. 워낙 다급하여 선참후계先斬後啓로 먼저 김종서 부자를 죽였으나 아직 고하지 못했고, 황보인 등 그 잔당은 아직 베지 못했으니 지금 베고자 하는 것이다. 너는 속히 가서 아뢰어라."

내관 전균이 사색이 되어 부들부들 떨었다.

"주상께서 놀라시지 않도록 너는 목소리를 낮추고 부드럽게 천천히 아뢰어야 한다."

승지와 내관을 들여보낸 수양은 호군護軍 김처의를 시켜 입직사령入直司令 도진무, 김효성을 불러오게 했다. 그가 나오자 수양은 그에게 사건의 전말을 간략하게 들려주었다. 이야기를 듣고 안으로 들어간 김효성은 자기의 상관인 병조참판 이계전을 찾아 만났다.

임금 단종은 조금 전 침실에 들어갔는데 전균이 침실 앞에서 손을 맞잡고 조용히 서 있었다. 최항, 김효성, 이계전은 임금께 아뢰지 못한 채 머리를 맞대고 상의하고 있었다. 그런데 판세를 보니 이미 일은 결정된 것 같았다. 수양 편에 설 수밖에 없다고 생각했다.

그사이 잠시 시간이 흘렀다. 수양은 불길한 예감이 들었다.

'이것들이 저쪽 패거리란 말인가?'

수양은 무사들을 이끌고 무조건 시좌소로 쳐들어갔다. 밖이 소란해 잠을 깬 단종이 눈을 비비며 침실에서 나오다 깜짝 놀라 우뚝 섰다. 협실에 있던 지밀상궁 윤연화가 나와 임금 뒤쪽에 대기했다.

임금은 눈이 똥그래져 많은 무사들 앞에 서서 자기를 바라보는 수양을 쳐다보았다. 동시에 수양의 옷 앞자락에 넓게 묻은 핏자국을 보았다.

"피……. 웬 피요……."

단종은 기겁을 해 제대로 말을 잇지 못했다.

수양이 임금 앞에 엎드리자 무사들도 다 엎드렸다. 수양은 엎드린 채 무서운 표정으로 단종을 노려보며 입을 열었다.

"종사를 엎으려는 자가 있어 먼저 베었습니다."

"아니. 종사를 엎으……려는……."

임금은 떨기 시작했다.

"예. 김종서가 안평을 추대하려 하기에 먼저 그 역괴逆魁 김종서를 베었습니다."

단종은 수양의 눈이 사람을 잡아먹으려는 호랑이의 눈처럼 느껴졌다.

"아니, 안평을 추대…… 김종서를…… 베다니……."

단종은 너무 놀라 털썩 주저앉았다. 전균이 급히 임금을 부축하여 옥좌에 앉혔다.

"숙부, 살려주세요."

단종은 겁에 질려 자기도 모르게 살려달라고 했다. 따뜻하고 다정해 늘 기대고 싶은 안평대군이 반역을 하다니……, 도저히 믿을 수 없는 일이었다. 차갑고 무서워 늘 꺼려하던 수양대군이 오늘은 자기를 죽일 것만 같았다.

임금은 무서워 눈물을 흘렸다. 단종은 조선 나이로 열세 살(초등학교 6학년)이었다. 지밀상궁 윤연화가 얼른 비단 수건을 들고 와 임금의 눈물을 닦아 드렸다.

"당연히 살려드려야지요. 살려드리기 위해서 이 숙부가 들어왔사옵니다. 그러기 위해서는 안평을 추대하려는 역당들을 다 처단해야 하옵니다."

"안평을 추대? 안평 숙부가 나를 반反한단 말이오?"

단종으로서는 도저히 믿기지 않는 말이었다.

"예, 그러하옵니다. 담담정과 무이정사를 세우고 천하의 선비들을 모아들이는 것이 다 그런 까닭이었사옵니다."

"그렇기로 안평 숙부가 나를 반…… 반한단 말이오?"

"틀림없는 사실이옵니다. 일이 급하옵니다. 황보인, 이양, 조극관, 한확, 정인지, 허후, 이사철, 그리고 도승지 박중손을 지금 불러주십시오."

수양은 눈을 부릅뜨고 단종을 올려다보았다.

"왜요……? 예, 알겠어요."

단종은 몸이 후들후들 떨렸다. 옆에 서 있는 최항에게 겨우 고개를 끄덕여 지시했다. 최항이 무슨 뜻인지 알아듣고 명패命牌를 가져와 선전관宣傳官 한회에게 내주었다.

이윽고 전령들이 말에 채찍을 가하며 한밤의 정적을 꿰뚫고 사방으로 퍼져나갔다. 왕의 수결을 압인한 명패는 두 쪽으로 나뉘어 하나는 승정원에 보관되고 하나는 부름 받는 자에게 전달되었다. 반쪽의 명패를 소지한 사람이 궁에 도착하면 숙직하는 승정원 주서注書가 패를 대조하고 입궁시켰던 것이다.

11

타살 검문소

전령들이 떠나간 것을 지켜본 수양은 당직인 내금위 무사 봉석주에게 명하여, 내금위 병사들이 갑주를 갖춰 입고 시좌소로 들어가는 제1문을 지키도록 했다. 또한 당직인 별시위갑사別侍衛甲士와 총통위銃筒衛를 홍달손에게 배속시키도록 했다. 홍달손은 성문의 철저한 통제를 위하여 순찰을 계속했다.

수양은 밖으로 나가 시좌소를 지키는 금군과 순졸 수백 명을 새롭게 배치했다. 그는 가회방 입구의 돌다리에 제1검문소를 설치했다. 그리고 서쪽으로는 안국방 영응대군의 집 동구에서부터, 동쪽으로는 광화방에 있는 서운관 고개에 이르기까지 출입을 엄격하게 통제하도록 조치했다. 시좌소 외곽을 완전히 통제해 어느 누구도 임금에게 접근하지 못하게 만들었던 것이다.

그다음 수양대군은 돌다리에서 남문까지 마병과 보병을 배치해 네 개의 검문소를 만들었다. 시좌소로 들어가기 위해서는 돌다리의 제1 검문소, 옆으로 새지 못하게 통제하는 제2검문소, 생사가 갈리는 제3 검문소를 지나야 했다. 제4검문소는 승정원 주서注書에게 명패를 확인받고 들어가는 곳이었다.

확인받고 들어가면 시좌소였다. 시좌소는 양덕방 공주궁이요 부마 정종의 사저에 마련한 임금의 임시 거처였다. 말하자면 단종의 당시 행궁이었다.

생사가 갈리는 제3검문소는 홍윤성, 유수, 구치관, 함귀, 박막동 등이 지키며 한명회의 지시를 받아 움직이고 있었다. 바로 타살 검문소였다.

수양은 돌다리의 제1검문소를 지키는 봉석주에게 지시했다.

"시좌소가 좁으니 들어오는 중신들은 수종하는 노복들을 떼어놓고 혼자 들어가게 하라."

수양은 다시 시좌소로 들어가 대신들이 들어오기를 기다렸다.

그 밤 임금의 부름을 받고 제일 먼저 나타난 사람은 병조판서 조극관이었다. 심상치 않은 분위기가 이상해 조극관이 초헌을 탄 채 지키는 병사들에게 물었다.

"무슨 일이 있느냐?"

아무도 대답하지 않았다.

"그냥 들어가자."

다시 들어가려던 조극관을 봉석주가 다가와 가로막았다.

"아니 되오이다."

"무슨 소리냐?"

"겸복傔僕(우두머리 하인)은 어전에 들 수 없지 않습니까? 대감께서만 들어가셔야 합니다."

하는 수 없었다. 조극관은 외바퀴 수레인 초헌에서 내려 혼자 들어 갔다.

조극관이 제3문에 이르자 조극관임을 확인한 한명회가 손을 들었다가 아래로 쳐 내리는 신호를 보냈다. 순간 함귀의 철퇴가 조극관의 뒤통수를 쳤다. 머리통이 갈라지고 피가 튀면서 조극관은 꼬꾸라져 뻗고 말았다. 꼬꾸라진 조극관의 목덜미를 함귀가 다시 한 번 철퇴로 내리 쳤다. 그리고 질질 끌어다 으슥한 곳에 치워 놓았다.

얼마 후 한확과 정인지가 거의 동시에 도착했다. 가마꾼들을 입구에 대기시키고 들어갔다.

제3문에 이르렀을 때 한명회는 전혀 동작이 없었다. 한확과 정인지 는 입을 다물지 못한 채 서로의 놀란 얼굴을 쳐다보았다. 피비린내가 진동하는 가운데 누군지 알 수 없을 정도로 머리가 깨진 시체가 한쪽 구석에 치워져 있는 게 보였다.

"이게 무슨 일이냐?"

정인지가 놀라 물었다.

"어허, 알려하시지 마시오. 그냥 들어가시는 게 좋소이다."

험상궂게 생긴 사나이가 인상을 찌푸리며 한마디 했다. 그들의 말에 떠밀려 둘은 그대로 안으로 들어갔다. 제4문에서 권람이 그들을 맞이 했다.

"어서 드시지요. 수양대군께서도 와계십니다."

"주상전하께서는?"

"함께 계시옵니다."

둘은 권람을 따라 안으로 들어갔다.

잠시 후 초헌을 타고 일인지하 만인지상의 노老 재상 황보인이 도착했다. 황보인은 그날 별 할 일도 없는데 퇴청을 늦게 했다.

"영상대감, 미진하신 일이라도 있으신지요?"

의정부 사인舍人 이예장이 물었다.

"아니네, 퇴청해야지. 나이 탓일 게야. 머릿속이 텅 비었어. 아무래도 관두어야 할 것 같네. 내가 없더라도 전처럼 빈틈없이 잘 보살펴주게."

"……?"

집에 와서도 자정이 되도록 잠이 오지 않아 앉아 있던 중에 명패를 받았다.

즉시 초헌에 올라 밤길을 나섰다. 종묘 앞에 이르자 가복들이 초헌을 세웠다. 평소에 황보인이 종묘 앞을 지날 때는 초헌에서 내려 걸어서 지나갔기 때문이었다.

"아니다. 그냥 가자."

황보인은 내리지 않고 수레에 탄 채 종묘를 그냥 지나갔다.

"그만이다. 다 그만이야."

헛소리처럼 중얼거리며 지나갔다.

돌다리에 이르러 황보인이 수레에서 내리자 봉석주가 허리를 굽혀 예를 표했다.

"대감께서만 들어가시지요."

분위기가 섬뜩했지만 태연히 걸어서 들어갔다.

제3문에 가까워지자 한명회가 손을 들었다 아래로 내리 그었다. 제3문에 들어서자 홍윤성이 앞을 가로막았다.

"누구냐?"

"홍윤성이라 합니다."

김종서에게서 들어본 이름이었다.

"좌상께서 들어오셨는가?"

"저승에 가 계십니다."

"뭐라고?"

깜짝 놀라 뒷걸음질 치려는 찰라 홍윤성이 철퇴를 들어 황보인의 머리를 내리쳤다.

"윽!"

휘청거리다 푹 쓰러졌다. 터진 이마에서 선혈이 흘렀다.

"이 노옴! 좌상은…… 어찌 되었느냐?"

"저승에 계시다고 하지 않았소? 거기 가서 만나시오."

"이 불한당 놈들이 나라를 망치는구나! 이놈드―을!"

홍윤성은 철퇴를 다시 한 번 내리쳤다. 뇌수가 터지고 피가 튀었다.

"수…… 수양이…… 기어이…….."

밭은 숨을 몰아쉬며 목소리를 쥐어짜다가 황보인을 숨을 거두었다.

잠시 후 허후와 박중손이 들어왔다. 피 냄새 나는 섬뜩한 분위기에 가슴 조였으나 무사히 시좌소까지 들어갔다.

이어서 이사철이 들어왔다. 한명회의 손이 움직이지 않아 이사철은 그대로 시좌소까지 들어갈 수 있었다.

곧바로 우찬성 이양이 들어왔다. 이번에는 한명회의 손이 움직였다. 뒤따라 시퍼런 칼이 이양의 등을 갈랐다.

그사이 수양은 역사들을 몇 불렀다.

수양은 그들을 지정하여 군기감판사軍器監判事 윤처공, 선공감부정繕工監副正 이명민, 군기감녹사軍器監錄事 조변, 진무鎭撫 원구 등의 집으로 보냈다. 가서 그들을 때려죽이고 오라 했다.

그리고 진무 최사기를 보내 환관 김연을 죽이라 하고, 진무 서조를 보내 현릉의 비석을 감독하고 있는 민신을 비석소에서 죽이라 했다. 단종 임금이 가장 신뢰하는 환관은 김연과 한숭이었다.

그들은 태종부터 시작해 단종까지 네 임금을 모셔오는 중인데, 내관들 중에서 가장 충성스럽고 가장 정의롭고 가장 절개가 굳은 내관이었다. 수양대군은 진즉부터 그 둘이 눈엣가시였다. 이 기회에 아주 없애버릴 작정을 하고 있었다.

서조는 일단의 군사들을 이끌고 노원리로 달려갔다. 문종의 수릉지壽陵地는 건원릉健元陵(태조 이성계의 능) 동남쪽 가까이에 있었다. 산릉도감山陵都監 제조를 맡은 민신은 산릉 일에 매달려 있었다.

국장기간 동안 능침陵寢은 조영했으나 문인석, 무인석과 석호, 석양 등 동물 석상 등은 완성하지 못하고 있었다. 그래서 민신은 노원리 채석장의 임시 비석소에서 석공들을 지휘하며 비석 가공을 독려하고 있었다.

일단의 무리를 이끌고 서조가 나타났다. 다들 잠자리에 든 야삼경이었다.

"민신은 나와서 목을 늘여라."

서조가 밖에서 고함을 질렀다.

수상한 소리에 행장을 갖추고 나온 민신이 큰소리로 나무랐다.

"이 야심한 밤에 어느 놈이 소란을 떠느냐?"

"명을 받고 왔다. 어서 목이나 늘여라."

"뭐? 목이라고?"

"그렇다. 목을 늘여라."

"어디서 나온 명이냐?"

"목을 치라는 명을 받았을 뿐 어디서 나온 명인지는 모른다."

"나는 대신이다. 목을 치라는 말만 있고 목을 치라는 글은 없느냐?"

민신은 병조판서를 거쳐 지금은 이조판서로 있었다.

"그런 것은 없다. 어서 목을 늘여라."

"너희를 불신하는 것이 아니니 너무 노여워 마라. 지금 전하 곁에는 누가 있고 김종서대감은 어찌 되었느냐?"

"전하 곁에는 수양대군이 계시고, 김종서대감은 죽은 것으로 안다."

"이제 알 만하다. 내 목을 가져가거라."

민신은 조용히 앉아서 목을 늘였다.

"휘익!"

서조의 칼이 밤을 갈랐다. 땅에 떨어진 민신의 머리통은 신기하게도 얼굴 쪽이 똑바로 하늘을 향하고 있었다. 눈을 뜨고 그 밤 따라 더욱 찬란한 별들을 바라보고 있었다.

김종서를 처치한 수양 일행이 떠나자 김종서의 가복들이 쫓아 나와 통곡을 했다. 김종서 부자의 시체를 보듬어 옮기려고 부산하게 움직였다. 안으로 피했던 신사면과 윤광은도 달려 나왔다.

"으음, 게 아무도 없느냐?"

가느다랗기는 했으나 분명 김종서의 목소리였다. 머리가 터졌으나 잠시 기절했다가 정신이 돌아온 김종서였다.

"대감마님, 이게 어찌 된 일이옵니까?"

가복家僕 원구가 알아듣고 김종서를 부축했다.

"내 말 잘 들어라. 지금 빨리 달려가서 돈의문 지키는 자에게 고해라. 역도의 습격을 받아 내가 죽게 생겼으니, 빨리 의정부에 알리고 내의가 약을 가지고 나와 나를 구하라고 말이다."

김종서는 가쁜 숨을 헐떡거리며 말했다.

"예, 대감마님."

"그리고 말이다. 안평대군 댁에도 연락하도록 해라. 수양대군의 기습을 받아 부상을 당했지만 아직 죽지 않고 살아 있으니 내금위를 보내면 수양대군을 잡을 수 있다고 말이다."

"예, 알겠습니다."

원구는 부리나케 돈의문으로 달려갔다. 그러나 아무리 외쳐도 문도 열리지 않고 아무런 반응도 없었다. 원구가 돌아가 그대로 말하자 김종서는 크게 낙담하여 실신할 뻔했다.

그렇다고 주저앉을 수는 없었다. 김종서는 깨진 머리를 싸매라 하고 여인네의 치마저고리를 찾아오도록 했다.

"그리고 사랑방 문갑 맨 아래를 열어보면 작은 꾸러미들이 있을 것이다. 그걸 꺼내 네가 지니고 있거라."

여장을 하고 나서 김종서는 가마에 올랐다. 가마를 멘 가복들은 발

바닥에 불이 나게 달렸다. 신사면과 윤광은이 칼을 들고 따랐다.

가마가 돈의문에 이르렀다. 문루에서 군사들이 내다보았다.

"성문을 열어주시오."

원구가 문루를 향해 소리쳤다.

"누구냐?"

원구가 신사면에게 귓속말로 물었다.

"뭐라 할까요? 좌상대감이라 할까요?"

신사면이 안된다고 고개를 가로저었다.

"위급한 환자이외다. 사람이 죽어갑니다."

"명이 있기 전에는 열 수가 없다. 물러가라."

"명이요? 누구의 명이 있으면 되오?"

"수양대군의 명이다."

"......!"

"소덕문으로 가자."

소덕문을 향하여 발길을 재촉했다. 깜깜한 어둠 속에서 비틀거리고 자빠지면서 겨우 도착했다.

원구가 외쳤다.

"성문을 열어라."

"누구냐?"

"좌상대감이시다. 당장 열지 못하느냐?"

신사면이 이번에는 좌상대감이라고 큰소리쳤다.

"뭐라고? 좌상대감?"

"그렇다. 좌상대감께서 위중하시다. 당장 열어라."

"열 수 없다. 물러가라."

"좌상대감이라 하지 않느냐? 대감께서 지금 위중하시다 이 말이다."

"그래도 열 수 없다. 당장 물러가라."

"허, 이놈들……. 벌써 다 짰단 말인가?"

"어찌하옵지요?"

윤광은이 가마에 대고 물었다.

"숭례문으로 가자."

숭례문으로 발길을 돌렸다.

"어서 가자. 서둘러라."

김종서의 목소리는 사그라들고 흐르는 피는 가마 바닥을 흥건히 적셨다.

숭례문에 도착해 외쳤으나 성문은 꿈쩍도 않았다.

'어디로 간다?'

김종서가 당황하고 있을 때 남묘南廟(관운장 사당) 주변에 있는 아들 승규의 처갓집이 떠올랐다.

"너희 둘은 돌아가거라."

신사면, 윤광은을 돌려보냈다.

"사돈댁으로 가자."

원구가 알고 있었다. 원구가 가마꾼을 재촉해 남묘 쪽으로 달렸다. 파루罷漏(통금해제로 종각에서 33번의 종을 쳐서 알림)가 되면 다시 성문으로 올 작정이었다.

"대감, 이 야밤에 어인 일이십니까?"

피투성이가 된 채 머리를 싸매고 여장을 한 김종서가 나타나자 사돈 유쟁柳諍참판이 깜짝 놀랐다.

"다급한 일이 생겨 실례를 무릅쓰고 찾아왔습니다."

"이게 어찌된 일이옵니까?"

유참판이 김종서의 손을 잡고 넋을 놓고 있었다. 그 사이 사내아이 둘이 김종서 앞에 와 엎드렸다. 그리고 울음을 터뜨렸다. 사세가 수상하다는 것을 감지한 승규가 거기에 피신시켜둔 아들 둘이었다.

"울지 말고……. 조동아. 수동아. 이 할아비 말을 잘 들어라. 이 할아비가 만약에 죽거든 너희들이 원수를 갚아야 하느니라. 알겠느냐?"

아이들의 아비가 죽었다는 말은 차마 꺼낼 수가 없었다.

"명심하겠습니다. 할아버지."

할아버지의 손을 잡고 두 손자는 눈물을 줄줄 흘리면서 대답했다.

이때 원구가 김종서의 귀에 대고 속삭였다.

"여기서 지체하시면 위험하옵니다."

"하면……."

"청파역에 큰 서방님이 가끔 들리는 마님 댁이 있습니다. 거기가 안전할 듯하옵니다."

김종서도 얼핏 들은 것 같았다.

"그래. 그리로 가자."

김종서가 유참판의 손을 잡고 사과했다.

"이 꼴을 보여드려서 송구합니다."

"별말씀을 다 하십니다. 옥체 보중하십시오."

"저 아이들을 딴 곳으로 피신시키길 바라오."

"잘 알겠습니다. 걱정 놓으십시오."

김종서가 유참판의 손을 놓았다. 가마꾼들이 발걸음을 재촉했다. 가마가 동구를 빠져나갈 때까지 유참판은 장승이 된 채 눈물을 흘리고 있었다.

김종서는 원구의 안내로 청파동 여인의 안방에 모셔졌다.

"일찍 인사 올리지 못해 송구하옵니다."

여인이 인사를 올렸다. 김종서가 이마를 싸맨 천 밑으로 내려다보니 꽤나 수려했다. 승규가 죽었다는 말을 할 수도 없어 가슴이 미어졌다.

이윽고 사내아이가 공손히 절을 올렸다.

"네 아비 함자를 아느냐?"

"김자, 승자, 규자이옵니다."

아이가 또렷하게 대답했다.

"혹시 네 할아비 얘기를 들었느냐?"

"예. 대호 장군이라 들었사옵니다."

김종서는 여인에게 일렀다.

"얘야. 애비 옷을 한 벌 가져오너라."

승규가 들리면 내주려고 손질해놓은 옷을 내왔다. 김종서는 여인의 옷을 벗고 그 옷으로 갈아입었다.

"그리고 저 아이에게 여자 옷을 입혀라."

여인은 아이를 데리고 딴 방으로 가 여자 옷으로 갈아입힌 다음 다시 데리고 들어왔다.

"얘야. 네 친정이 어디라고 했느냐?"

"속리산 아래 두메산골이옵니다."

"그래 잘되었다. 저 아이를 데리고 동트기 전에 그리로 가거라."

"예엣?"

김종서가 원구에게 그 꾸러미를 꺼내 여인에게 주라고 했다.

"애야, 시간이 없다. 당장 떠나거라."

시좌소에서 모든 일을 지휘하던 수양대군이 임금 앞에 다시 부복했다.

"전하, 전하께서 하명하신 대로 이 수양이 모든 일을 유루 없이 처리할 것이오니 안으로 드시어 잠시라도 침수 드시옵소서."

갑작스러운 소동에 놀라 뛰어나온 경혜공주와 정종도 임금 옆에 서 있었다.

수양대군은 전균을 불렀다.

"전하를 안으로 뫼셔라."

이윽고 임금과 공주 내외는 안으로 들어갔다.

한명회가 수양 옆으로 다가왔다.

"안평대군을 어찌할까요?"

"……."

"살생부에 올라 있사옵니다."

"우선 강화에 부처합시다."

지금 당장 죽이자 할 수는 없었다. 어차피 죽는 목숨이었다.

"서두르셔야 하옵니다. 피신할 수도 있습니다."

"음, 지금 어디에 있을꼬?"

"수성궁에 없다면 성녕대군誠寧大君(태종의 넷째 아들로 일찍 죽어서 안평대군이 양자로 들어갔음) 댁에 있을 것입니다."

안평이 숨는다면 수양이 감히 범접할 수 없는 곳에 숨어야 했다. 그런 곳이라면 양녕대군과 효령대군의 집뿐이었다. 그러나 양녕이나 효령은 애초에 수양을 옹호하는 사람들이었다. 안평 또한 그것을 감지하고 있었다. 양녕과 효령의 집이 아니라면 안평대군이 갈 곳이라고는 양부인 성녕대군의 집밖에 없었다.

"음, 의금부도사 최사기崔賜起와 신선경愼先庚을 보내 안평을 강화에 부처토록 하시오."

최사기와 신선경이 백여 명의 군사들을 이끌고 수성궁으로 달려갔다. 안평의 사저는 아수라장이 되었다. 노복들은 달아나기 바빴고 아녀자들은 울부짖었다.

안평대군의 아들 의춘군 이우직이 잡혔다.

"이우직을 압송해서 양화나루에 가 기다리라."

신선경이 삼군진무三軍鎭撫 나치정에게 명령했다.

의금부도사들은 성녕대군저로 달려갔다. 과연 안평은 거기 있었다. 그들은 어려움 없이 안평을 잡아 묶었다.

네 죄가 막심하여 주살誅殺을 면키 어려우나 부왕과 형왕이 너를 사랑하시던 마음으로 너를 용서하는 바이니 그리 알라.

수양이 써준 편간片簡(쪽지)을 도사가 보여주었다.

'하이고, 누가 할 소린데……. 의리 있는 척하긴…….'

안평은 그것을 읽으며 이를 갈았다.

시좌소에서 수양대군이 권람을 불렀다.

"정인지대감을 모시고 집현전으로 가시오. 입직이 있을 테니 상의해서 교서를 작성하시오."

군사들의 엄호를 받으며 정인지와 권람이 집현전으로 갔다.

"이 새벽에 어인 일이십니까?"

입직하고 있던 유성원이 눈이 둥그레지며 물었다.

"간밤에 역모가 있었네."

정인지의 대답은 덤덤했다.

"예에? 역모라니요?"

권람이 나섰다.

"김종서, 황보인 등이 역모를 일으키려 했는데 수양대군이 이를 완전히 진압하였소이다."

"그럼 그들은 지금 의금부에 있소?"

"아니요. 다 주살되었소."

"허, 국문도 없이 다 주살이요?"

"일이 급해서 그리되었소?"

"……?"

유성원은 도대체 알 수 없다는 표정으로 고개를 기울였다.

권람이 간밤에 일어난 일의 대강을 설명해주었다.

"그럴 수가……? 아니. 아닐 것이오."

유성원은 여전히 납득할 수 없다는 표정이었다.

정인지가 나섰다.

"이미 끝난 일이네. 어찌 되었든 수양대군이 종사의 위급함을 구한 것이야. 이제 주상께서 내리실 교서를 작성해야 하네."

집현전 학사들에게 정인지는 스승과 같은 존재였다. 그런 그가 말하는데도 유성원은 믿어지지가 않았다.

"대감께서도 영상과 좌상이 반역을 도모했다는 말을 믿으시옵니까?"

"이 사람. 이런 일은 끝나면 그만인 게야. 이미 죽은 사람들이 입을 열 수가 있는가? 이런 일은 시시비비를 따지다가는 희생자만 느는 법이네. 어서 교서 초안을 잡으시게."

"못 하옵니다."

"허, 이 사람……."

"일의 내막도 모르고서야 한 줄의 글도 어려울 터인데, 어찌 성상께서 내리는 교서를 쓸 수 있단 말입니까?"

"이 사람아, 주상께서도 모든 것을 수양대군에게 맡긴다고 하셨는데 자네만 고집을 부릴 것인가?"

"할 수 없지요."

"이 사람, 주상전하의 뜻일세."

"소인이 간언을 드리겠사옵니다."

유성원은 금방이라도 자리를 박차고 일어날 기세였다.

"일은 이미 기울어졌네. 지금 시좌소에 중신들이 다 모여 있어도 누구 하나 입을 열지 못하고 있어. 허후대감까지도 말이야."

"……!"

"다 끝난 일이야. 어서 붓을 들게."

"일의 전말을 모르는데 붓을 잡은들 뭐라 쓰겠사옵니까?"

여전히 거절이지만 말투는 좀 누그러졌다.

"하오면 제가……."

그때 권람이 지필묵을 챙겼다.

"제가 초를 잡아드리겠습니다."

어이없다는 듯 유성원이 멍하니 바라보고 있는 사이 권람은 재빠르게 교서의 초안을 써내려갔다. 장원급제의 문장인데다 이번 정변에 대해 모르는 게 없는 권람이었다. 금방 쓰기를 마친 권람은 그 초안을 유성원에게 내밀었다.

"대강 이렇소이다. 이제 교서를 쓰시지요."

"이 사람. 이제 그대로 쓰면 되는 것이네."

정인지가 무거운 목소리로 유성원에게 재촉했다. 유성원은 권람이 쓴 초안을 쳐다보고만 있었다.

"자칫 더 많은 피를 흘리게 됩니다."

권람의 말은 위협처럼 들리기도 했다.

"이 사람. 도리가 없네. 쓰시게나."

긴 한숨을 한 번 내쉬고 나서 유성원은 붓을 들었다.

'왜 하필 오늘 입직이란 말인가.'

마음에 없는 교서를 쓰면서 유성원은 하늘을 원망했다.

먼동이 터오고 있었다. 한명회는 뿌연 동녘을 바라보며 회심의 미소를 짓고 있었다.

그때였다. 달려오던 말이 그 앞에서 멈추고 무사가 내렸다.

"홍장군의 전언입니다. 김종서가 살아 있다 하니 빨리 조치하시라고 하셨습니다.

"뭐라. 김종서가 살았다고?"

한명회는 순간 소름이 끼쳤다. 이 무슨 날벼락 같은 소리란 말인가.

"지난밤 가마를 타고 소덕문에 나타나 좌상대감이 위중하시니 빨리 문을 열라고 했다 합니다."

"허어 이런 변고가……. 빨리 가서 양정장사를 찾아오라."

가까이 있는 병사들에게 소리치는데 홍윤성이 다가왔다.

"나리, 큰일 났사옵니다. 김종서가 살아서 움직이고 있다 합니다."

홍윤성은 제3문의 일을 마치고 성문 순찰을 나갔었다.

"나도 방금 들었네. 그놈이 어떻게 살아났단 말이야?"

"그걸 제가 어찌 압니까? 돈의문, 소덕문, 숭례문에 가마를 타고 나타났다 합니다. 문루에서 본 사람도 있고요."

"그다음은?"

"문을 열어주지 않자 어디로 사라졌는지 다시는 나타나지 않았다 합니다."

그때 양정이 나타났다.

"이 사람 양장사. 김종서가 분명 죽었는가?"

"아니, 무슨 말씀을 하시는 게요?

"김종서가 분명 죽었느냔 말이네."

"죽었지요. 얼운이가 철퇴로 머리통을 박살내서 꼬꾸라졌지요. 이 눈으로 똑똑히 보았지요. 그 위에 엎드린 승규는 내가 칼로 끝냈고요."

"허어, 김종서가 살아 있다네."

"엥? 살아요?"

양정도 어이없는 모양이었다. 눈알을 굴리며 고개를 빼고 있었다.

"당장 달려가서 그의 목을 가져오게. 어딘가 인척 되는 집에 숨어 있을 것이야. 샅샅이 뒤져서 목을 가져오게."

"예, 알겠습니다."

"이 진무가 함께 다녀오시오."

시좌소로 들어오는 의금부 진무 이흥상이었다. 이흥상은 수양대군의 명으로 내관 한숭과 액정서掖庭署 사알司謁 황귀존을 잡아서 의금부에 넘기고 오는 중이었다. 양정과 이흥상 그리고 무사 10여 명이 말 위에 올라 박차를 가했다.

한명회가 수양대군에게 가서 귓속말로 이 사실을 전했다.

김승규의 청파동 여인이 여자 옷으로 갈아입힌 아들을 데리고 떠난 뒤 얼마 되지 않아 양정과 이흥상의 무리가 그 집에 나타났다.

"죄인은 나와서 오라를 받으시오."

양정이 마당에서 큰 소리로 외쳤다.

그러자 방문이 열리고 김종서가 보였다.

"어느 놈이 감히 큰소리냐?"

"죄인의 목을 가지러 왔소. 목을 내놓으시오."

"내가 왜 죄인이란 말이냐? 나는 이 나라의 현임 좌상이니라. 초헌을 대령하라. 당당히 전하 앞에 나아가 전하를 뵐 것이니라."

"아니, 이 늙은이가 세상 변한 것을 모르는구먼. 목을 당장 가져가야 하겠소."

양정이 칼을 빼들고 뚜벅뚜벅 걸어 마당에서 마루 쪽으로 다가왔다.

"너 이노옴. 내금위에 있는 너를 제법 사나이로 보았느니라. 대장부가 어디 할 일이 없어 더러운 역적의 앞잡이로 살겠단 말이냐?"

'이 늙은이가 빨리 죽고 싶어 환장을 했나?'

양정은 얼굴이 벌겋게 달아올랐다. 순식간에 방으로 뛰어들어 김종서의 목을 후려쳤다. 목이 꺾이고 피가 천정으로 솟구쳤다. 다시 한 번 칼을 내리치자 김종서의 목은 방바닥으로 굴렀다.

얼마 후 양정과 이홍상이 수양대군 앞에 나타났다.

"김종서의 목을 가져왔습니다."

피가 흥건한 보자기를 수양대군 앞에 내려놓았다.

"풀어보게."

보자기를 풀어 헤치자 백발의 사람 머리가 나타났다.

"얼굴이 보이게 돌려보게."

수양대군 쪽으로 돌려놓은 김종서의 얼굴은 눈을 뜨고 있었다.

"그대와 나는 애초에 불구대천의 원수였던 것 같소. 잘못했으면 내가 그 꼴이 되었을 테니 말이오."

중얼거리던 수양의 입술은 경련으로 떨고 있었다.

"어떻게 할까요?"

양정이 물었다.

"날이 밝거든 저자에 효수하도록……."

　도원桃源이 꿈속에 영혼으로 들어오고,

　꿈속에 영혼이 도원으로 돌아갔네.

　정신의 변화는 서로 실마리조차 없으니,

　누가 조화의 본원을 알 수 있으랴.

　공자孔子께서 주공周公을 이으시어,

천지의 근원을 따라 밟으셨나니.

앞뒤의 성인이 헤아림을 함께 하여,

얼마나 빈번히 꿈에 뵈었던가.

황량몽黃梁夢(밥 짓는 동안 부귀공명을 다 누렸다는 노생의 꿈 이야기)과 남가몽南柯夢(낮잠 자

는 동안 부귀영화를 다 누렸다는 순우분의 꿈 이야기)은 허황되어 말할 바 못되는 것.

달인이 신선을 꿈꾼다 하였거니,

이 말은 참으로 옳도다.

자진子晋(신선이 되어 학을 타고 날아간 주령왕의 태자. 여기서는 안평대군)은 본디 도기道氣(불

로장생하는 방도)가 많아,

일찍부터 세속의 시끄러움을 싫어했다네.

줄곧 세속 밖의 세상을 그리워했고,

부귀영화를 뜬구름처럼 여겼네.

무릉에 이르는 길 끝이 없고,

진秦나라 시절 아득하기만 하네.

우연히도 그윽이 꿈속에서 만나,

마음껏 올라가서 샅샅이 찾았네.

깨어나 화공에게 그리도록 하니,

온갖 형상이 완연하게 어우러졌네.

천고의 옛날부터 속세를 피해 오던 땅이,

하루 저녁에 높은 집으로 옮겨졌네.

시단의 뛰어난 인물들의 주옥같은 글을 곁들이니,

해와 달의 빛처럼 눈부시게 빛나네.

그림을 펼치고 문장을 읽어보니,

하루해가 다하도록 즐겁기 그지없네.

인생은 쇠나 돌처럼 오래가지 못하며,

백년세월도 번개처럼 지나네.

신선 땅 복숭아나무 어떻게 뽑아다가,

궁궐 안에 옮겨 심을 수 있을까?

저 삼투아즈偸兒(삼천갑자 동방삭)를 재촉하여,

많이 많이 따다가 우리 임금께 바치고 싶네.

안견이 〈몽유도원도夢遊桃園圖〉를 다 그리자 안평대군은 이를 감상하도록 김종서 등 여러 인사들을 초대했다.

그림을 보고 나서 김종서는 이렇게 찬문撰文을 썼던 것이다.

안평대군을 압송하는 도사 일행이 돈의문을 빠져나와 애오개 마루에 올라섰다. 여기저기 크고 작은 무덤들이 즐비했다. 아이들의 무덤이라 했다.

이윽고 거대한 세수미稅收米 창고들이 서 있는 광흥창을 지나 양화진 나루에 도착했다. 강화로 가는 길목이었다.

나루터는 사람들로 북적였다. 소금과 어물을 가지고 도성으로 들어가는 사람들, 방물을 가지고 김포나 강화로 나가는 보부상들이 북적댔다. 그들은 고관대작이 잡혀가는 꼴을 멀거니 구경은 했으나 별 관심은 보이지 않았다.

그런 구경꾼들 중에 가복이 끼어 있는 것을 안평이 발견했다. 가복은 나졸들의 눈을 피해 여기까지 몰래 따라왔던 것이다. 가복이 가까이 오자 안평은 얼른 일러주었다.

"너 급히 가서 김정승에게 고해라. 내가 수양의 무리에 붙잡혀 강화로 가고 있다고 말이다."

안평은 김종서 등이 이미 고혼이 된 줄을 모르고 있었다.

강바람이 유난히 싸늘했다. 겨울 냄새가 풍겼다.

아들 우직이 먼저 거룻배(돛 없이 노를 저어 가는 배)에 올랐고 이어서 안평이 뒤따라 배에 올랐다. 사공들이 노를 젓자 배는 서서히 강심으로 들어갔다.

'아, 이래서는 안 되는데…….'

울적한 생각을 떨치려는지 안평이 산발한 머리를 좌우로 세차게 흔들었다. 안평을 보고 있던 황소가 놀라 갑자기 꿈지럭거렸다. 거룻배가 기우뚱 흔들렸다. 섬에 닿으면 함거檻車를 끌고 갈 황소였다.

가다 보니 효령대군의 별장이 눈에 들어왔다.

세종이 농사 형편을 살피기 위하여 나왔다가 이 별장에 들렀다. 때마침 내리는 소나기로 들판이 촉촉해지고 있었다. 세종은 즉석에 정자 이름을 희우정喜雨亭이라 지어주었다. 부왕의 부름을 받고 형 수양과 함께 희우정 잔치에 참석했던 일이 떠올랐다.

'그 시절 그대로 형제들이 다 같이 우애 있게 살 수는 없는 것인가?'

생각에 잠겨 있는데 오라에 묶인 우직이 아버지를 보며 탄식했다.

"그러니까 제가 먼저 치자고 말씀드리지 않았습니까?"

"……."

안평은 대답 없이 긴 한숨을 내쉬었다.

'수양 형이 나를 미워하고 있는 줄은 알지만……, 내가 종사에든 형님에게든 잘못한 것은 실로 눈곱만큼도 없다는 것을 수양 형도 잘 알 것이다. 부득이 나를 이용해야만 자신의 명분을 세울 수 있겠지만 내 죄 없음은 형의 양심 속에 남아 있을 것이다.'

안평은 화가 치밀어 올랐지만 앞으로 언젠가는 자신을 풀어줄 것으로 믿고 있었다. 풀어주지 않는다 해도 죽이기까지는 결코 않을 것이라고 믿고 있 었다.

'수양 형보다 더 왁살스럽기도 했던 태종대왕은 때려죽이고 싶었지만 친 살붙이는 살려두지 않았던가.'

"그래서 선비들도 먼저 죽여야 한다고 하지 않았습니까?"

아들 우직이 눈물을 쏟으며 또 한마디 했다.

12

역도들의 세상

안평이 함거를 끌고 갈 황소와 함께 거룻배에 실려 한강을 내려가고 있을 때 시좌소의 바깥마당에서는 종친과 문무백관들이 서차에 따라 죽 늘어선 가운데 임금의 교서教書가 반포되고 있었다.

내가 어린 나이로 큰 기업基業을 지키매 어찌할 바를 알지 못하여, 군국의 여러 사무를 대신에게 위임하고 평안하기를 기약했던 바, 뜻밖에도 간신 황보인, 김종서, 이양, 민신, 조극관 등이 안평대군 용瑢과 결탁하여, 밤을 틈타 모여서 종적을 비밀히 하고, 널리 무리를 심어 내외에 응거하고, 몰래 결사적인 군사를 기르는 한편, 변방의 병기를 들여와 불궤한 짓을 도모한 지 오래였다.

내가 궁중에 깊이 고립되어 이를 알지 못했는데, 다행히 종사의 신령에 힘입어 숙부 수양대군이 흉계를 소상히 알고 비밀리에 나에게 고한 바 되어 간사한 도당은 이미 복죄服罪했다.

용은 지친이므로 차마 법대로 처리하지 못하고 외지에 안치하였으니 이는 참으로 나라의 액운이 아닐 수 없다.

과인이 어리고 부덕한 소치로 이 어렵고 불안한 시기를 당하였으니 마땅히 종친의 강건함에 의지하지 않을 수 없도다.

그리하여 수양대군으로 하여금 정사를 보좌하고 군국의 중대사를 위임 처결케 하고, 과인이 정사를 친히 관장할 날을 기다릴 것이다.

이미 비상한 국면에 처했으니 또한 마땅히 관대한 은혜를 펴지 않을 수 없다.

경태景泰(명 대종 4년, 단종 1년, 1453년) 10월 11일 새벽 이전까지,

– 모반 대역한 것

– 자손으로 부모, 조부모를 모살謀殺(일부러 죽임), 구매毆罵(때리고 욕함)한 것

– 처첩으로 남편을 모살한 것

– 노비로서 주인을 모살, 독살 저주한 것

– 고의로 살인을 꾀한 것

– 강도 절도를 범한 것

위 사항을 제외한 모든 잘못은 이미 발각되었거나 발각되지 않았거나 모두 용서하여 벌을 면제한다.

감히 지금 이전의 일을 가지고 서로 고하여 말하는 자는 그 죄로써 죄를 주겠노라.

아! 종친과 외척, 신하와 백성은 마음을 다하여 과인의 미치지 못함을 바로 잡고 구제하여, 우리 조종의 어렵고 큰 기업을 보전토록 하라.

이날 어린 임금은 자신의 부왕(文宗)을 모살한 희대의 패륜범이요, 반역의 간사한 원흉이요, 불한당의 음흉한 괴수이며, 돈견불약豚犬不若의 더러운 망종亡種인 수양대군에게 종사와 나라의 경영을 맡기겠노라고 공표하고 있었던 것이다.

이제부터 조정의 실권은 사실상 수양대군에게 다 넘어간 셈이었다. 교서 반포가 끝나면서 수양의 악행은 더욱 태연하고 대담하게 계속되었다.

김종서 부자, 황보인, 이양, 조극관, 민신, 윤처공, 조번, 이명민, 원구 등의 머리를 베어 저자에 효수시켰다. 김종서, 황보인, 이양, 조극관, 민신 등의 머리는 다시 전국 요처에 돌려가며 효시하도록 했다.

그리고 정분을 낙안에, 평안도 관찰사 조수량을 고성에, 충청도 관찰사 안완경을 양산에, 충청도 병마절도사 지정을 영암에, 첨지중추부사 이석정을 영일에 우선 귀양 보냈다.

그리고 사알 황귀존을 강계로, 내관 한숭을 여연으로 압송하여 관노로 만들었다. 구치관을 의금부지사로 삼아 경성도 호부사 이경유의 목을 베게 했고, 송취를 의금부진무로 삼아 함길도 도절제사 이징옥을 잡아 평해에 압송 안치하라 했다.

당시 평안우도 도절제사로 있던 박호문은 부인의 병환으로 조정의 허락을 받고 도성에 와 있었다. 그 박호문을 자헌대부로 승차시켜 함길도 도절제사로 임명하고 즉시 임지로 가 직무를 수행토록 했다.

이쯤 처리한 다음 수양대군은 새로운 조정을 구성하고자 했다. 그런데 사간원에서 임금께 안평대군을 죽이라고 주청해왔다.

"사악한 무리들이 이미 벌을 받았는데 용瑢은 그 우두머리로서 불공대천의 원수임에도 살려둔다는 것은 있을 수 없는 일이옵니다. 바라옵건대 그 죄에 의하여 주살하시옵소서. 무릇 강도도 수범首犯 종범從犯을 가리지 않고 벌하는데 하물며 이런 대역이겠사옵니까?"

단종은 기가 막혔다. 비록 어리지만 단종은 안평대군이 결코 그런 죄를 지을 사람이 아니라고 믿고 있었다. 수양대군의 미움을 받아 반역의 괴수로 희생물이 되고 말았을 것이라고 믿고 있는 단종이었다.

"불윤하노라."

단종은 싸늘했다.

"윤허하소서."

"중신들과 의논하여 부처하였으니 더 할 수 없노라."

주청은 계속되었지만 수양대군도 입을 다물고 있는 터라 주청은 윤허 될 수 없었다.

수양은 새 조정 구성이 급했다. 수양대군은 정인지와 한확을 불러 상의했다.

"교서로 반포하신 성상의 뜻도 계시고 또 여러 가지 사정을 감안해서도 영의정의 일은 이 사람이 맡아보는 것이 불가피한 듯하오만……."

순간 한확의 눈초리가 달라졌다.

"불가항력이라 여겨집니다."

정인지는 동조했다.

법도상 종친은 영의정이 될 수 없었다. 그런데 수양대군은 어이없게도 스스로 자청했고, 정인지는 이를 수긍했다.

한확은 시선을 허공으로 돌렸다.

"학역재께서 좌의정의 일을 맡아주셔야 하겠소이다."

정인지는 이를 마다할 까닭이 없었다. 지위로 보나 학덕으로 보나 나이로 보나 당연하다고 스스로 여기고 있었다. 그러나 정인지는 대답을 하지 않고 한확의 안색을 살피고 있었다. 서열로 본다면 한확이 앞서기 때문이었다. 수양도 그런 사정은 다 알고 있었다.

"사돈께서는 우의정의 자리를 맡아주시지요."

수양이 한확에게 부탁했다.

"저는 사양해야 합니다."

순간 분위기가 차갑게 가라앉았다.

"……?"

"내 사위가 도원군桃源君(수양대군의 장남)이 아닙니까. 나리께서 영상이 되시어 종사의 일을 보필하시는데, 사돈인 이 사람이 삼공三公의 자리에 있다면 어찌 되겠습니까?"

한확의 인품이었고 당연한 일이었다.

"사돈. 사돈이 우상의 자리를 사양하신다면 내 명이 바로 설 수 있겠소이까?"

구차스러운 반문이었다.

"나리, 남들이 웃습니다. 손가락질도 할 것입니다. 나리께 누를 끼치는 일이에요."

"……"

"다른 사람을 찾으셔야 합니다."

"사돈……."

"이 사람은 결코 할 수 없습니다."

한확은 조용히 일어나 밖으로 나갔다.

"어찌하면 좋겠소?"

수양이 정인지에게 물었다. 정인지가 생각에 잠기는 듯했다.

'지난밤의 거사를 혹 수긍하지 못하는 게 아닐까?'

수양대군은 가슴이 섬뜩했다. 정말 그렇다면 한확에 대해서도 다시 생각해 볼 수밖에 없었다.

"우상의 자리는 비워두시지요."

정인지의 제안이었다.

"비워둔다고?"

"자유子柔(한확의 자)께서 우상이라 여기시면 될 것 같습니다."

"그러면 성상의 재가는 받아놓지요."

"그러면 자리에 나오실 것입니다."

수양대군은 한숨을 쉬었다. 어찌하랴. 한확이 사양했다 해서 딴 사람을 우상으로 삼을 수도 없었다.

"우선 정할 수 있는 자리부터 정하시지요."

정인지의 말대로 우선 정하기로 했다. 그리고 임금의 재가를 받아 바로 발표했다.

영의정부사 영경연서운관사 겸판이병조사領議政府事 領經筵書雲觀事 兼判吏兵曹事
에 수양대군

좌의정에 정인지

우의정에 한확

좌찬성에 허후

이조판서에 정창손

예조판서에 김조

병조판서에 이계전

호조참판에 박중림

병조참판에 박중손

형조참판에 김문기

병조참의에 홍달손

형조참의에 김자갱

대사헌에 권준

도승지에 최항

우승지에 신숙주

좌부승지에 박팽년

우부승지에 박원형

동부승지에 권자신

　수양은 임금을 호위한다는 구실로 퇴궐을 하지 않고 종친청宗親廳에
머물러 일을 보고 있었다. 임금은 이에 표범 털가죽 요와 음식을 내리
게 했다.

　병조판서와 병조참판이 퇴청하지 않고 수양을 지켰다. 도승지 이하
승지들도 퇴청하지 않았다. 승지들은 당연히 임금을 모시고 있어야 하
지만 어찌된 셈인지 수양 곁에 맴돌고 있었다.

좌상 정인지가 임금 앞에 머리를 조아렸다.

"역당의 잔존 세력이 혹 수양대군을 해칠까 염려되오니 군사들로 하여금 호위케 하시옵소서."

"알겠소."

임금은 병조에 전지傳旨를 내렸다. 삼군진무가 140명의 군사를 이끌고 와 종친청을 에워쌌다. 한명회가 나와 군사들을 훑어보고 호통을 쳤다.

"이따위 군장으로 어찌 대군나리를 호위한단 말이냐?"

진무가 어이없어 빤히 쳐다보았다. 한명회는 아랑곳하지 않고 병사들의 부실한 군장을 직접 단속했다.

수양대군은 집에 가지 못하고 종친청에서 밤을 보냈다.

수양대군은 또 상호군上護軍 이효지, 선공감정繕工監正 최중검, 사선서령司膳署令 홍연, 부지통례문사副知通禮門事 송처검 등을 의금부의 가정낭관加定郎官으로 임명했다. 주살하여 효수시킨 자들의 유족을 처벌하기 위한 앞잡이들이었다.

의금부는 반역도 유족들의 처리 문제를 주청했다. 대명률의 모반대역죄에 따라 그 유족을 처리해야 한다고 주장했다.

이용(안평대군), 이우직, 황보인, 김종서, 이양, 조극관, 민신, 윤처공, 이명민, 김연, 조번, 김승규, 원구, 이현로, 김대정, 하석 등의 아비와 열여섯 살 이상의 자식은 모두 교형絞刑에 처하고,

백부, 숙부와 형제의 자식은 적籍의 같고 다른 것을 제한하지 말고 모두 3천 리

유배에 처하고,

열다섯 살 이하의 자식, 모녀, 처첩, 조손, 형제, 자매, 자식의 처첩은 공신功臣의

집에 주어 종으로 삼고,

재산은 모두 관에 몰입하소서.

수양이 중신들과 상의하자 허후詡詡(좌찬성)가 적극 반대하고 나섰다. 그는 역모자 효수에도 반대했었다.

"역모를 했다면 잡아다 국문을 해서 밝힌 다음에 처벌하는 것이 정도이거늘 다급하다 해서 국문도 없이 죽여놓고 효수까지 한다는 것은 너무 과도한 처사요."

허후는 그때부터 수양의 분노를 사게 되었다. 수양은 임금의 뜻이라 하고 일단 일등급을 낮춘 형벌을 내리기로 했다. 그러면서도 속내는 부글거렸다.

주형誅刑(사형)을 받은 자의 아비와 열여섯 이상의 자식은 영원히 변방의 관노官奴로 귀속시키고,

열다섯 이하인 자식과 모녀, 처첩, 조손, 형제, 자매, 자식의 처첩, 여식의 남편은 영구히 외방外方(서울 이외의 지방) 관노에 붙이며,

백숙부와 형제의 아들은 외방에 안치安置(귀양처에 가둠)하라.

그리고 이용, 이우직, 황보인, 김종서, 이양, 조극관, 민신, 윤처공, 이명민, 김연, 조번, 김승규, 원구, 이현로, 김대정, 하석의 재산은 모두 적몰하라.

다음 날, 수양은 허후를 거제도로 귀양 보내고 말았다. 그날 김문기

는 사표를 냈다. 표면적 이유는 사위 이번이 남을 때려서 의금부의 국문을 받았다는 것이었으나, 실은 형조에서 수양대군 반역의 뒤치다꺼리를 하는 게 싫었기 때문이었다.

김문기는 수양의 의심을 면치 못하고 있었다. 김문기가 함경도 관찰사로 가 있을 때, 경성도 호부사 이경유가 병장기를 빼내 안평의 무계정사로 옮겼다고 수양대군이 의심하고 있기 때문이었다.

얼마 전 수양이 김문기에게 물었다.

"지난해 함경도의 병장기가 안평에게 전달되었다는데 전혀 모르고 있었소?"

"도적들이 도절제사 군영의 창고 벽을 뚫고 침입하여 병장기를 훔쳐갔다는 얘기는 들었습니다. 그때 사람들이 말하기를 '이징옥은 매우 꼼꼼하고 빈틈이 없는 사람인데 병장기를 도둑맞은 일에는 부하들을 질책하지 않으니 이상하네'라고 하며 의아해했습니다. 이밖에는 들은 바가 없습니다."

"그뿐이오?"

"예. 정말이오."

"도절제사 이징옥이 병장기를 빼돌리는데 관찰사가 몰랐다는 게 말이 되오?"

수양의 말은 도적맞은 것이 아니라 밀반출했는데 그것을 관찰사가 모르고 있었느냐는 뜻이었다.

"정말입니다. 제가 아는 것을 말씀드린 것뿐입니다."

"믿어도 되겠소?"

"예. 믿어주십시오."

"알겠소. 허나 이징옥과 연루되었다는 사실이 들어날 때는 삼족이 멸하게 될 것이오. 알겠소?"

"예. 알겠습니다."

"돌아가시오."

김문기는 돌아 나오면서 하늘을 처다보았다.

'세종대왕의 고굉지신股肱之臣이요 문종대왕의 고명지신顧命之臣인 충신들을 다 때려죽여 놓은 대역부도한 놈들이 당연히 삼족을 멸하는 벌을 받아야 하거늘……, 어쩌다 세상이 이렇게도 거꾸로 되었는고?'

속이 타고 있는지 내뿜는 한숨이 못내 뜨거웠다.

다음 날에는 사간원에서 또 물고 늘어졌다.

"부사 이경유가 병장기를 빼내서 배로 싣고 가 뭍으로 끌어 올려 안평에게 전달했는데, 그 일을 이경유 혼자 했겠습니까? 이경유의 수하들 그리고 감사 김문기와 그 수하들, 도절제사 이징옥과 그 수하들까지도 다 몰랐다는 것이 말이나 됩니까? 이들을 끝까지 추문하여 밝히고 율에 의하여 왕법의 지엄함을 보이소서."

그러나 수양대군은 그것을 다 따지고 있을 수가 없었다.

임금은 11일 늦게 경복궁 후원의 충순당忠順堂으로 이어移御했다. 그런데 그 밤 꿈자리가 사나워 잠을 제대로 이루지 못했다.

다음 날 12일, 교태전 옆에 있는 함원전含元殿으로 이어했다. 꿈자리가 여전히 뒤숭숭했지만 달리 어디 가고 싶은 곳도 없었다. 온돌이 있는 천추전千秋殿을 편전으로 하여 낮에는 거기서 지냈다.

그런데 이쪽으로 옮긴 날부터 상소가 빗발쳤다. 안평대군을 죽여야 한다는 상소였다. 사헌부, 사간원은 할 일이 오직 그것뿐인 것처럼 기승을 부렸다. 대사헌大司憲 권준, 좌사간左司諫 정양, 우사간右司諫 김길통, 지사간원사知司諫院事 정식 등이 앞장서 여론을 비등시키며 어린 임금을 압박했다. 이들이야말로 김종서, 황보인 등을 의금부에 넘겨 신문토록 하지 않고 제멋대로 죽여버린 수양대군 등의 불법무도를 처벌하라는 상소를 올려야 할 사람들이었다.

임금은 물론 불윤으로 일관했다.

선왕의 고명을 받은 원로 충신들을 소나 돼지 잡듯 도살하고, 오로지 종사와 나라를 위해 불철주야 충심을 다하는 무고한 신하들을 사냥감으로 몰아붙여 세상을 발칵 뒤집어놓은 괴수 수양대군이 12일 저녁 개선장군처럼 집으로 돌아왔다.

이미 많은 수의 군사들이 수양의 저사邸舍와 앞잡이 한명회, 권람의 집에 나와 경계를 서고 있었다. 수양대군은 앞뒤로 많은 병사들의 호위를 받으며 명례궁에 도착했다.

"대감마님 퇴-청-이오~"

얼운의 전언이 유난히 크고 길게 울렸다. 부인 윤씨를 비롯한 아들 며느리뿐만 아니라 수많은 식솔들이 달려 나와 수양을 맞았다. 앞뒤로 호종한 많은 병사들과 대낮처럼 밝게 타오르는 횃불과 함께 성취감이 넘치는 당당한 자세로 돌아오는 수양의 모습은 사뭇 개선장군의 그것이었다.

수양대군은 자비에서 내리자 맨 앞에선 부인 윤씨에게 다가갔다.

"나리……."

윤씨는 겨우 한마디 하다 말고 울먹였다.

"부인, 이기고 돌아왔소."

부인 윤씨의 손을 잡은 수양의 손이 떨렸다.

"하례 드리옵니다. 아버님."

"감축하옵니다. 아버님."

아들 장暲과 며느리 한씨가 고개를 숙였다.

"너희들의 축원이 큰 힘이 되었을 것이야."

"나리, 큰아버님께서 오셨습니다."

부인 윤씨가 말했다.

"오. 언제 오셨소?"

"아침나절에 오셔서 내내 하회下回를 기다리고 계셨사옵니다."

"허, 이렇게 황송할 데가……. 어서 듭시다."

백부 양녕대군은 바깥마당에는 나오지 못했으나 사랑 앞마당에서 서성이고 있었다.

"백부님!"

수양대군은 땅바닥에 털썩 무릎을 꿇고 절을 올렸다.

"이 사람, 장하이."

양녕은 감개어린 목소리로 칭찬하면서 수양을 잡아 일으켰다.

"백부님."

"이 사람 수양."

"마침내 해냈습니다. 백부님"

"그래. 난 믿고 있었어."

"고맙습니다. 다 백부님께서 성원해주신 덕택이옵니다."

"들어가세. 들어가서 얘기하세."

둘은 서로 얼싸안듯 부여잡고 사랑으로 들어갔다.

"두 분도 드시오."

따라와 멈칫거리는 권람과 한명회에게 수양이 돌아보며 일렀다. 뒤를 따라 들어간 권람과 한명회는 양녕대군에게 깊게 절을 올리고 물러앉았다.

양녕대군은 두 사람을 그윽이 바라보았다.

"두 분의 힘이 컸다는 것을 내 잘 알고 있소."

"황송하옵니다."

"앞으로 일이 더 많을 텐데 수양대군을 잘 도와주시오."

"그야 당연한 일이옵니다."

"백부님, 사전에 소상히 말씀드리지 못해 송구하옵니다."

"허허, 그만한 일을 내자內子에겐들 발설할 수가 있는가? 그만큼 은밀했으니 성사가 됐지."

"송구하옵니다."

"난세에 호걸이 나는 법이야. 이제 이 나라는 자네 것이 되었네."

양녕대군의 말에 권람과 한명회의 눈이 똥그래지며 서로를 쳐다보았다.

"백부님. 당치 않으신 말씀이옵니다. 저 수양은 춘추 어리신 주상전하를 보필하고자 할 따름이옵니다."

"허어. 그게 그 소리지. 말이 임금이지 열세 살짜리가 무얼 알겠는가? 자네의 경륜과 과단果斷으로 종사와 나라를 이끌어가야지. 지금의 소신을 굳게 지켜나가게."

양녕대군은 애초부터 단종을 도외시했다. 그러므로 수양대군의 야심을 늘 은연중에 부추기고 있었던 것이다. 어린 임금이 성년이 될 때까지 잘 보살피라고 늘 당부하는 게 의당한 도리였건만, 그런 말은 단 한 번 운도 뗀 적이 없었다.

"예. 잘 알겠사옵니다."

"암, 자네는 잘할 수 있어. 헌데 한 가지……."

양녕대군은 말을 하다 말고 얼굴을 찡그렸다.

'내가 무슨 실수를 저질렀단 말인가?'

수양대군은 잠시 이번 일을 되돌아보았다. 무언지 알 수 없었다.

"백부님"

"……."

"말씀해주시옵소서."

"자네. 안평을 어찌할 셈인가?"

"……?"

"이 사람. 안평을 장차 어쩔 셈인가 말이네."

'안평이야 역도의 수괴로 몰았으니, 어차피 그렇게 처리해야 할 것이 아니옵니까?'

수양은 이렇게 말하고 싶었으나 백부의 의중을 알 수가 없었다.

"우선 강화에 부처했습니다만……."

"누가 그걸 모르나?"

양녕대군의 언성이 높아졌다.

"……?"

'살리라는 말인가? 부왕(세종)께서 양녕대군을 대했듯 그런 깊은 우애로 안평대군을 대해주란 말인가?'

수양대군은 어느새 이마에 진땀이 배고 있었다.

"백부님."

"그래. 말을 해보게."

"어찌 되었든 많은 목숨이 죽어갔습니다. 더 이상 피를 보는 것도……."

"허, 자네 지금 무슨 말을 하려는 겐가?"

"……?"

"물론 많은 사람들이 죽었지. 한데 그렇다고 그 원흉은 피붙이라 해서 살려둔단 말인가?"

'오, 죽이란 말씀이구나. 휴…….'

수양은 안도의 한숨을 쉬었다.

"백부님. 안평은 곧……."

"자네의 동생이다 이 말인가? 주상의 숙부다 이 말인가?"

"……."

"안평은 자네에게 맞설 사람이야. 앞으로 자네를 따르는 사람들이 많겠지만 반대하는 사람도 많을 것이야. 그렇다면 그들이 내세울 사람이 누구겠는가? 안평밖에 더 있느냐 말이야. 그리되면 피를 보아야 하는 일이 계속될 게 아닌가? 이번에 결단을 내려야 하네. 안평은 두고두고 화근이 될 뿐이야."

'종친들에게 욕을 먹더라도 죽일 참이었는데……. 백부님 참으로 고맙습니다.'

수양은 기쁜 내심을 바로 드러내서는 안 될 것 같았다. 피붙이로서의 고심은 세상에 보여야 될 것 같았다.

"백부님. 하오나……."

"안평 그놈도 내 조카야. 허나 그렇다고 그냥 둘 수는 없네."

"⋯⋯!"

수양은 고심하는 척했다.

"두 분 생각은 어떻소?"

양녕대군이 답답했는지 권람과 한명회를 쳐다보며 물었다. 갑작스러운 질문에 권람은 당황하여 몸을 움츠리고 말았다. 그러나 한명회는 잘됐다는 듯 고개를 들고 입을 열었다.

"외람되오나 소인이 한 말씀 드릴까 하옵니다."

"괜찮소. 말씀하시오."

"제가 오늘 듣기로는 중신들 중에서도 안평대군이 수악首惡이니 사사賜死해야 한다는 사람들이 더 많았습니다."

"아. 그랬소? 맞소. 그럴 것이오."

양녕대군의 얼굴이 당장 환해졌다.

"알 수는 없사오나, 며칠 못 가 상소든 주청이든 빗발칠 것이옵니다."

"암, 암. 그래야지⋯⋯."

"며칠 안으로 조정 공론으로 결말이 날 것이옵니다. 두 분 나리께서는 너무 심려치 마시옵고 저희들에게 맡겨주시옵소서."

"그렇구면. 허허허⋯⋯. 수양 이 사람, 할 수 없지 않은가?"

양녕대군은 파안대소로 기쁨을 나타냈다. 수양대군은 마지못해 수긍하는 척 고개를 숙여 서너 번 끄덕였다.

"허허허. 누가 뭐래도 이번에 두 분의 공로가 컸어요. 오늘 나와 함께 통음을 해봅시다."

"아. 아니옵니다. 저희가 감히 어찌⋯⋯."

"아니긴 뭐가 아니오. 오늘은 대군이고 뭐고 다 떠나서 통음파탈痛飮擺脫을 해봅시다. 생사를 걸고 나서서 종사를 바로 세우지 않았소? 나도 속이 후련해서 덕택에 한번 취해보고 싶소그려."

때마침 주안상도 들어왔다. 양녕대군의 호쾌와 파격이 이틀이나 뜬 눈으로 새운 그들의 피곤을 날려버렸다. 양녕은 권람과 한명회의 사양을 아랑곳하지 않고 손수 술을 따랐고 순배는 돌고 돌았다.

파탈통음의 주연은 자정이 넘어서야 끝났다.

권람과 한명회가 수양저의 솟을대문을 나서니 자정 넘은 야밤인데도 대낮같이 환했다. 수양저를 지키는 수많은 병사, 숙위 들이 대낮같이 횃불을 밝혀놓았기 때문이었다. 권람과 한명회가 귀갓길에 나서자 그들 앞을 병사 넷이 횃불을 들고 길을 밝히고 뒤로는 스무 남짓의 병사들이 호위하며 따라왔다.

"헤헤헤……. 어이, 정경. 이제 여기가 편전인 게야."

한명회가 턱으로 수양저를 가리키며 권람에게 소곤거렸다.

"허. 자준이. 정말 대취했는가? 그래도 할 말이 따로 있지."

"헤헤헤……. 열세 살 주상이야 이제 숨 쉬는 허수아비가 아닌가?"

"허허. 이 사람. 그만한 술에 곤죽이 됐나? 누가 들으면 어쩌려고 이러나?"

"헤헤. 들어본들 어느 놈이 뭐랄 거야. 이제 내 세상이야. 이 경덕궁지기의 세상이란 말이야. 그 잘난 놈들 어디로 다 내뺐어. 어디 한번 나와 보라지. 헤헤헤……."

파김치가 다 된 한명회가 쓰러질 듯 비틀거리자 권람이 뒤따르는 병사들을 불렀다. 병사 두 사람이 와서 한명회의 양쪽에서 팔을 잡고 부축하려 하자 한명회가 딱 멈추며 큰소리쳤다.

"떼끼놈들. 비켜라. 끅. 내가 누군지 아느냐?"

"……?"

"아는 게야, 모르는 게야?"

"모르옵니다."

"헤헤헤, 알 리가 없지. 내가 한명회란 사람이다. 한 명 회, 알아들었느냐?"

"예에……."

"헤헤헤. 잘 기억해두는 게 좋을 게야."

쓰러질 듯 비틀거리면서도 아무튼 한명회는 부축 없이 걸어갈 길을 잘 걸어갔다. 한명회의 집 가까이에 이르자 거기도 횃불 든 군사들이 지키고 있는 게 보였다.

"편히 쉬게. 내일 보세."

권람은 거기서 되돌아갔다. 따라오던 병사들 절반이 권람을 따라갔다.

"나리 돌아오셨습니다요……."

대문 앞에서 큰 소리를 지르던 만득이가 달려 나왔다.

뒤따라 아이들이 뛰쳐나왔다.

"아버님."

"오. 잘 있었느냐?"

한명회는 달려드는 아이들의 머리를 쓰다듬었다.

"외조부님, 외조모님도 와 계셔요."

"오, 알았다. 어서 들어가자."

장인 민대생이 댓돌 위에 서 있었다.

"어서 오르게나."

"예. 오랜만이옵니다."

한명회가 아이들과 함께 댓돌에 올라서는데 대문 밖에서 만득이의 외치는 소리가 들렸다.

"지키는 군사들이 늘어났습니다요."

"어디, 얼마나?"

아이들은 대문 밖으로 뛰쳐나갔다. 장인을 뒤따라 방으로 들어간 한명회는 장인 장모에게 큰절을 올렸다.

"염려해주신 덕택으로 무사히 돌아왔사옵니다."

"이 사람. 큰일을 해냈어. 암, 암. 큰일을 했지. 참으로 장하네."

장모 허씨의 눈에는 물기가 서리고, 아내 민씨는 머리를 돌려 쏟아지는 눈물을 훔치고 있었다.

"허허. 이제 이 집안이 다시 명문가가 될 것이네. 논공행상論功行賞이 있을 테고 그러면 형제공신이 날 게 아닌가?"

"예. 명진이는 당연히 공신이 될 것이옵니다만, 저야 칠삭둥이인데다 심부름이나 하고 다녔으니 공신록 어디 한구석 끼워줄 데가 있겠사옵니까?"

"이 사람이……, 허허허……."

"호호호……."

"헤헤헤……."

방 안은 웃음바다가 되었다. 한명회의 그 머저리 웃음도 함께 너울져 바다가 되었다.

13

공신 책록

　다음 날 13일에는 양녕대군을 비롯한 많은 종친이 안평의 사사를 독촉했다. 단종은 물론 불윤이었다. 단종은 안평 사사의 주청이 시작된 날부터 너무 노심초사했는지 모습은 초췌하고 얼굴은 해쓱해졌다.

　수양은 못들은 체하고 있었다. 공신책록功臣策錄과 논공행상論功行賞에 골몰한 때문이기도 했다. 이틀 동안의 의논과 숙의를 거쳐 수양대군은 확정안을 들고 가 임금께 윤허를 청했다.

　"숙부, 공신의 일은 숙부가 알아서 하세요. 헌데 안평 숙부는 꼭 살려주세요. 안평 숙부를 죽이라는 주청 때문에 내가 잠도 못 자고 입맛도 없어졌어요."

　임금의 말을 듣고 임금을 자세히 보니 며칠 사이 과연 눈에 띄게 수척해졌고 용안에는 수심이 가득 배어 있었다.

"전하, 안평의 일은 적극 말리겠사오니 심려 놓으십시오."

수양의 말은 물론 진심일 리가 없었다. 임금이 너무 쇠약해지고 풀죽게 되면 수양이 욕을 먹고 수양의 주공자처周公自處에 대한 의심의 눈초리가 커질 것이었다.

'혜빈을 불러 당분간 임금을 돌보게 하는 수밖에 없구나. 음, 그리고 가급적 빨리 왕비를 들이고 혜빈을 내쫓으면 되는 게야.'

참으로 가증스러운 수양의 검은 복심이었다. 수양은 그날로 혜빈이 자유로이 대궐에 들어와 임금을 뵐 수 있도록 조처했다.

그리고 수양은 자기들이 정한 대로 공신 책록을 발표했다. 이번의 거사를 계유정난癸酉靖難이라 하고, 이에 공헌한 자들을 정난공신靖難功臣으로 하여 세 등급으로 책봉하고, 각자에게 공신교서를 내린다는 것이었다. 이것은 정상적인 나라를 무도하게 뒤집어엎은 불한당들이 자신들의 난동을 그럴듯하게 꾸며놓은 사기극 왕조사의 압권이었다.

정난공신(합계 43명)

성명	이후 최고관직	비고
1등(제 12명)		
이유	세조	수양대군
정인지	영의정	
한확	좌의정	
박종우	태종	부마
이사철	좌의정	

이계전	판중추부사	
최항	영의정	
홍달손	우의정	
박중손	판서	
김효성	판서	
권람	좌의정	
한명회	영의정	

2등(제 11명)

신숙주	영의정	
유수	참찬	
유하	판서	
양정	판서	추탈追奪
홍윤성	영의정	
봉석주	첨지중추원사	추탈
곽연성	참판	
권준	판서	
윤사균	판서	
전균	환관	
엄자치	환관	추탈

3등(제 20명)

성삼문	승지	추탈
이흥상	찬성	
홍순로	찬성	
권경	찬성	
최윤	호군	추탈
유사	판서	

설계조	찬성	
강곤	지중추원사	
임자번	병마절도사	
송익손	목사	
이예장	참의	
이몽가	판서	
홍순손	사용	
김처의	행사직	추탈
권언	중추원부사	
유자황	관찰사	
유서	동지중추원사	
안경손	동지중추원사	
한명진	전구서승	
한서구	첨지중추원사	

공신들에 대한 논공행상이 이어서 곧 시행되었다.

1등 공신에게는 전지田地 200결結(농토 면적 단위, 1등전 1결은 대략 3,000평), 노비 25구口, 구사丘史(관노비) 7명, 반당伴倘(호위 병사) 10인을 내렸고, 부·모·처·직계자손은 자급資級(품계) 3등을 올려주었고, 안장 갖춘 내구마內廏馬 1필, 백은白銀 50냥, 채단綵緞 2벌씩이 내려졌다.

2등 공신에게는 전지 150결, 노비 15구, 구사 5명, 반당 8인이 주어졌고, 부·모·처·식계자손에게는 자급 2등을 올려주었다.

3등 공신에게는 전지 100결, 노비 7구, 구사 3명, 반당 6인이 주어졌고, 부·모·처·직계자손에게는 자급 1등을 올려주었다.

그리고 2, 3등 공신에게도 내구마와 각종 부상이 내려졌다.

또한 모든 공신의 자손들은 죄를 범해도 영원히 용서토록 했다.

1등 공신 중 수양대군에게는 다른 공신들과 달리 아주 파격적인 대우를 해주었다.

1,000호의 식읍食邑(그 고을 민호의 조세를 받아쓰게 하는 고을)과 500호의 식실봉食實封(해당 민호의 조세와 부역 전부를 주는 것)과 전지 500결이 주어졌고, 600구의 노비와 매년 별봉別俸(따로 주는 녹봉) 600석이 주어졌고, 내구마 4필과 막대한 양의 금은보화가 내려졌다.

그리고 조정에서는 전각을 세우고 모든 공신의 초상을 그려 걸어붙이게 했다.

장백산에 기를 꽂고 두만강에 말 씻기니

저 썩은 선비야 우리 아니 사나이냐

어떻다 인각화상麟閣畵像(인각에 공신화상을 설치함)을 누가 먼저 하리오

김종서가 함길도 관찰사 겸 병마도절제사로 육진을 개척하고 두만강을 국경으로 확정하던 때 읊은 시조였다. 그러나 세상은 완전히 거꾸로 되어 불한당 폭도들이 영세추존永世推尊의 공신들이 되었다.

수양대군이 일등을 감하여 내린 처벌로 인해 김종서 등의 유족들은 일단 목숨은 부지하게 되었다. 그들의 자식들 중에는 붙잡혀 관노가 되는 것을 피해 달아난 자들도 많았다. 수양은 의금부에 재촉하여 그들을 속히 잡아들이라 했다.

황보인의 사위 홍원숙은 황해도로, 권은은 용인으로 달아났고, 김종서의 서자 김석대는 충주로, 윤처공의 아들 윤경은 남원으로 도망갔다.

김종서의 둘째 아들 김승벽은 목이 없는 아버지 김종서의 시신을 싣고 고향 공주로 달아나 급히 장례를 치른 다음 다시 다른 곳으로 도망갔다.

수양은 이들이 세력을 결집해 반발할까 두려워했다. 의금부는 그러나 별 어려움 없이 그들을 잡아들여 변방의 관노로 보낼 수 있었다. 그들은 대개 자신들의 전토佃土가 있는 지방으로 달아났기에 추적하기가 쉬웠기 때문이었다.

수양은 그들이 변방의 관노로 전락해 있음에도 그냥 마음을 놓을 수가 없었다. 겨우 한 달이 지난 11월 11일, 수양은 그의 잔혹성을 드러내고 말았다.

> 황보인, 김종서, 이양, 민신, 윤처공, 이명민, 이현로, 김승규, 이경유, 이징옥, 조번, 원구, 김대정, 하석 등의 친자로서 열여섯 살 된 자는 교형에 처하고, 열다섯 살 이하는 그 어미를 따라 자라게 하여 성년이 된 뒤에 거제, 제주, 남해, 진도의 관노로 영속시켜라.

또한 유배 중인 자들에게도 형을 추가해 모두 교형에 처했다. 그리고 한 달 뒤인 12월에는 억울하게 죽어간 사람들의 재산을 몰수해 마음 내키는 대로 처리했다. 대개는 수양 편에 가담해 적극 도운 자들에게 보상으로 나누어주었다.

김종서와 김승규의 집을 충훈사忠勳司에 귀속시키고, 민신의 집은 세종의 부마 청성위靑城尉 심안의에게 주었다. 김종서를 철퇴로 내려친 수양의 노복 임얼운에게는 그의 공로에 걸맞게 영의정 황보인의 집을 내려주었고, 노복 조득림에게는 박이령의 집을 내려주었다. 남종인, 함귀에게는 허후의 집을, 박귀동에게는 윤위의 집을, 계수에게는 안평의 아들 이우직의 집을 내려주었다.

궁중시녀로서 공을 세운 자들에게도 집들을 내려주었다. 시녀 춘월에게는 조수량의 집을, 시녀 소근에게는 조극관의 집을, 시녀 충개에게는 윤처공의 집을 내려주었다.

수양대군은 이것으로 끝내지 않았다.

태조 때 개국공신, 태종 때 좌명공신을 책봉하고 이어서 그 정공신에 준하는 개국원종공신, 좌명원종공신을 책봉했던 것처럼, 자신도 정난원종공신靖難原從功臣을 책봉하고자 했다. 그래서 그들에게도 정공신만큼은 아니더라도 상당한 특혜를 주고자 했다. 그것은 앞으로 오래오래 자신을 지지하고 보좌할 세력을 광범위하게 확보해야겠다는 생각 때문이었다.

수양대군은 정공신들의 의견을 반영하여 다음 해에 마침내 3천여 명에 달하는 정난원종공신을 3등으로 구분하여 책봉하고, 각자에게 공신임을 증명하는 문서인 공신 녹권을 내리게 했다.

원종공신은 대부분 정공신의 자제, 조카, 사위 또는 노복 등 수종자隨從者들이었다. 원종공신에게도 대단한 특혜가 주어졌다.

원종 1등 공신은

1. 한 자급資級(관리의 위계)을 더 올려주고

2. 아들과 손자에게는 음서蔭敍(과거를 치르지 않고 관리로 채용함)의 혜택을 주고

3. 후세에까지 유죄宥罪(죄를 너그러이 용서함)하고

4. 부모에게 봉작하며

5. 아들과 손자 중 원하는 바에 따라 한 사람에게 산관散官(벼슬의 품계만 있고 직무가 없는 벼슬) 한 자급을 더해주었다.

원종 2등 공신은 1등 공신과 1, 2, 3, 5의 특혜는 같고, 자손이 없는 자에게는 형제, 사위, 조카 중에서 원하는 바에 따라 한 사람에게 산관 한 자급을 더해주었다.

원종 3등 공신은 1등 공신과 1, 2, 3의 특혜는 같고, 통정대부 이상은 아들, 손자, 형제, 조카, 사위 중 한 사람에게 원하는 바에 따라 산관 한 자급을 더해주었다.

그동안 안평을 사사해야 한다는 상소와 주청은 계속되었다. 양녕대군은 종친들을 이끌고 두 번씩이나 와서 어린 임금을 압박했다. 그럴 때마다 어린 임금은 강경하게 불윤했지만 속은 타들어갔다.

10월 17일, 한명회와 권람이 수양대군에게 다짐을 받으러 명례궁을 찾았다.

"가만, 자준이 혼자 들어가는 게 좋을 것 같네. 아무래도 그래야 쉽게

결판이 날 것 같아."

"무슨 소리야. 정경이 있어도 마찬가지지."

"아니야. 난 여기서 기다리겠네."

"사람 참. 그럼 될수록 빨리 나오겠네."

한명회가 사랑으로 들어가 수양대군과 둘이 대좌했다.

"이제 한공도 입사를 해야지요."

"시생의 입사라면 후일에 의논해도 늦지 않사옵니다. 그것보다는……."

"언제까지 내 집에서 일들을 의논해야 하겠소? 종사에 관한 일이라면 궐내에서도 만나 의논할 수 있어야 하지 않겠소?"

"……."

"아니, 내 말이 무슨 뜻인지 모르겠소?"

"송구하옵니다. 그럼 대감의 뜻을 따르겠사오나 미관말직으로 정해주시면 좋겠습니다."

"미관말직?"

"그러하옵니다. 사복시 소윤 정도면 좋겠습니다만……."

"하하, 아무리 미관말직이라 해도 그건 한공에게는 어울리지 않소. 어떻소? 승정원에서 일하는 게 말이오."

"아직은 이르옵니다. 그것보다는 저……."

"……."

"대감, 안평의 일이……."

"허허, 그런 막중한 일을 어찌 사복시 소윤과 의논하겠소? 그만 물러가시오."

수양은 그러면서 은근한 미소를 짓고 있었다.

'때가 된 게야. 안평을 이제 죽여도 된다는 게야.'

수양은 마음속과는 다르게 표면적으로는 안평의 사사에 대하여 우선은 반대했다. 그러나 그 반대는 어디까지나 형제에 대한 우애가 깊다는 것을 세상에 표방하기 위한 가식이었다.

한명회가 밖으로 나와 객사로 향하다 얼운이를 만났다.

"참. 얼운이, 많이 섭섭하겠네."

"무슨 말씀이시온지?"

"아. 우두머리 김종서를 때려잡은 것은 자네가 아닌가. 그런데 공신이 못되었으니 말이네."

"원, 당치도 않사옵니다. 공신이라니요?"

"공신은 못되었지만 큰 상이 내릴 것이네. 너무 섭섭하게 생각하지 말게나."

"그거야 아무래도 괜찮습니다. 한 가지 소원은 풀었으니, 또 한 가지 소원을 풀 수 있다면 불구덩이라도 들어갑지요."

"또 한 가지 소원이라니?"

"그야 대감마님께서 상감마마가 되시는 것이지요."

얼운이는 서슴없었다.

"……!"

한명회는 등골이 오싹했다. 주위를 둘러보았다. 다행히 아무도 보이지 않았다. 한명회는 도둑질하다 들킨 사람처럼 낭패감마저 들었다. 수양대군의 왕위 찬탈은 자기 혼자만이 간직한 비밀 중의 비밀인데 그런 막중한 비밀을 임얼운 따위가 입에 담을 줄이야.

한명회는 진지한 눈으로 얼운을 바라보며 물었다.

"누가 그런 말을 하던가?"

"소인 혼자 생각이옵니다."

"……!"

한명회는 안심했다. 그러나 단속을 하지 않을 수 없었다.

"다시는 그 같은 소릴 입 밖에 내지 말게."

"……?"

"그런 소릴 다시 한 번 입 밖에 내고선 살아남지 못할 것이야."

"……?"

"알겠는가?"

"예."

"명심해야 하네."

한명회는 돌아서 머리를 썰썰 흔들며 걸었다.

"어찌 되었는가?"

객사로 들어서자 권람이 물었다.

"헤헤. 쫓겨났네."

"뭐? 쫓겨나?"

"그래. 야단만 맞고 쫓겨났어."

"……?"

"그리고 혹만 하나 붙여가지고 나왔네? 히히히. 벼슬자리 하나만 달구 나왔어."

"난 또……. 그야 당연한 게지. 무슨 자리야?"

"사복시 소윤이니까 이제 열심히 말똥이나 치워야지."

"……?"

"내 할 일은 다한 셈이네. 대감께서는 오늘밤 아무래도 뜬눈으로 새우실 거고……."

"그럼 안평의 일이……."

"그래. 내일이면 결판날 걸세."

두 사람의 얼굴에 화색이 돌았다.

"자, 가세."

"어딜?"

"우리 집으로 가세. 한잔해야지. 후련하게 한잔하세."

다음 날 10월 18일.

아침부터 주청이 이어졌다. 의정부, 승정원, 육조, 사헌부, 사간원 등 온 조정이 할 일이라고는 오로지 그 일뿐인 것처럼 연달아 어린 임금 앞에 나아가 주청했다.

"수악首惡(악당의 우두머리) 이용을 사사하소서."

"역도들은 다 주살하면서 그 수괴를 살려둔다는 것은 어불성설이옵니다. 용에게 즉시 사약을 내리시옵소서."

어린 임금은 불윤하느라 진땀이 났다. 이 잘난 중신들이 안평을 살리라는 사람은 하나도 없고 모두 죽이라고만 하니 단종으로서는 기가 막힐 일이 아닐 수 없었다.

그래도 일루의 희망은 있었다. 수양대군이었다. 수양대군의 지친에 대한 우애가 사사를 막고 있었던 것이다.

일단 탑전榻前을 물러나온 정인지는 이계전, 최항 등과 함께 수양대군에게로 갔다.

"아무래도 대군께서 주청을 하셔야 주상전하께서 윤허하실 것 같습니다. 더 이상 시간을 끌 일이 아니질 않습니까?"

"내 심정은 여러 번 말씀드린 대로입니다. 내 입으로 어찌 사사를 말씀드릴 수 있습니까? 하지만 내 말은 사은私恩이고 여러 중신의 주청은 공론이니 내가 더 할 말이 없습니다. 그저 상재上裁(임금의 재가)를 기다릴 뿐입니다."

이렇게 수양대군은 이제 관계치 않겠다고 선언한 것이다.

정인지 등은 기뻤다. 수양대군이 돌아섰다면 임금에게는 버틸 벽이 무너져 나간 것이었다. 정인지 등은 바로 임금 앞에 나아갔다.

"전하. 이제 신등의 주청을 윤허하셔야 하옵니다. 영의정도 이제 상재를 기다릴 뿐 어찌할 도리가 없노라고 했습니다. 간절히 바라옵건대 이제 마땅히 대의로 결단하시옵소서."

임금은 가슴이 콱 막혔다.

'수양 숙부도 이제는 비켜서서 오불관언吾不關焉이란 말이지…….'

어린 임금은 목이 콱 메어 무슨 말도 나오질 않았다.

"후우……."

"전하, 윤허하시옵소서."

"윤허하시옵소서."

"시간을 끌어서 될 일이 아니옵니다."

"허억……."

임금은 숨을 헐떡이고 있었다.

정인지가 소리 높여 주청했다.

"전하, 영의정도 상재를 기다린다 하였사옵니다. 결단을 내리시옵소서.”

“영의정도…… 상재를 기다린다고?”

“예. 그러하옵니다.”

“상재를 기다린다…….”

“그렇다 하지 않사옵니까? 다 된 일이온데 망설인들 무슨 소용이 있사옵니까?”

“아, 그렇다면……. 그렇다면……. 주청하는 바를…… 따르지…… 않을 수…… 없구려.”

떠듬거리는 임금은 울음 섞인 목소리로 겨우 말을 마쳤다.

“성은이 망극하옵니다.”

어린 임금은 고개를 숙이고 눈물을 줄줄 흘리고 있었다.

그날로 의금부 진무鎭撫 이순백이 나장들을 데리고 강화 교동도로 떠났다. 적소 마당 짚자리 위에 안평대군이 나와 앉자 진무가 어명을 낭독하고 나장이 약사발을 받쳐 놓았다. 고개를 숙이고 있던 안평대군이 천천히 일어나 동편을 향해 섰다.

“전하. 만수무강하소서.”

작별의 사배를 올리고 다시 앉아 하늘을 올려다보았다. 그 시간 아들 이우직은 진도로 이배移配의 길을 떠나고 있었다.

‘수양 형을 두고 헛되이 우애를 생각했구나. 수양 형은 역시 형제가 아니었어.’

“이것은 대군나리께 내린 하늘의 뜻이오이다. 오늘 갑자기 수양대군을 이리 보낸 것은 역적을 물리치고 어린 임금과 종사를 구하라는 세종대왕과 문종대왕의 엄명이십니다. 대군나리, 기회를 놓치시면 아니 되옵니다. 지금 쫓아가서 베고 오겠습니다. 대군나리, 오늘 이 기회를 놓치면 천추의 한을 남기게 되옵니다. 명을 내리시옵소서."

무릎 꿇고 간청하던 이현로, 윤처공 등의 목소리가 크게 작게 파동치며 들려오고 있었다.

안평은 쳐든 고개를 숙여 앞에 놓인 약사발을 물끄러미 바라보았다.

'아. 기어이 천추의 한을 남기고 마는구나.'

안평은 긴 한숨을 한 번 쉬고 나서 두 손으로 약사발을 들어 올렸다. 그리고 벌컥벌컥 시원스럽게 들이켰다.

강화에 잡혀 온 지 겨우 여드레째 되는 날이었다.

아까운 나이 36세였다.

세간하처몽도원世間何處夢桃源 야복산관상완연野服山冠尙宛然

(이 세상 어느 곳을 도원으로 꿈꾸었나 은자들 모습 아직도 눈에 선한데)

저화간래정호사著畵看來定好事 자다천재의상천自多千載擬相傳

(그려놓고 보니 참으로 좋구나 천년을 이대로 전하며 보고지고)

후삼년정월일야後三年正月一夜 재치지정안피열유작在致知亭因披閱有作

(삼년 뒤 정월 초하룻날 밤 치지정에서 다시 펼쳐보고 잇노라)

— 청지淸之(안평대군의 자)

1450년 정월, 〈몽유도원도〉 제목 옆에 쓴 안평대군의 서시다.

1447년(세종 29) 4월 20일 밤, 나(안평대군)는 깊은 잠에 빠져들면서 이내 꿈을 꾸었다.

홀연히 인수仁叟(박팽년의 자)와 더불어 어느 산 아래에 이르렀는데 봉우리가 우뚝하고 골짜기가 깊어 험준하나 그윽했다.

수십 그루의 꽃이 핀 복숭아나무가 있고 그 사이로 오솔길이 있어 걷다보니 숲 가장자리에서 갈림길이 나왔다.

어느 쪽으로 갈까 망설이고 있는데 마침 산관야복山冠野服 차림의 한 사람을 만났다.

그는 정중히 고개 숙여 인사하더니 말했다.

"이 길을 따라 북쪽 골짜기로 들어가면 도원桃源에 이르게 됩니다."

나와 인수가 말에 채찍질하며 찾아 들어가는데 절벽은 깎아지른듯 가파르고 수풀은 울울창창했으며 시냇물은 굽이굽이 흐르고 길은 꾸불꾸불 백번이나 꺾여서 자칫 길을 잃을 것 같았다.

마침내 커다란 골짜기에 이르니 동천洞天이 탁 트였는데 넓이가 2, 3리는 되어 보였다. 사방을 둘러싼 산 위로는 구름과 안개가 자욱이 서려 있고 멀고 가까운 곳의 복숭아나무 숲에는 연기 같은 노을이 햇살 아래 일렁이고 있었다.

한쪽 대나무 숲속에는 모옥茅屋(띠로 지붕을 진 집)이 하나 있는데 사립문이 반쯤 열려 있었다.

흙으로 만든 섬돌은 거의 다 부스러져 있고, 닭이나 개, 소, 말 따위는 없었다.

마을 앞 개천에는 조각배 한 척 물결 따라 흔들리고 있는데 고적한 정취가 신선경神仙境 같았다.

한참 머뭇거리며 바라보다가 나는 인수에게 말했다.

"본디 '암벽에 기둥 엮고 골짜기 뚫어 집을 짓는다'라는 말이 바로 이런 경우가 아니겠소? 정녕 이곳이 도원동桃源洞인 것이오."

그때 마침 누가 뒤따라오기에 돌아보니 정부貞父(최항의 자)와 범옹泛翁(신숙주의 자)으로 함께 시운을 지은 자들이었다.

이윽고 우리는 신발을 가다듬고 함께 어울려 내려왔다. 그리고 좌우를 돌아보며 경치를 즐기다가 홀연 꿈에서 깨어났다.

그렇다. 도회는 번화한 곳, 이름난 벼슬아치들이 노니는 곳이요, 절벽 깎아지른 깊숙한 골짜기는 숨어 사는 은자들이 거처하는 곳이다.

이런 까닭으로 오색찬란한 옷을 걸치는 자는 산속 숲에 발걸음이 이르지 못하고, 바위 사이로 흐르는 물을 보며 마음 닦는 자는 솟을대문 고대광실高臺廣室을 꿈에도 생각지 않는다.

이는 적요와 소란이 길을 달리하는 까닭이며, 또한 필연의 이치인 것이다.

옛사람이 말했다.

'낮에 행한 바를 밤에 꿈꾼다.'

그런데 나는 궁궐에 몸을 기탁하여 밤낮으로 일에 몰두하고 있는데 어찌하여 산속의 꿈을 꾸었단 말인가? 그리고 또 어떻게 도원에까지 이를 수 있었단 말인가? 내가 서로 좋아하는 사람이 많거늘 도원에 놀며 나를 따른 자가 왜 하필 이 몇 사람이었는가? 인수는 처음부터 함께했는데 정부와 범옹은 왜 따로 놀다 만났는가? 생각건대 본디 나에게 그윽하고 궁벽한 곳을 좋아하며 산수 자연을 즐기고 싶은 마음이 있었을 것이다.

또한 이들 몇 사람과의 교분이 각별히 두터웠던 까닭에 함께 있었을 것이다.

나는 가도可度(안견의 자)에게 부탁하여 이 꿈을 그리게 했다.

예부터 일컬어지던 도원이 진정 이와 같았는지는 알 수 없거니와, 뒷날 이 그림을 보는 자들이 옛 그림을 구하여 내 꿈 그림과 비교하게 되면 아무튼 무슨 말이 있게 될 것이다.

꿈을 꾼 지 사흘째에 그림이 다 되었는지라 비해당匪懈堂(안평대군의 호, 수성궁의 별명)의 매죽헌梅竹軒(수성궁 사랑방)에서 이 글을 쓰노라.

1450년, 세종 32년, 정월, 〈몽유도원도〉 그림 뒤에 쓴 안평대군의 발문이다.

이 발문 뒤로 당시 안평대군과 가까이 교류하던 명사들 21명의 자필 찬상시문讚賞詩文들이 쓴 순서대로 이어졌다.

1. 고득종 | 원로문사

2. 강석덕 | 원로문사

3. 정인지 | 원로문사

4. 박연 | 음악대가

5. 김종서 | 문관장군

6. 이적 | 원로문사

7. 최항 | 집현전학사

8. 신숙주 | 집현전학사

9. 이개 | 집현전학사

10. 하연 | 영의정

11. 송처관 | 집현전학사

12. 김담 | 집현전학사

13. 박팽년 | 집현전학사

14. 윤자운 | 집현전학사

안평대군은 꿈에 본 도원이 도연명陶淵明 도화원기桃花源記의 무릉도
원과도 같은 곳이라 여기고 현실에서 도원을 찾아 나섰다.

그러다 마침내 창의문 밖 서쪽 인왕산 자락의 청계동천을 만나게
되었다. 거기에 저사邸舍 규모의 별장을 짓기 시작하고 1451년(문종 원
년) 가을, 마침내 완성을 보아 무계정사武溪精舍라 이름 지었다. 거기에
그동안 수집한 많은 서적과 귀중한 서화, 전적 등을 비치하고 동천기
거의 선유仙遊 같은 삶을 마음껏 즐겼다.

1452년 문종이 죽고 12세의 단종이 즉위하자 정세가 불안해지기 시
작했다.

1453년(단종 1) 수양대군의 야심이 감지되고 수양대군을 위시한 구
체지배狗彘之輩(개돼지 같은 무리) 역도들이 암암리에 세를 불리자 안평대
군도 반격 타도의 준비에 들어가지 않을 수 없었다.

무계정사는 이징옥 장군의 내밀한 후원을 받은 무기와 무사들의 은
닉 장소로도 쓰이게 되었다. 정세 불안을 느낀 안평대군은 귀중한 불
경, 금니사경金泥寫經(금가루로 베껴 쓴 불경), 희귀 체본體本 등과 함께 〈몽

유도원도〉두루마리 족자도 대자암大慈庵에 기탁했다.

대자암은 태종의 넷째 아들 성녕대군의 원찰로서 대자산 아래 지은 절이었는데 이후 왕실의 원찰이 되었다. 대자암에는 왕실의 후원 덕택에 귀중한 경전, 불화 등이 많았는데 대개 황갑함橫甲函에 넣어 보관했다.

임진왜란 발발 한 달 후인 1592년 5월 19일, 임진강 전투에서 1만 5천의 조선군은 왜군의 유인 작전에 말려 대패했다.

왜군 제1, 2, 3군은 다시 북상하고 강원도 담당 제4군이 후방을 경계하며 저항에 대비하고 있었다. 제4군 사령관은 규슈九州 남부 사쓰마薩摩 지방의 슈고다이묘守護大名인 시마즈 요시히로島津義弘였다. 그의 부대는 경기 북부를 순회하다 영평군에 주둔한 적이 있었는데 대자암에서 그 부대의 사령부가 묵게 되었다.

제4군이 종군하던 중 대자암이 조선 왕실의 원찰이었다는 사실을 간파한 부대원들은 귀중한 불경은 물론 주요 귀중품을 다 뒤져 거두어 사령관 시마즈 요시히로에게 바쳤다. 이때 두루마리 족자로 된 〈몽유도원도〉가 그의 손에 넘어갔던 것이다.

〈몽유도원도〉는 그 후 시마즈 가문의 분가分家인 히오키 시마즈가에서 70여 년을 보관되어 오다가 다시 한 번 소유주가 바뀌게 되었다. 1920년 세계 공황 당시 파산을 겪은 소장자 시마즈 시게오島津繁雄가 후지타 데이조藤田禎三에게 〈몽유도원도〉를 3,000엔에 담보로 넘기면서 소유주가 바뀌었다.

그 후 가고시마의 사업가에게 소유권이 한 차례 넘어간 뒤, 1947년 다시 도쿄의 고미술상점 류센도龍泉堂의 마유야마 준키치繭山順吉가 이를 구입하게 되었다.

그때까지 〈몽유도원도〉의 그림은 편액扁額으로 되어 있었고, 시문詩文들은 따로 두루마리 형태로 뭉쳐져 있었는데, 마유야마 준키치가 고명한 표구사에 맡겨 지금과 같은 두 개의 두루마리 횡축橫軸(가로로 길게 걸도록 꾸민 족자) 형태로 제작했다.

이후 3년 정도 류센도에 보관되다가 1950년 덴리天理교 2대 교주인 나카야마 쇼젠中山正善이 구입해 현재까지 덴리 대학교 도서관에 수장되어 있다. 작품의 구입 대금은 1950년부터 1955까지 무려 6년에 걸쳐 분할 지불했다고 한다.

이 땅의 최고 화가(신라 솔거, 고려 이녕, 조선 안견 등)로 꼽히는 한 사람이자, 조선 최고의 화가인 안견의 남아 있는 작품 가운데 확실한 진본은 이 안평대군의 〈몽유도원도〉 하나뿐이다.

그 〈몽유도원도〉에는 또한 이 땅 최고의 명필(신라 김생, 고려 탄연, 조선 안평대군 등)로 꼽히는 한 사람이자, 조선 최고의 명필인 안평대군이 그 제목과 서시, 발문을 썼다.

그런데 그러한 〈몽유도원도〉가 지금 남의 나라 벽장 속에 들어가 있어 손 비벼가며 사정을 해도 제대로 볼 수가 없다.

14

이징옥

이징옥李澄玉은 16세에 갑사甲士로 출발해 무인 생활을 시작했다. 1418년 20세에 임금(태종)이 주관하는 친시親試 무과에 1등으로 급제하여 바로 사복시 소윤이 되었다. 곧 부령첨절제사富寧僉節制使가 되었고 이후 변방의 여러 지역 무관직을 지냈다.

그는 특히 김종서를 따라 평안도와 함경도의 변방 수비와 4군 6진의 개척에 참여하면서 많은 공을 세웠고, 동시에 김종서의 두터운 신임을 받았다.

1449년 지중추원사知中樞院事가 되었다가 1450년 야선也先(몽골 오이라트 부족장)의 준동에 대비해 함길도 도절제사로 임명되어 이후 임지에 있었다.

이징옥은 형, 동생과 함께 삼형제였다. 그들은 다 어려서부터 힘과 담력이 뛰어난 장사로 이름났었다. 삼형제가 모두 무예가 뛰어났는데 그중 이징옥이 으뜸이었다.

이징옥은 무용이 뛰어나면서도 성품이 순직청렴順直淸廉하고 관후인자寬厚仁慈하여 적과 아군을 막론하고 따르고 존경하는 자들이 많았다. 그는 글도 많이 읽어 문관 못지않은 소양도 갖추었다.

의금부지사로 임명된 구치관具致寬과 의금부진무가 된 송취宋翠는 각기 의금부 백호百戶와 나장羅將 중에서 10여 인씩을 골라 데리고 이른 새벽에 노원역에 나타났다. 곧이어 함길도 도절제사에 임명된 박호문朴好問이 나타났다. 수행군사 세 사람이 따라왔다. 노원역은 경흥대로慶興大路(한양에서 경흥까지의 큰길)의 출발점이었다.

구치관, 송취, 박호문 세 사람은 함께 가기로 이미 약속을 했다. 구치관은 안평대군의 파당으로 여겨지던 경성부사 이경유를 죽이러 가는 것이었고, 송취는 함길도 도절제사 이징옥이 박호문과 임무교대를 마치면 그를 결박하여 도성으로 압송하기 위해서 가는 것이었다.

"자, 출발합시다."

박호문이 말하자 세 사람은 역마에 올랐고 도보로 따라갈 수행인들은 들메끈을 조여 맸다.

그들은 밤낮을 가리지 않고 달렸다. 3일 만에 관찰사가 있는 함흥에 도착했다. 그 사이 그들은 강원도와 함길도의 경계인 철령고개에 올라 잠시 쉬었을 뿐이었다. 함흥까지의 중간지점이었다. 함길도 관찰사 성봉조成奉祖의 환대를 받으며 하루 쉬었다.

다음 날 일찍 다시 출발하여 3일 만에 드디어 길주에 도착했다. 도절제사가 있는 관북지방 최대의 군사기지였다. 영문營門 앞까지 나온 도절제사 이징옥이 정중하게 맞아주었다.

"원로에 노고가 많으셨습니다."

"장군께서 그동안 변방수호의 공이 크셨습니다. 이제 그 대임을 소장이 맡게 되어 이렇게 왔습니다."

"아, 그렇습니까? 앞으로 수고가 많으시겠습니다."

"있는 힘을 다해야 하겠지요."

"헌데, 이 사람과 교대하신다면 혼자 오시면 되는 일인데 함께 오신 저 두 분과 뒤따라 온 병사들은 어찌 된 일입니까?"

구치관, 송취 등을 보고 하는 말이었다.

"아, 이분은 경성도 호부에 가실 분이고, 이분은 한성으로 다시 돌아가실 분이고, 병사들은 두 분의 수하들입니다."

송취는 길주에 도착하는 즉시 이징옥을 체포해야만 했다. 그러나 그를 추종하는 군사들 때문에 아무래도 어려울 것 같았다. 여기로 오면서 세 사람이 짜낸 방안은 이징옥이 길주를 떠나 한양으로 가는 도중에 체포하는 것이었다.

"그것참 괴이한 일이오. 한양으로 다시 돌아갈 사람이 무엇 때문에 여기까지 온단 말이오? 한양에서 예가지 1,700리(약 668킬로미터) 길이오."

"한양에서 예가지 오는 길에 도적이 많은 터라 소장을 호위하여 오셨고, 또한 장군께서 한양으로 돌아가실 때 호위해 드리려고 온 것입니다."

"하하하. 야인들도 내 이름을 들으면 달아나기 바쁘고, 호랑이도 꼬리를 내리는 판이오. 하물며 도적 따위가 언감생심 내 앞에 나타난단 말이오? 호위 따위는 필요 없소. 여기서 객고를 풀다 오시든 내 뒤를 따라오시든 맘대로 하시오."

"그렇게 편한 대로 하시지요."

박호문이 송취를 쳐다보며 한마디 했다.

"자, 그럼 우리는 안으로 들어갑시다."

두 사람은 안으로 들어갔다. 박호문이 교지를 내밀었다. 이징옥은 교지에 절하고 받아 펴보았다.

함길도 도절제사의 인부印符(관인과 병부)를 박호문에게 인계하고 상경하라.

너무 간단한 교지가 이징옥에게 뜻밖이긴 했다.

"조정에서는 장군에게 병조 아니면 형조 판서를 제수할 듯합니다."

"아, 그래요?"

"상경하시어 병조판서가 되시면 이 후임자도 잘 보살펴주십시오."

"하하, 그야 당연한 일이 아니겠소? 변방에 나가 있는 사람들을 돌보는 게 본업이 아니겠소?"

"고맙소이다."

"이 사람은 내일이나 모레쯤 인사 없이 바로 떠나겠소이다."

"서둘러 가셔야지요. 평안히 가십시오."

영문을 나온 이징옥은 말에 올랐다. 살을 에는 듯 차가운 북변의 시월 바람이 오늘따라 사뭇 상쾌했다.

'도성으로 돌아가게 되었으니 진녀가 기뻐하겠구먼.'

이징옥은 먼저 진녀의 거처를 찾았다.

"장군, 웬일이시옵니까?"

"도성으로 돌아가게 되었습니다. 떠나실 차비를 하시라고 여쭈러 왔습니다."

"……?"

"크게 기뻐하실 것입니다. 좌상대감께오서 말입니다."

"저……. 장군."

진녀의 얼굴빛이 어두웠다.

"왜 그러십니까?"

"후임이 누구입니까?"

"박호문 장군입니다."

"억!"

겁에 질린 듯 진녀는 치미는 비명을 억지로 삼키는 것 같았다.

"왜 그러시옵니까?"

"도성에 가시면 아니 됩니다. 저들은 장군을 해치고자 유인하고 있습니다."

"……?"

"대감께서는 돌아가셨사옵니다."

"아니!"

"좌상대감께서 살아 계신다면 박호문이 절대로 후임이 될 수가 없습니다."

"……!"

"대감마니-임……."

진녀의 두 눈에서는 금세 눈물이 줄줄 쏟아져 내리고 있었다.

"마님!"

"대감께서는 돌아가셨사옵니다."

"······!?"

"흐윽, 대감마님······. 흐윽."

진녀는 마침내 엎어지듯 쓰러져 어깨를 들먹였다. 통곡을 흐느낌으로 참아내고 있었다.

"고정하시옵소서. 마님."

"장군, 큰일이옵니다."

"마님. 소장에게 소상히 말씀해주십시오."

울음을 겨우 참아내며 진녀는 돌아앉았다.

"장군."

"예."

"대감께서 저를 이쪽으로 보낸 것은 사생결단을 해야 할 일이 임박했다고 보신 때문이지요. 그것은 수양대군이나 대감이나 둘 중 하나는 죽어야 끝나는 일이라고들 사람들이 말했어요."

"······?"

"변란이 있기 전에는 장군을 부르지 않겠다고 하셨는데, 장군을 부르는 것도 이상한 일이고요."

"······?"

"후임 도절제사가 박호문이라니요? 대감께서는 그 사람을 사람 취급도 않으셨습니다. 대감께서 살아 계신다면 박호문을 여기로 보낼 리가 없는 일입니다."

"……!"

"대감께서는 돌아가셨습니다. 틀림없이 조정은 수양대군이 거머쥐고 어린 임금은 허수아비가 되었을 것입니다."

"……!"

"이 일은 장군을 서울로 유인해서 해치려는 것입니다."

"……!"

"흑, 대감마님……."

진녀는 다시 흐느끼기 시작했다.

이징옥은 사태를 확연히 깨달을 수가 있었다.

'맞아, 박호문이 내려왔다는 게 증거야. 좋다. 이대로 당할 수만은 없지. 김종서 장군의 원수를 갚고 수양대군을 잡아 죽이고 종사를 바로 잡아야지.'

이징옥은 조용히 돌아서 나왔다. 그리고 종자를 시켜 부관 김수산金壽山과 참모 박문헌朴文憲을 불렀다.

부관 김수산이 먼저 왔다.

"어두워지면 아무도 모르게 박호문의 수행군사 한 놈을 잡아 오게."

날이 어두워진 후 김수산이 한 사람을 묶어 왔다.

"네 이놈. 내가 묻는 말에 똑바로 대답해야 한다. 한 치의 거짓도 있어서는 안 된다. 알겠느냐?"

"예, 예."

"우선 묻겠다. 새 도절제사는 정말로 주상께서 제수하신 것이냐?"

"물론입니다. 교지가 내렸다 했습니다."

"김종서대감은 어찌 되었느냐?"

"……."

군사는 넋이 빠져나간 듯 눈이 휘둥그레졌다.

"말하라. 좌상대감은 어찌 되었느냐?"

"그 참……. 돌아가셨습니다."

군사도 안타깝다는 표정이었다.

"누가 대감을 해쳤느냐? 수양대군이냐?"

"예예. 수양대군입니다."

"그리고 또 누가 죽었느냐?"

"영상대감도 죽고 안평대군도 죽고……. 많은 사람이 죽었습니다."

"뭣이 어째? 영상도 안평대군도……. 허어……. 주상전하께서는 어찌 되셨느냐?"

"살아 계시옵니다."

"수양은 어찌하고 있느냐?"

"영의정이 되었습니다."

"뭐라, 역적 놈이 영의정? 뿌드득……."

이징옥은 이를 갈았다.

이징옥은 한참이나 몸을 떨었다.

"으윽……."

그러다 장검을 빼들고 허공을 갈랐다. 앞에 있던 군사의 목이 땅바닥을 굴렀다.

북녘의 밤바람이 칼날 같았다. 칼바람 속에 이징옥 직속부대의 간부들이 하나둘 모여들었다. 흥건한 핏물 속에 목 떨어진 시체가 뻗어 있음을 보며 그들은 웅성거렸다.

"장군, 어찌 된 일이옵니까?"

"도성에 반란이 있었다. 역적의 괴수 수양대군이 김종서대감을 비롯하여 만고의 충신들을 모조리 참살하고 영의정 자리에 올라 나라의 일을 제멋대로 주무르고 있다 한다."

북변의 군사 누구나 김종서를 하늘같이 섬기는 사람들이었다.

"장군, 어찌하시렵니까?"

"밤이 깊어지면 박호문을 포박한다. 그자가 감히 날 속이고 역적의 편을 들고 있다. 자정을 기해 그를 체포한다. 소리 없이 시행한다."

이징옥의 병사들이 길주 군영을 포위했다. 박호문의 거처였다. 자정이 되어 이징옥이 부관 김수산과 함께 길주 군영에 들어섰다.

깜짝 놀란 도진무 이행검李行儉이 사령청에서 튀어나왔다.

"도성으로 가시지 않으셨습니까?"

"음, 내가 깜빡 잊은 것이 있어 되돌아왔네."

"아랫것들을 시키시면 되실 일이 아니옵니까?"

"그래. 박장군은 어디 계신가?"

"내아內衙(지방관아의 안채)에 계시온데 잠자리에 드셨을 것입니다."

이징옥이 내아 숙소로 뛰어들었다. 이행검이 가로막으며 제지했다.

"비켜라."

이징옥의 살기 찬 눈빛에 이행검이 물러섰다. 이행검은 수양대군이 명나라에 사신으로 다녀올 때 요동까지 나아가 귀국길의 호송무사로서 충성을 다한 넉택에 수양의 눈에 들었고 수양의 후원으로 승승장구하여 도진무가 된 작자였다.

박호문은 소란스러운 바깥 소리에 잠을 깼다. 느낌이 이상했다. 박호문이 머리맡에 놓인 장검을 잡았다. 순간 이징옥이 뛰어들며 장검을 걷어찼다. 동시에 군관들이 들이닥쳐 순식간에 박호문을 묶었다.

"끌고 나와라."

박호문은 끌려 나와 이징옥의 발아래 나뒹굴어졌다. 이징옥은 자빠진 박호문의 목덜미를 발로 밟아 눌렀다. 박호문이 괴상한 소리로 비명을 질렀다.

"버러지 같은 놈. 수양대군에 붙어서 감히 날 속여……."

이징옥은 빼어든 칼로 박호문의 가슴을 깊이 찔렀다. 선혈이 솟구쳐 올랐다.

"백번 죽어도 싼 놈. 에이 퉤."

이징옥은 핏물 속에 뻗어 있는 박호문을 향해 세차게 한 번 침을 뱉고 돌아섰다. 군영의 병사들이 거의 다 나온 것 같았다.

"모두 들어라. 지금 도성에서는 역적 수괴 수양대군이 영의정 황보인대감 좌의정 김종서대감 그리고 안평대군 등 충신들을 모두 참살하고 어리신 주상전하의 머리 꼭대기에 앉아 있다."

김종서가 죽었다는 말에 병사들이 크게 술렁거렸다.

"그 역적 놈들이 나를 도성으로 유인해 죽이고자 가짜 절제사를 보냈기에 죽인 것이다. 그러나 어찌 이것으로 끝낼 수가 있겠느냐? 이제 마땅히 도성으로 달려가 역적 수양을 잡아 죽이고 임금을 보위하여 종사를 바로 잡아야 한다. 여러분들은 모두 분발하여 나를 따르라."

"와아……."

함성이 군영을 뒤흔들었다.

"삭풍한설 풍찬노숙을 마다 않고 변방을 지키고 나라를 안정시킨 만고 충신 장수를 죽이고, 나라를 도적질한 놈들이 따뜻한 도성에 앉아 국정을 주무르며 임금을 꼭두각시로 만들고 있다. 이놈들을 어찌 가만 놓아둘 수 있겠느냐? 내일 당장 도성을 향해 진군할 것이다. 오늘은 그만 들어가 쉬고 내일 다시 모여라."

"와! 옳소."

"도성으로 갑시다."

병사들이 흩어지기 시작했다.

이징옥은 진녀의 거처를 찾았다.

'모시고 가야지.'

김종서대감은 무슨 일이 있으면 진녀를 고향으로 보내주라 했지만 차마 그럴 수는 없었다. 그런데 진녀의 방은 비어 있었다. 시중들던 여비도 없었다.

'아니. 도대체 어찌 된 일인고?'

가슴이 철렁 내려앉았다. 병사들을 시켜 찾아보라 했다. 그러나 자취도 없고 본 사람도 없었다.

'고향으로 떠난 것인가?'

'자결이라도 한 것인가?'

이징옥은 가슴을 쳤다. 그러나 어쩌랴. 진녀를 찾는 일에만 매달릴 수는 없었다.

다음 날 아침 군세를 정돈하고 도성을 향해 떠날 태세를 갖추고 있을 때였다.

"김종서장군의 원수를 꼭 갚아주시오."

"역적들을 잡고 어린 상감을 돌봐주시오."

백성들이 떼 지어 나와 아우성으로 환송하고 있었다.

"알겠소. 고맙습니다. 반드시 김장군의 원수를 갚을 것입니다. 그러니 안심하시고 이제 돌아가 일들을 보십시오."

이징옥이 백성들에게 화답하자 백성들도 군사들도 사기가 충천했다.

"이징옥 장군님 꼭 이기시고 오십시오."

백성들도 군사들도 다 같이 손을 흔들기도 하고 손뼉을 치기도 했다.

이징옥이 막 출동명령을 내리고자 할 때 김수산이 다가왔다.

"장군, 잠시 드릴 말씀이 있습니다."

"……?"

"우리의 군세는 여기 있는 사령부의 군사 300명뿐입니다. 우리가 도성을 향해 나아가자면 수양대군이 동원하는 강원도 군사, 경기도 군사, 평안도 군사 등에 막히게 되어 진격은 불가능하게 됩니다."

당시 조선군의 중추 군사력은 무반관료인 동시에 정예부대인 갑사甲士들이었다. 이 갑사는 도성을 지키는 경갑사와 4군 6진에 포진한 양계兩界(함길도 지역인 동계와 평안도 지역인 서계)의 갑사로 구성되어 있었는데 그 수는 14,800여 명이었다.

조정에서는 이징옥 함길도 도절제사 휘하에 익속군翼屬軍(함길도 배치군) 4,472명, 선군船軍(수군) 969명, 수성군守城軍(성곽 수비군) 516명, 도합 5,957명의 갑사를 배정했다. 정예부대인 조선 갑사의 거의 절반인 막강한 군세가 이징옥의 휘하에 있었던 것이다.

"과연 그렇군. 그럼 어찌하면 좋겠는가?"

"우리의 군사 대부분은 변경의 경원慶源, 온성穩城, 종성鍾城에 다 모여 있습니다. 장군께서 그쪽으로 가서서 도성 진격의 대의를 선포하시고 우리 군사들의 사기를 고취시킨 다음 진군하도록 해야 합니다."

"과연 그렇군. 그럼 그쪽으로 가세."

"그리고 또 한 가지가 있습니다. 지금 이 시기가 아주 좋습니다. 만전을 기하기 위해서는 여진족의 도움을 청하는 것이 좋습니다. 장군께서 청하시면 틀림없이 도와줄 것입니다."

"그들이 정말로 합세해줄까?"

"지금 여진족의 세력은 건주여진의 부장에게 있습니다. 장군께서 요청하시면 그는 틀림없이 장군을 도와줄 것입니다."

여진족도 이징옥을 매우 존경했다. 쳐들어오는 여진족은 가차 없이 격살 패퇴시켰지만 식량 등을 훔치러 잠입하다 잡힌 자들은 절대로 죽이지 않고 조금씩 나누어주어 돌아가게 했던 것이다.

이징옥은 여진족이 조선족과 조상을 같이한 동족이라는 사실도 잘 알고 있었다. 또한 예전(1115년)에 상경회령부上京會寧府(지금의 만주 하얼빈 근처)에서 금金나라를 세워 중국 대륙으로 진출하고 북경에 수도를 정한 대제국의 민족이라는 것도 잘 알고 있었다. 단지 오랑캐일 뿐이라고 여진족을 하대하던 다른 장군들과 이징옥은 달랐다.

이징옥은 북변에 와 고구려를 생각하곤 했다. 그리고 조선도 여진을 껴안고 대륙으로 진출하여 대제국을 건설할 수도 있다고 생각하곤 했다.

"그러면 우선 그들의 뜻을 알아보는 게 좋겠구먼."

"예. 제가 여진으로 들어가 부장을 만나보겠습니다."

"아, 그래. 내가 봉서를 하나 써줄 테니 다녀오게."

"예. 장군께서는 종성으로 가시어 각지에 관문關文을 보내 군사들을 모으시고 거사의 대의를 선포하시는 게 좋을 것입니다."

"맞아. 나도 그럴 생각이었네."

"그럼 다녀와서 종성에서 뵙겠습니다."

"몇 사람 데리고 상등마를 타고 가게."

이징옥은 지휘소 누대에 올라서 칼을 빼어 들었다.

"다시 한번 말하겠다. 우리가 존경하는 만고충신 김종서대감을 역적 수양대군이 죽이고 반란을 일으켰다. 그 역적 놈은 세종대왕의 고명을 무시하고 영의정 황보인 등 원로대신들을 다 죽였다. 그놈은 대군이 아니라 사람 백정이다. 성군 세종대왕을 생각하면 참으로 통탄할 일이지만 이런 역적 놈이 대왕의 아들이라는 것이 참으로 부끄럽다. 이런 인간 말종이 대왕의 아들이라는 것이 참으로 비참하다."

"옳소."

"속이 터집니다."

"그놈을 때려잡읍시다."

여기저기서 불끈거렸다.

"수양은 이제 반란의 수괴다. 그를 죽이지 않으면 종사가 위태로워진다. 그놈은 반드시 조카의 왕위를 찬탈할 것이다. 이대로 두고 볼 수가 없다."

"옳소."

"그놈은 왕위를 빼앗고 나서 조카를 죽일 것이오."

"나는 지금부터 수양 놈과 그 패당을 잡아 죽이기 위하여 출동할 것이다."

"옳소."

"와아."

"이것은 하늘의 명령이다. 똑바로 살기를 원하는 자는 나를 따르고 수양의 개가 되고자 하는 자는 떠나거라."

"옳소."

"우우."

"수양 그놈이 영의정이 되었다. 그놈은 패당의 군사를 있는 대로 동원하여 우리에게 덤벼들 것이다."

"어어……."

"저런……."

"아무리 많은 패거리가 덤벼도 우리는 이길 수 있다. 여기 군영의 300명으로는 물론 그놈들을 다 때려잡을 수가 없다. 그러나 내 휘하에는 정예 갑사 6천여 명이 있다. 우리는 지금부터 종성으로 간다. 거기서 이 지역의 군사들과 연합하여 군세를 정돈한다. 그리고 거사에 들어간다."

"옳소."

"와아."

"좋소. 종성으로 갑시다."

도진무 이행검은 뒤처지고 싶었다. 그러나 군사들의 눈초리가 무서웠다. 또 홀로 뒤처질 경우 주민들의 반감이 두려웠다. 하는 수 없이 그도 이징옥을 따라 종성으로 갈 수밖에 없었다.

이징옥 부대가 종성을 향하여 떠나자 이 소식을 들은 함길도 관찰사 성봉조成奉祖(수양대군의 동서)는 급히 장계를 써 조정으로 올려 보냈다.

전 도절제사 이징옥이 후임 도절제사 박호문을 죽이고 부대를 정돈하여 한양으로 가려 하다가 갑자기 방향을 바꾸어 종성으로 가고 있습니다.

신은 경성 이남 여러 고을과 6진에 경계를 철저히 하라 이르고 회령부사 남우량으로 하여금 정병 300명을 이끌고 나가 이징옥을 잡으라 했습니다.

또한 고산도찰방 여종경과 길주목사 조완벽에게 종성의 군사를 거느리고 용성평에 주둔하여 변고에 대응하라 했습니다.

장계를 받은 수양대군은 깜짝 놀랐다.

'시랑豺狼 같은 놈이 무슨 낌새를 알아챈 모양이구나.'

'이거 철저히 대비치 않으면 산통 깨진다.'

수양은 도성에 있는 이징옥의 형 이징석과 그 아들 이팔동을 급히 의금부에 하옥시켰다. 그리고 경상도 관찰사에 명하여 이징옥의 동생 이징규를 하옥시키라 했다. 수양은 이징석이 자기에게 반기를 들 사람이 아니라는 것은 알고 있었지만 만일에 대비하기 위한 처사였다.

이징석 역시 깜짝 놀랐다.

'수양의 성품으로 보아 여차하면 멸문지화를 당할 수도 있는데…….'

세종이 4군 6진을 개척하는 데 이징석도 큰 공을 세운 사람이었다. 6진을 개척한 김종서 장군을 도와 공을 세운 이징옥처럼, 4군을 개척한 최윤덕 장군을 도와 공을 세운 이가 이징석이었다.

이징석은 최윤덕의 조전절제사助戰節制使로서 3천 명의 군사를 거느리고 파저강 전투에 나가 야인을 온전히 궤멸시켰다. 그 공으로 곧바로 중추원사中樞院使(정2품)에 올랐다. 이후 그는 군대의 여러 요직을 두루 거치며 청렴결백한 동생 이징옥과는 달리 욕심껏 많은 재물을 모아왔다.

그런데 동생 때문에 까딱하면 3족이 멸할 위기에 처하게 된 것이었다. 그는 가만히 앉아 죽음을 기다릴 수는 없다고 생각했다. 그는 오래전부터 비상시에 대비해 늘 몸에 금붙이를 지니고 다녔다.

'그래, 그 수밖에 없다.'

그는 옥졸을 매수하기로 했다. 옥졸에게 남몰래 다량의 금붙이를 내보였다. 금붙이에 환장한 옥졸이 얼른 받아 품속에 간직했다.

"무엇이든지 시키십쇼."

이징석은 그렇게 자신의 밀서를 한명회에게 보내는 데 성공했다.

이징석을 하옥시킨 수양은 좌의정 정인지 이하 한확, 이사철, 이계린, 이계전, 박중손, 최항, 신숙주, 권람, 한명회 등 요인들을 불러 머리를 맞대고 대책을 강구했다.

함길도 관찰사 성봉조에게 하교가 내려졌다.

이징옥은 역적 김종서의 일당으로 엄하게 처벌함이 마땅하나 나라에 공을 세운 노신이라 하여 목숨을 보전케 하고 원방 유배로 대할까 했다.

그런데 왕명을 거역하고 신임 장수를 해쳤으니 용서할 수 없다.

경은 역적 이징옥을 잡아 죽이라.

만일 역적에 부동하여 왕명을 거역하는 자는 이징옥과 같은 죄로 다스려 반드시 용서치 않으리라.

이징옥을 따르는 자는 결코 용서치 않는다는 말이었다.

이어 평안도 관찰사 기건畸虔에게 유시諭示(조정의 명령)가 내려갔다.

> 이징옥이 신임 도절제사 박호문을 살해했으니 그 죄를 용서할 수 없다.
>
> 함길도에 명하여 잡아 죽이라 했으나 접경지도 염려된다.
>
> 경이 이 뜻을 잘 알아서 대처하라.
>
> 양덕陽德 맹산孟山의 방비를 철저히 하고 이징옥이 경내로 들어오면 잡아 죽이라.

수양대군은 박호문의 아들 박철손에게 역마를 내주어 급히 길주로 내려가게 했다. 그리고 경흥대로 각 역에 상등마를 상시 대기시키고 전령이 지체되는 일이 없도록 하라 지시했다.

수양대군은 또 밀사 여러 명을 육진 지역에 파견했다. 누구든 이징옥을 죽이는 자는 후한 상금과 높은 관직을 내리겠다는 밀지를 요로에 전하게 했다.

이징옥의 군대가 북상할 때에는 전과 다름없이 각 지역의 수령들이 나와 환대해주고 숙식 등 편의를 제공해주었다. 그러나 경성을 지날 때는 도호부사 이경유가 나타나지 않았다. 다른 관원들도 얼굴조차 보이지 않았다.

"부사가 암살당했다 합니다."

어느 백성의 전언을 들었을 뿐이었다. 구치관이 이미 임무를 마치고 떠난 뒤였다. 이징옥은 부령, 회령을 지나 마침내 종성에 입성했다.

종성절제사 정종鄭種이 관대冠帶를 갖추고 나와 환영해주었다. 종성의 군사들과 백성들은 환성을 지르며 좋아했다.

이징옥은 정종을 불러 물었다.

"그동안 고생한 장졸들에게 상을 주고 싶은데 곡식과 견포 등이 얼마나 있는가?"

"두어 번 시행해도 될 만큼은 있습니다."

"그럼 당장 군사들과 백성들에게 나눠 주도록 하게."

즉시 창고 문이 열리고 가득 쌓인 곡식과 견포가 백성과 장졸들에게 배급되었다.

"역시 이징옥장군이오."

"장군님, 감개무량하옵니다."

백성들도 군사들도 덩실거렸다.

이징옥이 관아에 들자 여진에 갔던 김수산이 여진 사람들과 함께 들어와 인사를 했다.

"이분은 여진 부장이 보낸 밀사입니다."

그 밀사란 사람이 인사를 마치자 붉은 보자기에 싼 물건을 두 손으로 머리 위까지 받쳐 올려 이징옥에게 전했다. 이징옥이 받아 김수산에게 열어보라 했다. 열어보니 그것은 담비 가죽으로 만든 초구貂裘였다. 최고급의 여진 전통의상이었다. 여진족이 전통의상을 선물하는 것은 혈육으로 인정한다는 징표였다.

"장군의 거사를 축하드린다는 부장의 말씀을 전하러 왔습니다."

"그게 축하받을 일은 아니오나 일부러 이렇게 어려운 발걸음을 해주시어 고맙소이다."

"우리 부장님께서 오국성五國城(고구려 제2수도 국내성, 현 지린성 지안현)을 수도로 하여 황제국을 세우시고자 하시옵니다. 장군님만 허락하신다면 장군님을 황제로 추대하시겠다고 하셨습니다. 그리하여 한민족韓民族과 여진족이 힘을 합친다면 충분히 옛 금나라와 같은 대제국을 건설하여 군림하려는 명나라도 견제할 수 있다고 하셨습니다.”

밀사는 네 번 절하고 네 번 이마를 땅에 댔다. 황제에게 드리는 인사였다.

“우리 부장님께서는 장군께서 허락하신다면 곧바로 부장님께 통지하라 하셨고, 소인은 장군님을 모시고 장군님을 따르는 모든 군사와 백성들과 함께 오국성으로 오라 하셨습니다. 허락하시는 즉시 황제 즉위를 위한 만반의 준비를 다 해놓으시겠다 하셨습니다.”

이징옥에게 밀사를 보낸 건주여진의 부장은 청 태조 누루하치奴爾哈齊의 5대조 동산董山이었다. 6대조 뭉거티무르猛哥帖木兒는 몽골세력에 밀려 두만강 넘어 회령지역까지 밀려왔었다. 힘을 길러 강 건너 풍주로 진출했으나 몽골과의 전투에서 패하여 다시 회령으로 돌아갔다.

재기의 노력을 다했으나 명나라의 이이제이以夷制夷 술수에 말려 일어난 7성 야인의 반란으로 뭉거티무르와 큰아들 권두權豆는 전사하고 둘째 아들인 동산은 포로가 되어 잡혀갔다.

다행이 포로에서 풀려난 동산은 회령으로 돌아와 절치부심 재기에 성공하여 동족 300여 호를 이끌고 다시 두만강을 건너갔다. 그 후 혼하渾河에서 소자하蘇子河 유역까지의 지역에 자기 종족 건주여진建州女眞의 기초 세력을 겨우 확보하고 있는 중이었다.

동산은 국가의 기반이 될 만한 큰 세력을 기르는 게 얼마나 어려운 일인가를 절실히 느끼고 있는 사람이었다. 한민족이 사실은 자신들과 같은 종족(건주여진의 조상이 신라인)이라는 것도 잘 알고 있었다. 동산은 그래서 한민족과 힘을 합칠 수 있다면 외세를 몰아내고 명나라도 견제할 수 있는 대등한 국가를 좀 더 빨리 세울 수도 있다고 생각했다.

그런데 마침 자기보다도 월등히 유능한 이징옥 장군이 궐기를 해야 할 처지라는 것을 알게 되었다. 동산이 김수산에게 듣고 보니 이징옥이 싸우려는 반역 도당이라는 것은 바로 조선 조정이었다. 동산은 이징옥이 한 국가의 힘만큼의 월등한 힘을 기르기 전에는 성공하기 어렵다고 판단했다.

동산은 이징옥의 거사를 생각하며 자기에게도 천우신조天佑神助의 기회가 왔다고 여기게 되었다. 동산은 그래서 이징옥을 반드시 설득해서 오국성으로 모셔오기를 김수산에게 간청했던 것이다.

"허어, 참으로 고마우신 말씀이오나 변방의 일개 무부가 어찌 황제 위에 오를 수 있겠습니까?"

그러자 김수산이 여쭈었다.

"전날에 이 대륙지역에서 요遼나라를 세운 야율아보기耶律阿保機, 금金나라를 세운 아골타阿骨打, 원元나라를 건설한 칭기즈칸成吉思汗, 명明나라를 세운 주원장朱元璋 등이 다 장군님보다 결코 더 위대하지 않았습니다. 장군님은 태어나시면서부터 이미 하늘이 내리신 위인이었습니다. 소시부터 지혜와 근력이 발군하셨으며 애민정신이 투철하셨다는 것은 여진 사람들도 다 알고 있는 사실이옵니다."

사실이 그랬다. 이징옥의 인간에 대해서, 또한 전설 같은 실화에 대해서는 여진 사람들도 다 알고 흠모하고 있었다.

이징옥이 열다섯 살 때의 일이었다.

이징옥의 어머니가 말했다.

"산 멧돼지가 보고 싶은데 한 마리씩 잡아 오겠느냐?"

그러자 열아홉 살인 이징석과 이징옥은 산으로 올라갔다.

석양 무렵 이징석은 거의 황소만 한 멧돼지를 잡아 짊어지고 와 마당에 부려놓았다. 사람들이 놀라며 이징옥이 잡아 올 돼지에 또 다른 기대를 걸고 있었다. 그러나 해가 지고 밤이 되어도 이징옥은 나타나지 않았다.

"내가 공연한 소리를 해서 그 녀석이 다치는 게 아니냐?"

"어머님 염려 놓으십시오. 그 녀석이 저보다 더 용력이 세다는 것을 아시지 않습니까?"

"그렇긴 하다만 밤이 깊었는데도 돌아오지 않으니 걱정이 된다."

그 밤을 새우고 다음 날 밤이 되어도 이징옥은 돌아오지 않았다. 애가 탄 모친은 뜬눈으로 밤을 새웠다. 다음 날 해가 떠오를 때쯤 이징옥이 맨손으로 대문을 들어오고 있었다.

어머니는 몹시 반가우면서도 짐짓 야단을 쳤다.

"형은 그날로 황소만한 놈을 잡아 왔는데 너는 형보다 더 세다는 놈이 빈손으로 이제야 오느냐?"

"어머님, 빈손이 아니옵니다. 밖에 나가 보시옵소서."

사람들이 밖으로 나가 보았다. 역시 황소만한 멧돼지가 기진하여 쓰러진 채 숨을 몰아쉬고 있었다.

"왜 늦었어?"

"산 채로 잡아 오라 하셔서 저놈이 기운이 빠질 때까지 몰고 다녔지요. 드디어 기운이 빠진 놈을 이리 살살 몰고 오느라고 늦었습니다."

"오라, 산에 있는 멧돼지를 잡아 오라 했는데, 너는 살아 있는 멧돼지를 잡아 오라고 한 줄 알았구나. 하하. 그래 정말 장하구나."

이징옥의 고향 양산은 당시 김해부에 속해 있었다. 김해 관내에서는 한때 자주 일어나는 호환虎患 때문에 백성들의 원성이 높았다. 김해부사가 사수들을 동원하여 문제의 호랑이를 잡아내고자 했으나 허사였다. 결국 밤에는 물론이요 낮에도 사람들이 외출을 두려워하게 되었다.

16세의 이징옥이 먼 길을 걸어 김해부를 찾아갔다.

"호환을 없애고자 왔습니다. 호환이 자주 일어나는 곳이 어디입니까?"

"너 몇 살이냐?"

"열여섯 살입니다."

"이놈아, 범강장달范彊張達 같은 사람들도 못 잡고 있는데 네깐 놈이 그 호랑이를 잡겠단 말이냐?"

"잡아 보이면 되지 않습니까? 부사께 안내해주십시오."

"사람 놀리지 말고 썩 꺼져 이놈아. 부사께서는 너 따위 어린놈을 만날 시간이 없으시다."

이징옥을 쫓아낸 것은 김해부 판관判官이었다. 하는 수 없이 돌아서 터덜터덜 걷고 있는데 웬 여인네의 통곡 소리가 들려왔다. 소리를 따라 가다보니 어느 커다란 대숲 옆 오솔길이 나왔다.

"어찌 우시오?"

"커다란 호랑이가 우리 서방님을 물고 가 저 대숲으로 들어갔습니다. 아이고……."

이징옥은 그대로 대숲 안으로 뛰어 들어갔다. 달려가다 보니 저쪽에서 커다란 호랑이가 어떤 사람을 창자가 다 나오도록 헤쳐서 뜯어 먹고 있는 중이었다.

"이 노옴. 당장 멈추지 못할까?"

벽력같은 소리를 지르며 호랑이를 노려보자 호랑이가 곧장 이징옥을 향하여 도약했다. 이징옥의 얼굴을 향해 호랑이가 앞발을 쭉 뻗고 송곳니가 여실한 아가리를 쩍 벌린 채 날아서 다가오는 순간, 이징옥은 주먹을 들어 번개같이 빠른 동작으로 호랑이의 대가리를 쳤다.

"퍽!"

호랑이는 그대로 나가떨어져 숨을 몰아쉬었다. 이징옥은 호랑이의 목을 양발로 짓누르고 서서 몇 번 굴렀다. 그는 허리춤에 칼을 차고 있었으나 칼에 손을 대기도 전에 호랑이는 숨이 끊어지고 말았다.

이징옥은 몸이 찢긴 사나이를 한 손에 감싸 안고 한 손으로는 호랑이 꼬리를 잡아끌고 대숲을 나왔다. 그리고 울고 있는 여인 앞에 갖다 놓았다.

"아주머니, 잠깐만 기다리세요."

이징옥은 그 자리에서 호랑이의 가죽을 벗기어 여인에게 주었다.

"이것을 팔면 장사치를 비용은 될 것입니다."

그리고 이징옥은 양산을 향해 다시 터덜터덜 걸었다.

그 뒤 김해부의 호환은 다시는 생기지 않았다. 이 소문은 김해부는 물론 전국으로 퍼졌고 나중엔 두만강 너머 야인의 땅에까지 퍼지게 되었던 것이다.

"저들이 정말 나를 황제로 추대하겠다던가?"

"예, 소원이라 했습니다."

"왜 그리 소원한다는 말인가?"

"다 이유가 있지요. 전에 저들의 조상의 나라인 금나라는 여기 회령에서 건국했습니다. 이 두만강 유역은 예부터 왕조가 발상發祥하는 곳입니다."

"아, 그래서 우리 태조대왕도 여기서 일어나셨구먼."

"그리고 여진과 우리는 같은 민족이라 했습니다."

"그건 나도 알지."

"그런데 지금 두 편으로 갈라져 두만강을 사이에 두고 서로 싸움만 일삼으니 아무 이익도 없고 서로 손해만 내고 있다는 것입니다. 그러니 싸움대신 힘을 합쳐서 큰 나라를 세우자는 것입니다."

사실 이징옥도 변방에 와서 야인들을 상대하며 진즉부터 이런 생각을 했었다.

"자네가 보기에 내가 정말로 황제가 될 만한 재목이 되는가?"

"아까 말씀드리지 않았습니까? 장군님은 새로운 나라의 초대 황제가 될 충분한 자격이 있사옵니다."

"허어, 그것참. 새 나라의 초대 황제라……."

"장군. 이것은 하늘의 뜻이옵니다."

"하늘의 뜻?"

"천명天命이라 그 말씀입니다. 천명을 어기면 아니 되옵니다. 순천자흥順天者興이요 역천자망逆天者亡이라 했습니다. 천명을 따르셔야 하옵니다."

"천명을 따르라……. 그것참. 그러면 이 역적 수양대군은 어찌한다?"

"장군께서 황제국을 건설하시면 조선은 번국藩國이 됩니다. 장군께서 몸소 잡으러 가시지 않으셔도 저들이 수양을 묶어다 장군께 바칠 것이옵니다."

"하하, 그런가? 그것참 고소하구먼."

"이 일은 인위적으로 되는 것이 아니옵니다. 천운의 소치입니다. 그렇지 않고서야 야인들이 스스로 장군을 황제로 받들겠다고 나올 까닭이 없지 않습니까?"

밀사가 거들었다.

"옳은 말씀입니다. 우리 부장님께서도 하늘이 주신 기회라 하셨습니다. 우리 여진 사람들 모두의 소원이기도 하옵니다."

밀사의 말을 옮기는 조선인 통사도 덩달아 말을 붙였다.

"저들도 천명임을 알고 있다 하니 참으로 천명임에 틀림없사옵니다."

이징옥은 고개를 끄덕이며 미소를 지었다.

"정히 그렇다면 모든 군관들에게 한번 물어보고 결정하겠소."

이징옥은 참모 박문헌을 불러 모든 군관들을 관아 앞에 모이게 했다. 이윽고 군관들이 모이자 이징옥이 나가 사정을 설명하고 가부를 물었다.

"옳소. 천명이옵니다."

"마땅히 황제 폐하가 되셔야 하옵니다."

"그래야 우리들도 황군皇軍이 되지 않습니까?"

"옳소. 장군님을 모시고 오국성으로 갑시다."

군관들은 무부였다. 아무래도 단순 명쾌했다. 대찬성이었다.

"그대들의 뜻이 또한 그렇다면 일단 북쪽으로 더 가서 야인들의 말을 더 들어본 다음 결정하겠소. 여러분들은 병사들의 의견도 들어보아

내게 알려주시오."

군관들이 돌아갔다. 병사들 사이에 이야기가 분분했다.

"아니, 서울이 남쪽인데 왜 북쪽으로 간단 말이야?"

"오국성이 서울이라 하잖아."

"그게 문제가 아니라 우리 장군님이 여진과 합쳐서 황제가 되신다는 거야."

"뭐, 황제?"

"그러면 우리가 황제의 군대가 되는 것 아닌가?"

"그렇지. 명나라 황군처럼 우리도 황군이 되는 거지."

"거, 잘됐다. 살다 보니 참 별일도 다 있구먼. 우리가 황제 폐하의 친위부대가 되는 거란 말이지."

"우리 등급도 올라갈 테지. 잘만 되면 벼슬 한자리도 할 수 있겠고……."

"아니, 그러면 한양은 못 가는 것인가?"

"바보 같은 소리. 못 가긴. 좀 늦긴 하겠지만 떵떵거리고 갈 수 있지."

"허어. 잘됐다. 잘됐어."

병사들도 대부분 찬성이었다. 이징옥에게 병사들의 의향도 전달되었다.

지방관아의 구조는 지방 따라 다르고 시대 따라 다르기도 했지만 대개는 비슷했다.

우선 객사客舍가 있었다. 고을을 찾는 과객들의 숙소로 영빈관迎賓館 구실을 했다. 의주대로와 영남대로에 접해 있는 고을의 객사는 중국 사신이나 일본 사신이 오갈 때에는 사신들의 숙소도 되었다.

객사에는 임금을 상징하는 전패殿牌(일종의 위패)를 모셔놓았다. 매월 초하룻날과 보름날, 그리고 명절날이나 왕과 왕비의 탄신일에는 지방 관(수령)이 전 관원을 대동해 객사에 나와 대궐을 향하여 망궐례望闕禮 를 시행했다.

객사 가까이에는 동헌東軒(지방관 근무처, 관아)과 내아內衙(지방관이 기거하 는 안채, 내동헌)가 있었다. 그리고 6방 관속 근무처인 인리청人吏廳과 군 교와 포교 근무처인 장교청將校廳, 말단업무 종사자인 사령들의 근무처 인 사령청使令廳이 있었다.

병사들의 훈련 담당처인 훈련청訓練廳, 심부름꾼들의 근무처인 통인 청通引廳, 관노 담당처인 관노청官奴廳, 고을 요인들의 사랑방인 향청鄕廳 이 있었다.

이밖에도 5일장 서는 곳인 장시場市와 죄인 가두는 옥사獄舍가 있었 고, 백성 구제 담당청인 진휼청賑恤廳이 있었다.

그리고 지역 관아에서 가장 높은 자리에 누각 찰미루察眉樓가 있었 다. 찰미루는 목민관牧民官이라고도 불리는 수령이 아침마다 그곳에 올 라 백성들이 밤사이 편안했는지, 눈살을 찌푸리는 일은 없었는지, 그 들이 사는 형편은 어떤지, 도와줄 만한 일은 없는지 살피는 곳이기도 했다. 찰미는 중국 당나라 두보杜甫의 시어詩語인 '창생가찰미(蒼生可察眉 (백성들의 미간을 살피다)'에서 연유된 말이라 했다.

이러한 관아가 있는 몇 개의 지역을 당시 지역 절제사가 어거馭車(부 리어 써먹음)하고 방어했고, 도절제사는 도 지역 전체의 관아를 어거하 고 방어했다.

이윽고 이징옥은 찰미루에 올랐다. 환호하는 병사들과 백성들이 구름처럼 모여들었다.

"여러분, 일인지하一人之下 만인지상萬人之上의 자리를 아시오?"

"영상의 자리입니다."

"영의정입니다."

"맞소, 영상의 자리는 하늘이 낸 자리요. 업어치기로 씨름판에서 따는 자리가 아니오. 장땡으로 투전판에서 따는 자리도 아니오. 그런데 영상의 자리에 있는 황보인대감을 공연히 때려죽이고, 수양대군이 그 자리를 꿰차고 있소. 대명천지에 이런 불한당 같은 놈이 나타났소."

"정말 불한당이오."

"잡아 죽여야 하오."

"수양 그놈이 김종서 장군과 원로대신들을 죽였다는 소식을 듣고 바로 도성으로 쳐들어가려고 하다가 이곳으로 왔소. 그것은 여러분과 함께 가고자 했기 때문이오."

"옳소."

"잘하신 일이오."

"여러분, 여러분은 수양의 군대요, 아니면 이 나라의 군대요?"

"이 나라의 군대요."

"장군님의 군대요."

"김종서장군과 원로대신들이 죄를 지었다면 조사를 받고 법에 따라 처벌을 받아야 마땅한 것이오. 그런데 수양은 아무런 조사도 없이 제멋대로 죽였단 말이오."

"수양을 잡아 죽여야 합니다."

"그놈도 조사 없이 죽여야 합니다."

15

황제국

이징옥은 목소리를 가다듬어 더욱 진중하게 말을 했다.

"우리가 한양으로 쳐들어가 그놈 일당을 잡아 죽일 수는 있소. 그러나 여기 와서 여진 사람들의 건의를 듣고 보니 나라를 위해 더 큰일을 하는 것이 옳다는 생각이 들었소. 우리는 그동안 우리나라를 괴롭히는 중국에는 아무런 소리도 못 하고 당하기만 했소. 그런 중국도 함부로 못 하고 우리도 중국에 큰소리를 칠 수 있는 더 큰 나라를 세우는 것이, 다시 말하면 여진과 합세하여 황제국을 세우는 것이 더 옳다고 생각했소. 여러분 뜻은 어떻소?"

"옳소. 황제국을 세웁시다."

"중국 놈들 코를 납작하게 만듭시다."

"나는 그동안 김종서 장군을 도와 육진을 개척했소. 그때 두만강을 건너와 우리 백성들을 죽인 자는 가차 없이 응징했지만, 먹을 것이 없어 도둑질하다 잡힌 자는 다 용서하여 돌려보내 주었소. 그리고 여진이 침공하여 대치할 때는 반드시 전령을 보내 싸우지 말고 화해하자고 했소. 그러면 그들은 먹을 것을 좀 달라 했소. 그러면 우리들 먹을 것을 나누어주었소. 그러면 그들은 보답으로 모피를 갖다 주었소. 이것이 싸우지 않고 상생하는 길이 아니겠소. 여기와 살겠다는 여진 사람은 다 받아들여 살 수 있도록 도와주기도 했소."

사실 변방의 백성들 중에는 여진에서 귀화한 사람들도 많았다.

"옳소. 과연 우리 장군이시오."

"참으로 성인군자시오."

그때 환호하는 함성 사이를 뚫고 털벙거지를 쓴 한 사나이가 튀어나 왔다.

"제가 그때 도둑질하다 붙잡혀 장군님의 은혜로 살아남은 막석이옵니다. 고맙습니다. 장군님."

그는 앞으로 나와 덥석 엎드려 절을 했다. 이마를 땅에 찧으며 계속 절을 했다. 그도 귀화하여 사는 백성 같았다.

"나는 이 젊은이를 잘 모릅니다. 그러나 이 젊은이와 마찬가지로 배가 고파 두만강을 건너와 도둑질을 하는 모습을 볼 때 가슴이 아팠습니다. 내가 청년 무관 시절에는 그들을 엄하게 다루지 않는다고 상관으로부터 질책을 받은 때도 많았습니다. 하지만 내 생각은 늘 좀 달랐습니다. 그들의 조상들과 우리의 조상들께서는 함께 강대한 나라 고구려를 세웠기에 중원의 나라들이 감히 덤비지 못했습니다. 그러기에 우리와 여진은 결국 형제이며 동족인 것입니다."

"와아, 옳소."

"지당하신 말씀입니다."

"지금 명나라는 오이라트(서몽골족)와의 싸움에서 포로가 되었던 6대 정통제가 돌아와, 동생인 7대 경태제와 박 터지게 황위 다툼을 하고 있습니다. 건주여진의 부장께서도 이때야말로 무도한 명나라의 압제에서 벗어나 명나라를 견제할 수 있는 대등한 강국을 건설할 적기라 보신 것입니다. 그래서 나에게 황제가 되어 단합된 강국을 세우자고 건의하신 것입니다. 나 또한 이때야말로 우리가 힘을 합치고 뭉쳐 고구려 같은 강대한 나라를 세우기 아주 좋은 때라고 생각합니다. 우리가 단합해 강대한 나라를 세워 북경의 간담을 서늘하게 한다면 수양대군도 간담이 서늘하지 않을 수가 없을 것입니다. 그때에는 명나라에 사신을 보내든 조선에 사신을 보내든 하여 무도한 역괴 수양을 묶어 보내라 하면 반드시 묶어 보낼 것입니다. 그러면 내가 직접 수양을 문초하여 처벌할 것입니다. 여러분, 내 생각이 어떻습니까? 여러분, 나를 따르겠습니까?"

"옳소. 따르겠습니다."

"옳소. 황제의 나라를 세웁시다."

찰미루 앞에 모인 사람들은 군사들, 백성들, 너나 할 것 없이 열광의 도가니를 이루며 환호하고 있었다.

"여러분, 고맙소. 그러면 우리는 오국성으로 갈 것이오. 가서 부장님의 뜻을 받들어 함께 황제국가를 건설하겠소. 사정상 가기 어려운 사람은 여기 남아도 좋소. 그래도 우리는 곧 만나게 될 것이오."

"옳소. 지금 당장 떠납시다."

"맞소, 한시바삐 오국성으로 갑시다."

"여러분, 잠시만 기다립시다. 우리의 대부대가 이동하려면 준비를 갖추어 이동해야 합니다. 군량과 막사, 무기와 군수품 등을 운반할 치중輜重부대도 편성해야 합니다."

다행히 두만강의 얕은 물목 두어 곳은 말과 수레가 그냥 배 없이 건너 갈 수 있었다. 도보로 가는 병사들만 배를 이용하면 되었다.

"또한 온성, 경원, 경흥, 회령, 부령, 무산 등지에도 관문關文을 보내 합세할 수 있도록 조치해야 합니다. 그러므로 오늘은 여기서 준비하고 쉬었다가 내일 떠나도록 합시다."

"와아, 옳소."

"우아, 과연 우리 장군님이시다."

찰미루에서 내려온 이징옥은 관아에 들어가 참모군관들을 모이라 했다. 그리고 해야 할 일들을 지시했다. 그리고 종성절제사 정종을 불렀다.

"오늘은 매우 기쁜 날이네. 축하하기에 마땅한 날이지. 헌데 술과 고기가 좀 있는가?"

"예, 술은 민가에 부탁하면 되옵고, 고기는 소와 돼지를 몇 마리 잡으면 되옵니다."

"아, 그거 잘되었구먼. 그럼 그렇게 조치해주게."

정종이 청령聽令하고 나간 뒤 김수산을 불렀다.

"내가 승낙서를 써놓을 테니까 객관에 가서 여진 밀사를 데려오게. 그리고 자네는 밀사와 함께 내 승낙서를 가지고 먼저 여진에 들어가 부장의 사전 준비를 도와주게."

김수산이 나가더니 곧장 밀사를 데리고 들어왔다. 이징옥은 승낙서 봉함封緘을 밀사에게 내주며 김수산과 함께 먼저 가서 부장에게 갖다 올리라 했다. 김수산과 여진 밀사 일행은 그날로 두만강을 건너갔다.

이징옥은 박문헌을 불렀다.

"내가 황위에 오르면 조서詔書를 만천하에 선포해야 하는데 우선 생각나는 대로 미리 써보고자 하네. 자네 생각은 어떤가?"

"아, 그거참 잘 생각하셨습니다. 미리 써두는 게 좋겠습니다."

"여진과 함께 세우려는 것이니 나라 이름은 옛 금나라를 잇는다는 의미로 대금大金이라 하고 싶은데 어떤가?"

"국호가 아주 좋은 것 같습니다."

"최종 결정은 건너가서 여진 부장과 상의하겠지만 우선은 그리 해야겠네."

"예, 그렇게 하시지요."

"그럼 말이야, 여기 종성 관아에서 내 말을 받아쓸 만한 사람을 하나 찾아 데려오게."

박문헌이 청령하고 나가 종성 교도敎導 이선문을 데리고 들어왔다.

이징옥이 교도에게 일렀다.

"이 땅은 대금 황제가 일어난 신성한 땅이다. 영웅에게는 때가 있다고 하는데 지금이 바로 그때인 것 같다. 내가 지금 대계大計를 정하고자 하니 너는 조서를 초안해보라."

"소인은 아는 게 적고 글이 짧아 붓을 잡기가 민망합니다."

조선 조정의 입장에서 보면 이징옥의 거사는 분명히 반역이었다. 이 징옥을 따르고 싶지 않았던 이선문은 반역에 가담한 증거를 남기고 싶지 않았다.

"그러면 내가 부르는 대로 받아쓰면 된다."

어쩔 수 없이 이선문이 붓을 들었다.

"대금 이후 예의와 법도가 무너져 안타깝다. 야인들이 넘어와 무고한 백성들을 죽이고 또한 부모를 죽이는 패륜이 나타나는가 하면 도성에서는 반역자들이 원로대신들을 죽이는 도저한 만행을 저질렀다. 이에 하늘이 진노하여 이 세상을 참되게 다스리라 유시諭示했다. 짐이 박덕하여 천명을 다 받들 수 있을까 염려되나 하늘의 뜻을 거스를 수 없어 황제의 위에 오르노니 대소 신민들은 그리 알라."

이징옥은 지그시 눈을 감고 생각을 가다듬으며 천천히 말을 이어 갔다. 그런데 이선문을 보니 한 글자도 쓰지 않고 있었다.

"어째서 쓰지 않느냐?"

"지병이 도져서 쓸 수가 없었습니다."

이선문이 콜록거리며 대답했다.

"대꾸할 힘이면 쓸 수 있는 게 아니냐?"

"글이란 힘으로 쓰는 게 아니고 머리로 쓰는 게 아니겠습니까? 그런데 소인은 머리가 아파 쓸 수가 없습니다."

화가 치미는 대로라면 당장 목을 치고 싶었지만 지금은 민심을 잃어서는 안 되는 때였나.

"그거참, 하는 수 없지. 그럼 진무鎭撫가 붓을 들고 써보라."

이징옥을 수행하고 있는 진무 황유에게 일렀다.

"소인은 무부인데 어찌 글을 쓰겠습니까?"

"괜찮다. 평소 네가 좀 유식한 걸로 알고 있으니 그냥 써보아라."

이징옥이 다시 천천히 읊었다.

황유가 쓰는 것을 보니 '유시諭示했다'에서 유諭(깨우칠 유)자를 유由(말미암을 유)자로 잘못 썼다.

"유 글자를 틀리게 쓰지 않았느냐?"

이징옥의 질책에 황유가 고개를 갸우뚱 하더니 유有(있을 유) 글자로 바꿔 썼다. 꼭지까지 화가 치민 이징옥이 이선문을 쏘아보았다.

"머리가 아파 글을 쓰지는 못할망정 틀린 글자는 고쳐줄 수 있지 않느냐? 글깨나 배운 유생으로서 빤히 쳐다보면서도 왜 가만히 있느냐?"

"소인의 생각으로는 유有가 맞는 듯합니다."

이선문의 입가에 조소가 묻어났다.

'제 놈이 뭘 알겠어. 무식한 이징옥의 꼴을 좀 보자.'

"왜 유有가 맞느냐?"

"옛말에 유명자천有命自天이라 했으니 그 글자를 쓰는 것이 알맞습니다."

《시경詩經》〈대아大雅〉편에 있는 '유명자천 명차문왕有命自天 命此文王(하늘로부터 천명이 있어 이 문왕에게 명하노니)'이란 구절을 이징옥 따위가 알까 싶은 생각에 건넨 말이었다.

"차라리 유명불우상惟命不于常이 더 낫다."

이징옥이 이선문을 쳐다보며 큰 소리로 말했다.

"……"

"《대학大學》〈전문傳文〉에, 〈강고康誥(《서경》의 강고편)〉 왈, 유명불우상惟

命不于常(천명은 항상 얻는 게 아니다)이니, 도선즉득지道善則得之(착하면 그것을 얻을 것이요), 불선즉실지의不善則失之矣(착하지 않으면 그것을 잃을 뿐이다)라고 한 구절도 네놈이 알고 있으렷다."

"소인이 착각한 것 같습니다."

이선문이 머쓱해져 움츠러들었다. 쥐꼬리 같은 지식에 위선까지 떨고 있는 이선문이 불쌍하게 보였다. 이징옥은 여기서는 조서 작성이 안 되겠다고 생각했다.

"개원開元(나라의 터전을 엶)한 뒤에 다시 써서 유시하겠다."

이징옥은 조서 쓰기를 그만두었다.

국경 너머 아득한 대지의 중심에서 황위에 올라 대제국을 건설할 꿈을 바야흐로 종성鐘城에서 꾸고 있었다. 두만강 도하 전의 이 한밤은 그렇게 가히 대몽大夢과 야망의 대 전야제였다. 어찌 되었든 종성절제사 정종은 여기 모인 군사들과 백성들이 전에 없이 마음껏 먹고 마시며 즐길 수 있도록 최선을 다했다. 자신의 마음이 이징옥에게 간파되어서는 절대 안 되기 때문이었다.

밤은 어느새 자정으로 가고 있었다. 거나하게 취한 이징옥도 잠자리에 들기 위해서 세 아들과 함께 내아에 들었다. 하는 수 없이 여기까지 따라온 도진무 이행검은 종성절제사 정종을 암암리에 주시하고 있었다.

자정이 다가오자 이행검은 정종이 묵고 있는 사가로 은밀히 찾아갔다. 두 사람은 군무의 일로 얼굴을 익힌 사이였다.

"절제사께서는 우리의 도강을 어찌 생각하십니까?"

이행검이 물었다.

"글쎄요. 내 개인적으로는 별로 내키지 않소만……. 어찌해야 될지 잘 모르겠소.”

정종이 찜찜하게 생각하는 것처럼 보이자 이행검은 속을 털어놓았다.

“나는 애초부터 내키지 않았습니다. 이목이 있어 따라오긴 했으나 도강은 따르지 않을 작정입니다. 이징옥 장군이 남아도 좋다 했으니 나는 나를 따르는 군관들과 같이 다시 길주로 내려갈 작정입니다.”

“아, 그렇소? 여기 내상군內廂軍(종성 관아 소속군)도 건너가기 싫어하는 사람들이 많소.”

“그럼 어찌하실 작정이시오.”

“남고 싶긴 한데……. 후에 조정으로부터 분명히 문책이 있을 것이오. 그게 문제요.”

“문책이라면?”

“빤하지 않소. 반역도당에 합류했고 또 나는 적극적으로 도왔지 않소? 잘하면 참형이고 못해도 귀양살이 아니겠소.”

“듣고 보니 우리는 다 같이 결국 역적의 신세가 되었습니다그려.”

“그러니 어찌합니까?”

“저는 사실 조정의 밀명密命을 받았습니다. 이징옥을 잡아 죽이면 큰 포상이 있다고요.”

“사실은 나도 받았소. 그래서 이징옥을 죽일 궁리를 하고 있었소.”

“어차피 죽느냐 사느냐의 기로가 아닙니까? 함께해 봅시다.”

“좋소. 지금 이징옥이 취한 상태로 내아에 들었으니 좋은 기회가 될 것 같소.”

“아무리 취했다 해도 이징옥은 무서운 장사요. 또한 무예가 출중한 아들놈들도 있고 경비하는 참모들도 있지 않소?”

"내가 여기 종성절제사로 온 다음 비상시를 대비해서 비밀리에 만들어놓은 게 있소."

"아, 그래요?"

"내아에서 밖으로 몰래 탈출할 수 있는 통로를 하나 만들어놓았소."

"아. 그럼 밖에서 안으로도 몰래 들어갈 수가 있습니까?"

"그렇소. 그러니 몇 사람 검술 고단자를 데리고 몰래 들어가서 자고 있는 이징옥을 급습할 수가 있소."

종성은 변경의 전초기지였다. 야인들의 급습이 잦은 곳이었다. 때문에 정종은 내아의 벽장에서 반자斑子(천장 구조물) 위로 통로를 만들고, 그 통로가 반침半寢(큰방 옆에 딸려 물건 등을 넣어두는 작은 방)으로 연결되게 만들었다. 그 반침을 나오면 내아 담장 밑의 비밀 개구멍을 통해서 밖으로 탈출할 수가 있었다. 적군이 자신을 해치려고 내아의 방문으로 쳐들어왔을 때 벽장에 숨었다가 그 통로를 이용해 반침으로 빠져나가 밖으로 탈출할 수 있게 만들어놓은 것이었다.

"기회는 오늘밤에 없지 않소?"

"그래서 나와 함께 몰래 내아로 들어가 이징옥을 죽일 고단자를 이미 정해놓았소."

"오, 잘하셨습니다. 그럼 이 사람은 내아 앞뜰과 둘레에 내 심복 궁수들을 배치해두겠소. 만일에 그놈이 문을 열고 밖으로 튀어나오면 쏘아 죽일 수 있게 말이요."

"좋소. 나도 궁수들을 준비해두었소. 둘레 건물의 지붕에 잠복시킬 작정이오. 그들에게 도진무의 지시를 따르도록 일러놓겠소."

"예, 아주 잘되었습니다. 그러면 자정이 지날 무렵 모두들 잠에 곯아 떨어졌을 때 해치웁시다."

둘은 헤어졌다. 그리고 각자 약속한 대로 암암리에 철저히 준비하고 때를 기다렸다.

자정이 지나자 축제 마당의 모닥불들도 꺼졌다. 그러나 이징옥의 둘째 아들 윤원과 서자 철동이 함께 든 내아의 방은 환하게 밝았다. 이징옥의 큰아들 자원과 박문원 등 참모들이 지키는 내아 앞뜰의 횃불도 여전히 밝았다.

이징옥은 밤새도록 방에 등불을 켜놓고 자는 때가 많았다. 이날 밤도 그럴 판이었다. 앞뜰 횃불 역시 날이 새기 전에는 꺼지지 않을 판이었다.

내아 방문 앞 의자에 앉아 졸던 자원이 깜짝 놀라며 머리를 들었다.

"아버님. 아버님."

방으로 들어간 자원이 이징옥을 깨웠다.

"으응, 왜 그러느냐?"

취기도 덜 깬 눈을 겨우 뜨고 이징옥이 물었다.

"흉한 꿈을 꾸었습니다."

"무슨 꿈이기에 잠을 깨우느냐?"

"꿈에 아버님 머리에서 피가 흘러 옷을 다 적셨습니다."

"꿈에 피를 보면 길몽이니라. 너도 피곤했던 모양이다. 일찍 떠날 텐데 한숨 더 자두어라."

자원이 나가자 이징옥은 다시 잠을 청했다.

그리고 잠시 후 코고는 소리가 들릴 때였다. 벽장문이 확 열리며 살 수殺手 셋이 뛰어내렸다. 한 놈으로부터 어깨를 찔린 이징옥이 반사적으로 일어나 번개같이 그놈의 머리를 발로 걷어찼다. 꼬꾸라지는 그놈의 칼을 빼앗아 들고 덤비는 놈들에게 휘두르며 또 걷어찼다. 두 놈이 마저 꼬꾸라졌다. 그리고 결국 세 놈이 다 피를 쏟으며 숨을 거뒀다.

벽장 속에 숨어 있던 정종이 이 광경을 보고 겁에 질려 급기야 통로를 빠져 도망쳤다.

이징옥은 밖으로 나왔다. 이징옥의 찔린 어깨에서 흐르는 피가 갑옷 벗은 흰 적삼을 적시며 붉게 흘러내렸다. 아들 자원과 박문원 등 참모들이 칼을 빼들고 이징옥 주위로 모였다. 앞을 보니 백여 명 궁수들이 화살 건 활을 들고 빙 둘러 서 있었다.

"장군에게 고합니다. 허황된 꿈을 깨시고 순순히 오라를 받으시오."

도진무 이행검이었다.

"네 이놈. 하늘이 무섭지 않느냐. 수양의 개 노릇을 할 작정이냐?"

무서운 포효였다. 활을 든 병사들이 뒤로 움찔했다.

"다시 한 번 고하겠소. 반역자의 칼을 버리고 오라를 받으시오."

이징옥이 칼을 들고 앞으로 나섰다.

"이놈, 세상을 웃기지 마라. 역적의 개가 누구더러 반역자라 하느냐? 역사의 파수꾼이 되려거든 나를 따르고 수양의 개돼지가 되려거든 나를 쏘아라."

쩌렁쩌렁 울리는 이징옥의 대갈大喝이었다.

"쏘아라."

이행검이 소리쳤다. 화살이 소낙비처럼 쏟아졌다.

"계속 쏘아라."

마당에서 지붕에서 화살은 무더기로 날아들었다. 이징옥을 위시해 함께 서 있던 아들들과 참모 군관들 20여 명이 고슴도치가 된 채 다 쓰러져갔다. 동시에 위대한 황국 제2고구려의 태동도 광막한 대지를 눈앞에 둔 채 아득히 사라져갔다.

정종은 이징옥이 죽은 전말을 대강 적은 장계를 급히 조정으로 올려 보냈다. 역참의 상등마들이 밤낮을 가리지 않고 세찬 콧김을 뿜어댔다.

이징옥이 죽었다는 보고를 받자 밤낮 졸이는 가슴으로 구부정하던 수양이 어깨를 확 펴고 꼿꼿이 섰다.

"휴······."

그는 즉시 편전으로 향했다. 어린 임금은 온돌이 있는 천추전千秋殿을 편전으로 쓰고 있었다.

"황제라 참칭僭稱하던 역도 이징옥이 주살되었다 하옵니다. 이제 성념을 편히 하시옵소서."

"모두가 다 숙부의 공입니다. 차후의 일도 잘 부탁합니다."

'김종서의 원수를 갚아줄 사람이 죽고 말았단 말인가?'

말과는 달리 어린 왕의 가슴 속에는 북변의 삭풍이 몰아치고 있었다.

수양대군은 나오며 승정원에 일렀다.

"직함을 바꿔라."

도승지가 어린 임금에게 고하고 본인의 직함을 늘렸다. 가지고 있는 직함에다 중외병마도통사中外兵馬都統使를 덧붙였다. 수양대군은 이제 군권까지 장악하게 되었다.

각지에 즉시 통지문을 발송했다. 양계兩界(평안도 지역과 함경도와 강원도
일부 지역)에 포진한 절제사들에게 부화뇌동하지 말라 했다. 경거망동
하지 말라고 두만강 너머 야인들에게도 보냈다.

진상조사와 사후처리를 위한 특별조사 반장으로 선위별감宣慰別監
박대손을 임명했다. 수양은 박대손을 종친청으로 불렀다.

"신임 도절제사 박호문을 살해한 자, 이징옥의 지시를 따른 자, 야인
을 청한 자 등은 용서할 수 없네."

"예, 알겠습니다."

"이징옥은 거열형車裂刑 시행 후 3일간 효수하고 그 머리는 도성으
로 보내시게. 그의 자식들과 공모자는 효수하여 널리 보이게."

"예, 명심하겠습니다."

"이징옥이 박호문을 살해한 줄 알면서도 도진무 이행검이 그를 따
라간 이유, 절제사 정종이 관대를 갖추고 이징옥을 맞이한 이유를 추
문하게."

"예. 명대로 거행하겠습니다."

"그리고 이징옥의 편을 들어 움직인 놈들은 관원, 병사, 백성 할 것
없이 모조리 조사하여 보고하게."

"예. 신명을 바치겠습니다."

박대손을 보낸 수양은 의금부에 명하여 이징석과 그 아들 팔동을
석방하라 했다. 또한 경상도 관찰사에 명하여 이징규도 석방하라 했
다. 사헌부, 사간원에서 이징옥과 연좌하여 그들도 처벌하라 강력히
주장했으나 수양대군은 듣지 않았다. 한명회의 입김이라고도 했다.

선위별감 박대손이 조사단을 이끌고 도성을 떠났다는 소식이 함길도에 전해지자 함길도 사람들의 가슴 속에는 섣달의 삭풍이 몰아쳤다. 육진의 전방기지로 활기가 넘치고 이징옥의 훈기로 생기가 치솟던 고을들은 이제 죽음의 그림자가 드리운 귀곡성의 골짜기로 변해가고 있었다.

자발적으로 협조한 자는 틀림없이 목이 달아날 것이라고들 여겼다. 강요에 못 이겨 협조했다 하더라도 증거를 대기가 어려울 판이었다. 어차피 다 죽게 되었다고들 걱정이 태산 같았다.

미리 강 건너갔던 김수산이 마중하러 왔다가 하루 사이에 뒤집힌 세상을 보고 통곡하다 다시 강 건너로 가고 말았다.

불안에 떨던 사람들이 여기저기서 식솔들을 데리고 야반도주를 감행했다. 정종의 명으로 백성들에게 곡식을 나누어주었던 사람이 목을 매달았다. 술을 많이 바쳤던 사람과 소를 빼앗겼던 사람이 강물에 몸을 던졌다. 특히 종성의 주민 2천여 명 중 반절 이상이 죽을 것이라는 소문이 떠돌아 주민 모두가 공포에 짓눌려 있었다.

이징옥을 잡아 죽인 정종과 이행검도 떨기는 마찬가지였다. 조사 여하에 따라서는 이징옥과 같은 역도가 될 수도 있기 때문이었다. 둘은 만나서 살 궁리를 하다가 몹시 다투기도 했지만 뾰족한 수가 나오지 않았다.

아들의 딱한 사정을 본 이행검의 어머니가 편지를 써서 종자를 한성의 명례궁으로 보냈다. 이행검의 어머니는 수양대군의 부인과 줄이 닿아 있었다.

그 편지의 효과가 즉시 나타났다. 함경도 관찰사에게 수양의 지시가 내려왔다.

이행검과 정종은 이징옥을 잡아 죽이는 데 공이 있는 자다. 유언비어를 좇아 경박하게 곤욕을 주는 것은 옳지 않다. 경은 이 뜻을 알아서 조치하고 계문啓聞 하라. (…)

박대손은 여러 날에 걸쳐 조사를 마치고 장계를 올렸다.

통사通事 김주, 유세는 달아났고 강막동은 이징옥을 위하여 야인들과의 연락꾼 노릇을 했습니다.

김수산은 이징옥의 종성 진입을 쉽게 하고자 동문에서 경비를 섰습니다.

진무 황유, 황숙저, 김치명, 김안, 전득미, 최성발, 김득순은 이징옥이 박호문을 죽일 때 합세했습니다.

지인知印(관인 담당관) 최성달, 이흥배는 관문關文을 가지고 회령, 보화, 무산, 부령 등지에 가서 군사를 징발했습니다.

패두갑사牌頭甲士(말단 군사조직의 우두머리) 한위, 맹의는 이징옥이 모반한 형상이 분명한데도 잠자코 종성까지 따라갔습니다.

이징옥이 대금황제를 자칭하고 교도 이선문을 불러 칙서勅書를 쓰게 하니 이선문이 병고를 칭탁하여 쓰기를 거부했는데, 진무 황유는 망설임 없이 바로 썼습니다.

회령절제사 남우량, 판관 김경신은 이징옥의 모반을 알면서도 관문에 서명했습니다.

보화만호保和萬戶 이언양, 부산만호茂山萬戶 임권 또한 관문에 서명했습니다.

감련관監鍊官(쇠를 달구어 무기를 만드는 야장 감독관) 오간은 이징옥이 박호문을 죽이고 종성으로 갔다는 소문을 듣고 즉시 말을 몰아 그곳으로 달려갔습니다. (…)

수양은 장계를 받아 보고 의금부에 넘겨 처리하도록 했다. 10월 10일 도살극을 시작한 이후 가장 두려웠고 심란했던 이징옥의 사건이 다 진압 수습된 셈이었다.

수양은 속이 개운해졌다. 수양은 불순한 의도 없이 뭣도 모르고 이징옥의 반란에 휩쓸렸던 사람들을 관대히 처분하라 지시했다.

그리고 선언했다.

"북변의 일이 일단락되었으니 회맹제會盟祭를 올릴 것이오."

회맹제는 임금이 공신들을 대동하고 제단에 나아가 하늘에 충성과 단결을 맹세하고 서약하는 의식이었다.

11월 20일, 임금은 수양대군에게 이끌려 내키지 않는 회맹제에 나갔다. 개국, 정사, 좌명공신과 그 적장친자嫡長親子들, 정난공신과 그 적장친자들, 도합 147인을 거느리고 경복궁의 성북단에 나가 회맹제를 올렸다.

조선 국왕 신臣 홍위弘暐는 삼가 정난공신 숙부 영의정부사 수양대군, 좌의정 정인지, 우의정 한확, 운성부원군 박종우, 판중추원사 김효성, 의정부 좌찬성 이사철 등을 거느리고 감히 천지신명과 종묘사직, 산천백신山川百神의 영靈에 고하나이다.

내가 어린 나이에 대업을 이어받아 국정을 어떻게 펼칠 바를 몰라 대신들에게 정사를 맡겼는데, 간신 황보인, 김종서, 이양, 민신, 조극관 등이 조정의 질서를 어지럽히며, 안평대군 이용에게 아첨하고 변방 장수 이징옥과 결탁하여 모책하는 것을 숙부에서 이 간흉들을 무찌르고 왕실을 보전했습니다.

역도들은 끝까지 추적하여 모두 도륙해야 마땅하나 수양대군에서 온정으로 용서하고 상으로 보답하여 영세토록 했습니다.

이에 길일을 택하여 신명께 고하고 산하에 맹세하여 그 우호를 영원토록 하는 바입니다.

아울러 말하노니 회맹한 신하들은 초심을 잃지 말고 왕실을 받들어 보좌할 것이며 그 절의를 태만치 말지어다.

나 또한 이 훌륭한 업적을 생각하여 참소讒訴에 동요치 않을 것이니, 군신이 일체되어 지성으로 애경哀慶을 함께할 것이로되, 혹 어김이 있으면 신령이 반드시 벌할 것이니 이 맹세를 견지하여 종시 변치 말라.

이전의 회맹제는 사슴 같은 짐승의 피로 삽혈歃血(피를 먹거나 입가에 바름)을 하며 대미를 장식했다. 그러나 이날은 어린 임금에게는 맞지 않는다 하여 생략했다.

회맹제가 끝나면 당일이나 또는 다른 날에 음복연飮福宴을 하고 참석자 전원에게 가자加資(품계를 올림)도 하게 되어 있었다. 이번의 회맹제에서는 당일로 경회루에서 음복연의 잔치가 베풀어졌다.

날씨는 차가웠으나 연못에 반사된 햇빛은 눈부셨다. 제수를 차린 것이라 하나 진수성찬이었고 풍악도 울렸다. 날씨 탓인지 임금의 용안은 까칠하게 보였다.

부르지 않았는데 수양대군이 임금 곁으로 바짝 다가갔다. 운검의 제지를 당할 거리였으나 수양은 거리낌이 없었고 운검도 없었다.

"전하, 하례 드리옵니다."

"하례야 숙부가 다 받아야지요."

까칠한 대답이었다.

"경회루의 글씨를 보면 그 기氣를 받음인지 힘이 솟구치옵니다."

"나도 그 기를 받고 싶소만⋯⋯."

역시 까칠한 대답이었다.

머쓱해졌는지 수양이 하나 마나한 질문을 했다.

"경회루 편액扁額을 누가 쓰셨는지 아시옵니까?"

'궁 밖 동네 아이들도 아는 사실을 묻다니⋯⋯?'

"그야, 숙부님의 백부님이신 줄 알고 있습니다만⋯⋯. 컥."

양녕대군을 떠올리자 임금은 울음이 터질 것만 같았다. 앞장서서 안평대군을 죽이라고 주청하던 모습이 떠올랐기 때문이다.

"자리에서 내려오는 사람이 있어야 자리에 오르는 사람도 있습니다."

'얼씨구. 무슨 헛소리. 내가 어려도 제왕학帝王學을 제대로 배웠다는 것을 모르는 모양이지.'

"그러겠지요."

임금은 눈을 들어 멀리 목멱산木覓山(서울 남산) 너머를 바라보았다.

단종은 세종 재위기간에는 강서원講書院(왕세손의 시강을 관장하던 곳)에서 정식으로 공부를 했고, 문종 재위기간에는 시강원侍講院(세자의 교육을 관장하던 곳)에서 정식으로 제왕학을 공부한 임금이었다. 수양대군과는 차원이 다르게 정식으로 공부를 한 임금이었다.

"경회루의 경회는 무슨 뜻인지 아십니까?"

"오늘 같은 경사가 있을 때 모이는 곳이 아닙니까?"

'한심하긴⋯⋯. 어리다고 얕잡아 보니 나도 좀⋯⋯.'

"옳습니다. 공을 세운 사람들이 모이니 경사가 아닐 수 없지요."

"성군은 바른 사람을 얻는 것으로 근본을 삼는다. 고로 바른 사람을 얻는 것이 곧 경회다. 이렇게 배웠습니다만…….”

“바로 그렇습니다. 오늘의 공신들이 바로 바른 사람들이지요. 이런 사람들을 많이 얻어 성군이 되십시오.”

‘얼씨구. 또 무슨 헛소리…….’

“숙부가 도와주셔야지요.”

“충심을 다하겠습니다.”

임금은 다시 먼 곳을 바라보았다. 초점 잃은 눈길이었다.

수양은 물러나 앉으며 한명회와 신숙주를 가까이 불렀다.

“전하께서 오늘따라 쓸쓸해 보이십니다.”

신숙주의 연민이었다.

“날씨 탓이 아니겠소? 춘추가 어리시니 더…….”

유충함을 가엾게 여기는 수양은 아니었으니 또 헛소리였다.

“헤헤, 시리고 허전한 탓이오.”

한명회다운 시각이었다.

“아니, 시리고 허전하다니?”

“헤헤, 옆구리가 시리고 가슴팍이 허전한 것입니다. 저대로 모시면 안 되지요”

“그렇소. 저대로 놓아두면 사람들은 내 불충이 크다고 할게요. 내가 전하께 주청한 일이 있는데 이제 강하게 밀고 나가야 할 것 같소.”

“무슨 청입니까?”

“전하의 가례嘉禮 말이오.”

“예에? 혼례입니까?”

“그렇소.”

"아니, 그건 탈상 이후라야 되지 않습니까?"

신숙주가 눈썹을 치켰다.

"아니, 찍어낼 나무에……?"

한명회의 입이 꼬였다.

"쉬, 한공. 소리를 낮추시오. 그 무슨 큰일 날 소리요?"

"빤하지 않습니까? 찍어낼 나무에 접을 붙이다니요?"

"한공. 그만두지 못하겠소?"

"나리. 우리가 나무에 접붙여 열매를 따려고 거사를 했사옵니까?"

"허어, 안 되겠소. 가례 이야기는 이따 내 집에서 합시다."

"……."

"두 분은 이따 정경과 함께 내 집으로 오시오."

수양에게 음복연은 이제 아무것도 아니었다. 날씨 핑계로 일찍 파하고 집으로 돌아갔다.

어스름 저녁에 역도逆徒의 두령과 참모들이 모인 셈이었다.

"전하의 가례는 왕실의 일이기에 의논 한마디 없이 내가 주청했던 것이오."

수양이 변명 겸 주제를 말했다.

"나리께서 저희들에게 한마디 귀띔도 안 하신 걸 말씀드린 게 아니라, 그 일이 급선무인가 의아하게 생각되었던 것입니다."

한명회도 변명 겸 후퇴로 말했다.

"급하지요. 얼마 안 남은 설 지나면 열네 살이 아니오. 사가에서도 늦은 나이인데 하물며 임금이오."

"하긴 그렇습니다만 어차피 찍어낼 나무가 아닌가 해서……."

"한공, 임금이 불행해 보이면 이제 왕족의 수장이자 섭정이 된 나의 잘못인 게요. 내게 분명 딴 마음이 있다고들 생각할 것이오."

"예. 과연 그렇군요. 그렇다면……, 음."

"그래도 몇 달 안 남은 탈상은 지내고 나서 거론하는 게 도리가 아닐까요?"

권람의 의견이었다.

"음복연에서 범옹도 말했습니다만 하루가 급한 일이오. 그간 내가 전하께 몇 차례나 주청을 드렸는데 꿈쩍도 안 했어요."

"하오나 전하의 입장에서 생각해보면 절대 윤허할 수가 없는 일이 아니겠습니까?"

신숙주의 말이었다.

"아니, 왜 절대 안 된다는 게요?"

"왕은 법도의 모범임을 배우셨으니 전하께 탈상은 범할 수 없는 법도일 것입니다. 백번 천번 불윤할 수밖에요."

"군왕무치君王無恥(왕은 무슨 일을 해도 잘못이 아니고 부끄러워할 필요도 없다)라 했소."

"그걸 터득할 나이는 아니옵니다."

"아무튼 내 입장에서는 하루빨리 반드시 성사시켜야 하는 일이오."

수양은 안달하고 있었다.

"하루빨리 성사시키려면……, 그 수밖에 없지……."

한명회가 빙긋이 웃으며 혼잣말처럼 중얼거렸다.

"무슨 수가 있소. 한공."

수양이 듣고 기대에 찬 눈으로 한명회를 쳐다보았다.

"나리. 귀를 잠깐만……."

수양이 귀를 돌리자 한명회가 수양 곁으로 다가갔다. 그리고 귀에 대고 한마디 속삭였다.

"알겠소."

수양저를 나와 걸으면서 신숙주가 한명회에게 물었다.

"귀에 대고 뭐라 한 거요?"

"헤헤, 십벌지목十伐之木(열 번 찍어 안 넘어가는 나무 없다). 왕실과 조정을 동원해서 딱 열 번만 해보라 했소."

"그럴 거 같구먼. 그런데 나리께서 왜 저렇게 안달인 것인가?"

권람이 궁금한 모양이었다.

"빤하지 않은가. 우리보다 더 치밀하단 말이야."

"빤하다니?"

"치밀하다고?"

권람과 신숙주가 반문했다.

"……."

"여보게. 자준이. 뭐가 빤해?"

"이보시게들, 가까이……."

한명회가 손으로 당기며 낮은 소리로 말했다.

"그래. 뭔가?"

"희단연姬旦然(희단인 체하다)."

희단은 주공周公의 이름이다.

"오라. 주공자처周公自處(스스로 주공으로 처신함)이니……."

세 사람은 다 같이 검지를 입에 대고 눈을 끔벅거렸다.

주공은 중국 주周나라를 창건한 무왕武王의 동생이었다. 무왕이 죽자 무왕의 어린 아들 성왕成王이 열세 살에 왕위에 등극했다. 주공은 어린 조카를 내쫓고 자신이 왕이 될 수 있었고, 주위에서도 그러기를 종용했다. 그러나 그는 섭정으로 끝까지 충성을 다했다.

주공은 어린 왕을 보좌하는 동안 그에게 통치 기술을 가르치고, 반란군을 제압하고, 정벌에 나서 영토를 확장하고, 나라의 기틀을 공고히 했다. 그런 뒤 조카 성왕이 스무 살 성년이 되자 섭정의 자리에서 물러나며 안정된 왕권을 성왕에게 넘겨주었다. 그리하여 성왕과 다음의 강왕康王 시대까지 태평성대를 이루게 되었던 것이다. 공자는 주공을 중국 역사상 최고의 군자 또는 성인聖人이라고 극찬했다.

성왕과 주공의 아름다운 중국 역사가, 이 땅에서 단종과 수양대군의 아름다운 조선 역사로 재현되고 있다고 믿는 백성들이 이때에는 더 많았다.

한명회로부터 귀띔을 받은 수양은 다음 날 즉시 금혼령禁婚令을 내렸다. 열두 살에서 열여섯 살까지의 처자는 혼사를 금지한다는 명령이었다.

그리고 동시에 봉단령捧單令을 내렸다. 혼기에 있는 처자가 있는 사대부는 자진해서 단자單子를 제출하라는 명령이었다. 도성에는 여러 군데 방榜도 붙였다.

수양은 예조판서 김조를 불렀다.

"예조의 일이니 서둘러 유종지미有終之美를 거두시오."

단자가 예조에 들어오기 시작했다. 그런데 단자는 일곱째에서 그치고 말았다. 후보자가 적어도 서른 명은 돼야 간택이 시행되는데 큰일이었다. 할 수 없이 수양에게 그대로 보고했다.

"그대로 간택을 진행하시오."

"예, 알겠습니다. 창덕궁에서 진행할까 하옵니다."

"그리하시오."

음복연이 끝나고 돌아온 밤, 단종은 밤새 악몽에 시달렸다. 꿈속에 피를 흘리는 흉한 모습으로 김종서, 황보인 등의 모습이 나타났다. 이어서 자상하고 다정하던 안평대군이 나타났다.

"전하, 이 죄 많은 숙부를 전하께서 죽여주십시오."

머리를 풀어헤친 죄인의 모습으로 꿇어앉아 자신을 죽여달라고 애원하고 있었다.

"안평 숙부, 숙부가 무슨 죄를 지었다고 죽인단 말이오?"

"역심을 품고 있는 수양 형을 죽여야 한다고 갑사들이 나섰을 때 이 숙부가 극구 말렸사옵니다. 형을 어떻게 죽이느냐고……."

"아니, 그래서요?"

"그런데 수양 형은 내가 역심을 품었다고 귀양을 보내더니 이제 나를 죽이러 쫓아온답니다."

"그럴 리가 있습니까? 아우를 어찌 죽이겠습니까?"

단종이 내려가 숙부를 잡아 일으키려 하는데 뒤에서 호통 소리가 들렸다.

"전하, 그놈을 놓지 못하겠소? 당장 쳐 죽일 놈이 아니오?"

돌아보니 시퍼런 장검을 빼들고 수양 숙부가 노려보고 있었다.

"에구머니! 수양 숙부, 안평 숙부를 살려주세요. 아우가 아닙니까?"

그러나 대답도 없이 수양이 칼을 들어 안평을 내려쳤다. 쓰러져 엎어진 안평의 등에서 시뻘건 피가 뿜어 나왔다.

"아……악!"

단종은 놀랍고 무서워 돌아서 뛰었다.

"거기 서시오."

수양 숙부가 따라오며 소리쳤다.

더 빨리 달리고 싶었으나 다리가 마음대로 움직이지 않았다.

"멈추지 못하겠소?"

돌아보니 수양 숙부가 피 묻은 칼을 든 채 눈을 부릅뜨고 쫓아오고 있었다.

단종은 더 빨리 달렸다. 겁에 질려 허겁지겁 정신없이 달렸다. 다리가 비틀거리는가 싶더니 그만 넘어져 엎어지고 말았다.

"어쿠. 어쿠."

숨을 헐떡거리다 잠에서 깨었다.

지밀상궁이 달려왔다.

"전하. 어인 일이시옵니까?"

"……."

"땀을 흘리셨사옵니다. 가위 눌리셨습니까?"

"무서워."

"흉몽을 꾸셨군요. 무슨 꿈을 꾸셨습니까?"

"아니다. 그냥……."

"추운 날씨에 회맹제다 음복연이다 해서 옥체가 미령하셨을 것이옵니다."

"그런 것 같다만 너무 무서워서……."

"무슨 꿈이신지……. 흉몽은 남에게 말을 해서 떨쳐 버리는 게 좋다고 하옵니다."

"아니다."

"……?"

"혜빈께서 궐내에 계시면 여기 들리시라고 여쭈어라."

"예."

아침 수라를 마치고 얼마 있지 않아 혜빈 양씨가 들렸다.

"혜빈. 어서 오세요."

"황공하옵니다. 전하. 용안이 많이 여위셨사옵니다."

"혜빈. 무서워요."

"망극하옵니다. 흉몽을 꾸셨다고요?"

"예."

"무슨 꿈이신지……?"

"차마 입 밖에 내기도 무서워서……."

"……?"

"내가 안평 숙부를 죽게 해서 벌을 받나 보아요."

"전하, 망극하옵니다. 어찌 그런 말씀을……."

"사실이지요. 내가 죽이라 했으니……."

"그게 어찌 전하의 뜻이었사옵니까? 전하의 뜻이 아니었음을 세상이 다 알고 있사옵니다."

"그렇다 해도 윤허는 내가 내렸어요."

"전하, 망극하옵니다."

"혜빈, 좀 더 가까이 오세요."

혜빈이 좀 더 가까이 어좌 앞으로 다가앉았다.

단종은 목소리를 낮추어 말했다.

"혜빈께서는 나에게 사실대로 숨김없이 일러주실 수 있으시지요?"

'갑자기 무슨 일이신가?'

혜빈은 돌연 긴장했다.

"무슨 말씀이신지……."

"말씀해보세요. 숨김없이 일러주시겠다고……."

"전하. 전하께 거짓을 아뢰올 수는 없는 일이옵니다."

"그래도 약속을 해주세요. 숨김없이 말하겠다고……."

"황공하옵니다. 맹세코 숨김이 없을 것이옵니다."

"좋아요. 그러면 참으로 궁금한 것을 물어보겠어요."

"……?"

"더 가까이……."

단종은 밖에서 누가 듣지 않나 신경을 쓰는 것 같았다.

"……?"

"안평 숙부가…… 내 자리를 탐하여 황보인, 김종서 등과 정말로 반역을 도모했소?"

"……?"

혜빈이 주위를 살폈다. 대궐에는 밤이고 낮이고, 방 안이고 방 밖이고 상관없이, 수양대군의 촉수노릇을 하는 끄나풀들이 쫙 깔려 있었다. 자기에게는 훨씬 더 많은 촉수가 뻗어 있음을 혜빈은 잘 알고 있었다.

"혜빈. 말씀해보세요. 내게 바른 말을 해줄 사람은 혜빈뿐이오."

"……!"

'어찌할꼬? 이 말 한마디로 목숨이 어찌 될지 모르는 판국이 아닌가. 그렇다고 헛소리 할 수도 없는 일이니…….'

대답을 하지 않고 있자 단종은 금방 침울해져 눈물을 글썽거렸다. 날개가 다 잘린 채 새장에 갇힌 신세가 된 자신의 외로움을 체감하는 눈물이 아닌가.

그냥 보고 있자니 혜빈의 가슴도 무너졌다. 더구나 생모처럼 단종을 키워온 정은 모정이었으니 이 눈물을 어찌 견딜 수 있으랴.

"전하……."

"예. 혜빈……."

단종은 구원을 간원하는 눈빛이었다. 혜빈은 다시 주위를 살피며 바깥에 신경을 썼다. 그러다 아주 낮은 소리로 입을 열었다.

"전하, 신첩이 아는 바로는 안평대군은 결코 전하께 반역할 분이 아니옵니다."

"예, 예. 정말 그렇지요?"

단종은 금방 용안이 환해졌다.

"그리고 황보인, 김종서 대감들도 결코 전하께 반역할 사람들이 아니옵니다. 더구나 선대왕으로부터 고명까지 받으신 분들이옵니다."

"그런데 왜 수양 숙부가……."

"짐작되시지 않으시옵니까? 그분들은 수양대군의 역심을 눈치채고 수양대군에 대적할 준비를 하고 있었습니다."

"오……!"

"그런데 수양대군이 선수를 쳤습니다. 역모를 빙자해서 갑작스럽게

다 죽인 것입니다."

"헉, 저런……."

"정말로 역모를 꾀했다면 전하께 고하고 의금부에 잡아들여서 국문을 하고 죄상을 밝혀낸 다음 죽이든 살리든 해야 할 게 아니옵니까?"

"오, 과연……."

"전하께서는 안평대군 등 역모를 꾀했다는 사람들을 하나라도 만나 보셨사옵니까?"

"아니오. 못 봤소."

"그렇사옵니다. 죽은 사람은 말을 못 하니 저들은 마음대로 일을 꾸밀 수가 있사옵니다. 저들이 왜 안평대군을 그렇게 서둘러 사사하라고 난리쳤겠사옵니까?"

"음……."

"틈이 생겨 혹시라도 안평대군의 입을 통하여 진실이 밝혀질까 두려워서 저들은 그렇게 서둘렀던 것이옵니다."

"오라……."

단종이 이해가 된다는 듯 고개를 끄덕였다.

"……."

"그런데 혜빈, 수양대군의 역심이라 했는데 그게 무슨 뜻이오?"

"전하, 망극하옵니다. 수양대군은 전하의 용상을 노리는 자이옵니다."

"엑……!"

단종은 눈이 휘둥그레지며 입을 딱 벌렸다. 단종은 선왕 때부터 수양대군을 경계하는 여러 사람의 말을 들어왔었다. 그러나 그것을 확연히 깨달을 수는 없었다. 그런데 오늘 청천벽력 같은 혜빈의 말을 듣고 보니 이제 확연히 깨닫게는 되었으나, 이것이 기절초풍할 일이 아닌가.

"망극하옵니다. 전하."

"수양 숙부가 용상을 노리다니. 그럼 나도……? 혜빈, 나는 어찌 되는 것입니까?"

"전하, 그런 망극한 일을 신첩이 어찌 입에 담겠사옵니까?"

"오라, 그래서 꿈에 그렇게 나타났는가?"

"꿈에 어떻게 나타났사옵니까?"

단종은 혜빈에게 꿈 이야기를 그대로 들려주었다.

"혜빈. 무서워요. 날 좀 도와주세요."

"전하, 외람되오나 한 말씀 드리겠사옵니다. 수양대군은 역심을 품고 있는 자이옵니다. 그러니 앞으로 그가 주청하는 일은 함부로 윤허치 마시옵소서. 판단이 서시지 않을 때에는 소첩에게라도 귀띔을 해주시오면 조금이라도 도울 수 있을 것이옵니다."

"혜빈. 고마워요. 그리하겠습니다."

그날 해질녘 무렵, 내관 전균과 엄자치 두 사람이 은밀히 속삭이고 있었다.

"영성군寧城君께서 직접 영상저에 다녀오시는 게 좋겠소."

전균이 엄자치에게 말했다. 엄자치는 단종과 혜빈이 이야기하는 것을 귀신같이 엿들었다. 그 일로 전균과 상의하고 있었다.

그동안 환관으로서 수양대군의 간자 노릇을 충실히 한 덕분에 전균과 엄자치는 정난공신 2등에 책록 되었고 군호君號(왕족이나 훈신에게 주는 봉호)도 받았다.

"가만, 이건 보통 정보가 아니오. 숙빈 홍씨(문종 후궁)를 보내는 게 좋겠소. 우리들을 위해서 그분이 애를 많이 썼지 않소."

"참, 그게 좋겠소."

그날 밤 그들이 엿들은 내용은 숙빈에게 전달되었다. 다음 날, 날이 밝기가 무섭게 숙빈은 수양저를 찾아가 엄자치가 엿들은 내용을 수양에게 직접 보고하고 돌아왔다.

수양은 수염을 쓰다듬으며 생각에 잠겼다.

'괘씸한 것들. 허나 전하께 그런 말을 한 사람이 어디 혜빈뿐이겠는가? 아직은 내가 티를 내어서는 안 되지……. 그보다는 내가 그런 사람이 결코 아니란 것을 세상에 보여주는 것이 더 시급하고 절실한 것이야. 가례를 서두는 수밖에 없어.'

16

중전 맞이

들어온 단자가 일곱밖에 안 되었지만 수양대군의 명에 따라 간택揀
擇이 시작되었다.

심사를 맡아야 할 대비도 대왕대비도 없는지라 모두 다 남자들로
이루어진 심사관들이 창덕궁 희정당熙政堂에 모였다. 왕실을 대표한 효
령대군, 그리고 좌의정 정인지, 우의정 한확, 도승지 최항, 주관자인 예
조판서 김조였다.

일곱 명의 처자들은 예조의 안내대로 돈화문敦化門 서쪽의 작은 문
금호문金虎門 앞에 도착해 가마에서 내렸다. 거기서부터는 걸어서 가야
했다. 궐내에서는 임금 내외 이외에는 가마와 말 타기가 금지되어 있
었다.

처자들은 봉례랑奉禮郎(통례원 관원)과 상궁들이 안내했다. 금천교를 지나 진선문進善門에 이르렀을 때 처자들은 특이한 안내를 받았다. 한 사람씩 문턱에 엎어놓은 솥뚜껑을 밟고 지나가라는 것이었다. 솥뚜껑 아래에는 엎어놓은 바가지가 있었다. 밟고 지나가다 바가지가 깨지면 그 처자는 실격이었다. 일곱 처자는 실격 없이 숙장문肅章門 쪽으로 들 어서 희정당에 이르렀다.

처자들은 안내에 따라 자기 아버지 이름이 쓰인 명패 앞에 앉았다. 앉아 있는 동안 심사관들은 처자의 얼굴 모습을 보았다. 특히 피부와 미간을 자세히 관찰했다. 피부로 순결미를 보고 미간에서 덕성과 이해심을 보았다.

다음에는 상궁이 한 사람씩 세워 절을 시켰다. 한 번의 절 동작 속에서 그 처자의 예모禮貌와 나고 자란 가풍 등을 파악해냈다.

끝으로 상궁의 호명에 따라 한 사람씩 퇴장했다. 걸음걸이와 뒤태를 보는 것이었다. 골반을 싸고 있는 둔부의 발달 여하는 다산과 직결되었다.

그날은 합격자 없이 간택이 끝났다. 초간택 이후 대개 보름쯤 지나서 재간택을 실시하는 게 관례인데 수양의 지시로 7일 만에 재간택이 시행되었다.

재간택에서도 합격자가 없었다. 삼간택에서도 합격자가 없었다. 대개 삼간택에서는 한 사람을 남겨두고 돌려보내곤 했었다.

눈썹을 치켜세운 수양이 예조판서 김조를 불렀다.

"왜 이렇게 더딘 것이오?"

"마땅한 규수가 없어서 그렇지 않습니까?"

"아니, 조선팔도에 간택될 처자 하나가 없단 말이오?"

"국모를 모시는 일인지라 아무나 모셔올 수도 없고 보니……."

"그래도 그렇지. 금혼령까지 내려놓고 찾아내지 못한다면 김공의 능력을 의심할 수밖에 없지 않소?"

수양이 독사 같은 눈초리로 노려보자 김조는 등골이 서늘했다. 잘못하면 반역도당으로 엮여져 사라질 수도 있다는 생각이 들자 진땀이 났다.

"정신 차려 다시 시작하시오."

"예. 명심하겠습니다."

사간택, 오간택을 실시했으나 합격자는 나오지 않았다. 김조도 수양도 더 초조해지고 더 다급해졌다. 창덕궁에서 떠들썩하게 여러 번 치르고 있는 간택의 소문이 경복궁에 퍼지지 않을 수가 없었다.

단종이 지밀상궁을 불렀다.

"동궐에서 간택을 행하고 있다는데 사실이냐?"

"그런가 하옵니다."

"누가 혼례를 치르는고?"

"실은 그것이……."

"왜 망설이느냐?"

"사실은 그것이……."

"이런, 사실대로 말하지 못하느냐?"

"사실은 상감마마의 가례를……."

"뭣이라고? 과인의 혼사라고?"

"그렇사옵니다. 국모를 모시는 일로……."

"누가 주동이냐? 누가 일을 꾸미느냐 말이다."

"영상대감께서……."

"수양 숙부가?"

"예. 그러하옵니다."

"참, 때가 아니라고 그렇게도 거절했거늘 이 무슨 고얀 일이란 말인가?"

초조해진 수양은 간택은 간택이고 그보다 더 급한 일이 임금의 윤허를 받는 일이라고 생각했다.

우선 의정부가 앞장서기로 했다. 아침 일찍 임금을 찾았다.

"삼정승 입궐이옵니다."

승정원의 전갈이었다.

"들라 이르라."

수양대군, 좌의정 정인지, 우의정 한확, 좌찬성 이사철, 좌참찬 이계린 등이 입시했다.

"전하께서 외롭고 적적하게 계시므로 모두들 왕비를 모시고자 하옵니다. 윤허하시옵소서."

"윤허하시옵소서."

"윤허하시옵소서."

이구동성의 주청이었다.

"불가하오."

"국상 3년 안에는 혼인하지 못한다는 법을 태종대왕께서 세우셨으나 이는 평상시에 한한 것이옵니다."

"법은 지켜야 법인 것이오. 과인은 그 법을 지킬 것이오."

"작금 전하께서 처하여 계시는 입장은 평상시의 경우가 아니시옵니다."

"평상시의 경우가 아니라니 그게 무슨 말이오?"

"지금은 역도들이 준동하는 난세이옵니다."

"법도 법이려니와 부왕에 대한 최소한의 예의는 지켜야 합니다. 사람이 예를 벗어나면 축생畜生과 다름이 없지요. 과인은 법도 지키고 예의도 지킬 것입니다."

"비상시에는 권도權道(상황에 따라 일을 처리하는 방도)를 따른다 했사옵니다. 지금은 비상시이니 권도를 따르시옵소서."

"나는 정도를 따를 것이오."

"간절히 바라옵니다. 경중 그리고 대소를 깊이 생각하시와 옳은 방도를 찾으시옵소서."

"그런 건 나는 모르겠소. 그만 돌아들 가시오."

임금은 완강했다. 물러나는 수밖에 없었다.

수양은 오후에 주청했다. 이번에는 의정 대신 외에 양녕대군, 효령대군, 경녕군敬寧君(태종의 서장자), 부마 정종鄭悰이 함께했다.

"국모를 모시지 못함은 신하된 자들의 불충 중의 불충이옵니다. 윤허하시옵소서."

"불가하오."

"신들의 주청은 전하 일신을 위함이 아니오라 국가의 대사이옵니다. 왕비를 맞아들이는 일은 종사 만대萬代의 계책에 관계되는 것이오니 깊이 생각하시옵소서."

"불가하다 하지 않았소?"

"윤허치 않으시오면 신등은 물러갈 수가 없사옵니다. 윤허를 받고

서야 물러갈 것이옵니다."

"윤허는 없을 것이오. 알아서들 하세요."

"오늘의 주청은 하루 이틀의 의논이 아니옵고 여러 날 심사숙고한 뒤에 올리는 주청이옵니다. 어찌 옳지 않은 일을 주청하오리까?"

"윤허는 없다 했습니다. 물러들 가세요."

임금의 고집을 꺾을 수가 없어 물러갈 수밖에 없었다.

대군청으로 물러나온 수양이 한명회를 불렀다.

"한공의 묘수가 통하지 않소. 여전히 꿈쩍도 않으시니 말이오."

"겨우 오벌五伐이 아닙니까? 거목도 마지막 한 방에 쓰러집니다."

"그거참. 그 마지막 한 방이 언제 온단 말이오?"

"찍다 보면 쓰러질 때가 옵니다."

"이 해가 가기 전에 결판을 내려 했는데……."

"백관百官을 인솔하시고 봉장封章을 올려보심도 힘이 들어간 일벌一伐이 될 것이옵니다."

"그래 볼까?"

마침내 계유년이 다 지나가는 섣달 스무아흐레 날, 수양은 좌상, 우상, 종친, 부마, 문무백관을 거느리고 근정문 앞에 도열했다. 어금니를 악물고 섣달의 칼바람을 이겨내고 있었다.

환관에게 봉장을 들려 대전에 올렸다.

종친, 의정, 육조, 공신, 부마가 왕비 영접을 여러 차례 주청 드렸으나 윤허를 받지 못하여 이렇게 봉장을 올리나이다.

예로부터 나라를 다스림에 있어 그 예법이 네 가지 있으니 이른바 관혼상제입니다. 그중 상례는 자식 노릇을 하는 마지막 큰일로서 성심을 다해야 하는 것이오나 자신이 처한 형편을 간과해서 행하는 것은 오히려 불효가 됩니다.

상을 치르는 예에 있어서 거친 음식을 먹고 술과 고기를 먹지 아니함은 애통을 표하기 위함입니다. 그러나 존장이 권하면 먹고 질병이 있으면 먹어야 합니다. 그것은 조상이 물려주신 신체를 손상시키지 않고 가업을 이어 효도를 다하기 위함입니다.

지금 선왕의 유체遺體는 오로지 전하 한 몸뿐이시니 그 소중함이 상례常禮로 논할 것이 아니온데 전하께서 어찌 그 몸을 사사로이 할 수 있겠습니까?

혼례는 종묘 제사의 소중함을 받들고 자손만대를 이어가는 것이기에 효 중에서 으뜸입니다.

전하께서 열성列聖(대대의 여러 임금)의 업을 이어받아 종묘사직을 지키고 백성은 전하를 우러러 의지하고 있습니다. 그런데 아직 원자가 없으니 이는 선왕의 도를 계승하는 소이所以(까닭)가 아닙니다. 오늘날 종묘사직을 위한 대계는 오직 왕비를 택하시어 후사를 잇는 데 있습니다.

순舜임금은 존경받는 임금으로 후세 사람들이 대효大孝라고 칭송하는데 그가 부모에게 고하지 않고 아내를 맞이했습니다. 순임금이 부모에게 고하는 것이 효도이고 예도임을 어찌 몰랐겠습니까? 이것이 이른바 권도입니다.

지금 온 나라 백성이 복이 없어 세종과 문종께서 모두 승하하시고 전하께서 어리신 몸으로 즉위하셨습니다. 그런데 더하여 위로는 모후의 보살핌이 없고 아래로는 어진 왕비의 도움이 없으니 어찌 국사의 변고가 아니겠습니까?

하오니 하루빨리 왕비를 맞아들이소서.

단종은 봉장을 읽었으나 가타부타 언급이 없었다. 도승지 최항 이하

승지들이 들어가 조심스럽게 아뢰었다.

"종친과 백관이 청하는데 어찌 옳지 않은 일을 청하겠습니까? 여러 고전을 상고하여 보았는데 이런 일이 왕왕 있었습니다. 오늘날 종사의 대계로 보아 그렇게 아니 할 수 없습니다. 백관의 청을 따르는 것이 옳은 줄로 아뢰옵니다."

"따를 수 없소."

이번에는 사간원이 나섰다.

"대상大祥이 이제 겨우 수개월이 남아 있사오니 혼처를 정해놓고 대상이 지난 뒤에 가례를 올리는 것도 한 방법인 줄로 아옵니다."

"상중에 혼담을 나누는 것 자체가 예의가 아니오."

하는 수 없이 도열堵列을 그만두고 헤어졌다.

1454년(단종 2) 갑술년甲戌年이 되었다. 단종이 조선 나이로 열네 살이 되었다.

새해 첫날은 신년하례가 있는 날이었다. 수양은 하례 의식을 간소하게 처리하고 또 주청을 시작했다. 양녕대군, 효령대군, 종친, 부마, 좌의정, 우의정, 문무백관과 더불어 아뢰었다.

"왕비를 맞아들이도록 재삼 주청을 드렸으나 윤허를 받지 못했습니다. 물러가서 다시 생각해보아도 신하된 도리로 도저히 중지할 수가 없습니다. 새해 첫날 백관들이 종사의 대계를 위하여 다시 아뢰니 따르시옵소서."

단종의 의지는 변함이 없었다.

"따를 수 없소."

"옛날에는 상중 3년 동안 말을 하지 않았으나, 지금은 3년 안에 온갖 사무를 재결裁決합니다. 이것은 모두 권도에 따른 것이옵니다."

"주청하는 뜻은 알겠으나 따를 수는 없소."

정초 보름 동안 길게는 한 달 동안은 세배를 하고 새해 덕담을 나누는 시기이기 때문에 다른 행사는 대개 미루었다.

정월 초여드레 날을 잡아 수양은 또다시 간택을 시행했다.

"더는 미룰 수가 없습니다. 오늘은 다 결정하도록 합시다."

수양의 말은 왕비 후보와 후궁 두 사람의 후보를 오늘 다 결정해버리자는 뜻이었다. 수양대군과 효령대군을 비롯해 이날 간택에 참석한 사람들은 무려 열아홉 명이나 되었다.

이날 드디어 왕비 후보 한 사람과 후궁 후보 두 사람이 결정되었다.

왕비 후보는 풍저창豐儲倉(중앙의 제반 비용을 주관하던 관청) 부사副使(종6품) 송현수宋玹壽의 딸이었다. 잉잉媵(귀인 이하의 후궁) 후보는 예원군사預原郡事(종4품) 김사우金師禹의 딸과 사정司正(정7품) 권완權完의 딸이었다.

송현수는 일찍이 왕실과 인연이 있었다. 그의 누이동생이 세종의 팔남 영응대군에게 출가하여 대방부부인帶方府夫人 송씨가 되었다. 대방부부인 송씨는 마음이 비단결 같다 하여 세종의 끔찍한 사랑을 받았다. 세종은 그래서 벼슬이 없어 어렵게 지내는 송씨의 오빠 송현수에게 전구서부승典廐署副丞(제사용 가축을 관리하는 관서의 말단직)이라는 벼슬을 내려주었다.

그런데 송씨가 몸이 너무 허약한 것을 알게 된 세종은 하는 수 없이 송씨를 이혼시켜 친가로 돌려보냈다. 그리고 영응대군에게 전 중추원 부사 고故 정충경鄭忠敬의 딸을 새 부인으로 맞게 했다. 그 부인이 춘성부부인春城府夫人 정씨鄭氏였다.

세종은 그 후 부부인 정씨의 남동생인 정종鄭悰을 가슴 아파한 손녀 (문종의 딸) 경혜공주와 혼인시켜 부마를 삼았다. 세종은 이렇게 몹시 귀여워했던 막내아들 영응대군의 집에서 지내다 승하했다.

그런데 영응대군은 송씨 부인을 못 잊어했다. 세종이 죽은 뒤 영응대군이 송씨를 그리워하는 것을 알고 수양대군은 영응대군을 데리고 수양대군의 친구인 송현수의 집을 드나들며 영응대군과 송씨를 만나게 해주었다. 그러다 단종 1년 임금의 허락하에 영응대군은 춘성부인 정씨와 이혼하고 송씨와 다시 혼인했다.

이제 풍저창부사인 송현수는 두 번째로 왕실과 인연을 맺게 되는 것이었다. 그것도 조선 최초의 왕비 간택의 덕택으로 바로 국구國舅가 되는 인연을 맺게 되는 것이었다.

넋이 나갈 만큼 부러워하는 사람들이 많았다.

"어찌하면 왕비를 낳을 수 있는가?"

"조상이 돌본 게야. 조상을 잘 모셔야지."

"집터가 좋아서겠지."

"나도 왕비 한번 낳아 봤으면 좋겠네."

"삼청단三淸壇(소격서에서 삼청동에 지은 제단)에 가서 빌면 낳을 수 있을까?"

"그러면 아무나 다 왕비를 낳게?"

"아니야. 발을 잘 뻗고 정기 받음을 해야 낳을 수 있대."

"어떻게 잘 뻗어?"

"백악白岳山(북악산) 쪽으로 다리를 뻗고 정기를 받아서 왕비를 낳은 거래."

"그래서 그런 말이 돌았나? 호호."

"무슨 말?"

"호호. 부사 댁 민씨 마님이 그렇게 했다는 거야."

"가만, 그러고 보니 나도 들은 것 같아."

"민씨 마님 얘기 말이야?"

"민씨 마님은 맞는데 부사 댁이 아니고……, 그 궁지기 댁 마님도 그랬다는데?"

"그럼, 그 집도 왕비가 나겠네."

궁지기는 한명회를 가리키는 것인데, 한명회의 부인은 중추원부사 민대생閔大生의 딸이고, 송현수의 부인은 민대생의 아우인 삼척도 호부사 민소생閔紹生의 딸이었다.

그런데 그 여흥驪興 민씨의 딸들은 다들 용모가 빼어난 미인들이었다. 미인이 딸을 낳았다면 그 딸의 용모 또한 빼어나리라는 것은 다 짐작되는 일이 었다.

백악 쪽으로 발을 뻗어서인지 우연의 일치인지는 모르나 그들 민씨 딸들은 실제로 다 왕비를 낳았던 것이다.

  송현수의 딸 – 조선 6대왕 단종비 정순왕후定順王后
  한명회의 딸 – 조선 8대왕 예종비 장순왕후章順王后
      – 조선 9대왕 성종비 공혜왕후恭惠王后

왕비를 간택해놓았으나 정작 신랑이 될 당사자인 단종은 좋아하지도 승낙하지도 않았다.

또한 정작 국구가 될 송현수 또한 기뻐하지도 달가워하지도 않았다. 애초에는 딸의 단자를 내지 않았으나 수양대군의 눈독 들인 종용으로 할 수 없이 단자를 냈던 것이다.

신년 원단元旦에 대궐에 들어와 신년하례와 주청을 마친 수양은 왕비 간택의 생각을 떨치지 못한 채 집으로 돌아갔다. 그때부터 마음이 더 다급해진 수양이 부인 윤씨에게 걱정거리를 털어놓았다.

"여보, 상감의 가례가 시급한데 누구의 딸을 왕비로 맞아야 할지 걱정이오. 부인에게 혹 좋은 생각이 없소?"

"대감, 별일입니다. 치마 두른 아낙네에게 국가 대사를 다 물으시다니요."

"이거야 우리 왕실의 일이기도 하지 않소? 조카며느리를 얻는 일이 아니오?"

"그러면 저희 친정 윤씨 집안에서 하나 천거할까요?"

"생각나는 규수라도 있소?"

"그야 있지요. 가까이 사촌들도 있고요."

"사촌이라……."

한참이나 생각하던 수양이 고개를 가로저었다.

"안되겠소."

"아니, 왜 그러십니까?"

"장차 과부라도 되면 부인의 원망을 사지 않겠소?"

부인이 사뭇 놀라는 눈치였다.

"아니, 대감, 그러시다면 정녕 대감이 옥좌를……?"

"내가 옥좌를 노리는 게 아니라……, 상감의 기질이 아무래도 장수는 못할 것 같아 그러는 거요."

"……?"

"그래서 그런지 쟁쟁한 집안에서는 단자를 내지 않는 것 같소. 그렇다고 아무나 간택할 수는 없지 않소?"

"예……."

"어디 마땅한 사람을 생각해보시오. 우리를 해치지 않을 사람으로……, 그리고 혹 과부가 되더라도 크게 심려가 되지 않을 만한 사람으로……."

"가만, 대감 친구 송현수 댁에서 단자를 안 냈던가요?"

"아니, 그 친구에게 딸이 있소? 여동생이 우리 왕가와 인연이 있지 않소?"

"이제 열다섯 살이 된 요조숙녀가 있지요. 용모도 빼어나고요."

"허어, 등잔 밑이 어둡다더니 내가 그 집을 여러 번 들락거렸는데도 그걸 몰랐구려."

"괜찮겠어요?"

"아주 안성맞춤이오. 거참 잘되었소."

수양은 다음 날 즉시 송현수를 초대하고 주안상을 폈다.

"이보게, 현수. 실은 자네에게 긴히 할 말이 있어 이렇게 초대했네."

"무슨 말씀이오? 대감"

"자네에게 요조숙녀 딸이 있다 들었네."

"딸이야 있지만 미거한 것을 무슨 요조숙녀라 하시오."

"실은 자네 딸을 왕비로 삼고자 하네."

송현수는 깜짝 놀라며 정색을 했다.

"웬 농담을 하십니까? 미거한 딸이 어찌 왕비가 되겠소."

"하하하. 내 다 소문을 들었네. 겸사의 말씀은 그만두고 청을 꼭 들어주시게."

송현수는 오래도록 아무 말 없이 고개를 숙이고 있었다. 수양은 송현수의 마음을 짐작할 수 있었다. 내키지 않지만 거절할 수도 없는 진퇴유곡에 처해 있음이었다.

"그러면 자네가 국혼을 반대하는 게로군. 신하로서 취할 도리가 아니지 않은가?"

수양은 궁지로 더 몰아붙였다.

"대감. 내 어찌 거절이야 하겠소? 내놓으라 하시면 무엇인들 못 내놓겠습니까마는……."

"그러면 무엇을 망설이는가?"

"그것은 대감의 뜻에 달려 있는 것이오."

"하하. 이 친구. 강제로 하라는 게 아니야. 자네가 정 꺼린다면 내 권하지 않겠네."

"우리 가문에 찬연한 광영이 되는데 어찌 거절이야 하겠소. 허나 대감과는 친구 사이니 기탄없이 물어보겠소만……."

송현수는 세상의 뒤꼍에 떠도는 수양대군의 관상에 대한 말들이 떠올랐다. 쥐상 관상의 사람에 대한 말들이었다. 앞에서는 맹세하고 돌아서면 헛소리하는 그런 사람이라고 했다. 아쉬울 때는 감언이설과 호언장담으로 유혹하고 뜻을 이루고 나면 오불관언, 적반하장으로 배신하는 그런 사람이라고 했다.

"이 사람 무엇이든지 물어보게. 지금 우리 둘뿐이네. 무슨 말이든 해도 된단 말이네."

"큼, 큼. 나도 대군을 믿으니…… 터놓고 말하겠소. 장차 어찌할 셈이오? 대위大位를 선위받지 않으실 것이오?"

"허어, 이 사람. 그 무슨 말인가? 나더러 조카의 옥좌를 가로채란 말인가?"

"그러면 상감이 선위한다 해도 받지 않으시겠다 이 말씀이오?"

"당치도 않은 소리 치우시게."

"대감, 그러지 마시고 진심을 말해주시오. 그래야 나도 딸자식을 내놓겠소."

"임금이란 하늘의 힘으로 되는 것이오. 사람의 힘으로 되는 것이 아니외다. 되고 싶어도 안 되는 것이요, 안 되고 싶어도 되는 것이오. 부왕 세종대왕께서는 어디 임금이 되시고자 하셨던 분이던가?"

"……"

"그럼 자네는 내가 원치 않아도 임금이 된다 그 말인가?"

"그렇습니다. 대감이 원치 않아도 임금이 될 수 있는 것입니다. 그러니 선위를 받으시게 되면 내 딸을 과부로 만들지 않겠다는 다짐은 두셔야 하지 않겠습니까? 그렇지 않고서야 아무리 못난 딸자식이라고는 하오나 썩 내놓기가 어렵지 않겠습니까? 부모로서 말입니다."

"알겠네. 솔직히 말해주어 고맙네. 그렇다면 내 다짐을 두지. 그런 일은 없겠지만 혹 그런 일이 있다면 상왕과 상왕비로서 여생을 편안히 지내게 하겠네. 정종대왕처럼 말이네. 이제 마음이 놓이는가?"

"그리고 또 한 가지……."

"허, 이 사람. 되놈처럼 의심도 많구면."

"나는 대군이 잘 아시다시피 권세욕도 명예욕도 없는 사람이오. 아무런 재주도 없으니 그저 조용히 살고 싶을 뿐이오. 후에 혹 나라에 무슨 변란이 일어날지라도 나를 역적으로 의심하여 멸문지화를 내리는 일은 없기를 바라는 것이오."

"하하, 별 걱정을 다 하네. 절대로 그런 일은 없을 것이네. 나도 그런 일은 결코 바라지 않아. 내 맹세하지."

"그리 말씀해주시니 고맙소. 내 곧 단자를 예조에 올리겠소."

"고맙네. 고마워. 이거 안주가 다 식어가네. 자. 한잔 들세."

이렇게 해서 수양은 송현수를 내심과는 다른 감언이설과 호언장담으로 속였고, 송현수의 딸은 왕비로 간택이 되었던 것이다.

이른바 계유정난으로 안평이 비참한 최후를 맞게 되자 수양의 아우들은 모두 수양을 매우 두려워하고 있었다. 그런데 유독 금성대군錦城大君만은 전혀 달랐다.

금성대군은 세종대왕의 여섯째 적자嫡子로 수양보다 아홉 살 아래였다. 그는 성품이 깨끗하고 인자할뿐더러 머리가 영특하고 명민하여 세종이 특히 사랑하고 아꼈다.

그는 단종이 즉위하자 수양대군과 함께 어린 임금을 좌우에서 보필할 것을 약속했다. 그러나 수양대군이 무도하게 난을 일으켜 안평대군과 충신들을 죽이자 극도의 반감을 가지고 내심 이를 갈고 있었다.

금성대군은 평소 활쏘기를 좋아했는데, 수양대군이 정권을 잡은 후로는 너욱 사주 뜻 맞는 형제들과 활 잘 쏘는 자들을 초청하여 활쏘기를 하고 주연을 베풀고 놀곤 했다.

이런 소문을 들은 수양대군이 금성을 불러다 주의를 주었다.

"너는 요즈음 몰려다니며 놀기만 한다니 무슨 속셈이냐?"

"아니, 무슨 할 일이 있어야지요? 형님이 섭정인가 뭔가 하신다니 무슨 일이라도 맡겨주십시오. 그러면 놀지 않게 되겠지요."

"조정 일이야 공무이니 내 마음대로 할 수 있느냐? 그보다 남들에게 체면도 있고 여론도 있으니 너희들도 조심해야 한다. 왕자답게 심신을 닦고 안온하게 지내라 그 말이야. 어울려 다니며 활만 자꾸 쏘아대지 말고……."

"예. 잘 알겠습니다."

"이제 나이도 서른이 다 되어 가는데 채신머리없이 굴지 말고 조신하게 지내야지."

"나 참. 아주 잘 알았습니다요."

잔소리를 듣고 나온 금성은 배알이 뒤틀려 콧방귀를 뀌었다.

'흥, 자기는 전에 훨씬 더 하고서 이제는 딴소리야. 미친년이 속 차리면 행주로 또망(변소) 닦는다더니. 어이구, 조신한 척하기는…….'

그 후 그는 반항하는 마음이 더 깊어졌다. 그래서 활 잘 쏘는 최영손 崔泳孫(최윤덕 장군의 아들), 김옥겸金玉謙 등을 초대하여 뜻 맞은 형제들을 불러 활을 더 많이 쏘고 더 많은 곳을 쏘다니며 놀았다. 수양형의 눈치 따위는 아랑곳하지 않고 궁중에도 맘대로 드나들어 한명회, 권람 등의 이마를 찌푸리게 했다.

송현수의 딸이 간택되었다는 소식을 듣고, 금성대군이 영양위 정종과 함께 밤늦게 단종을 만났다.

"금성 숙부, 어서 오세요. 보고 싶었습니다."

"전하, 중전이 간택되었다 하여 들렸습니다."

"예, 숙부, 계속 반대하는데도 수양 숙부가 막무가내로 밀어붙여서 속이 상합니다."

"송현수 딸이 간택되었다 하는데 성념에 어떻습니까?"

"그 처자야 내가 모르니 뭐라 할 수 없지만, 수양 숙부가 천거한 사람이라 마음에 내키지 않아요. 그리고 탈상이 금방 돌아오는데 굳이 그 안에 가례를 강행하려는 것도 마음에 걸려요. 아바마마께 죄를 짓고 있잖아요."

"예. 그렇습니다. 전하. 가례야 언제 하셔도 하시긴 하셔야 합니다만, 풍저창부사 송현수의 여식은 아니 됩니다. 반드시 거절하셔야 합니다."

"왜요?"

"송현수는 수양대군의 심복 친구입니다. 그놈의 딸을 비로 삼았다가는 영영 저놈들의 손에서 헤어나지 못하십니다."

"그렇습니다. 전하."

정종도 가세했다.

단종이 눈을 깜박이다가 물었다.

"누님도 송현수 딸을 싫어하나요?"

"예. 머리를 쌀쌀 내두른답니다."

"그럼 혜빈 할머니는 어찌 생각하실까요?"

"싫어하십니다. 전하께서 직접 확인해보시면 아실 것입니다."

"거 보십시오. 경혜공주도 싫어하고 혜빈 할머니도 싫어하십니다. 그러니 딱 거절하십시오. 이 숙부가 좋은 처자를 간택해 올릴 테니 그 규수를 중전마마로 맞으시면 됩니다."

"마땅한 규수가 있으면 말씀해보세요."

"실은 이 숙부의 처가인 최도일崔道一의 딸입니다. 내용이야 신의 처가라 속속들이 다 알고 있으니 장담하고 말씀드릴 수 있습니다만……."

"……?"

"신의 처가라 해서 저 속 시키면 수양 형이 가만있지 않을 것입니다."

"그야 규수만 마땅하다면 어떻습니까? 내가 좋다 하면 그만이지요. 수양 숙부가 그것까지야 못하게 막겠습니까?"

"그야 알 수 없지요. 그러니까 아주 딱 거절하시고요, 최씨 댁 규수를 데려오겠다고 하십시오. 그 규수는 경혜공주도 잘 알고 있사옵니다."

"전하, 그렇게 하시지요."

정종이 거들었다.

"그럼 내 최씨 집안으로 장가들겠어요. 혜빈 할머니도 좋다고 하시겠지요?"

"그야 여부가 있겠습니까? 하하하."

"그렇지요. 하하하."

그때였다. 대전상궁 강씨가 다급한 거래를 올렸다.

"상감마마. 영의정 수양대군께서 드십니다."

"엉, 수양 숙부가?"

단종은 나쁜 장난을 하다 어른에게 들킨 아이처럼 몹시 당황했다.

17

금성대군

수양은 임금을 향해 말없이 국궁鞠躬일 배로 인사를 마친 뒤 두 사람을 향해 불퉁거렸다.

"어흠……, 금성 네가 웬일이냐? 영양위도 함께 왔구먼."

"형님, 웬일이라니요?"

금성 역시 퉁명스럽게 대답했다.

"아니, 밤이 늦도록 전하를 모시고 쉬시지도 못하게 하고 있으니 하는 말이 아니냐?"

"아직 그렇게 늦은 밤도 아닌데요 뭘. 그런데 형님은 밤늦게 어찌 드셨습니까?"

"허어, 어느 앞이라고 말대꾸인고? 국가 공무를 맡은 나와, 활이나 쏘고 다니는 네가 그래 같은 처지란 말이냐?"

"저도 국가 공무보다 더 중요한 혼사의 일로 왔습니다. 종친의 왕숙으로서 전하의 배필을 의논하는 일로 들어와 한 말씀 올리는 것은 그래 처지가 못 된다 그 말씀입니까?"

"무엇이 어쩌고 어째?"

수양이 버럭 큰소리를 질렀다.

"형님, 형님이야말로 무엄하십니다. 존엄한 어전에서 큰소리를 내다니요."

"허, 이런 고얀 놈이 있나? 형에게 대드는 그 버르장머리 어디서 배웠느냐? 못된 불한당들하고 활이나 쏘며 어울리더니 아주 못 돼먹게 되었구나. 이 노옴!"

"아니, 그렇게 우격다짐으로 쳐 누르신다면 좋습니다, 형님."

"그래, 어쩌겠다는 게야?"

"아니, 이 나라 왕실이 몽땅 형님 것입니까? 형님만 세종대왕의 아드님이십니까? 그러니까 형님만 상감을 뵐 수 있고, 아무도 뵐 수 없는 것입니까? 이 나라 이 왕실이 형님 혼자만의 왕실이요, 이 나라가 형님 혼자의 나라란 말입니까?"

"허허 이거. 네놈이 아무래도 무엇이 잘못된 것 같구나. 너 어디 관격關格(급체)이라도 들려서 이러는 것이냐? 어디서 집안 망신을 시키려고 환장을 해가지고 이 발악이냐? 엉?"

"뭐라구요?"

"뭐라? 이노옴!"

"좋습니다. 좋소이다. 형님 마음대로 해보시오. 잡아다 때려 넣고 주리를 틀든지 목을 치든지, 아니면 안평 형님처럼 교동으로 내몰았다가 약사발을 들려 보내든지. 어디 형님 밸이 꼬이는 대로 해보란 말이오. 이미 한 아우를 죽였는데 두 아우, 세 아우는 못 죽이겠소?"

"이, 이런 고-얀 놈, 닥치지 못하겠느냐?"

수양대군이 살기등등해서 벌떡 일어나 금성에 다가가자 임금이 재빨리 뛰어들어 수양의 팔을 붙들고 매달렸다.

"왜들 이러십니까? 숙부님들. 제발 참으세요."

임금에게 팔소매를 잡히고서야 수양인들 어쩌랴. 정신을 겨우 가다듬고 읍했다.

"전하, 황공하오이다."

"안평 숙부 돌아가신 것만 해도 가슴이 찢어지는데, 어찌해 두 분 숙부님께서 다투십니까? 제발 소원이니 다투지 마시고 의좋게 지내주세요."

"예, 황공하옵니다. 어명을 감히 어길 수는 없사오나 저 불한당 같은 놈의 말은 가납하시지 마옵소서."

"예. 알겠어요. 수양 숙부. 아무 말도 안 들었으니 화내지 마세요."

"황공하옵니다. 전하."

단종은 어리지만 총명했다.

"저, 수양 숙부께서 공무로 하실 말씀이 계신 모양이니 금성 숙부 그리고 영양위 매부께서는 자리를 좀 내어주시지요. 그러나 두 분 숙부님께서는 돌아가시기 전에 화해를 해주십시오. 나를 위해서 부탁드립니다."

어쩌랴. 어명을 어길 수는 없었다. 아무도 없는 자리라면 모를까 영양위가 보고 있고 건너편 방과 옆방 등에서는 상궁, 내시, 별감들이 눈과 귀를 세우고 있을 판이었다.

"그럼 금성아. 어명을 어길 수 없으니 화해를 하자. 네가 먼저 형에게 사죄를 해야지."

금성은 영 내키지 않았으나 할 수 없었다.

'어이구. 징그러워.'

마음속으로는 욕을 했으나 겉으로는 사과를 했다.

"잠시 흥분해서 잘못했습니다. 용서하십시오."

"나도 화를 못 참아 좀 심하게 대했구나. 미안하다."

수양도 화해의 대답을 했다.

두 사람이 나가자 수양은 임금에게 말했다.

"전하, 실은 신도 전하의 혼례 일로 긴히 상주할 말이 있어 들어왔습니다."

"나 때문에 숙부님들이 애를 쓰시는군요. 자꾸 재촉을 하시니 혼례는 치르겠습니다. 하지만 신부감만은 제 마음대로 정하고 싶습니다."

단종은 아내감만은 자기 마음대로 고르고 싶었다. 그러고 싶은 가장 큰 이유는 수양대군과 한명회, 권람 등 이름만 들어도 으스스한 사람들 쪽에서 아내를 맞고 싶지는 않기 때문이었다.

"당연히 그리하셔야 하지요. 전하의 마음에 드시지 않고서야 될 일이 아니지요."

"그래서 말인데요. 여산 송씨 집안은 싫습니다."

수양은 깜짝 놀랐으나 짐짓 태연한 척했다.

"아니, 어째서 싫으신가요?"

"어째서라기보다 그냥 싫습니다. 아내만은 내 마음에 맞는 사람을 맞아 살아야 하지 않겠습니까?"

"그야 그러합지요. 중전뿐만 아니라 무엇이든지 전하께서 마음에 드셔야지요."

"고맙습니다. 그렇다면 전주 최씨 최도일의 딸을 맞이하겠습니다."

수양은 너무 놀라 휘청했다.

"엑! 최, 최도일 딸에게요? 저 불한당 같은 금성의 처갓집으로요?"

수양은 얼굴이 붉으락푸르락하고 숨소리가 거칠어졌다. 그러나 이제 그쪽을 그만두고 송씨를 택하라고 말할 수도 없었다. 끙끙 앓으면서 그냥 물러나오고야 말았다.

'흥, 불한당 같은 금성의 처갓집이라고? 진짜 불한당이 남더러 불한당이라고?'

단종은 수양이 끙끙 앓으며 물러가는 꼴을 보며 불안하기는 했으나 속이 후련했다.

수양은 집으로 가다말고 승정원을 찾았다. 권람이 일직이었다.

"대감, 퇴청이 늦으셨습니다."

"그리됐소. 이보 정경, 내일 자준이와 함께 일찍 대군청으로 좀 오시오."

"예. 알겠습니다."

집으로 향하는 수양은 아직도 머릿속 지끈거림이 가시지 않고 있었다. 수양은 집으로 가면서 이를 으드득 갈았다. 정 안되면 최씨 딸을 병신을 만들거나 없애버리는 수밖에 없다고 생각했다.

내당에 들어가 둘만 있게 되자 수양이 짜증을 냈다.

"당신은 날이면 날마다 도대체 집에서 뭘 하고 앉아 있는 게요? 다른 집 아낙들은 별 요사를 다 떨고 다니는데 그저 얌전만 빼고 앉아서 부처님이 되려는 게요, 메줏덩이가 되려는 게요?"

"아니 대감, 갑자기 뭐 못 드실 걸 드셨사옵니까?"

"나 참, 열불이 터져서……."

"나리. 그렇게 화만 내시지 말고 제가 알아듣도록 말씀을 좀 해보세요."

"경혜공주니, 혜빈 양씨니, 상궁 강씨니. 심지어는 금성아우의 여편네인지 부부인인지 전주 최씨까지도 제 집안 규수를 중전으로 앉히려고 공작을 했단 말이오. 그것도 모르고 당신은 만날 집에 앉아서 부처가 되려고 불경을 읽는 것이오? 도사가 되려고 도경을 읽는 것이오?"

"듣고 보니 무슨 말씀인지 알 만합니다. 부처님 되려고 불경을 읽는다 하시니 생각나는데요, 문수보살은 앉아서 천리를 보고 서서 만리를 본다 했습니다. 말을 아니 해서 그렇지 저라고 진짜 메줏덩이인 줄 아십니까?"

"허어, 문수보살 나셨구면. 그럼 어디 한번 말씀해보시오. 도대체 궁중과 금성네 패거리들을 내통해주는 게 누구요?"

"호호. 그것도 모르시면서 무슨 나라의 대사를 보신다고 하세요?"

부인 윤씨가 빙그레 웃으며 곁눈질을 하자 수양이 누그러졌다.

"음, 그래. 그게 누구요."

"상궁 강씨 있지 않아요?"

"상궁 강씨?"

"대전상궁 강씨가 노상 상감을 모시고 있지 않아요? 강씨에게 물어보시면 다 알 일을 영상대감이나 되시는 분이 집에 와 아녀자에게 물으십니까?"

"허허, 그거참 잘못되었소."

"집안이 시끄러울 테니 알아도 더는 말씀드리지 않겠습니다. 강상궁을 데려다 족을 치시든 주리를 트시든 해보시지요. 언제나 종실 집안싸움이 가실지……."

"알겠소. 그리되면 무고한 최씨 규수에게는 못할 짓을 안 해도 되겠구면."

"아니, 최씨 규수라니요?"

"부부인은 알 것 없소. 이제 됐소."

"대감, 제발 남의 눈에 피눈물 나게는 하지 마세요. 남의 눈에 피눈물 나게 하면 내 눈에도 피눈물이 나는 법입니다."

"됐소. 피곤하오. 어서 잡시다."

다음 날 수양은 대군청에서 권람과 한명회를 만났다. 수양은 어젯밤에 있었던 임금과의 대화 내용을 말해주었다.

"전하께서 최도일 딸에게 장가드시겠다고 고집을 부리시니 어쩌면 좋겠소?"

"그야 안 되지요."

"이거 가만두어서는 아니 되옵니다. 금성대군이 영양위, 혜빈 등속과 짜고 벌인 일입니다."

"하지만 또 옥사를 벌일 수는 없소. 또 종실에게 일을 벌이고 싶지 않단 말이오."

"그럼 최도일의 딸을 중전으로 맞으시렵니까?"

"그건 안 되지."

"그럼 최도일의 딸을 희생시키는 수밖에 없습니다."

"그건 나도 생각해보았는데……. 다른 방법이 있으면 좋겠소만."

"상감과 그들을 늘 연락해주고 다리를 놓는 자가 있을 것입니다. 아마 대전상궁일 것입니다. 그 상궁을 이용하면 될 것입니다."

한명회의 의견이었다.

"대전상궁? 음, 그렇군. 그런데 어떻게 이용한다는 말이오. 한공."

어젯밤 부인 윤씨가 지적한 것과 같아 속으로 '역시나'라고 감탄했다.

"나리. 제게 맡겨주십시오. 내금위 무사 두엇만 제게 보내주십시오."

"어찌하려는 게요?"

"나리, 잠시만 귀를……."

한명회는 수양에게 다가가 귀에 대고 무어라 속삭였다.

"알겠소."

그날 이후 한명회의 특명을 받은 무사들은 강상궁의 행동을 주시하고 뒤를 밟았다. 그러다 강상궁이 무엇인가 밀명을 받고 궁 밖으로 나가는 것을 눈치채고 막아섰다.

"항아님. 헤헤."

"에구, 누구냐? 웬 놈이 감히 대전상궁의 앞을 가로막느냐?"

"예. 항아님. 모셔오라는 분부가 있어 기다리고 있었습니다."

"아니 누가 나를 불러? 지존을 모시는 대전상궁을 감히 누가 오라 가라 한단 말이냐?"

"가보면 압니다. 순순히 가시지요."

"비켜라. 감히 누굴 협박하느냐?"

그러자 무사 하나가 다른 무사에게 말했다.

"여보게. 순순히는 안 되겠네."

"그럼 별수 없지. 분부가 엄중하니까."

다른 무사가 맞장구를 쳤다.

"이놈들, 뭐가 어째? 상감의 분부보다 엄중하냐? 이놈들."

"이 계집이 눈에 보이는 게 없나? 말끝마다 이놈 저놈이야. 대전마마만 모시고 있으면 제일이냐?"

"냉큼 이리 못 오냐?"

한 사람이 강상궁의 머리채를 잡아끌었다.

"악, 이 화적火賊 같은 놈들아. 당장 이 손 못 놓느냐? 이놈."

또 한 사람이 수건으로 입에 재갈을 물려 머리 뒤로 묶었다.

"으윽······."

강상궁은 개 끌려가듯 끌려 사복시의 뒤뜰 구석진 마방으로 잡혀갔다. 그곳에 한명회가 기다리고 있다가 나서며 무사들에게 호통을 쳤다.

"아니. 이 무지한 놈들이 있나? 어찌 항아님을 이렇게 모신단 말이냐? 이런 쳐 죽일 놈들. 당장 이거 못 풀어드리느냐!"

무사들은 얼른 재갈을 풀어주고 한쪽으로 물러섰다.

"아이고 어르신. 이러실 수가 있습니까? 이놈들이 사람을 개 끌 듯 끌고 오다니요? 내가 대전상궁이라 했는데도 이렇게 대하다니요. 나는 둘째요 상감마마를 어찌 보시기에 이럽니까?"

"허, 저런 단매에 쳐 죽일 놈들 같으니라고. 예끼, 이 버러지 같은 놈들. 네놈들은 이제 물고를 당해 죽으리라."

이것은 이미 다 짜놓은 연극이었다.

"허, 큰 봉변을 당하셨습니다. 항아님. 그런데 대체 어디를 가시다가 이렇게 되셨습니까?"

"가기는 어디를 갑니까? 그런데 나를 이리로 데려오란 사람이 있다고요?"

"그건 모르겠습니다만 혹시 항아님이 어디를 몰래 나가시다 들킨 것은 아닙니까? 그러니까 저 무지한 무사 놈들이 그런 무례를 저질렀겠지요."

"아니, 대전상궁이 어디를 가든 말든 다 상감의 분부로 움직이는 것인데 누가 간섭을 한답니까?"

"허, 뭐 그렇게 화만 내실 일이 아니라 무슨 밀서든 간찰簡札이든 지녔으리라 보는데, 몸에 지녔으면 순순히 내놓으시지요. 여자의 몸이니 함부로 뒤질 수도 없으니 스스로 내놓으시지요."

"뭐? 밀서요?"

"좋은 말로 할 때 내놓으시는 게 좋소."

"허, 참. 없는 밀서를 어떻게 내놓으란 말이오?"

"말로 해서 안 된다면 할 수 없지. 거기 무사."

"예. 나리."

"이 강상궁님을 자상하게 잘 모시게. 준비한 상자 속에 말이네."

"아니 뭐 상자 속에? 이 불한당들 무슨 짓을 하려는 게냐?"

강상궁은 악을 썼지만 소용이 없었다. 무사들은 강상궁을 움직일 수 없게 손발을 결박 지었다. 그리고 입에 재갈을 물린 다음 관처럼 생긴 커다란 상자 속에 집어넣었다.

"허, 할망구가 다 되었는데 제법 무겁구면."

"혼자 늙은 탓이겠지."

"여러 소리 말고 어서 덮개를 덮고 못을 박게."

겨우 숨구멍만 몇 개 뚫어놓은 관 속에서 묶이고 재갈이 물려진 채 누워 있으니 얼마나 답답하고 몸살이 날 지경이겠는가. 처음에는 끙 끙거리며 버둥거려도 보았지만 시간이 감에 따라 가슴만 벌렁거릴 뿐 점점 늘어져 진짜 송장같이 되어갔다. 아침부터 석양이 다 될 무렵까 지 그렇게 놓아두었다가 뚜껑을 열고 끌어냈다.

강상궁은 지쳐 늘어지다 못해 까무러쳐 있었다. 한명회는 약방 나인 들을 데려오라 했다. 나인들이 와서 재갈과 묶은 것을 풀고 물을 끼얹 고 손발을 주무르기도 하여 강상궁을 깨어나게 했다.

"자, 이제 실토하시오."

그러나 강상궁은 다시 악을 썼다.

"이 역적놈아. 네가 무엇인데 나에게 이리 못된 짓을 하느냐? 차라 리 죽여라. 죽여, 이놈."

한명회는 나인들을 시켜 강상궁의 몸을 샅샅이 뒤지게 했다. 마침내 강상궁의 큰머리 틀 속에서 조그맣게 구겨 접은 밀서가 나왔다.

밀서를 받아 든 한명회는 발을 구르며 노발대발 큰소리를 쳤다.

"이런 쳐 죽일 년. 이래도 앙탈이냐?"

"아니, 어……."

그러나 강상궁은 도저히 그럴 리가 없다는 듯 입을 벌리고 다물지 를 못했다. 그도 그럴 것이 그 밀서라는 것이 자기도 전혀 모르는 것이 기 때문이었다.

"나는 그런 밀서를 모른다. 본 적도 없다. 네놈이 그런 흉계를 꾸미 느라고 나를 관속에 묶어 넣었구나. 이놈. 천벌을 받아 죽을 놈."

강상궁은 펄펄 뛰었으나 아무 소용이 없었다. 한명회는 즉시 빈청으로 달려가 수양대군에게 그 밀서를 바쳤다. 빈청에는 아직 퇴청치 않은 신료들도 여럿 있었다.

"아니. 이런! 상감께서는 날마다 무서워 떠시고, 역적 일파는 국사를 저희 마음대로 주무르고…… 하, 이런. 당장 다 잡아 넣어야지."

밀서를 읽다가 수양은 벌컥 화를 내며 소리를 질렀다.

"영상대감, 무슨 밀서입니까?"

"황보인, 김종서의 원수를 갚고…… 상감의 원한을 풀기 위하여…… 군사를 이끌고 지원해……. 이런 괘씸한!"

"아니, 저런……."

"허어, 이거 큰일이 났군."

"허어, 조정을 뒤엎으려는 역모가 아니오?"

빈청은 발칵 뒤집혔다.

수양은 밀서를 한명회에게 던지며 소리쳤다.

"이걸 의금부에 넘기고 당장 그놈들을 잡아들이라 하시오. 촌각을 다투시오."

밀서는 혜빈 양씨가 금성대군에게 보내는 형식으로 되어 있었다. 내용은 수양 역적 일파를 타도하기 위한 거사를 속히 실행하라는 것이었다.

영양위 정종, 무관 박문규, 최도일 등이 호응하고, 혜빈의 소생인 한남군과 영풍군이 일어나고, 동지중추원사 조유례, 호군 성문치 등이 군사를 동원해서 지원할 것이라고 되어 있었다.

밀서에 언급된 사람들은 그날로 의금부에 구금되었다. 강상궁은 물론 혜빈 양씨, 금성대군, 정종 등이 어이없게도 의금부에 하옥되고 말았다.

다음 날 의금부에서 죄인들에 대한 심문이 시작되었다. 죄인들이 다 잡혀 나온 가운데 우선 강상궁을 앞에 묶어놓고 고문을 가했다. 이 사건을 합리화시키기 위해서는 일단 강상궁의 자백을 받아내야 했다. 그리고 혐의자들의 공포심을 유도하기 위한 본보기로 강상궁에게 악형을 가했다.

심문장審問場에는 수양대군 이하 대신들, 의금부 당상, 그리고 한명회, 권람 등이 나와 줄지어 앉아 있었다.

"여쭈어라. 이실직고하렷다. 밀서를 누가 주었느냐?"

"밀서라니요? 터무니없는 위조입니다. 우리를 죽이려고 일부러 꾸민 모함입니다."

형리들이 호되게 주리를 틀기 시작했다.

"아악……."

"바른 대로 대지 못할까?"

"모략이오. 꾸며낸 일이란 말이오."

"순순히 다루어서는 진상을 알 길이 없겠구나. 얘들아. 손톱을 두어 개 뽑아라."

형리들이 달려들어 집게로 손톱을 뽑았다. 고통으로 찢어지는 강상궁의 비명을, 묶여서 듣고 있는 이른바 죄인들은 소름이 끼쳐 벌벌 떨었다.

"이실직고하라."

"죽여라. 나를 그런 밀서를 본 일도 없다."

"얘들아. 안 되겠다. 손톱을 두어 개 더 뽑아라."

"예이······."

그때였다.

"상감마마 행차시오."

임금이 거둥한다는 소리였다.

의금부에서 혜빈 양씨, 금성대군 등이 심문을 받고 대전상궁이 형틀에 묶여 모진 고문을 받고 있다는 소식이 득달같이 단종의 귀에 전해졌다. 임금이 놀라 행차하려 하자 승지들이 말렸다. 그러나 단종은 막무가내였다. 승지들이 계속 말리자 단종은 울면서 악을 썼다. 이렇게 해서 행차가 의금부에 이르렀다.

임금은 역시 임금이었다. 행차 소리 한마디에 형국은 즉시 중지되고 죽 늘어앉았던 당상 당하 관원들은 뜰 아래로 내려서 허리를 굽혔다.

맨 앞에 선 영의정 수양대군이 머리를 조아렸다.

"전하. 이 어인 행차이시옵니까? 황공하오나 이곳은 전하께서 오실 곳이 못 되옵니다."

단종은 어가에서 내리며 수양대군 앞으로 나왔다.

"수양 숙부."

울음 섞인 목소리였다.

"예. 전하."

"숙부······."

단종은 다가와 수양의 소맷자락을 붙들더니 울음을 터뜨렸다. 백관이 보는 앞에서 임금이 자신의 팔소매에 매달려 울고 있으니 수양은 난처할 수밖에 없었다. 아무리 자기가 실권자요 모든 일을 전횡하는 사람이라 해도 뭇 사람들이 에워싸고 보는 가운데 이런 일이 일어났다는 것은 수양에게는 천만번 죄당만사罪當萬死(지은 죄가 너무 커서 죽어 마땅함)할 일이었다.

뒤쪽에 묶여 있는 금성대군은 이를 갈며 부르르 떨고 있었다. 수양대군도 당황할 수밖에 없었다.

"전하, 이, 이 어인 일이시옵니까? 어인 일로 낙루하시옵니까? 전하께서 이러하시면 신 등은 어찌할 바를 모를 따름입니다. 그리하여 제가 어떻게 국사를 처리할 수 있겠사옵니까?"

"숙부."

"예. 전하."

"혜빈 할머니를 살려주세요. 그리고 금성 숙부도 살려주세요. 그리고 강상궁도 나를 보아 혹형을 가하지 말고 살려주세요. 궁중에서 그냥 내보내면 되지 않습니까?"

"하오나, 전하. 이것은 국가의 공사이옵니다. 다른 일도 아니고 역적 모의를 하고 조정을 뒤집어엎을 음모를 꾸민 사건이옵니다. 왕실과 종친이 관련되어 있다 해서 덮어둘 수는 없는 일이옵니다."

"역모라니 무슨 역모입니까? 지난번 안평 숙부처럼 나를 몰아내려는 역모인가요? 내가 용상에 있어서 자꾸 이러는 것이라면 내 차라리 용상을 누구에게 내놓겠습니다. 그 대신 저분들을 살려주십시오. 그리고 이 소원만 들어주신다면 숙부의 말씀대로 중전도 송씨의 딸로 맞아들이겠습니다. 제발 저분들을 살려주십시오."

난종은 여전히 눈물을 떨어뜨리고 있었다.

"크으……. 아니, 용상을 내놓으시다니 그 무슨 말씀이시옵니까?"

"정말이오. 숙부. 저분들이 어쩌다 무슨 역모를 꾸몄는지는 모르지만 죄가 있다 할지라도 나를 보아 살펴주십시오. 옥청까지 내가 나와 간청하는 일이니 제발 돌봐주십시오."

금성대군은 그 꼴을 보면서 이를 악물고 눈물을 하염없이 흘리고 있었다.

"크흐……. 전하 황공무지이옵니다. 하오나 전하께서는 저들이 어째서 하옥되었는지를 전혀 모르시옵니까?"

"전혀 모릅니다."

"그러면 전하께서는 영양위나 금성대군하고는 가례에 대해서만 말씀하시고 다른 일은 전혀 들으신 바가 없사옵니까?"

"다른 일이라니요? 무슨 다른 일입니까?"

"황공하오나. 혹 신 수양을 죽이라는 밀지를 내리시라고 하는 그런 말을……."

수양은 매우 황망하고 황공한 척하면서 임금의 마음을 떠보는 것이었다.

"수양 숙부."

그치려던 단종의 눈물이 다시 쏟아져 내렸다.

"작년에 내가 안평 숙부에게 사약을 내려 죽게 했습니다. 그 일만 해도 뼈에 사무치고 가슴을 에는 일인데 어찌 또……. 흑흑……. 세종대왕 할아버님과 소헌왕후 할머님께서 호령하실 것만 같아 송구하기 짝이 없고, 잠들 때마다 꿈에 나타나 야단치실 것만 같아 괴로운데 내가 어찌 또 수양 숙부를 죽이라 하겠습니까? 숙부. 나는 용상이 조금도 탐나지 않습니다. 나 때문에 사람들이 또 그렇게 죽어간다면 차라리 내가 목이라도 매어 죽고 말 것 같습니다. 이럴 때면 아바마마께서는 어찌하여 그다지도 일찍 승하하셨는지 원망스럽기도 합니다."

뒤쪽에 줄지어 묶여 있는 사람들 가운데 이제 울지 않는 사람이 없었다.

"전하. 알겠습니다. 이 불충한 신 수양이 덕이 없이 큰 국사를 맡고서 전하를 잘못 보필한 죄가 크옵니다. 전하의 뜻을 받들어 적절히 처결하겠사오니 성념을 평안히 하시옵소서."

수양은 어찌할 수 없었다. 우선은 심문을 멈추겠다 하고 임금을 돌려보냈다.

죄인들은 일단 다시 옥에 가두었다. 그렇다고 그들을 방면하고 싶지는 않았다. 어차피 제거해야 할 존재들을 이번 기회에 겸사겸사 잡아들인 것뿐이기 때문이었다.

밀린 일들을 마치고 수양대군이 늦게 귀가해보니 뜻밖의 광경이 벌어지고 있었다. 낙랑부부인 윤씨가 꿇어앉아 기다리고 있었다. 더구나 두 아들과 딸 그리고 며느리까지 앞에 꿇려 앉혀놓고 기다리고 있었다.

"아니, 이게 웬일이오? 아이들이 무슨 잘못이라도 저지른 거요?"

어리둥절하여 수양이 물었다.

"자식 기르는 사람은 남에게 악한 짓을 해서는 안 된다 했습니다. 남의 눈에서 피눈물이 나게 하면 내 눈에서도 피눈물이 나게 된다 했습니다. 남의 집안이 멸문지화를 입도록 만들면 내 집안도 그렇게 되는 것이 인과응보입니다."

윤씨는 진지하게 말했다.

"허, 이런 방정맞은……. 그래, 내 집안이 곧 멸문지화라도 입는단 말이오?"

"어찌하시려고 혜빈 어머님과 금성 아우님을 또 옥에 가두는 형국을 벌이십니까? 안평 아우님 댁을 쑥대밭으로 만들고도 모자라 금성 아우님 댁도 자갈밭으로 만들어놓고, 영양위 댁도 도륙을 내버릴 작정이십니까?"

"아니, 그들이 아무 일 없이 가만히 있어도 내가 그러겠소? 나는 그래 친아우도 몰라본다 그 말이오?"

사실 그들이 아무 일 없이 가만히 있었다는 것을 수양 자신이 더 잘 알고 있었다.

"대전상궁을 귀띔해드린 책임이 있어 그럽니다."

"그래 어쩌자는 것이오? 어쩌자고 이렇게 아이들까지 다 불러 앉혀놓고 들이대는 게요?"

수양은 피곤한 판에 공연히 역정이 났다.

"상감은 상감대로 여러 백관 앞에서 울며불며 내 팔소매에 매달렸소. 그 반면에 조정 대신들은 국법대로 모두 저들을 처벌하라 아우성이오. 그런데 내 목에 칼을 들이대는 저들을 그냥 풀어주라 이 말이오?"

"무슨 말씀을 하셔도 저는 믿을 수가 없습니다. 대감을 도와 정난을 성공시킨 공신들도 차분하게 일을 처리하고 관용의 덕을 베풀도록 대감을 도와야 할 텐데, 닥치는 대로 죽이라고만 하여 대감을 더욱 나쁜 사람으로 몰고 가고 있습니다. 그런 사실이 이해가 안 가십니까?"

"허어, 부인이 세상 물정도 모르고 얌전히 안방만 지키고 있는 줄 알았더니……. 참 한집 살며 시어머니 성도 모른다더니, 내 딱 그 꼴이구먼."

"동기간끼리 제발 우애하고 지내시라 그 말씀입니다. 참으로 출천

대효出天大孝이시고 형제간의 우애가 그처럼 지극하실 수가 없었던 세종대왕의 아드님이 대감이 아니십니까? 아우가 잘못이 있고 죄가 있더라도 용서하고 또 용서하며 타이르는 것이 형의 도리가 아닙니까? 형만 한 아우가 없다 하지 않습니까? 이제 또 동기간인 한 아우를 죽이려 하시다니 모골이 송연합니다. 저들이 비록 죄당만사라 해도 용서해주십시오. 지금 다짐을 두십시오. 아니 두신다면 더 못 볼꼴을 보기 전에 이 한목숨 끊어버리고 말겠습니다. 대감이 아무리 무섭고 세상에 못 할 일이 없다 할지라도 제가 스스로 목숨을 끊는 것까지는 어찌지 못 할 것입니다."

"허 참. 청산유수요 현하지변懸河之辯을 집에 모신 줄도 모르고 내 그동안 큰소리쳤구먼. 이거야말로 바로 암탉이 홰를 치는 격이 아닌가?"

"아버님."

큰아들 도원군이 입을 열었다. 열일곱 살이었다.

"오냐. 그래 너는 어느 편이냐?"

"저희가 어디 편이 있겠사옵니까? 하오나 이번만은 어머님 말씀을 들어주셨으면 하옵니다."

도원군은 세 살 아래인 단종을 어려서부터 지금껏 몹시 좋아했다.

"음, 너는 네 어머니 편이구나. 네 어머니가 오죽이나 경을 읽었겠느냐? 그러면 너는 어떠냐?"

수양은 며느리 한씨에게 물었다. 한씨는 열여덟 살이었다.

"황공하오나 소부小婦도……."

"오냐. 그럼 다음 너는?"

수양은 딸에게 물었다. 딸은 열네 살로 단종이 동갑 오라버니였다.

이 딸도 단종을 몹시 좋아하고 부모 없는 단종 오라버니를 가엾게 여겼다.

"아버님, 소녀는 아까 상감마마께서 혜빈 할머니를 살려달라고 아버님께 매달려 우셨다는 말을 들으며 함께 울었사옵니다. 상감마마께서는 항상 저희를 보시면 엄마가 계신 너희가 부럽다고 하셨습니다."

"옳거니, 너도 어머니 편이겠구나. 그럼 너는?"

수양은 막내아들에게 물었다. 막내아들은 여섯 살이었다.

"아부지. 나도 엄마 편이에요."

"허허허, 내가 졌구나."

이 꼬마 녀석은 무릎 꿇은 것을 참느라 애쓰다가 아버지가 웃자 그만 편히 앉아버렸다.

"아부지. 헤헤."

"하하하."

"호호호."

"허허허, 할 수 없다. 그럼 너희가 하자는 대로 너희 어머니 말을 들어주기로 하겠다."

"대감, 고맙습니다."

수양대군은 다음 날 이번 일에 연루되어 갇힌 사람들을 모두 방면하고 이번 역모 사건을 불문에 붙이기로 했다. 한명회의 잔머리에서 나온 잔인한 연극으로 인해 임금은 얌전하게 송씨 딸을 왕비로 맞아들이기로 했고, 수양은 가례절차를 서두르도록 지시했다.

마침내 1454년(단종 2) 1월 24일, 단종은 송현수의 딸 여산 송씨를 왕비로 맞아들였다.

책비冊妃 절차를 마친 송씨는 송현수의 사가를 떠나서 홍인지문 밖 효령대군의 집에 와서 궁중 법도를 익혔다. 송씨뿐만 아니라 숙의로 책봉된 김사우의 딸은 밀성군 이침李琛(세종의 서자)의 집에서, 역시 숙의로 봉해진 권완의 딸은 대사헌 권준權蹲의 집에서 궁중 법도를 익히게 되었다.

이들 두 숙의는 국혼대례國婚大禮 날이 돌아오자 왕비를 시종侍從하기 위하여 효령대군의 집으로 와서 대기하고 있었다. 왕비가 국혼대례를 치르기 위해 대궐로 들어가는 날, 효령대군의 집은 사람들로 넘쳐나고 대군저로 통하는 골목길 또한 인산인해를 이루었다. 대궐로 들어가는 왕비의 봉영奉迎을 돕기 위해서였다.

단종의 누나인 경혜공주와 경숙옹주는 물론 종친과 문무백관 1품 이상의 부인들이 총출동하여 효령저로 모여들었으니 그 대단함은 말만 들어도 알 만했다.

앞뒤로 눈부신 의장儀仗과 요원들이 따르는 가마가 대궐에서 나와 의식 절차를 마치고 나서, 드디어 그 가마에 왕비가 올라 대궐로 향할 때는 어느새 저녁나절이었다. 인산인해를 이룬 가마 행렬이 광화문을 들어설 무렵엔 땅거미가 찾아들고 있었다.

경복궁 사정전에서 단종이 왕비를 맞아 예식을 치렀다. 그리고 나서 평복으로 갈아입고 교태전에 들어갔을 때는 자정에 가까웠다.

다음 날 새 아침은 바람이 잠잠하고 맑았다. 경복궁에 문무백관들이 상복 대신 길복을 입고 정렬했다. 새로이 내명부의 수장이 된 왕비에게 하례를 드리기 위함이었다.

임금이 곤룡포에 면류관을 쓰고 근정전 어좌에 앉았다. 바로 옆에 붉은색 대례복을 입은 왕비가 앉았다.

"국궁사배鞠躬四拜 흥興 평신平身이오."

식의 진행자인 통찬通贊이 외쳤다. 풍악이 울리는 가운데 계하의 모든 관원이 네 번 절하고 일어나 바로 섰다. 국모에게 드리는 첫 인사였다.

"산호山呼(만세)."

관원들이 두 손을 높이 들며 '천세千歲' 소리를 질렀다.

"산호."

또 한 번 '천세'를 외쳤다.

"재산호."

두 손 들며 '천천세'라고 크게 외치고 엎드렸다 일어나 바로 섰다.

그리고 임금의 교서教書가 선포되었다.

과인이 덕이 적은 사람으로서 근간에 변란의 화가 급박했으나 다행히 종사의 혼령이 도와 대난大難을 평정할 수 있었다.

이제 어진 왕비를 세워 내치를 관장하게 하고 왕가의 후손을 넓게 하여 선대의 위업을 보존하려 한다.

종친, 훈신, 문무 신료들이 '권도를 써서 길복을 입어야 합니다'라고 청했으나 과인이 따르지 않았는데 여러 신하들이 이르기를 '성상聖上 한 몸은 종사와 생령이 의지하는 바이니 사사로이 할 수가 없습니다' 하여 과인이 여러 사람의 의논에 따라 송씨를 책봉하여 왕비로 삼고 이를 외방에 선포하는 바이다.

1. 오늘 새벽 이전에 모반 대역한 자, 부모를 모살하거나 때리고 욕한 자, 지아비를 모살한 처나 첩, 주인을 모살한 노비, 고의로 살인한 자, 강도와 절도를 행한

자를 제외한 모든 범죄는 모두 용서하여 이를 면죄한다.

1. 오늘 이전 인민들이 받아간 나라의 곡식은 그 환곡還穀을 모두 감면한다.

1. 업무 중 관물을 손상시키거나 축내고 없어지게 한 책임을 묻지 않는다.

과인의 은전恩典인 이와 같은 대사령大赦令이 만백성에게 미치게 하라.

조정의 하례에 이어, 팔도의 방백, 절제사, 처치사 등이 모두 시문을 적은 문서인 전箋을 올려 하례했다.

용상에 오른 임금이 왕비를 맞아 가례를 치른 것은 개국 이래 초유의 사건인터라 그야말로 온 나라가 경축의 분위기에 휩싸였다. 그러나 그것은 관직에 있는 자들의 잔치일 뿐 백성들은 다가오는 보릿고개 걱정이 더욱 크나크게 다가왔다.

왕비가 궁에 들어온 지 겨우 나흘만에 생일을 맞이했다. 종친과 고관 들의 부인이 앞다투어 선물을 갖다 바쳤다. 눈도장을 찍어놓는 것이었다.

이에 단종은 상중喪中임을 상기시키고 모든 하례를 그만두게 했다.

18

찬탈 준비

수양의 무리는 서둘던 임금의 가례가 성사되자 이른바 '이징옥 난'에 관여된 역도들을 다시 잡아 죽이기 시작했다.

수양이 의금부의 조사 보고서를 받았다.

전 안악군수 황의헌은 안평의 거사를 돕고자 사냥을 핑계로 경내의 군사들을 무단으로 징집했습니다.

고양 기관記官(서리) 황식배는 안평의 말을 자기 집에서 사육해주고 명주 한 필을 받았습니다.

현감 고덕칭과 병방서리 황증은 문서를 잡색군의 지휘관인 총패摠牌에게 내주어 군마를 징발토록 했습니다.

이들은 모두 역신과 내통했으므로 율에 의하여 능지처사하소서.

명이 내려졌다. 형식은 왕명이나 왕은 내용을 몰랐다.

능지처사는 과하다.

참형으로 다스리고 가산을 몰수하라.

그들의 아비는 제주도, 진도, 남해도, 거제도의 고을에 관노로 영속시키라.

자식들은 16세 이상은 교형에 처하고, 15세 이하는 어미에게 주어 기르게 해서

성장하면 관노로 영속시키라.

어미와 딸, 처첩, 할아비, 손자, 형제, 자매, 자식의 처첩은 관노비로 영속시키라.

백부, 숙부, 형제의 자식은 외방에 안치하라.

이징옥 난의 뒤처리가 끝났다 하여 수양은 자신의 사저 명례궁에서 잔치를 베풀었다. 의정부와 육조가 총동원되었다. 단종은 도승지 신숙주와 좌승지 박팽년을 보내 술과 풍악을 하사했다.

임금은 가례를 마치고 바로 아버지 문종의 능인 현릉에 가고 싶었다. 그러나 날씨가 풀린 뒤 행차하라는 승정원의 만류로 늦어졌다.

3월 16일 비로소 행차에 나섰다.

이른 아침 경복궁을 떠나 중랑포中浪浦에 이르자 점심때가 되었다. 천변에 막차幕次를 설치하고 뒤따라온 수라 가마에서 순비해온 수라를 들었다.

돌다리인 송계교를 건너 먹골을 지나 검암산儉岩山(서울 신내동) 아래

능역陵域에 도착했다. 태조의 능인 건원릉이 있는 매우 너른 능역이었다. 안쪽에 건원릉이 있고 앞쪽에는 원찰願刹 개경사開慶寺가 자리 잡고 있었다.

개경사가 있는 능역에 들어서자 대홍살문大紅箭門이 나왔다. 대홍살문을 통과하자 잘 가꾸어진 금강송 숲이 나왔다. 숲을 지나 오른쪽으로 꺾으니 금천교禁川橋가 나왔다. 여기서부터는 더욱 경건해야 하는 신들의 세계였다.

금천교를 지나자 소홍살문이 나왔다. 그 바로 동쪽에 벽돌을 깐 배위拜位가 있었다. 단종은 가마에서 내려 배위로 올라가 네 번 절을 했다. 여기서부터는 걸어서 들어가야 했다.

홍살문을 지났다. 바로 넓적하고 얇은 박석薄石으로 된 참도參道(왼쪽은 신도, 오른쪽은 어도로 된 통로)가 나타났다. 정자각까지 이어진 길이었다. 단종은 어도를 걸어 정자각에 도착했다.

단종은 정자각에 이르러 제수가 올려진 상 앞에 무릎을 꿇었다. 향연이 자욱한 가운데 전과 달리 이날은 부왕의 모습이 어른거렸다.

'아바마마, 망극하옵니다. 예를 어긴 소자를 용서하시옵소서.'

'아니다. 괜찮다.'

생시처럼 아바마마의 음성이 들리는 것 같았다.

'거상居喪 중에 혼례를 올린 것은 소자의 뜻이 아니었습니다.'

'그래, 알고 있다.'

'수양 숙부가 자꾸 서두르는데 왜 그런지 모르겠사옵니다.'

'할바마마도 그 급한 성정을 고치려 하셨으나 못 고치고 마셨다. 누가 고치겠느냐?'

'수양 숙부가 무섭습니다.'

'아니, 무섭다고?'

'예.'

'내가 있을 때는 내게 눈길 한 번 제대로 뜨지도 못했느니라. 너는 임금이고 숙부는 신하다. 당당하게 대하라.'

'그러려고 했는데도 무섭습니다.'

'두려워 말고 네 생각대로 하라. 나와 네 할바마마께서 하늘에서 지켜보고 있다.'

'두렵고 힘들어 그만두고 싶사옵니다.'

'무슨 소리. 너는 이 나라의 왕이니라. 만백성이 너를 받들고 있다. 용기를 내라.'

'아바마마. 소자가 아직 어린데 어찌하여 그렇게 일찍 떠나셨습니까? 원망스럽사옵니다. 건장하신 아바마마께서 한창인 연세에 어찌 종기 따위로 세상을 떠나시다니요. 소자는 믿을 수가 없사옵니다. 하오나 지난 일을 생각해야 무슨 소용이 있사옵니까? 소자에게 용기를 내려주시옵소서.'

'그래. 내가 그렇게 일찍 떠나리라고는 나도 예상치 못했다. 네가 아직 어린데 그렇게 일찍 떠난 게 나도 가슴 아프고 억울하다만 내 운명인 걸 어찌하겠느냐? 어려운 일이 있을 때는 나를 생각해라. 용기를 내려 줄 것이니라.'

'예. 아바마마. 오늘은 아바마마 손을 잡고 걷고 싶사옵니다.'

단종은 생시처럼 아바마마의 손이 뻗어 오기를 기대했다. 그러나 아바마마는 손을 내밀지 않았다.

단종이 손을 내밀었다. 손이 잡히지 않았다. 허공을 휘저었으나 잡히는 것이 없었다. 모습도 사라졌다. 단종의 눈가에 이슬이 맺혔다. 그렇게 건장하신 아바마마가 한창 나이에 수양대군의 음흉한 손길에 의해서 독살되었다는 것을 단종이 알았다면, 비록 어리지만 단종은 분명 달라졌을 것이다.

그러나 단종은 여전히, 그리고 끝끝내 그런 사실은 모르고 말았던 것이다.

단종이 능행에서 돌아오자 다음 날 수양은 공신대표, 종친, 조정 수뇌부 등과 함께 경회루에서 풍정豊呈(임금 내외에게 축하 예물을 바침)을 올렸다.

양녕대군, 효령대군, 임영대군, 금성대군, 영응대군, 익녕군益寧君(태종과 선빈 안씨의 서자), 화의군和義君(세종과 영빈 강씨의 서자), 계양군桂陽君(세종과 신빈 김씨의 서자), 의창군義昌君(세종과 신빈 김씨의 서자), 밀성군密城君(세종과 신빈 김씨의 서자), 한남군漢南君(세종과 혜빈 양씨의 서자), 왕비 아버지 송현수, 우의정 한확, 여섯 승지들, 지병조사 이예장李禮長, 병조참의 양정楊汀 등이 참석했다.

영의정 수양대군을 위시하여 조정의 고관대작들은 잔치로 날밤을 새곤 했다. 보릿고개를 지나며 굶주림과 애처로운 고투를 이어가는 백성들에게 이들의 잔치는 눈이 튀어나오는 일이요 딴 나라 일이었다. 백성들은 불만과 반감이 부글거리지 않을 수 없었다. 민심이 흉흉해졌다. 거기다 비가 전혀 내리지 않아 가뭄이 몹시 심해졌다.

어느 깊은 밤 삼경, 창덕궁에서 화재가 나 서쪽 회랑 23칸이 다 타버렸다. 백성들은 속으로 아주 고소하게 여겼다.

승려들을 독려하여 흥천사興天寺에서 기우제를 지냈다. 이에 한강과 양화진 그리고 황해도 박연에 살고 있다는 용에게 제사를 지내기 위하여 호랑이 사냥에 나섰다. 한강에는 삼각산의 호랑이를, 양화진에는 인왕산의 호랑이를, 박연에는 구월산의 호랑이를 잡아서 제사를 지내야 했다.

각각의 산에서 호랑이를 잡고 그 대가리를 잘라 제상에 놓고 제사를 지냈다. 그리고 그 호랑이 대가리를 그곳에 사는 용에게 선사하고자 그 물에 빠뜨렸다. 그런데도 효험이 없었는지 비는 오지 않았다.

경회루에서 석척蜥蜴(도마뱀) 기우제를 지냈다. 도마뱀을 잡아서 경회루 연못에 넣고 지내는 기우제였다. 그것도 효험이 없었다.

단종이 직접 삼각산에 나아가 제를 올렸다. 또한 무당들을 모아 한강에 나가 기우제를 지냈다. 그래도 비는 오지 않고 인심은 더욱 흉흉해지기만 했다.

수양은 임금을 더 잘 보필할 수 있도록 한명회를 동부승지에 임명했다. 물론 더 철저히 임금을 감시하기 위한 방편이었다.

이에 두 사람만의 만남이 자주 있게 되었다.

"도성이고 지방이고 여론이 좋지 않은 것 같소."

"나리께서는 여론을 어찌 생각하십니까?"

"그야 우리에게 좋은 여론은 우리 편에게 유리한 것이고, 그 반대는 불리한 것이 아니겠소."

국정의 중추인 수양대군 자신의 입에서 '우리 편'이라는 말이 스스럼없이 흘러나오고 있었다. 한명회에게 '우리'는 '야합의 동지임에 변함이 없다'는 것을 상시 다짐해주는 말이었다.

"소인 생각으로는 여론이란 따라가는 것이 아니라 끌고 가는 것이 아닌가 합니다만……."

"끌고 간다?"

"예."

"끌고 가는 것이란?"

"여론을 따라가는 것은 하책입니다. 끌고 가면 중책입니다."

"끌고 가는 것이 중책이라면 상책이 있는 모양이군."

"예. 여론을 만들어내는 것이 상책입니다."

"허, 과연."

"불리한 여론은 싹도 자랄 수 없도록 공포 분위기를 조성하면서 우리의 입지를 더 튼튼히 다지는 것입니다."

"어떻게?"

"나리. 좀 가까이……."

"음."

"……, 잔당 소탕……."

"알겠소. 즉시 시행하시오."

다음 날 사헌부와 사간원에서 같은 내용의 간언들이 쏟아졌다. 다 짜고 하는 간언이었다.

삼군도진무사 정효전은 집이 시좌소 곁에 있었음에도 정난靖難하는 날에 내다 보지도 않았으며 다음 날에도 칭병하고 대궐에 나와 시위侍衛하지 않고 집에만 있었습니다.

속병전續兵典에 '중추원부사 이상의 사제私第(개인의 집)에는 호군護軍, 갑사甲士, 별시위別侍衛 등 군사가 사사로이 드나들 수 없다'고 되어 있습니다.

그런데 갑사 강주명은 정효전의 집을 자주 왕래했습니다.

이들을 율에 의하여 처단하소서.

임금은 양사兩司의 요구대로 명령서를 내려주었다.

정효전은 이미 죽었으니 부관참시하고 재산을 적몰하라.

연좌된 아들 정원석은 남해의 관노로 영속시키고,

그의 형제 정효손과 정효순, 조카 정유석, 정신석은 진도와 거제도, 남해도에 분산 안치하라.

강주명은 수군에 충당하라.

정효전은 태종의 서녀 숙정옹주와 결혼하여 일성군日城君에 봉해진 부마였다. 성격이 올곧고 강직하여 따르는 사람들이 많았다. 계유정난이 일어나던 날 '수양이 역적질을 하는구나' 하며 통탄의 한숨을 쉬었다.

그런 그가 김종서와 황보인이 참살되었음을 알고 출근 거부로 항의를 표시하다 파직되었다. 그 뒤 울분을 참지 못하고 주먹으로 가슴을 치다가 피를 토하며 죽은 사람이었다.

의금부에서 추가로 보고한 바에 따라 임금은 추가로 명령을 내렸다.

정효전의 딸 정석을금, 정옥금, 기생 첩 자동선은 논하지 말고, 아들 정막금, 첩의 아들 정비내는 성인이 된 후에 관노로 영속시키고, 정원석의 아내 만금은 남해의 관비로 영속시키고, 정효순의 아들 정석지, 정석희는 거제도에, 정효전의 형제 정효완의 첩의 아들 정생, 정흥생, 정효전의 형제 정효강의 첩의 아들 정백지는 외방에 안치하라.

봄이 가고 여름이 가도 여론은 더 흉흉해질 뿐 가라앉지 않았다.

한명회는 수양에게 속삭였다.

"이번 기회에 간당姦黨의 잔뿌리들을 아예 뽑아버리는 게 좋겠습니다."

"그거 좋소. 바로 해치웁시다."

의정부 당상들, 승정원 승지들이 앞장섰다.

임금은 또 살인 명령을 내렸다. 역적들이 죄 없는 사람들을 또 죽인다는 것을 뻔히 알면서 단종은 또 죽이라 할 수밖에 없었다.

'내가 임금으로 앉아서 하는 일이 사람 죽이는 일뿐이구나.'

단종은 가슴이 찢어질듯 아팠다. 하늘을 향하여 고개를 젖혔다. 고이는 눈물을 가두고자 함이었다.

정난 때 사람을 많이 죽이지 않으려고 너그러운 법을 따랐다. 근일에 간당의 근본을 모두 제거하지 않으면 안 된다고 청하니 불가불 그에 따른다.

안평의 아들 이우직

황보석의 아들 황보가마, 황보경근

김종서의 아들 김목대

김승규의 아들 김조동, 김수동

이승윤의 아들 이계조, 이소조

민신의 아들 민보석, 민석이

윤처공의 아들 윤개동, 윤효동

이현로의 아들 이건금, 이건옥, 이건철

이경유의 아들 이물금

조번의 아들 조계동

이징옥의 아들 이성동

이보인의 아들 이해, 이심, 이모

이의산의 아들 이우경

김말생의 아들 김산호

김정의 아들 김개질동

김상충의 아들 김득천, 김복천

황귀존의 아들 황경손, 황장손

황의헌의 아들 황석동

정효전의 아들 정원석

정효강의 아들 정백지

그리고 정분(우의정), 이석정(종실), 조완규(우정승 조영무의 손자), 조순생(병조참의), 정효강(정효전 형제), 박계우(집현전 학사)를 법에 의거 사형하라.

흉흉하게 돌아가는 여론을 잠재우기 위한 수양의 잔혹한 공포정치였다. 15세 이하 남자아이도 이번에는 따지지 않고 다 죽였다. 아무런 죄 없이 변방 각처에 쫓겨나 한 가닥 희미한 희망에 기대어 근근이 목숨을 부지하던 사람들 모두가 하루아침에 죽임을 당했다.

정분鄭苯은 문종의 고명대신이었다. 회갑이 넘은 노인이었다. 지난 해 수양대군의 무참한 도살극인 이른바 계유정란이 일어났을 때 정분은 전경도(전라 경상도) 도체찰사로 나가 임무를 마치고 도성으로 돌아오는 길에 있었다.

그가 충주 즈음에 이르러 전 승문원 교리이던 이현로를 만났다. 이현로는 벼슬을 그만두고 고향에 내려와 있다가 다시 도성으로 가는 중이었다. 정분은 이현로에게 수양대군이 역란을 일으켜 안평대군이 부처付處되고 황보인, 김종서 등이 참살되었다는 소식을 들었다.

"경관京官이 나를 잡으러 내려올 것이오."

이현로가 처연하게 말했다.

"틀림없이 나에게도 내려올 것이오."

황보인, 김종서 등이 참살되었음을 생각하며 정분이 대답했다.

"그냥 서울로 가시렵니까?"

"역란이든 아니든 하루빨리 올라가 전하께 복명하는 게 내 임무가 아니겠소?"

"대감 말씀이 옳습니다."

"어서 가자."

정분은 말을 모는 관노에게 일렀다. 서리書吏 영리營吏 등 몇 사람의 종자도 따라나섰다. 이현로도 말을 몰아 정분을 따라갔다.

얼마 가지 않아 역적효시逆賊梟示라는 깃발을 세운 일행이 황보인, 김종서 등의 머리를 걸어 매단 수레를 이끌며 지나갔다. 이를 본 이현로는 소리 내어 통곡했다. 통곡은 그나마 벼슬 없는 자들의 자유였다.

정분은 고개를 돌리고 소리 죽여 울며 눈물을 뿌렸다.

'충신들이 어찌 이 지경이 되었단 말인고?'

용안역龍安驛이 가까워질 무렵 멀리 앞쪽 산모퉁이로 몇 사람이 말을 몰아 달려오는 모습이 보였다.

"경관들인지도 모르겠소."

모두들 긴장했다. 맨 앞에서 달려오던 사람이 가까이 오더니 말 위에서 오른손을 번쩍 들었다.

"전지傳旨요."

전지는 어명과 같은 것이었다. 정분과 이현로는 곧 말에서 내렸다. 전지를 받든 관원도 말에서 내렸다. 정분과 이현로는 관원을 향하여 두 번 절했다. 전지를 받든 관원은 정분이 이조판서로 있을 때 정랑正郞이던 사람이었다. 뒤따르는 관원들의 안장에는 올가미가 매달려 있었다.

"노상에서 죽는 것은 흉한 꼴일 테니 역관에 가서 시행함이 어떻겠소?"

정분이 물었다.

"아닙니다. 소인은 대감을 귀양지로 압송하러 온 것입니다."

정분은 다시 두 번 절했다. 정분은 경관을 따라 낙안樂安으로 향했다.

"대감. 평안히 가십시오."

이현로는 다른 관원에 이끌려 용안역으로 가며 인사했다. 이현로는 용안역에 와서 곧장 교살되었다.

정분은 낙안 배소에서 주로 독서로 소일했다. 다행히 아내인 정경부인이 와서 돌봐줄 수 있어 시름이 덜했다. 얼마 뒤에는 탄선坦禪이라는 나이든 스님이 와서 그의 친구가 되어주었다. 스님은 늙은 부인을 대신해 물도 길어오고 부엌일도 해주었다.

동네 사람들도 노정승의 딱한 처지를 동정하여 술, 떡, 생선, 닭 같은 것을 갖다 주었다. 그러나 음식을 갖다 준 사람들이 지역 수령인 군수에게 호되게 혼이 난 뒤로는 누구도 무얼 갖다 주기가 어렵게 되었다.

군수는 귀양지 오두막 가까이에 사령使令을 살게 하여 정분을 감시하고, 또 사흘에 한 번씩 수형리首刑吏(지방관아 형리의 우두머리)를 보내 살피도록 했다.

정분은 초하룻날과 보름날에는 반드시 분향焚香하고 문종의 능인 현릉을 향하여 절을 했다. 조상의 신주神主를 만들어서 제사도 반드시 지냈다. 동네 아이들을 모아 놓고는 글을 가르쳤다. 아이들은 이 다정한 서울영감을 좋아하여 식전부터 정분의 오막살이에 모여들었다.

서늘바람이 불던 어느 날, 정경부인의 유일한 말벗인 이웃집 노파가 와서 경관이 내려왔다는 말을 전해주었다. 이 노파는 정분을 감시하는 사령의 어미였다. 미리 알려주는 것은 사령의 호의였다. 미리 알려준다 해서 달라질 것은 없었으나…….

정분은 그때 동네 아이들에게 새벽 글을 가르치고 있었다.

"오늘은 내가 일이 있으니 저녁 무렵에 오너라."

아이들을 보낸 뒤 탄선에게 밥을 지으라 했다. 목욕재계하고 사모관대를 갖추고 조상에게 하직하는 제사를 지냈다.

제사 후 신주를 불살랐다.

"우장을 내오시오."

부인이 의아해했다.

"비도 오지 않는데 웬 우장을 챙기시오?"

"먼 길을 갈 것 같소."

부인은 울상이 되어 우장을 내왔다. 정분은 우장으로 갈아입었다. 입모笠帽(갓 위에 쓰는 모자)를 쓰고 유삼油衫(기름 먹여 지은 옷)을 입고 수건을 들고 단정히 앉아서 관차官差(관아에서 파견하는 사령)가 오기를 기다렸다.

이윽고 관차 네댓 사람이 나타났다.

"정분은 나서시오."

"기다리고 있었다. 조용히 가자."

"대감, 나를 두고 어디로 가시오?"

부인의 오열이 터졌다.

"나라의 명이니 가야 하오. 나 죽은 뒤의 일은 부인이 알아서 하시오."

뒤돌아보지 않고 사령들에 끌려 나갔다.

아이들이 뒤따랐다.

"영감님. 빨리 다녀오세요."

동네 사람들 아낙네들까지 다 나와 있었다. 정분 역시 역신이 아니라 충신임을 다들 알고 있었다.

"김정승 모양으로 정정승도 간신한테 몰려서 죽는 것이오."

정분은 끌려와 장터 한복판에 섰다.

작년 동짓달 바로 이 자리에서 황보인, 김종서 등의 순수徇首(참형 당한 죄인의 머리를 백성들에게 보임)가 있었다.

다들 미시未時(오후 2시경)를 기다리고 있었다. 미시가 처형 시간이었다. 사람들이 구름같이 모여들었다. 군수와 형을 집행하는 감형관이 당도했다.

백성들에게 불온한 기운이 있는 것을 알아챈 감형관이 정분에게 말했다.

"하루 동안 관아에 들어가 쉬시지요."

"거 무슨 말이오? 조정의 명령이 지엄하니 곧 시행하시오."

정분이 준절히 나무랐다.

감형관이 하는 수 없이 올가미를 들고 다가왔다.

"마지막으로 할 말이 있으면 하시오."

정분은 북향하여 어리신 임금께 하직의 절을 올렸다. 그리고 옆에 있듯 먼저 간 사람들에게 읍揖하고 말했다.

"지봉芝峯(황보인), 절재節齋(김종서), 곧 만나 뵙겠소."

그리고 돌아서서 크게 외쳤다.

"이제 그 올가미를 내 목에 씌워라. 죽는 것은 같지만 절개는 다르다. 내가 두 마음이 있었다면 하늘이 이대로 맑을 것이요, 하늘이 내 충성을 안다면 이 집행에 분노할 것이다."

올가미를 씌우고 조이자 정분은 숨이 끊어졌다.

모인 백성들의 통곡 소리가 하늘에 닿았을까? 갑자기 시커먼 구름이 몰려오더니 천둥번개와 함께 소나기가 쏟아졌다. 군수, 감형관 일행이 꽁무니 빠지게 달아났다.

"이 악당들, 당장 벼락이나 맞아 뒈져라."

"수양 패거리인지 금수 떼거리인지 하는 그놈들, 염병이나 걸려 다 죽어라."

백성들이 악을 써댔다.

19

양위 소문

한명회의 동생 한명진이 중병에 걸린 모양이었다. 명의들과 백약이 다 소용없었다.

한명회는 동생의 병이 깊어지자 애가 타서 몸이 말라갔다.

"이 사람, 이제 집안이 일어날 판이야. 자네도 한세상 떵떵거리고 살게 됐지 않은가? 어서 털고 일어나게."

명진이는 의식을 놓는 시간이 길어졌다. 하루 종일 그러는 때도 있었다. 어쩌다 깨어나면 형 한명회의 얼굴을 물끄러미 쳐다보고만 있었다.

그럴 때면 한명회는 눈물을 쏟아냈다.

"저승길이 멀다더니 오늘 내게는 대문 밖이 저승이라. 일가친척 많다 해도 어느 누가 동행하랴. 동기간들 많다 하나 어느 누가 대신 갈까. 어이구 쯧쯧, 딱 내가 대신 죽었으면 좋겠어……."

한명회는 옆에 앉은 권람, 홍윤성을 쳐다보며 구전으로 전해지는 만가輓歌를 흥얼거리다 눈물을 쏟았다. 전의典醫가 다녀가고 수양대군이 다녀갔다. 좌우 정승이 다녀가고 승지들에 이어 육판六判이 다녀갔다. 그러나 한명진은 다음 날 8월 11일, 세상을 떠났다.

조정에서 한명진의 죽음을 애도했다. 성대하게 장례를 치렀다. 가정대부嘉靖大夫 병조참판兵曹參判(종2품)의 추증교지追贈敎旨가 내려졌고 시호를 양도襄悼라 했다. 생전의 벼슬이 겨우 전구서승典廐署丞(종8품)인 사람에게는 어마어마한 대우였다.

그래도 한명회는 아우의 죽음이 서러워 한동안 애간장을 녹이는 통한의 눈물을 쏟았다.

어느새 가을이 왔다.

스산해진 바람이 가슴 속으로 불어닥쳤을까? 한명회는 옛날에 외우던 서글픈 한시를 들릴락 말락 음울하게 읊조리곤 했다.

"병으로 편안히 죽는 것도 저리 서럽다더냐? 넋 빠진 놈."

"무고한 사람들을 개돼지처럼 쳐 죽인 놈들, 천벌을 받아도 백번은 받아야 할 놈들이 제 핏줄은 끔찍하게도 아끼는구면. 오사육시誤死戮屍를 할 놈들."

한명회 일파가 수양대군과 어울려 충신들을 무자비하게 쳐 죽이고 정권을 잡아 전횡하고 있다는 것을 이제는 백성들도 다 알고 있었다.

만산홍엽의 단풍도 다 저문 지 오래였다. 휘몰아치는 삭풍이 앙상한 나뭇가지를 후리면서 쉿소리를 내고 있었다.

한명회, 권람, 홍윤성, 홍달손, 양정, 이렇게 불한당 다섯이 무악의 산채를 오랜만에 찾았다. 정난 이후 버려진 곳인지라 객사도 폐가처럼 흉물이 되고 활터도 폐허로 변해 있었다.

감회가 새로웠다. 일개 궁지기에 기대어 꿈을 꾸며 땀을 흘리던 곳에서 시작하여 이제는 엄연한 공신에다 내로라하는 버슬들을 살고 있지 않은가.

이들은 아늑한 나무 언덕 밑 바위에 둘러앉았다.

"이보게, 자준이."

권람이 입을 뗐다.

"그래, 뭔가?"

한명회는 아직도 얼굴에 그늘이 가시지 않은 채 입을 열었다.

"이제는 다음 단계에 들어가야 하지 않겠나?"

"음……."

"자네 생각을 말해주어야 할 게 아닌가?"

"사실 기다리기가 지루했소이다."

홍달손이 끼어들었다.

"그렇소이다. 허송세월하고 있는 것 같습니다."

양정도 한마디 했다.

한명회는 잠시 뜸을 들이며 먼 산을 바라보다 혼잣말처럼 한마디 했다.

"다들 잊고 있는 것 같아……, 아주 중요한 일을."

"……?"

"잊고 있다니요? 무엇을 말입니까?"

홍윤성이었다.

"헤헤, 윤성이 자네는 지내기가 어떤가?"

"지낼 만하지요. 이 바닥에서 홍윤성이 앞에 얼씬거리는 놈들이 있겠습니까? 하긴 좀……. 남들은 참판이니 참의니 하는 판에 사헌장령 司憲掌令(종4품)이 벼슬 같지는 않지만……."

"헤, 그런가? 양정이 자네는?"

"만족하지요. 내금위의 일개 무사가 참의参議(정3품)가 되었으니 출세한 셈이지요."

"헤헤, 그렇지. 홍공은 어떻소?"

"아, 만족하지요. 참판参判(종2품)이면 머지않아 대감 소리를 들을 판이 아니오. 허허."

"헤헤, 다들 지낼 만하다니 다행이오만 그래서 잊어버린 게 아닌가 모르겠구먼."

"……?"

"거, 뭘 잊고 있다고 그러십니까?"

홍윤성이 불쑥 한마디 던졌다.

"헤헤, 하는 수 없지. 내 입으로 말을 해야지."

"……!"

"여러분이 내 뜻을 모를 리는 없을 텐데……. 다들 살 만하여 호의호식에 취해 있는 듯하니 참 답답하구려."

"……?"

"그래요. 사실 내가 답답합니다. 왜들 가만히 있는가 해서 말입니다.

얼른 해치울 생각은 않으시고 대군께서도 왜 그러신답니까? 신줏단지 모시듯 애지중지하고 계시니 말입니다."

홍윤성이 털어놓았다.

"흠, 뭘 알기는 조금 아는데 깜깜하기는 마찬가지 아닌가?"

"사실이 아닙니까? 대군께서는 그 뜻이 신하의 도리에 있는 듯하니 우리가 할 일이 없지 않습니까?"

홍달손의 말이었다.

"그럼 정이도 그리 생각하는가?"

"그렇지 않습니까?"

"정경 자네는?"

"대군의 뜻을 바로 알아야 할 게 아닌가?"

"헤헤헤, 그러니까 내가 답답하다고 하는 게야?"

"뭐? 그러니까?"

"이 사람아, 중이 제 머리 못 깎는다 하지 않던가? 기껏 생각하는 것하고는……. 대군이 임금에게 누구신가? 숙부가 아니신가? 숙부가 어리신 엄금더러 '내 임금하고 싶으니 너 그 자리 내놓아라' 하고 호령이라도 쳐야 한다 그 말인가?"

"하오면, 대군의 의중은 확실하다 이 말씀입니까?"

"홍공마저 왜 이러십니까?"

"대군의 의중이 무슨 상관이랍니까?"

"아니. 대군의 의중이 상관없다 하십니까?"

양정이 고개를 꼬았다.

"허 참 나, 임금이라는 게 어디 꼭 되고 싶어서만 되는 것인가? 할 수 없이 해야 할 처지가 되면 해야 하는 게 임금이지."

"……!"

"우리가 계유정난으로 한 번 나라를 바로 잡았지만 그것으로 다 끝난 게 아니오. 임금이 어린 이상은 또 엉뚱한 마음을 가진 자가 생길 수 있소. 금성대군 또한 안평대군 못지않다 이 말이오."

"금성대군?"

"아차 해서 우리가 당하는 날이면 하루아침에 대군도 우리들도 다 역적이 되는 것이오. 역적이 되면 어찌 되는지 보지 않았소? 우리들은 다 참수되어 그 머리는 효수될 것이니……. 윽, 소름이 끼치네. 지금 벼슬자리 하나씩 꿰찼다고 마음 놓고 호강 타령이나 하고 있을 때요?"

"아니, 그렇다면 그거 뭐 어려울 게 있습니까? 오늘이라도 명만 떨어지면 열네 살 아이 하나 해치우는 거야 식은 죽 먹기 아니요?"

홍윤성이 눈알을 굴리며 결기를 보였다.

"헤헤헤……."

"어찌 웃으십니까? 못할 것 같소이까?"

"쯧쯧. 소견머리가 저래 가지고야 원……, 사헌장령도 아깝지. 김종서 때려잡듯 할 수 있는 게 아니란 말이야."

"……?"

"어린아이라 해도 임금은 임금이야. 그런데 임금을 어찌 해친단 말인가? 더구나 숙부라는 사람이……. 그건 역적이지. 역적이 되고 싶다 이건가?"

"하면 무얼 어쩌란 말입니까?"

"답답하긴……. 이 조카는 어린 탓에 용상 자리를 감당할 수 없으니 숙부께서 맡아주시오. 이렇게 되면 누가 뭐라 할 것인가?"

"……!"

네 사람 모두 몸을 곧추세웠다. 그들의 동공에서 광채가 비쳤다.

"어린 임금이 그 용상을 숙부에게 바치게 하면 되는 것이오."

"과연!"

"음……."

그러나 홍윤성이 고개를 갸웃거렸다.

"허나, 임금이 스스로 그럴 리는 없을 것이고, 임금 곁에도 사람들이 있는데 그게 쉽사리 되겠소이까?"

"그 점이 바로 우리가 해야 할 일이네!"

"……?"

"그리 어려운 일은 아니야. 양동작전陽動作戰(상대를 속이는 작전)인 셈이지."

"양동작전이요?"

"그렇지. 우선 소문을 퍼뜨리는 거야. 머지않아 어린 임금이 숙부에게 양위할 것이라고……. 저잣거리고 술청이고 우물가고 빨래터고 양반가의 사랑방이고 할 것 없이 이 소문이 돌면 임금의 귀에도 들어가게 된단 말이야."

"아니, 한공. 그런 망극한 소리가 어찌 주상의 귀에 들어가겠소?"

의아스러운 홍달손이었다.

"이 나라에는 충신들이 많소. 그러니까 임금도 그 소문을 듣게 될 것이며 그렇게만 되면 그다음은 바로……."

"그다음은 바로?"

"그다음은 바로 소문이 무르익을 때 일러주겠소."

"소문이 무르익을 때?"

"날이 저물고 있소. 바람도 일고……. 자 그만 내려갑시다."

한명회가 먼저 일어섰다.

또 한 해 1454년(단종 2)이 다 가고 있었다.

참으로 어이없는 소문이 도성을 중심으로 빠르게 퍼져나갔다. 궐 밖의 소문은 궐 안으로 들어가기 마련이었다. 그 소문을 들은 대소신료들은 민감해질 수밖에 없었다. 차후에 자신의 입지가 어찌 될 것인가 생각지 않을 수 없기 때문이었다.

"허, 이 무슨 해괴망측한 소문이란 말인가? 하루 속히 그 진원을 밝혀서 엄벌을 해야지. 이같이 불충 막심한 소문을 가만두고서야 어찌 신하된 도리를 다한다 할 수 있단 말인가? 도대체 의금부는 무엇 하는 곳이란 말인가?"

이렇게 언성을 높이며 언짢아하는 사람은 바로 동부승지 한명회였다. 그는 승정원에서는 물론이요 그가 들리는 곳이라면 어디에서나 언성을 높였다. 이런 한명회의 동태를 보며 조심스럽게 뭔가를 짐작해보는 사람들이 있었다.

좌의정 정인지와 도승지 신숙주가 한명회의 집을 찾았다.

"헤헤, 이 우거寓居에 웬 행차이십니까? 이런 광영이 있습니까? 어서 안으로 드시지요."

한명회는 그들을 극진히 맞아들였다.

그들이 자리에 앉자마자 정인지가 입을 열었다.

"한공, 근자에 우리 모르게 도모하고 있는 일이 있소?"

정인지가 은근한 미소를 지으며 물었다.

"무슨 말씀이십니까?"

"해괴한 소문의 진원이 궁금해서요."

"아, 그런 일이라면 소생이 어찌 좌상대감에게까지 기휘忌諱하겠습니까?"

"이 사람, 자준이. 이 일은 자네가 꾸민 게 아니란 말인가?"

"……."

사돈인 신숙주까지 속이는 것이 미안했던지 한명회는 대답을 않고 고개를 돌려 천장을 쳐다보았다. 한명회의 딸이 신숙주의 며느리였다.

"이 사람, 나까지 속일 셈은 아니지?"

"나는 가끔 영락제永樂帝를 생각하고 있었어요."

수양대군이 명나라에 갔을 때 그 능을 찾아본, 바로 그 영락제를 생각하고 있었다는 것이었다. 영락제는 주인이 사라진 조카의 제위에 올랐으나 수양대군처럼 처음부터 왕위에 야욕이 있어 더러운 짓을 한 황제는 아니었다.

"……!"

두 사람은 긴장했다.

"소생은 수양대군이란 인물이 영의정 정도에 그치기는 너무 큰 재목이라고 보고 있습니다. 더구나 이 시대를 본다면 말입니다."

한명회의 말뜻은 빤한 것이었다.

"……!"

정인지와 신숙주는 마른 침을 삼켰다.

"좌상대감. 대감께서는 수양대군을 영의정 자리에 머물러 있어야 할 인물로 보십니까?"

참으로 당돌하고도 무서운 질문이었다.

"……!"

정인지는 가슴이 덜컥 내려앉았다.

"가르침을 주시기 바랍니다."

한명회가 정인지의 확신을 다시 물었다.

"꼭 그렇게 보고 있지는 않습니다만……."

어정쩡한 대답이었으나 정인지다운 대답이었다. 정인지는 어찌 되든 한명회 등을 따라서 살아가겠다고 말하고 있는 것이었다.

"혼조昏朝에는 임금을 바꿔야 하는 것이옵니다."

이미 시월의 도살 때 한명회로부터 들은 말이었다. 어린 임금의 이치세가 결코 혼조는 아니었고, 한명회 자신도 아니라는 것을 알고 있지만 혼조라고 우기는 것이었다.

"음……!"

정인지는 대답 없이 고개를 두어 번 끄덕였다.

"감사합니다. 좌상대감."

한명회는 그들이 도모하는 왕위찬탈의 일을 정인지의 뜻으로 굳혀 버렸다.

"참고로 한마디 더 말씀드리겠습니다만, 주상전하께서 환우에 계시다 붕어崩御라도 하신다면 보위를 누가 이어야 하겠습니까? 수양대군이 아닙니까? 이 이치로 따져도 수양대군은 왕재임이 분명합니다."

도리로든 의리로든 입에 담아서도 안 되고 이치에도 맞지 않은 이론이지만, 그런 것을 내세워 주장하는 것은 한명회의 잔머리요 장기였다.

"……."

"혼조인 지금 이 일은 주상께서 양위하심으로써 피바람 없이 조용히 매듭지어진다고 생각합니다."

"……!"

그만이었다. 두 사람은 기꺼이 수긍하고 말았다. 세 사람은 은근한 눈빛으로 앞날을 그리며 술잔을 돌렸다.

새해가 왔다. 1455년(단종 3), 단종의 나이 열다섯이었다.

새해 들어서도 괴상한 소문은 여전했다. 어수선한 세모를 보내면서 어린 임금도 그런 소문을 듣게 되었다. 내관 엄자치가 귀띔해주었다.

임금은 신년하례의 행사를 치르면서도 내내 심기가 불편할 뿐이었다. 아무리 생각해도 그 일의 진위를 속 시원히 말해주고 대책을 상의할 사람이 없었다. 혜빈 양씨라면 그럴 수 있었으나 호젓하게 만나볼 수가 없었다.

저녁 늦게 숙빈 홍씨가 문후 차 들렀다. 숙빈 홍씨는 문종의 후궁이었다. 지금은 수양대군의 은밀한 충견이 되어 있었으나 임금은 그 사실을 잘 몰랐다.

임금은 그에게 물었다.

"괴상한 소문을 알고 있지요? 그 진원이 어디라고 하던가요?"

"상감마마……."

숙빈이 적이 놀라는 모양이었다.

"아시는 대로 말씀해주세요. 들으신 바가 있을 것이 아니오?"

"하오나 그와 같이 망극한 일을 어찌 신첩의 입에 담으오리까?"

"아니오. 괜찮소. 제발 들은 대로만 말씀해주세요."

간곡하게 부탁했다.

"하오나, 상감마마……."

"내 곁에는 숙빈 말고는 아무도 없소. 그런데 숙빈마저 날 멀리하시려오?"

임금은 금방이라고 울음을 터뜨릴 것 같았다.

"하오면 입에 담지 못할 일이오나 이렇게 전하는 소첩을 용서하시옵소서."

"괜찮소. 어서 말씀하세요."

"예……."

"아시는 대로 다 말씀해주세요."

"항간에 나도는 소문은……, 불경스럽게도 지난번 정난 때 수양대군께서는 이미 용상을 노리고 있었다 하옵니다. 하옵고……."

한명회가 지시한 내용을 어떻게 하면 간단명료하게 임금에게 전할 수 있을까 숙빈은 궁리하고 있었다.

"……!"

임금의 얼굴이 창백해졌다.

"안평대군을 사사한 것은 자신이 왕재임을 보이기 위한 방편이었다 하옵고……. 그동안 전하의 성념을 여러 차례 가로막은 것도 그 때문이었다 하옵니다."

"으……!"

어린 임금은 용안이 일그러지기 시작했다. 이미 짐작하고 있는 일이었으나 숙빈으로부터 직접 들으니 소름이 끼치고 무서웠다.

"혹시……, 전하께서 측근에게라도 수양대군에게 양위하시겠다는 말씀을 하신 적이 계시옵니까?"

"아, 아니오. 아직은……."

"하오면 소문이 참으로 맹랑하옵니다."

"맹랑하다니요?"

"수양대군의 그와 같은 흑심을 아시고 전하께서 양위하시겠다고 하셨다는 게 소문이옵니다."

"으……."

"그것만이 옥체를 보존하는 길이라고들 한다 하옵니다."

임금의 눈에 눈물이 고였다.

"또 소문으로는 중전마마께서 화를 입으실까 두려워하신 나머지 양위하실 것을 수양대군에게 말씀하시고 목숨만은 살려주라고 애원하셨다 하옵니다."

"……."

눈물이 뺨을 타고 흘렀다.

"조정에서도 대소신료들이 다 알고 있는 사실이옵고, 빨래터나 우물가에서도 예사롭게 입에 담고 있다 하옵니다."

"자세히 일러주어 고맙습니다, 숙빈."

"망극하옵니다."

임금의 침전을 물러 나오면서야 숙빈은 자신의 온몸이 땀에 젖어 있음을 알아차릴 수 있었다.

어린 왕의 용안은 민망할 정도로 수척해지고 있었다. 나날이 고뇌의
연속이었다.

'이 노릇을 어찌할꼬?'

중전과 상의해보고도 싶었으나 그 또한 마음 같지 않았다. 중전의
천진무구한 얼굴을 대하노라면 차마 입이 열리지가 않았다.

'속앓이만 할 게 아니라 차라리 수양 숙부를 만나 보는 게 낫겠어.'

임금은 승정원에 일렀다.

"전하, 찾아계시오니까?"

"……"

쳐다보는 수양대군의 눈빛이 오늘따라 더 무서웠다. 임금은 몸이 떨
렸다.

"무슨 분부가 계시옵니까?"

"저……. 편히 앉으세요."

"예. 전하."

"숙부……."

"예, 전하."

수양은 온화한 미소를 짓고 있었다.

"저, 내가 숙부에게 전위傳位하고자 해요."

"예에?"

예상하고 있었으나 새삼 동요될 수밖에 없었다.

"그 대신 우리 둘을 살려주세요."

"아니, 전하. 이 무슨 천부당만부당하신 말씀이십니까? 그 말씀 거
두어주시옵소서."

"나는 숙부의 마음을 잘 알고 있어요. 그런 생각을 가지고 계시면서 왜 진즉 말씀해주시지 않으셨어요?"

"……!"

수양대군도 대궐 안팎에 떠도는 소문을 알고 있었다. 그리고 그 진원지도 짐작하고 있었다. 그리고 언젠가는 이렇게 되리라는 것도 예상하고 있었다. 그러나 이건 너무 급작스럽고 분위기도 전혀 아니었다.

"전하, 보위를 소홀히 생각하시면 아니 되옵니다. 지존의 체통을 지키시옵소서. 신 수양은 전하의 성념을 받들어 이 나라의 종묘사직을 반석 위에 올려놓고자 미력하나마 열성을 다하는 것을 영광으로 여기고 있사옵니다."

"알아요. 그래서 숙부에게 맡기려 하는 것이어요."

"전하, 아니 되옵니다."

"……."

"전하, 이 수양의 마음을 어찌 그리 모르시옵니까? 신 수양은 진심으로 희단姬旦(주공)의 도리를 다하고자 할 뿐이옵니다."

"……?"

'그 말이 믿어지지가 않으니…….'

"그러한 역심이 있었다면 계유정난 때 도모했을 일이지, 무엇 때문에 어려운 희단의 도를 자청했겠사옵니까?"

"……?"

"서배鼠輩(쥐새끼 같은 무리)들이 신이 불궤를 꾸미고 있다고 말하더라도 전하께서는 신을 믿어주셔야 하옵니다. 전하."

수양은 엎드려 두 손으로 얼굴을 감싼 채 머리를 바닥에 대고 있었다.

"누가 뭐라 해도 전하께서는 신을 믿으시옵소서. 전하, 전하."

울먹이는 말소리 같았다.

'떠도는 소문이 한낱 헛소문이란 말인가?'

"숙부. 고정하십시오."

"전하……. 제발 신을 믿으시옵소서."

'하기야 헛소문도 떠돌 수 있겠지.'

"믿지요, 숙부. 믿어요. 고정하세요."

"전하, 망극하옵니다."

"고마워요."

편전을 물러 나온 수양의 눈은 약간 충혈이 되어 있는 듯했다.

승정원에서는 신숙주, 권람, 한명회가 화롯불 가에 앉아 잡담을 하고 있었다.

"아무래도 교서를 내려야겠소. 지금 바로 준비하시오."

"무슨 일이 있습니까?"

"그 소문 때문일 거요. 전하께서 전위 소리를 입에 담으셨소."

"예에?"

"……!"

순간, 한명회는 가슴을 가르고 지나는 전율을 느꼈다.

'일이 제대로 순서를 따르고 있는 게 아닌가?'

"향후 이 불경하기 짝이 없는 소문을 입에 담는 자, 또 그에 부화뇌동 하는 자는 극형으로 다스린다는 것을 분명히 밝히고……. 해지기 전까지 그 초안을 의정부로 가져오시오."

수양대군이 나가자 한명회가 입을 열었다.

"헤헤, 정경이 초를 잡게."

"내가 잡으라고?"

"물론이지. 자네는 문장이요 나는 경륜이라 하지 않았나?"

"허어 참."

권람이 연상 앞에 앉았다.

"와서들 도와주어야지."

"다 되면 볼 게 아닌가?"

결국 세 사람의 의견으로 교서는 작성되었다. 그들이 만든 내용대로 임금은 교서를 내렸다.

1455년 1월 14일이었다.

지난번에 간교한 권신들이 불궤를 꾀하였으나 숙부 수양대군의 기민한 대처에 힘입어 이내 곧 그들을 베어 없앴다.

한동안 어수선한 거짓말이 떠돌아 다소 소란스럽기도 했으나 이미 다 진정되었다.

그런데 근자에 또 근거 없는 소문이 나돌아 '수양대군이 군사를 거느리고 장차 인민을 다 죽일 것이다'라고 하고, 또 이르기를 '수양대군이 장차 과인에게 이롭지 못할 것이다'라고 하여 의심과 혼란이 만연되니, 이것은 틀림없이 역당의 남은 자들이 분기와 원망을 품어 난을 일으키려 하다가 힘이 모자라니 뜬소문을 퍼뜨린 것이다.

그럼으로써 우리 군신을 이간시키고 나라를 혼란시키려 하는 것이다.

옛적에 주나라 성왕成王이 이리어 주공周公이 섭정하니 관숙管叔(성왕의 숙부), 채숙蔡叔(성왕의 숙부), 곽숙霍叔(성왕의 숙부)이 소문 퍼뜨리기를 '장차 유자孺子에게 이롭지 못할 것이다'라 했는데 관숙, 채숙, 곽숙을 처단한 뒤에야 나라가 안정되었다. 오늘의 와언訛言(사실과 다른 말) 사건이 이것과 무엇이 다른가?

대소신료들이 의법 처리할 것을 청하므로 내가 법대로 처리하려 했으나 숙부가 아뢰기를 '무지한 백성들이 간사한 무리에게 현혹되어 망령되이 전하여 말했으니 많이 죽이는 것은 옳지 않습니다' 하고, 나 또한 생각하기를 '난을 선동한 자를 이미 잡을 수 없다면 와전한 자는 너그러운 법에 따르는 것이 옳다' 하여, 숙부의 뜻에 따라 죄의 경중을 참작하여 과단科斷했다.

아아. 숙부의 충성과 공훈은 오로지 과인뿐만 아니라 실로 종묘와 사직이 힘입은 바이다.

어찌 뜬 말로 이간할 수 있겠는가?

이에 전말을 갖추고 내 마음을 밝혀서 장차 신서臣庶로 하여금 스스로 죄를 짓지 말도록 하는 것이다.

앞으로 만일 뜬말을 퍼뜨리는 자가 있으면 바로 붙잡아 고하라. 반드시 큰 상을 주겠노라.

이 교서는 저들의 뜻에 맞게 교묘하고 교활하게 꾸민 것이었다. 겉으로는 헛소문을 금하고자 하는 것처럼 보이게 했다. 허나 실상은 소문이 심상치 않다는 것을 왕명으로 확인한 것이요, 또한 수양대군의 큰 인물됨을 백성들에게 알리는 아주 좋은 선전도구였던 것이다.

뜻 있는 자들은 이 교서를 읽으면서 더더욱 큰 우려를 갖지 않을 수 없었다.

수양대군을 극찬하는 교서가 내려지자 공신들에 대한 예우를 더하는 것이 도리라 하여, 1월 24일에는 정난공신들에게 은전恩典을 더해주게 했다. 간교한 불한당들이 좀 더 큰 도적질을 할 모사謀事를 펴놓고, 그 모사가 가상하다 하여 스스로 은전의 잔치를 벌인 셈이었다.

수양대군 집 아낙들은 몽환적이요 환상적이던 꿈이 현실로 다가옴에 이를 다독이며 은근히 욕심을 드러내고 있었다. 수양대군의 부인 윤씨와 며느리 한씨는 둘 다 그런 욕심을 수양대군에게 대놓고 드러냈다.

먼저 부인 윤씨가 욕심의 포문을 열었다. 임금 내외의 명례궁 내방을 수양대군에게 청원하는 것으로부터 시작했다.

"나리, 제게 자그마한 소원이 하나 있사옵니다."

낙랑부인 윤씨가 잠자리에서 수양대군에게 말했다.

"소원이요?"

"예, 들어주셔야 해요."

"부인의 소원이라면 들어주어야겠지요."

"꼭 들어주시는 거지요?"

"허, 그렇다 하지 않았소?"

"왕비를 우리 집으로 불러 인사를 받고 싶사옵니다."

"아니. 왕비라 했소?"

"예."

"허, 그건 안 되는 말씀이오."

"아니, 왜 안 된다 하십니까? 별 볼일 없는 집안의 딸이 어떻게 왕비가 되었습니까? 나리께서 주선하시지 않았다면 언감생심 꿈이나 꾸었겠습니까? 우리가 부르기 전에 먼저 와서 인사를 하는 게 옳지요."

"아직까지 그런 예는 없었소. 안 되오."

"예는 만들어가면 되는 것 아니옵니까? 대감의 능력으로 왜 안 된다고 미리 말씀하십니까요?"

"그건 욕심이오. 안 되오."

"욕심이라 하십니까?"

"그렇소."

"야망이 계신 대감을 하늘처럼 모시고 사는 소첩입니다. 그러니 소첩에게도 욕망 정도가 없어서야 되겠습니까?"

"허, 그렇소? 그 욕망이 뭐요?"

"말씀드리지요. 우리 아들을 보위에 올리고 싶은 것이옵니다."

"윽, 큰일 날 소리. 누가 들을까 무섭소."

"입은 다물 것이오나 욕망은 변치 않을 것이옵니다."

"허어, 알겠소. 부처님 같은 부인의 내심에 화산이 들어 있음을 내 미처 몰랐구려."

며칠 후 수양대군은 며느리 한씨로부터 그런 욕망의 말을 또 들었다.

"아버님, 제가 낳은 아버님의 손자를 용상에 올리고 싶사옵니다."

"뭐라 했느냐?"

"임금이옵니다."

"허어, 큰일 날 소리. 밖에 누가 들을까 두렵다."

"그래서 제가 이 방에 들어오면서 하인들에게 이 근처에는 얼씬 거리지 말라 이르고 들어왔사옵니다."

"그래도 입 밖에 낼 소리가 아니니라."

"아버님의 손자가 그렇게 되기 위해서는……, 또 하나의 소원이 있사옵니다."

"그게 무엇이냐?"

"도원군桃源君을 어좌에 올리고 싶사옵니다."

"아니, 저, 저……."

도원군은 수양의 장자이며 며느리 한씨의 남편이 아닌가? 유식하고 야무진 터에 당돌한 건 알았지만 이 정도로 당돌할 줄은 몰랐다.

"……!"

"네 뜻은 알았으니 입 꾹 다물고 있거라."

"예, 아버님."

왕비를 부르고 싶다는 부부인의 뜻은 한명회에게 전해졌다. 한명회의 수완으로 임금은 금방 움직이기 시작했다.

"그동안 숙부 수양대군의 노고가 너무나 컸소. 과인이 중전과 함께 숙부 집에 가서 위로의 잔치를 베풀고자 하오."

승정원에 전교가 내리자 조정이 발칵 뒤집혔다.

좌헌납左獻納 서강이 임금 앞에 나아갔다.

"전하께서 영의정의 저사邸舍에 행행하신다 하오니 신등은 놀라움을 금할 길이 없사옵니다. 전에 임금이 대신의 집에 들르신 적은 더러 있었사오나 왕후께서 가신 적은 없었사옵니다. 국모의 거둥이 그리 가벼이 이루어져서는 아니 되옵니다. 전교를 거두어주시옵소서."

"과인과 함께 간다 하지 않았느냐?"

"아니 되옵니다."

"수양의 부인을 위로하고자 중궁이 가는 것이니라."

"신하의 집에 중궁께서 가신 일은 선대에 그 예가 없사옵니다. 전하께서 가시면 되는 일이온데 왕후께서 함께 거둥하심은 예가 아니옵니다. 통촉하시옵소서."

"과인의 뜻이 이미 정해졌다. 거둘 수 없도다."

1455년(단종 3) 2월 4일, 마침내 임금 내외는 수양대군저로 거둥했다. 모든 종친들과 공신들을 초청하여 연회를 베풀었다. 명례궁의 안과 밖은 가히 인산인해로 발 들여놓을 틈이 없을 정도로 북적였다.

이 또한 역도들이 취한 대처 방안의 하나였다. 떠도는 소문은 헛소문이고, 조카 임금과 숙부 수양대군 사이에는 아무런 이상이 없고, 어린 임금과 섭정 수양대군 사이에도 전혀 불온한 기운이 없다는 것을 과시하는 방편이 되었던 것이다.

마침내 임금 내외가 대궐을 나섰다. 의정 대신들과 승지들이 수행했다. 좌의정 정인지, 우의정 한확, 도승지 신숙주, 좌승지 박원형, 우승지 권자신, 좌부승지 권람, 우부승지 구치관, 동부승지 한명회가 따랐고, 내관으로는 공신내관인 엄자치와 전균이 배행했다.

명례궁에는 양녕대군을 비롯한 종친과 영양위 정종, 영천위 윤사로尹師路(세종의 서녀 정현옹주의 남편), 화천위 권공權恭(태종의 서녀 숙근옹주의 남편) 등 부마들, 그리고 왕비의 아버지 여량군 송현수가 미리 와서 대기하고 있었다.

임금이 대문 앞에 이르자 잘생긴 용모의 젊은이가 공손하게 맞이했다. 수양의 장남 도원군이었다. 임금보다 세 살 위인 18세였다.

"전하, 소신의 누추한 우거를 찾아주시니 광영이옵니다. 어서 안으로 드시옵소서."

"형님, 오래만입니다. 반갑습니다."

임금과 수양대군을 정점으로 하는 남자들의 연회는 서청西廳에서 이루어졌다. 모인 사람들의 지위와 규모가 거창했다. 그에 따라 마련된 음식도 명실 공히 진수성찬이었다.

풍악이 울리고 가가대소呵呵大笑가 터지고 흥겨운 분위기가 이어졌지만 날카로운 눈빛들도 오갔다. 수양대군 지지 세력들은 은근히 외연 확대에 신경을 썼고, 금성대군을 주축으로 한 임금 지지 세력들은 새로운 정보 수집에 신경을 썼다.

왕비를 주축으로 모인 내외명부들의 잔치는 따로 익랑翼廊에서 진행되었다. 왕실의 여자들은 물론 정권 실세의 부인들이 갖은 치장을 하고 맵시를 뽐내고 있었다.

"중전마마. 만수무강하시옵소서."

맨 먼저 수양대군 부인 낙랑부부인이 절을 올렸다. 절을 올리면서 부인은 소매 사이로 왕비를 쏘아보았다.

'누구 덕에 그 자리에 올랐는지 알기나 할까?'

다음은 경혜공주와 경숙옹주가 절을 올렸다. 말은 없었으나 그들은 눈빛으로 연민의 정을 보냈다.

이어서 왕의 유모인 봉보부인 이씨가 절을 올렸다. 다음으로 수양대군의 장모요 낙랑부부인의 친정어머니인 이씨도 예를 올렸다. 사복시 소윤 한계미의 부인이자 낙랑부부인의 언니인 윤씨도 예를 올렸다. 여인들은 대략 지위와 나이의 순서대로 따로따로 절을 올렸다.

맨 마지막으로 도원군의 부인이자 한확의 딸인 한씨가 예를 올렸다. 미인들의 집안에서 태어났음인지 방년 19세이던 한씨의 미모가 군계 일학이었다.

절을 하는 사이 그녀의 눈빛은 왕비의 온몸을 훑어 내렸다.

'흥, 너 따위는 그 자리에 어울리지 않아. 내가 어울린단 말이야.'

모든 것이 새로운 왕비 송씨는 낯설고 불편한 가운데에서도 호기심도 채우고 구경하는 재미도 있어 이 연회가 그다지 지루하지는 않았다.

그러나 어린 임금은 전혀 딴판이었다. 가뜩이나 심기가 불편한 중에 눈에 띄는 공신들의 작태가 마뜩찮고 때로는 구역질이 날 것도 같아 한시라도 빨리 돌아가고만 싶었다.

'흥, 나는 눈에 보이지 않고 수양 숙부만 보이는 모양이군.'

지루한 연회를 마치고 돌아온 임금은 내전에 들어서도 우울한 마음을 풀지 못했다.

"전하, 혹여 언짢은 일이라도 있었사옵니까?"

열여섯 살의 중전이 송구스러워했다.

"별일은 없었소만…… 그렇게 보이오?"

"심기가 편안치 못하신 듯하옵니다."

"음……."

중전 송씨 역시 떠도는 소문을 들었다. 상궁 나인들은 사실대로 일러 주지 않았지만 미루어 짐작은 할 수 있었다. 자신의 신세가 어찌 되는 것보다도 어린 임금이 가엾게 여겨져 가슴이 아팠다. 오늘따라 더욱 애잔하게 보이는 임금의 모습이 가슴을 저몄다.

어찌 위로를 해드려야 할지 몰라 안타까움에 또한 가슴이 쓰린 중전 송씨였다.

"전하……."

애절하게 불러는 보지만 소문을 물어볼 수도, 달리 위로의 말을 할 수도 없어 마냥 안타깝기만 했다.

"예, 중전. 그런데 참 어찌 생각하시오?"

"무슨 말씀이신지?"

"수양 숙부에게 양위하는 일 말이오."

왕비는 가슴이 덜컹 떨어졌다.

"전하……."

울음이 터질 것 같았다.

"중전도 들어서 짐작하실 게 아니오?"

"전하……."

"모든 공신들이 그리 되기를 벌써부터 바라고 있었던 것 같아요."

"전하, 심약하시면 아니 되옵니다."

"내 뜻으로는 이제 아무것도 아니 되는 것 같아요. 교서까지 내렸는데 숙부에게 전위한다는 소문은 그치지 않고 있소."

"전하, 그저 한 5년 심기를 굳게 하시고 그런 소문 따위에 굴하지 마시옵소서."

"나는 생각을 많이 해보았어요. 그런데 그게……."

"전하, 전하께서는 지존이십니다. 전하께서 심기를 굳게 하시면 어느 누가 뭐라 할 것이옵니까?"

"글쎄요. 중전이나 내가 무사할 수만 있다면 왜 버티어내지 못하겠소만……."

"전하, 군왕의 자리는 어렵고 괴로움이 따른다 해도 물릴 수 있는 자리가 아니라 하옵니다."

중전 송씨는 친정의 아버지로부터 어린 왕의 어려움에 대처하는 소상한 당부를 듣고 있었다. 중전 송씨는 한목숨 바쳐서라도 어린 왕의 성년을 기어이 이루어 드리고 싶었다.

"중전은 무섭지가 않소?"

"무섭지 않사옵니다. 신첩은 어떠한 경우에도 전하를 모실 따름이 옵니다."

"고마워요, 중전. 내게는 그저 중전뿐이오."

혜빈 양씨는 교서가 반포된 이후 도저히 가만히 앉아 있을 수가 없었다. 밤중에 가마를 재촉해 금성대군저로 향했다. 수양대군의 도적질이 머지않아 끝을 볼 것 같았기 때문이었다.

"대군, 이대로 그냥 계실 것이옵니까?"

"혜빈께서는 혹 무슨 복안이라도 있으신지요?"

"일개 후궁이 무슨 힘이 있사옵니까? 그저 애간장을 녹이는 일뿐이 지요."

"일개 후궁이라니요? 무슨 말씀을 그리하십니까?"

"수양대군은 늘 이 사람을 그렇게 부른답니다."

"실상은 대왕대비나 다름없는 분을 그렇게 부르는 그 형님이야 어찌 온전한 사람이라 여길 수 있겠습니까? 개의치 마십시오."

"그리 말씀해주시니 조금은 한이 풀리는 듯하옵니다."

"혜빈께서 요즘 심려가 크실 줄 압니다. 그래서 찾아주신 것일 테지요."

"예. 대군. 알아주시니 고맙사옵니다."

"별말씀을……."

"대군나리."

"예."

"이제 이 나라는 주상전하의 나라가 아니옵니다."

"……!"

"이제 수양대군의 나라요, 그 정난공신들의 나라가 다 되었어요."

"음……."

"이대로 두었다가는 정말 큰 변이 나고 맙니다. 저들의 방약무인傍若無人함을 보면 무슨 일인들 못할 것 같습니까?"

"예. 옳은 말씀이오. 허나, 어찌합니까? 수양 형님이 영의정이요 중신들이 다 그 심복들이니 그들이 무슨 짓을 하든 어찌 막을 수가 있나요?"

"그렇기도 합니다. 허나 다른 사람은 몰라도 대군께서는 하실 수가 있습니다."

"음……."

"수양대군이 했던 것처럼 사람을 모으세요. 그리고 뜻이 바른 왕실의 어른들에게도 기미를 통해두어야 하고요."

"음……!"

"제게도 이제는 참한 심복이 생겼습니다. 저들의 계책을 알아낼 수있는 심복입니다."

"아, 그래요? 누굽니까?"

"판내시부사 엄자치입니다."

"아니, 그를 믿어도 됩니까?"

"예. 엄내관은 이미 수양대군에게 배신을 당했다고 그에게 앙심을 품고 있는 사람입니다."

"그래요?"

"수양대군의 성품을 이용해 먹고 쓸모가 없어지면 가차 없이 버리는 사람이라는 것을 간파한 것이지요. 엄내관이 치를 떨고 있습니다."

"그래도 대세를 알고 있을 텐데요."

"사람이 욕심도 있고 체면도 따져요. 우리 일이 성사되면 일등공신으로 책록하겠다고 했더니 목숨을 바치겠다고 확약을 했습니다."

"⋯⋯!"

"왕실 어른들이 뜻을 같이하고 성삼문 등 선대의 은혜를 잊지 않고 바른 도리를 아는 학사들이 뜻을 모은다면 뜻밖으로 쉬운 일일 수도 있습니다."

"음⋯⋯."

"일단 사람을 모으세요. 통교를 더욱 긴밀히 하세요. 결코 어려운 일이 아닙니다."

"혜빈께서 도와주시니 힘을 내보겠습니다. 수양 형님의 전횡을 꼭 막아야 합니다."

"대군밖에 없습니다. 대군나리."

"알겠습니다. 다시 힘을 내겠습니다."

20

왕비 고명

금성대군은 암암리에 사람을 모았다. 무인들을 모아 사저에서 활쏘기를 하고 잔치를 벌였다. 동조자들이 다수 참가했다.

세종의 서자로 호남아인 화의군和義君(영빈 강씨의 소생)이 염문을 뿌리다 탄핵을 받았다.

세종의 일곱째 적자인 평원平原대군이 열아홉의 나이로 요절했는데 그에게는 초요섬楚腰纖이란 관기 출신의 애첩이 있었다. 초요섬은 왕실의 원찰인 대자암에 가서 불공을 드리며 평원대군의 명복을 빌었다. 왕족들도 많이 나가 그 불공에 참가했다. 거기에 화의군도 함께 참기했었는데 이때 화의군을 만나게 된 초요섬이 그를 좋아하게 되었고 두 사람은 어느덧 뗄 수 없는 깊은 사이가 되었던 것이다.

"화의군이 평원대군의 첩 초요섬과 간통한 것은 강상綱常을 어지럽히는 중대한 범죄이오니 엄중히 처벌하여 풍속을 바로 세우소서."

이 시대에는 삼강三綱과 오상五常을 아우르는 강상에 포함된 범죄는 특히 엄벌에 처했다. 삼정승과 육조판서들이 빈청에 모여 의논한 결과에 따라 승정원에서 임금께 아뢰었다.

이렇게 되자 혜빈 양씨가 화의군의 구명에 나섰다. 가만두면 전죄가 있는 화의군으로서는 원지 유배를 면할 길이 없었다. 혜빈 양씨는 자신의 소생인 한남군, 수춘군, 영풍군을 알뜰하게 챙겨주던 화의군을 친아들처럼 여기고 있었다.

내관 엄자치의 주선으로 화의군의 부인과 함께 임금을 알현한 혜빈 양씨는 임금께 선처를 호소했다. 임금에게 혜빈이 누구던가? 친어머니 같은 존재가 아니던가. 결국 임금의 용서를 받고 화의군은 죄벌을 면하게 되었다.

그 후 금성대군저에서 암암리에 모임을 갖게 되었다. 화의군 내외, 혜빈 양씨도 금성대군 사저 모임에 참가했다.

"초요섬은 양가 규수도 아니고 평원대군이 잠시 사귄 기생일 뿐이오. 상당히 오래된 일을 지금에야 끄집어내 논죄하는 것은 나와 금성 아우님을 죽이려는 모략일 것이오."

화의군이 홧김에 소리를 높였다.

금성대군은 화의군의 한 살 아래 아우였다. 동석자들이 고개를 끄덕였다.

"형님, 목소리를 조금 낮추십시오. 지금 저희 집에는 낮말을 듣는 새도, 밤말을 듣는 쥐도 있을 것입니다."

"여기뿐만 아니라 저희 집에도 그런 새와 쥐가 쫙 깔려 있습니다."

문종의 부마 영양위 정종이 맞장구를 쳤다.

"아무런 죄도 없는 안평대군을 금상의 옹호 세력이라고 죽인 저들입니다. 저들은 이제 금성대군에게 눈독을 들이고 있습니다. 낮에도 몸조심 밤에도 몸조심해야 합니다."

혜빈 양씨가 주의를 환기시켰다.

"저들을 먼저 죽이지 않으면 저들에게 떠밀려 헤매다가 반드시 죽게 될 것입니다."

화의군 부인의 말이었다.

"그렇습니다. 헤매다 죽기 전에 먼저 죽여야 합니다."

행지내시부사 윤기尹奇가 주먹을 쥐어 올리며 말했다.

"좀 더 좋은 때를 기다려야 할 것이오."

영양위 정종이 말했다.

"사람들을 더 모으고 나서 한 번에 해치울 기회를 만들어야 합니다."

신궁 소리를 듣는 무사 최영손崔泳孫의 의견이었다. 그는 세종 때의 명장 최윤덕의 아들로, 무과에 합격한 뒤 아버지의 호종무관으로 많은 전장을 누볐었다. 동지중추원사 조유례趙由禮, 무사 김옥겸金玉謙, 호군 성문치成文治 등이 동의했다.

다시 모이기로 하고 그날은 그렇게 헤어졌다. 금성대군은 돌아가는 영양위에게 금대金帶(조복에 두르는 금띠)를 선물했다.

그런데 금성대군의 집에는 한명회에게 매수된 하인 박동일이 있었다. 그래서 금성대군저에서 일어나는 일들은 언제고 그대로 한명회 등이 알게 되어 있었다.

"아직은 아니야. 더 두고 볼 일이야. 피라미들만 잡을 수는 없지. 제대로 모습을 드러내야지."

그러나 금성대군저의 모임은 다른 사람들의 귀에도 들려 수양대군에게 보고되었다. 내관 엄자치가 혜빈 양씨 등에게 편의를 제공한 일도 역도들을 도운 일이라 하여 문제가 되었다.

수양대군은 우선 엄자치를 의금부에 하옥했다가 하삼도의 관노로 영속시켰다. 그런데 사간원에서 더 먼 곳에 내치라 하여 제주도로 유배 보냈다. 엄자치는 제주도로 귀양 가는 길에 길거리에서 죽고 말았다. 엄자치는 김종서 등을 참살할 때 공을 세운 공신이었으나, 버릴 때는 이렇듯 헌신짝처럼 버림을 받았던 것이다.

그다음 화의군을 경기도에 부처했다. 문제가 된 초요섬은 당시 세종대의 악무樂舞를 완벽하게 익힌 기녀로 인정받고 있었다. 때문에 악무의 원형을 보존하기 위하여 그에게는 벌을 주지 않기로 했다.

일단은 이 정도로 끝내고 금성대군의 일은 그 추이를 더 두고 보기로 했다.

여름에 들자 단종 왕비 송씨의 고명誥命(황제의 임명장)을 가지고 명나라 사신이 들어온다는 소식이 전해졌다.

"이번 왕비 고명 사신은 몸이 비대하다지요?"

수양이 한명회에게 물었다.

"비대한 정도가 아니라 걸어가는 건지 굴러가는 건지 모를 정도라 합니다."

"그럼 4인교로는 안될 게 아니오?"

"그렇지요. 8인교를 준비해야 하겠습니다."

"잘도 먹겠구먼. 팔도의 진미를 모아야겠소."

"여색을 밝힌다 합니다."

"아니, 여색이라 했소?"

"예. 아주 날씬한 여자를 좋아한답니다."

"허어, 양물陽物도 고환도 없는 환관이 여색을 밝힌다……. 그거참."

"아마도 대리 만족을 취하는 방도가 있을 것입니다."

사신을 위한 기생 소집령이 팔도에 내려졌다.

모이는 곳이 정해졌다. 평안도와 함경도의 기생은 평양으로, 경기·황해·강원 기생은 개성으로, 한수 이남의 기생은 한양으로 모이라 했다. 특히 허리가 가는 기생을 빠뜨리면 그 고을 수령은 엄한 문책을 받을 것이라 했다.

도백道伯과 수령守令과 같은, 임지를 따라 이동해야 하는 지방관들은 대개 경처京妻(한양에 있는 본처)와 현지처現地妻(근무지에 있는 처)를 두고 있었다. 현지에서 첩을 거느리기 어려운 지방관들은 기생을 끼고 살 수밖에 없었다. 그러니 그들의 발등에 불이 떨어진 셈이었다.

이에 반해 경처들은 그간의 속앓이를 해소해줄 기회가 왔다고 환호하기도 했다. 경처들은 지방관으로 나간 남편이 기생이나 딴 여자를 끼고 사는 것을 뻔히 알면서도 속은 끓지만 한마디도 뻥끗할 수가 없었다. 입을 뻥끗하거나 눈을 치뜨기라도 하면 칠거지악七去之惡 가운데 질투의 항목을 들먹였기 때문이다.

'흥. 지가 아무리 좋아해도 되놈이 품은 여자를 다시 받아들이겠어?'

경처들은 빙긋이 웃어보았다.

사신은 환관이라 해도 3, 40명의 수행원들은 다들 건장한 사내였다. 그들은 대개 한 달쯤, 길게는 2, 3개월 넘게 머물 때도 있었다.

"성삼문은 어디쯤에 있소?"

"의주에 있다 합니다."

"준비는 잘하겠지요?"

"그 사람은 빈틈이 없습니다."

"그럼 한공도 떠나시오."

"예."

김종서는 명나라에서도 인정하고 고마워하는 명장이었다.

명나라에게 여진족은 계륵鷄肋 같은 존재요 두통 같은 존재였다. 가만두자니 만리장성을 유린하고, 쫓아내자니 기동력이 부담스러웠다. 그런데 그 여진족을 잘 다루어 두만강 근처에 묶어놓은 것이 김종서였다. 그런데 아무 탈 없이 멀쩡한 김종서를 때려죽여 놓았으니 수양대군은 명나라의 눈치를 의식하지 않을 수 없었다. 그리고 또 앞으로 있을 찬탈篡奪의 일도 고려치 않을 수가 없었다.

이러할 때 명 황제를 지근거리에서 모시는 환관이 온다는 것은 수양에게는 명나라의 환심을 살 절호의 기회가 주어진 것이었다. 이 기회를 살리고자 한명회는 말을 부지런히 몰아 해주海州 감영監營에 들어섰다.

임금의 명으로 왔다 하자 황해 감사가 무릎을 꿇었다. 감사도 이것이 수양의 명임을 잘 알고 있었다.

"지금 명 사신이 들어오고 있소. 그와 함께 오는 내사內史 정통鄭通은 신천信川(황해도) 출신이라 하오. 지금부터 내리는 명을 철저히 이행하시오."

"예."

"첫째, 그가 살던 옛집이 그대로 있는지 살펴보고 수리할 것이 있으면 즉시 수리하시오. 부득이 신축해야 할 것 같으면 즉시 착공하고 사후 보고하시오."

"예."

"둘째로 그 부모의 묘소를 살펴보고 보고하시오."

"예."

"셋째로 그의 족친族親을 데려와 사신을 맞을 준비를 하도록 하고, 만일 사신이 만나보고자 하면 감영에서 술과 과일 등을 준비하여 대접하도록 하시오."

"예, 명심 거행하겠습니다."

한명회는 해주를 떠나 평양으로 가 평안감사를 만났다.

"명사신 흠차소감欽差少監 고보高黼의 어미가 증산甑山에 살고 있으니 쌀 10석, 콩 5석, 장 1옹, 소금 2석을 보내주도록 하시오."

"예. 즉시 시행하겠습니다."

"그리고…… 귀를 좀 가까이……."

감사가 가까이 다가앉자 한명회는 귓속말로 일렀다.

"뚱보 주제에 허리가 날씬한 세요미인細腰美人을 좋아한다 하오. 준비에 이상이 없겠지요?"

"염려 푹 놓으십시오."

"하여튼 여기서 웬만큼 주물러서 보내야 하오."

"명불허전 평양 기생 아닙니까?"

"하긴 그렇소만……."

"색향본색色鄕本色을 보여주겠소이다."

평양을 떠나 의주로 달려간 한명회는 은밀한 곳에 숙소를 정하고 의주 목사를 불렀다.

"원접사遠接使는 어디 있소?"

성삼문을 확인하는 것이었다.

"의주관義州館에서 기다리고 있습니다."

"사신 소식은 어떻소?"

"내일 배를 탄다 합니다."

"알았소. 내가 여기 와 있다는 말은 하지 마시오."

"예, 알겠소이다."

다음 날, 명사신 흠차소감 고보가 내사 정통과 두목頭目 15명을 데리고 의주에 도착했다. 두목은 무역을 위해 따라온 사람들이지만 사신과 같이 들어오기에 사신에 준하는 대우를 해주었다.

원접사와 의주목사 그리고 선위사가 성대한 환영을 해주었다. 선위사는 의주, 안주安州(평안도), 평양, 황주黃州(황해도), 개성 등 다섯 곳에 파견되어 있었다.

의주에 들어선 사신 고보는 만감이 교차했다. 그는 일곱 살의 어린 나이에 공물처럼 바쳐진 동남동녀童男童女의 하나로 명에 끌려갔었다. 이런 그에게 조국 조선은 원망이 서린 곳이었다. 그래도 그리움은 남아 있었다. 생전에 한 번 밟아볼 수 있을까? 밤이면 남몰래 그리워 울던 조국이었다.

귀엽게 생긴 것이 죄가 되어 뽑힌 자신, 그래서 북경까지 와 아직 자라지도 않은 고추가 잘리고 방울이 발라지는 고통을 당하면서 그는 마음의 칼을 갈았었다.

'어린 몸 하나 보호해주지 못하는 조국, 가난하고 별 볼 일 없는 집안의 자식이라고 찍어낸 호방戶房놈, 언젠가 조국에 나가면 복수하고 말리라.'

약소국의 어린이는 자라서 명나라 황실의 환관이 되었고, 이번에 흠차소감이 되어 조국 땅을 밟는 것이었다.

사신이 입국하면 보통 의주관에서 하룻밤을 묵고 떠나는 것이 항례恒例였으나 이번 사신은 사흘을 묵었다. 그만큼 물량 공세가 컸기 때문이었다.

평양에 들어가자 또다시 물량 공세가 퍼부어졌다. 을밀대乙密臺 잔치, 대동강 뱃놀이 등에 미희들이 떼로 붙어서 색향본색을 유감없이 보여주었다.

개성 또한 그냥 보내주지 않았다. 박연폭포 앞에 차일이 세워졌다. 미희들은 물론 시인 묵객이 동원되었다. 잔칫상 앞에서 난을 치고 붓을 휘둘렀다. 폭포 소리 사이로 이어지는 〈상사별곡相思別曲〉의 애잔한 가락이 듣는 이의 넋을 빼놓았다. 〈권주가〉에 맞춘 미희들의 춤사위가 또한 보는 이의 혼쭐을 빼놓았다.

마침내 사신 일행이 홍제원을 지나고 모화관慕華館에 도착했다. 여느 때 같으면 사신이 의주에서 예까지 오는데 열흘 정도 걸렸지만 이번에는 그 곱절이 걸렸다. 사신은 조선의 환대에 흡족했고 조국을 미워하는 마음도 조금은 가셨다.

돈의문 밖 모화관에 이르러 백관이 예를 행하는 가운데 조칙詔勅(황제가 내리는 명령서)을 모시는 의식이 있었다.

　황제는 조선 국왕 이홍위李弘暐에게 칙유勅諭하노라.
　이제 너의 처 송씨를 왕비로 삼는다.

　명이 조선에 사신을 파견할 때는 대개 조선에서 공물처럼 바쳐 환관이 된 자들을 보냈다. 조선 임금을 비롯한 중신들을 천시하여 황실을 우러러보게 하기 위함이었다.
　사신이 경복궁으로 이동하여 근정전에서 왕비 고명 의식을 거행했다. 왕비가 사신 앞에 나아가 무릎을 꿇었다.

　봉천승운황제奉天承運皇帝는 이르노라.
　그대 송씨는 조선 국왕 이홍위의 아내로서 서로 도와 욕됨이 없도록 하라.
　그대의 지아비가 이미 왕작王爵을 이어받았으니 그대를 조선국 왕비에 봉한다.
　그대는 늘 부덕을 좇아 번가藩家(제후의 집안)를 돕도록 하라.

21

"성군이 되세요!"

의식이 끝난 뒤 수양대군은 사신들을 자신의 사저 명례궁으로 초대했다. 이윽고 성대한 잔치가 벌어졌다.

"수양군이 북경에 왔을 때 생각보다 일찍 돌아간다고 의아하게 생각했었소. 그런데 그 뒤에 김종서가 모반하여 변란이 생길까 급히 돌아가 난을 평정했다는 소식을 듣고 안심했소. 전후 사정을 조정에서 다 알고 있습니다."

"황제 폐하의 덕이 크시고 우리 전하께서 복이 많으셔서 난신들이 주살誅殺된 것일 뿐입니다."

수양이 공손히 말했다.

"수양이 아니면 어떻게 평정했겠습니까? 전하께서 수양군의 공로라 하신 말씀을 황제 폐하께 꼭 전해 올리겠습니다.”

“소생이 무슨 공을 세웠겠습니까? 그저 할 일을 한 것뿐입니다.”

잔치는 성대했다. 풍악이 울리고 무희들이 춤을 추었다.

“수양군, 청이 있소이다.”

내사 정통이 말했다.

“무슨 청이십니까? 하명 하십시오.”

수양이 그 앞에 무릎을 꿇고 경청의 자세를 취했다.

“내가 소분掃墳(경사가 있을 때 조상의 산소를 찾아 제사 지냄)을 하고 싶소이다.”

선비가 과거에 급제했을 때나 관리가 승진하여 영전했을 때 조상의 묘를 찾아 인사하는 것처럼 정통은 금의환향錦衣還鄕한 것을 내보이고 싶었던 것이다.

“즉시 행차를 준비시키겠습니다.”

다음 날 임금이 정통을 경회루에 초대하여 다례를 베풀고 그를 환송했다. 수양대군과 예조판서 김조金銚가 홍제원까지 따라가 배웅했다.

사신을 접대하는 관반館伴 권준權蹲과 별통사別通事 전사립全思立이 정통의 소분 길을 수행했다.

개성에 이르러 정통이 쓰러졌다. 아무래도 과음 과식에 수면 부족이 원인인 것 같았다. 수면 부족에는 기생들이 한몫했을 것이었다.

수양이 깜짝 놀라 판승문원사 송처관宋處寬, 통사 김자안金自安, 의원 김길호金吉浩를 개성으로 급히 보냈다. 의원을 비롯한 여러 사람의 극진한 도움을 받은 정통은 다행히 몸이 나아져 신천의 조상 묘를 참배하고 도성으로 돌아왔다.

승지 구치관, 예조판서 김조金銚가 홍제원에 나아가 정통을 영접했다. 이어서 수양대군이 중국 사신을 위한 객관인 태평관太平館에서 그를 위해 연회를 베풀었다.

"조선의 금강산이 천하절경이라 들었소이다."

정통이 금강산에 호기심을 가진 모양이었다.

"해동의 명산이라 한답니다."

"계절 따라 이름이 다르다고 하던데요."

"예, 그렇습니다. 봄엔 봉래산蓬萊山, 여름에는 금강산金剛山, 가을엔 풍악산楓嶽山, 겨울엔 개골산皆骨山이라 합니다. 계절마다 그 모습이 다 절경이지요."

"가보고는 싶은데 일정이 여의치 않아 안타깝소이다."

"웬만하면 가보시도록 하시지요."

"이 몸을 하고서 어찌 다녀오겠소?"

"어의를 동행시키겠습니다."

"북경을 떠나올 때는 이러지 않았는데 이 몸도 이제 기력이 부실해질 때가 된 모양입니다."

"아니올시다. 물갈이로 인해 그럴 것입니다."

"그게 아니라 물이 너무 좋아서 그런가 봅니다. 허허."

"그냥 돌아가시면 평생 후회가 될 것입니다."

"그렇기는 하나 어쩌겠소? 빨리 잊도록 해야지요."

"안타깝소이다."

"금강산 그림이나 구할 수 있으면 좋겠소만……."

"그림으로 되시겠습니까?"

"마음의 위안은 될 것입니다."

"그럼 어느 계절의 그림으로 하면 좋겠습니까?"

"내가 6월에 왔으니 여름 금강산으로 하는 게 좋겠소."

"그럼 곧바로 그려 드리겠습니다."

"고맙소이다."

수양대군이 한명회를 불렀다.

"정통이 금강산 그림을 갖고 싶어 하오. 한공이 그릴 만한 사람을 구해보시오."

"화원 안귀생安貴生이면 될 것이옵니다."

"오, 잘되었소."

"도승지(신숙주)가 지시하면 위의 뜻으로 알고 정성을 다할 것입니다."

"그렇게 하시오. 그리고 금강산 그림을 그리도록 하되 최대한 날짜를 끌도록 하시오."

"예? 아, 예. 알겠습니다."

얼마 전 한명회, 권람, 신숙주, 홍달손, 홍윤성, 양정 그리고 계양군桂陽君(세종의 서자이자 한확의 사위) 이증李增과 파평위坡平尉(태종의 부마) 윤암尹巖 등이 명례궁에 모였었다.

"금성대군을 이제 처단해야 합니다. 지금도 화의군, 한남군 등과 반역 모의를 계속하고 있다 합니다."

파평위 윤암이 열을 올렸다.

"어찌하여 종사의 계책을 세우지 않으시고 사사로운 정으로 미련을 두십니까? 만약 그들 무리가 뜻을 얻는다면 후세에 누가 형님의 충성을 알겠습니까? 형님이 머뭇거리면 사직의 존망을 예측할 수가 없습니다. 아차하면 계유정난은 사라지고 우리 모두는 역적으로 엮이어 처단될 것입니다."

계양군이 가세했다.

"좀 기다려야 하네."

"기다리라니요? 이놈들이 대낮에도 회합을 갖고 겁 없이 날뛰는 꼴을 두고 볼 수가 없습니다. 당장 날려버리시지요."

병조참판 홍달손도 한마디 거들었다.

"이놈들의 목줄이 얼마나 질긴지 한번 시험해봐야겠습니다."

병조참의 양정이었다. 힘 하나 빼고는 내세울 게 없지만 당당히 공신이었다. 한마디 아니 할 수 없었다.

"일에는 선후가 있고 정도에는 강약이 있소."

"때는 무르익었다 생각합니다만 중국 사신이 들어오고 있으니 그들이 돌아간 다음에 처리하도록 하지요."

신숙주의 제의였다.

"한공은 시기를 어찌 보시오?"

수양이 한명회를 쳐다보았다.

"이제 우리가 한두 사람 귀양 보내는 것은 큰 의미가 없습니다. 이제 우리가 칼을 빼면 접수를 해야 합니다."

"접수라 했습니까?"

파평위가 놀란 표정이었다.

"그렇소. 이제 우리가 일어나면 전하를 편히 쉬시게 하고 그 자리를 접수해야 합니다."

실로 엄청난 말이었다.

역도가 따로 있는 게 아니었다. 이들이 역도가 아니고 누가 역도란 말인가? 하늘이 알면 격노할 일이었다. 그러나 하늘에 정의가 있는가? 하늘에 힘이 있는가? 하늘에 정의가 없고 하늘에 힘이 없다면, 하늘이 안다 한들 누가 하늘을 두려워할 것인가?

"접수라 했소?"

수양이 되뇌었다. 막상 듣고 보니 수양도 가슴이 떨렸다. 큰소리치던 홍달손, 양정은 정말 떨고 있었다. 모두들 긴장하고 있었다.

"그렇습니다."

한명회는 태연했다. 어차피 다 이겨놓은 싸움이었다.

"음……."

"나라가 나라답게 되어가려면 임금이 임금다워야 합니다. 때문에 그들은 계유정난에서 죽어야 했고 우리는 망설임 없이 죽였습니다. 헌데 이 나라가 지금 나라답게 굴러가고 있습니까? 역도의 잔당들이 은밀히 세를 모으고 있으며 그들의 농간에 국론이 분열되고 있습니다. 강력한 왕권이 요구되는 때가 바로 지금입니다. 이 왕권을 위해서는 나리께서 그 자리에 오르는 일 외에는 방도가 없습니다."

누가 누구더러 역도라 하는지 알 수가 없었다.

"그 자리를 접수하고 명나라에 사신을 보내느니, 그들이 도성에 와 있을 때 접수를 하고 그들에게 있는 그대로를 보여주는 것이 차라리 화끈하고, 명나라에 대해서도 일을 빨리 해결하는 길입니다. 뭐가 어쩌고 어쨌다 하며 변명을 늘어놓을 것도 없고 머리를 굴려 꼼수를 쓸 필요도 없습니다. 임금이 힘에 겨워 숙부에게 양위했다 하면 그들이 실제 목도한 일이기도 한데 그들이 무슨 토를 달겠습니까?"

"음⋯⋯."

수양이 반대치 않았다. 그들은 그래서 매일 매일 금성 쪽의 동태를 살피면서 기다리고 있었다. 이를 이유로 왕비책봉사가 오는 때를 기다리고 있었던 것이다.

윤 6월 10일, 국사의 원활을 위해 수양은 작은 인사이동을 단행했다. 중국어에 능통한 성삼문의 처숙부 김하金何를 예조판서에, 집현전 부제학 하위지를 예조참의에, 권람을 우승지에, 구치관을 좌부승지에, 한명회를 우부승지에, 성삼문을 동부승지에, 단종의 외숙부인 권자신을 호조참판에 임명했다. 그리고 계유정난 공신들은 그날 밤에 모두 수양저에 모이기로 암암리에 서로 연락을 주고받았다.

무더위가 한창인 때였다. 저녁이 되어도 무더위는 가시지 않았다. 나뭇잎마저도 후줄근히 늘어지는 것 같았다. 수양은 자기 집에 공신들이 모인다 하기에 허락은 했지만 생각해보니 단순히 친목의 모임 같지는 않다는 예감이 들었다.

'허, 이 사람들이 아무래도 재촉을 할 심산인 게로군. 아직 때가 아니라 했는데도⋯⋯.'

날이 어두워지자 사람들이 삼삼오오 발걸음을 빨리 하여 대군저의 대문을 들어서고 있었다. 그들은 수양대군에게 문안을 여쭙지도 않고 후원 정자로 향하고 있었다.

모여든 사람들이 30여 명이 되었으나 아무도 입을 여는 사람이 없었다. 노복 몇 사람이 와서 정자 주위에 관솔불을 밝히고 돌아갔다.

정난공신은 모두 43인이었다. 모인 사람은 38인, 다섯 사람이 빠졌다. 한명진과 엄자치는 죽었으니 수양대군, 성삼문, 홍윤성 세 사람이 빠진 셈이었다. 성삼문은 올 사람이 아니었다. 수양대군은 여기 있으니 그렇다면 홍윤성만이 이유 없이 빠진 사람이었다.

"이놈이 어찌 된 게야?"

한명회가 양정에게 물었다.

"요 며칠 못 보았습니다. 등청도 하지 않은 것 같은데요."

양정이 고개를 갸웃거렸다.

"이놈이 또 어디서 계집을 후리고 있는 게 아닌가?"

한명회는 혀를 찼다.

홍윤성의 방약무인傍若無人은 사실 골칫거리였다. 도성이고 시골이고 가리지 않고 설치고 다녔다. 싸움질, 계집질은 심심풀이요 시골의 만만한 양반의 땅 마지기 빼앗는 것도 예삿일이었다. 그래도 공신에다 수양대군의 측근이라 해서 누구든 탓하지도 못했다.

"이놈이 그렇게 타일렀건만……. 지금 때가 어느 땐데……. 이놈 혼쭐이 나봐야……."

한명회는 어금니를 악물었다.

그건 나중 일이고 한명회는 정인지와 함께 정자에 올라 있는 한확에게로 갔다.

"우상께서 나리를 모셔주셔야 하겠소이다."

"내가요?"

"예, 혹 아니 나오시겠다고 하실지도 모르오니……."

수양이 사돈의 말은 들을 것이라는 뜻이었다.

"알겠소."

"고맙습니다."

한확은 후원을 나와 사랑으로 향했다.

"아니 되옵니다. 대감마님."

사랑방 앞에서 얼운이 막아섰다.

"아니 되다니? 그게 무슨 말인가?"

한확이 묻자 얼운이 대답했다.

"아무도 들이지 말라는 분부가 계셨습니다."

"괜찮다. 나는 들어가도 될 것이네."

"아니 되옵니다, 대감마님."

"아니, 사돈도 아니 된다 하시던가?"

"예. 아무도 들이지……."

그때 안에서 수양대군의 말이 들려왔다.

"안으로 뫼셔라."

한확은 새삼 옷매무새를 가다듬고 안으로 들어갔다.

"사돈께서 이 사람을 난처하게 만드시렵니까?"

한확을 맞는 수양은 짜증을 냈다. 사돈에게는 처음 일이었다.

"그럴 리가 있습니까? 이 사람은 사돈을 후원까지 모시는 것뿐입니다."

한확은 차분했다.

"……."

"납신 후에는 사돈께서 알아서 하시면 되겠지요."

한확은 그저 담담했다. 수양은 그가 우의정을 거절하던 때를 떠올렸다.

"……."

"사돈이라 부르는 것도 오늘이 마지막인 줄로 압니다만……."

"사돈마저 왜 이러십니까?"

"사돈, 이 나라 재목들이 권하는 일입니다. 사돈께서 더 이상 고집을 부리시면 저들은 모두 목숨을 버리겠다 합니다."

"사돈께서도…… 내가 임금을 아니 하면 목숨을 버리시겠습니까?"

"이런 말을 한 것 자체가 역모나 같은 것이니 목숨이 성할 리가 없지요. 보위에 아니 오르시겠다면 저들도 역적모의를 한 것이니 다 죽여야 할 것이 아닙니까?"

"……!"

수양은 대꾸할 말이 없었다.

"일단 후원으로 납시지요."

"……."

"저들은 목숨을 걸고 나온 사람들입니다. 사돈께서 미적대시면 저들은 대궐로 쳐들어갈지도 모릅니다. 저들도 이미 막다른 판국에 와 있어요."

"……."

"하여튼 나가셔서 저들의 의견을 들으신 다음 결정하시지요."

"알겠소. 나갑시다."

수양대군이 후원으로 나가자 사람들이 술렁거리며 정자 앞으로 다가 갔다. 수양이 정자에 올라 모인 사람들을 둘러보았다.

"내게 할 말이 무엇이오?"

"전하."

구치관이었다. 수양의 가슴이 묘하게 울렁거렸다.

"닥쳐라. 이놈."

그러나 말은 조심해야 했다.

"전하가 아니 되시면 나라에 변란이 그치지 않사옵니다."

"변란은 무슨 변란?"

"역모가 있다 하옵니다."

"역모라니?"

수양대군이 깜짝 놀랐다. 혹 금성의 일이 아닌가 생각도 되었다. 금성의 일을 전혀 모르고 있는 공신들도 놀라고 있었다.

"금성대군이 역모를 꾀하고 있다 하옵니다."

"그 사건은 이미 끝났어."

"아니옵니다. 다시 꾀하고 있습니다."

"금성이 다시?"

"예. 증거가 있사옵니다."

한명회가 뒤돌아보며 손을 들자 양정이 웬 사나이 하나를 끌고 와 정자 아래에 내동댕이쳤다.

"이게 누군가?"

"금성대군 댁의 하인입니다."

정보를 알려주는 하인 이외에 또 몰래 잡아온 하인 같았다. 참 철저한 사람들이었다.

"네 이놈. 여기가 어느 안전인 줄 알렷다."

"예, 예."

"한 치의 거짓이라도 있으면 어찌 되는 줄 알렷다?"

"예, 예"

"그러면 묻겠다. 네 상전이 누구냐?"

"금성대군 나리이옵니다."

"큰 소리로 대답 못하겠느냐?"

한명회가 큰 소리를 꽥 질렀다.

"예. 예. 금성대군 나리이옵니다."

하인도 소리를 빽 질렀다.

"그 집에 한남군, 영풍군, 조유례, 성문치 등이 모인 적이 있느냐 없느냐?"

"예. 있사옵니다."

"언제 모였느냐?"

"여러 번이옵니다."

"모여서 무슨 의논들을 했느냐?"

"그게 저……."

"이놈. 죽고 싶으냐? 이실직고하지 못할까?"

"예. 그것이 저…… 수양대군께서 주상전하를 죽이려 하니…… 먼저 수양대군을 죽여야 한다고……, 소인은 그저 듣기만……. 살려줍시오."

하인은 머리를 땅에 박으며 손으로 빌었다.

한명회가 그의 뒤통수를 잡아당겨 앉히고 다그쳤다.

"이놈아. 그 집에 드나드는 자가 또 누구누구냐?"

"영양위가 있고요……."

"또 누가 있느냐?"

"혜빈…… 하고…… 상궁 박씨 하고……."

수양대군은 곤혹스럽기도 하고 화가 치밀기도 했다.

"이놈. 네가 정녕 금성의 집 하인이란 말이냐?"

수양이 하인에게 물었다.

"예에……."

"끌어내라."

자기에게 박박 대드는 금성대군을 생각하면 수양은 속이 끓어 올랐다.

양정이 하인을 끌고 나갔다.

"전하, 정국이 이와 같사옵니다. 저들의 칼 앞에 목을 드리우실 작정이시옵니까? 전하, 이 나라 종사를 수습하시어 만백성에게 성은을 베푸시옵소서."

"전하."

"전하."

참으로 가관이었다. 어차피 막다른 골목이었다.

"신등의 뜻을 가납하시지 못하신다면 신등을 다 죽이셔야 하옵니다."

"죽여주시옵소서."

'허, 어차피 닥칠 일이 아닌가? 이왕이면 사신들이 와 있을 때 하자고 한 일이고…….'

"금성대군 등은 급히 처리해야 하옵니다."

"그래야겠지. 그건 그렇지만……."

"조카를 내쫓을 수는 없으시다 이 말씀이옵니까?"

"내 스스로 주공을 자처해온 사람이 아니오?"

"그러시다면 양위를 하신다면 받으시겠습니까?"

"전에도 양위하시겠다고 내게 말씀하셨으나 안 받았소."

"다시 양위하신다면 받으시겠습니까?"

한명회가 가장 당돌했다.

"⋯⋯."

"알겠사옵니다. 걱정 놓으시옵소서."

수양이 말했다.

"모두들 들으시오."

"예."

"어떠한 경우에도 주상께 위해를 가하면 내 용서치 않을 것이오."

사실 뭐라 할 말이 없었다. 그저 이렇게라도 한마디 하고 끝낼 수밖에 없었다.

"명심 거행할 것이옵니다."

다음 날 윤 6월 11일, 수양은 등청하자마자 사람들을 불렀다.

우의정 한확, 우찬성 이계린, 좌참찬 강맹경, 병조판서 이계전, 이조판서 정창손, 호조판서 이변, 병조참판 홍달손, 병조참의 양정, 도승지 신숙주, 우승지 권람, 우부승지 한명회 등이 속속 도착했다.

"금성대군과 영양위가 역모를 꾸미고 있다니 그냥 둘 수 없소. 이제 그들과 동조자들을 처벌해야겠소. 절차를 밟으시오."

수양의 지시를 받고 나서 좀 있자 먼저 사헌부, 사간원에서 임금을 향하여 포문을 열었다.

"금성대군 이유가 혜빈 양씨와 결탁하고 그의 양모 의빈 권씨로 하여금 혜빈궁으로 들어가 거처하게 하고, 권씨로 하여금 대전과 내통하게 했습니다. 금성대군은 최근 군사들과 은밀히 접촉하고 있는데, 무슨 흉계를 꾸미고 있는지 나라의 안위가 걱정입니다. 죄를 밝히시옵소서."

"금성대군 이유가 의빈의 친척인 박문규의 딸과 자신의 처족인 최도일의 딸을 왕비로 세우려다 뜻을 이루지 못하자 온갖 계교를 다해 역모를 획책하고 있습니다. 또한 부마 정종이 한남군, 영풍군과 함께 금성대군을 추종하는 것은 세상이 다 아는 사실이며 조유례도 그들의 일당입니다. 조속히 그 죄를 밝혀 왕법을 바로잡으시옵소서."

금성대군이 주동이 되어 역모를 꾀하고 있다는 것이었다.

"아니, 금성 숙부가 역모를 꾀하고 있다 그 말이오? 말도 안 되는 소리요."

임금은 그들의 말을 믿지도 않았고 그런 일은 있을 수도 없다고 여기고 있었다. 간관들이 나가자 의정부 대신들과 육조판서들이 들어와 부복했다.

"전하, 신 좌의정 정인지 아뢰옵니다. 그와 같은 사실은 금성저의 노비가 이미 이실직고하였던 바 모든 불궤가 백일하에 드러나 있는 줄로 아옵니다."

영의정 수양대군도 엎드려 있었으나 그는 말이 없었다.

"믿을 수가 없소. 금성 숙부는 지난번에 그런 일에 연루된 바 있어 지금은 사저에서 근신하고 있습니다. 금성 숙부가 다시 그 같은 일에 나섰다는 것은 믿을 수가 없소."

"신 병조판서 이계전 아뢰옵니다. 금성저의 가노가 이실직고한 대로 관여된 자들을 이미 포박하여 문초한 바 모든 것이 사실로 드러났사옵니다."

임금 단종은 부복하고 있는 자들의 면면을 살폈다. 자신의 편이 되어줄 사람은 하나도 없었다.

단종은 화가 치밀었다.

"그게 누구란 말이오? 실토에 나온 사람들이 누구요?"

이계전이 천천히 대답했다.

"금성대군은 뉘우침이 없이 더욱 많은 무사들과 결탁하여 불측을 도모했사옵니다. 또한 혜빈과 비밀히 내통했을 뿐만 아니라 한남군, 영풍군, 영양위 등과도 결탁한 것으로 드러났사옵니다."

"아니, 혜빈, 한남군, 영풍군, 영양위……, 그들 모두가 역모를 꾀했단 말이오? 모두 다 나를 위하는 사람들인데 말이오?"

"그러하옵니다. 전하."

"틀림없사옵니다. 전하."

정승 판서들이 모두 입을 열었다. 그러나 수양대군은 무표정한 얼굴로 입을 다물고 앉아 있었다.

"그럴 리가 없소. 그들이 무슨 까닭으로 역모를 한단 말이오?"

"전하, 저들은 영의정부사 수양대군을 해치고 조정의 대권을 잡으려 했사옵니다."

좌찬성 강맹경의 말이었다.

"아니, 그것이 왜 역……."

임금은 큰 소리로 입을 열다가 다물어버렸다. 임금을 해치려는 것이 아니라 수양대군을 해치려는 것이 왜 역모란 말이냐고 외치려다 그만둔 것이었다.

병조판서 이계전이 단종의 하다만 말의 의미를 알아챈 모양이었다.

"영의정은 전하를 보필하고 전하를 대신해 어려운 일을 다 감당하고 있습니다. 그러므로 영의정을 해치려는 것은 곧 전하에게 칼을 뽑는 것과 같사옵니다. 하오니 그들을 역률逆律로 다스리옵소서."

"중벌을 내리시옵소서."

"극형을 내리시옵소서."

임금은 한 손을 들어 이마를 짚었다. 뜨거웠다. 소름이 끼쳤다.

'어찌할꼬? 이제 금성 숙부를, 영양위, 혜빈, 한남군, 영풍군을 다 죽이란 말인가?'

임금은 눈앞이 캄캄했다.

"숙부……."

애원 같은 소리였다.

"……."

"숙부께서 말씀해보세요. 모두가 사실이란 말씀입니까?"

"……."

"숙부, 대답을 해보세요."

"전하…… 모든 증거가 드러난 줄로 아옵니다."

"으……."

신음 같은 소리가 나왔다. 단종은 얼굴이 핼쑥해지며 현기증이 일었다.

"전하, 저들을 모두 극형에 처해야 하옵니다."

"극형으로 다스리옵소서."

임금의 현기증 따위는 상관없이 신하들은 외치기만 했다. 임금에게 그들의 모습은 사람 잡아먹는 귀신인 나찰羅刹과 다를 바 없었다.

"숙부……."

"예, 전하."

"숙부께서…… 처리하세요. 다만……, 죽이지는 마세요. 부탁입니다."

"……."

"숙부, 대답하세요. 죽이지 않는다고……."

"예, 전하."

"고마워요, 숙부. 나는 좀 쉬어야겠소."

용상에서 일어난 단종은 비틀거렸다. 열다섯 살의 앳된 용안에서는 눈물이 쏟아지고 있었다. 내관 전균이 임금을 부축해 중궁전으로 향했다.

"그만둬야지……. 그저 사람 죽이는 일만 하고 있으니……."

임금은 비틀거리며 중얼거렸다. 혜빈의 얼굴이, 매부 정종과 누님의 얼굴이, 금성 숙부의 얼굴이 떠올랐다.

단종은 기어이 터지고 말았다. 어깨를 들썩이며 울기 시작했다.

"으윽……, 억억……."

혜빈 양씨는 청풍으로, 상궁 박씨는 청양으로, 금성대군은 삭녕으로, 한남군은 금산으로, 영풍군은 예안으로, 영양위 정종은 영월로 각각 유배 부처하라.

조유례는 고신을 거두고 하옥하라.

성문치, 이예숭, 신맹지, 신중지, 신근지, 신경지 등은 고신을 거두고 변방 수군에 충군充軍시키라.

수양의 명이 떨어졌다.

"전하……."

뜨거운 눈물을 흘리고 있는 임금을 보면서도 어찌 위로할 수가 없어 중전 송씨도 울음을 터뜨리고 말았다.

"전하……."

"중전, 모든 게 다 과인의 탓이오."

"전하, 망극하옵니다."

"중전."

"예, 전하."

"중전, 과인이 무슨 말을 해도 따라주시겠소?"

"신첩은 오로지 전하의 뜻을 따를 뿐이옵니다."

"고맙소……."

임금은 고개를 천천히 끄덕이며 긴 한숨을 쉬었다.

"중전……. 숙부에게 보위를 넘겨야겠소."

"예? 전하!"

그런 말을 처음 듣는 것은 아니었으나 오늘은 어감이 달랐다. 중전
은 가슴이 뚝 떨어졌다.

"이제는 다 끝났어요. 우리를 위해 말 한마디 할 사람이 아무도 없소."

"……?"

"중전, 내가 물러나 상왕이 되는 게 낫소. 그래야 우리가 편안할 것
이오. 숙부는 뜻을 이루어 좋고 백성을 다스리는 일도 숙부가 나을 것
이오. 우리 물러납시다."

"전하, 망극하옵니다. 흐윽. 하오나……."

임금의 아픈 가슴을 잘 알고 있는 중전으로서는 자기가 무엇도 할
수 없는 것이 더 슬펐다.

"오늘 마음먹은 김에 당장 처리를 해야겠소. 과인을 위하여 아무 말

말아주시오."

"하오나……."

"후……, 내 열두 살에 보위에 올라 이제 어느새 네 해가 되오. 허나 무슨 좋은 일이 있었소. 싸우고 죽이고 귀양 보내고……. 다 내가 한 것이오. 내가 말이오."

"전하, 어찌 그리 말씀하시옵니까?"

"아니오. 내가 죽인 것이오. 내가 이 자리에 그대로 있으면 혜빈이나 금성 숙부, 영양위는 또 죽게 될 것이오."

"……."

"무서워요. 이 대궐이 정말 무서워요."

"전하……, 으흐흐……."

중전은 끝내 통곡하고야 말았다.

"울지 마오. 중전. 상왕이 되면 울 일도 없을 것이오."

"하오나……. 물러나시는 것만은 아니 되옵니다. 절대로 아니 되옵니다."

그러나 단종의 결심은 이제 확고했다.

"아니오. 물러나면 사람 죽이는 일도 없을 것이오."

"하오나, 물러나시면 저들은 전하를……."

"저들이 어쩐다는 거요? 물러나면 내가 할 일이 없어지는데 무슨 시비를 하겠소?"

"하오나 전하 흐윽……, 보위만은 넘기시면 아니 되옵니다. 전하를 지킬 수 있는 것은 보위뿐이옵니다. 전하! 제발, 흐윽……."

"무슨 소리요. 물러나지 않으면 저들은 나까지 죽일 것이오. 다 내주고 편히 삽시다."

"전하, 아니 되옵니다. 전하. 흐윽……."

"밖에 누구 있느냐?"

전균이 들어와 부복했다.

"내 나이 어리고 안팎의 일을 잘 모르는 탓으로 간사한 무리들이 난을 도모하는 불행이 끊이지 않고 있다. 이제 대임大任을 영상에게 전하려 한다. 이 뜻을 의정부에 전하라."

폭탄선언이었다. 보위를 넘기겠다는 말이었다.

마침내 올 것이 왔다고 여긴 전균은 그러나 놀라는 척했다.

"전하…… 어인 말씀이옵니까?"

"놀랄 것 없다. 기다리던 소식이 아니더냐? 가서 어서 전하라."

전균은 그대로 의정부에 가서 전했다. 전균의 전언을 들은 의정부에서는 누구도 놀라지 않았다. 그들이 예정한 대로 되어가고 있기 때문이었다.

영의정 수양대군은 눈을 감고 있었다.

"성념을 거두시도록 주청을 드려야 하겠지요."

한확이 입을 열었다.

"이를 말씀이옵니까? 당연히 그래야지요."

좌의정 정인지가 수긍했다.

그때 수양이 전균에게 일렀다.

"전 내관은 들으라. 창졸간의 일이라 황망하기 그지없고 내 덕이 아직은 그에 미치지 못하므로 전하의 성념을 받들지 못한다고 가서 여쭈어라."

전내관은 빈청을 나서며 중얼거렸다.

"격식은 차려야겠지. 내가 몇 번을 오락가락해야 할 것인고?"

전균이 중궁전에 이르러 수양의 말을 전했다.

임금이 쓴 웃음을 지었다.

"무얼 그렇게 번거롭게 한다더냐?"

중전이 한 번 더 간언해보았다.

"전하, 성지聖旨를 거두시옵소서. 물러나시면 아니 되옵니다."

"아니오. 오늘 일을 끝내야 하오. 오늘 입직승지가 누구더냐?"

단종이 전균에게 물었다.

"동부승지 성삼문인가 하옵니다."

"성삼문……. 어서 들라 하라."

성삼문이란 말에 임금은 용안이 좀 밝아졌다.

할아버지 세종과 아버지 문종으로부터 총애를 받은 집현전 학사들 중 최고의 인물이었다. 또한 세종과 문종으로부터 단종의 후일을 부탁받은 사람이었다. 수양대군과 팽팽히 맞서온 사람이지만 아직은 역부족인 사람이라는 것도 단종은 알고 있었다.

그에게 엄청난 일을 맡기려 하니 가슴이 아팠다.

'허나, 어쩌랴. 어쩔 수 없는 것을…….'

"전하, 찾아계시옵니까?"

"오, 성승지……."

말소리에 힘이 없었다.

"전하, 옥체 미령하신지요?"

"아, 아니오."

막상 성삼문을 대하고 보니 입이 열리지 않았다.

"전하……."

성삼문도 무언가 불길한 느낌이 들었다. 얼굴에서 핏기가 사라지고 있었다.

"성승지는 잘 들으시오. 과인이 어리고 부덕하여 소란스러운 일이 그치지 않고 나라 안이 어지러우니……, 영의정 수양대군에게 보위를 전하고자 하오. 상서사尚瑞司에 가서 대보大寶(옥새)를 가져오시오."

"윽, 아니, 전하……."

성삼문은 깜짝 놀랐다. 날벼락 같은 일이었다.

'보위를 물리다니……. 그것도 불한당 수양대군에게…….'

"어서 거행하시오."

단종은 일부러 큰 소리를 질렀다.

"전하. 이 무슨 분부시옵니까? 거두어주소서."

"더 물을 것 없소. 어서 국새를 가져오시오."

"아니 되옵니다. 불가하옵니다. 전하."

울부짖는 소리였다.

"성승지. 과인을 생각하거든 그저 따라주시오. 더 이상은 죽이고 귀양 보내고 할 수가 없어서 작정을 한 것이오. 어서 가서 가져오시오."

"아니, 아니 되옵니다. 전하……."

울부짖는 성삼문을 외면하고 단종은 전균에게 큰 소리로 일렀다.

"수양대군에게 가서 경회루로 나오도록 전하라. 나도 곧 나갈 것이다."

"예에, 분부 거행이오."

전균이 금방 나갔다.

"전하……, 으흑……."

성삼문은 맥이 타악 풀어졌다.

"어린 세손을 날 대하듯 하라."

세종대왕의 옥음이 귓전을 때렸다.

단종은 자리에서 일어나 나가면서 성삼문에게 일렀다.

"대보를 가지고 경회루로 오시오."

단종은 휘청휘청 걸어 경회루로 갔다.

하늘은 맑았다. 경회루의 주위는 짙푸른 녹음이었다. 한줄기 무더운 바람에 연못은 잔잔하게 일렁였다. 임금의 뒤를 따르는 내관도 상궁도 힘이 없어 보였다.

루樓에 올라 단종은 고개를 들었다. 목멱산이 환하게 다가왔다. 좌우로 머리를 돌렸다. 왼편으로 낙산, 오른편으로 인왕산이 눈에 들어왔다. 산들은 그대로 옛 산인데 낯설어 보였다.

시선이 궐내로 옮겨갔다. 자신이 태어나고 어머니가 세상을 떠난 자선당이 눈에 들어왔다. 그리고 자신이 즉위했던 근정문이 눈에 들어왔다. 만감이 교차했다.

동부승지 성삼문이 상서사 관원으로 하여금 대보를 받들게 하여 경회루로 왔다. 이윽고 수양이 당도하여 무릎을 꿇었다. 그 뒤로 줄줄이 만조백관이 무릎을 꿇었다. 승지와 사관도 무릎을 꿇었다.

"전하, 이게 어찌 된 일이옵니까?"

수양이 떨리는 소리로 입을 열었다.

단종이 일어나 대보를 들어 수양에게 건네고자 했다.

"아니 되옵니다. 전하."

수양이 사양했다.

"숙부, 받으시오."

"전하. 아니 되옵니다."

"이것은 내 명령이요, 숙부의 명운이오."

"아니 되옵니다, 전하."

입은 사양하면서 손은 앞으로 나아가 대보를 이미 받고 있었다.

대보를 앞에 잡고 수양대군은 다시 엎드렸다.

"숙부, 성군이 되어주세요."

단종이 자리를 뜨며 다시 말했다.

"어서 새 주상을 모셔라."

내관들이 수양을 부액하여 나갔다. 수양은 대군청으로 들어갔다.

(제4권에 계속)

돗개무리 **제3권** 천추유한千秋遺恨

초판 1쇄 발행 2021년 02월 05일

지 은 이   이번영
펴 낸 이   김환기
펴 낸 곳   도서출판 이른아침
주   소   경기 고양시 일산동구 정발산로 24 웨스턴타워 업무4동 718호
전   화   031-908-7995
팩   스   070-4758-0887
등   록   2003년 9월 30일 제313-2003-00324호
이 메 일   booksorie@naver.com

ISBN 978-89-6745-116-5 (04810)
       978-89-6745-113-4 (세트)